Prédestinés

Du même auteur
aux Éditions J'ai lu

LA FORTERESSE DES HIGHLANDS
N° 8923

LA COURONNE DES HIGHLANDS
N° 9214

LA PROPHÉTIE
N° 9482

KATHLEEN
GIVENS

Prédestinés

ROMAN

Traduit de l'américain
par Patricia Lavigne

J'AI LU

Titre original
THE DESTINY

Éditeur original
Warner Books, Inc., New York

Ce roman est dédié à Russ, Patty et Mike,
Kerry, John et Gavin, qui ont empli
ma vie de rires et d'amour

Remerciements

J'aimerais remercier Karen Kosztonyk pour son enthousiasme et ses conseils judicieux ; Beth de Guzman pour son soutien ; et Maggie Crawford, qui m'a inspiré ce roman. C'était un plaisir de travailler avec vous toutes.

La Société du clan MacKenzie en Amérique a été une source d'informations inestimable, en particulier Stephen McKenzie, président et lieutenant de Caberfeidh, et Alan McKenzie, le chef du clan MacKenzie au Canada, que je remercie tous deux pour leur aide.

Toute ma reconnaissance à Russ pour cette présente édition, nos séances de travail interminables et son soutien obstiné ; et à Patty Collins, Kerry Trevino, Cheryl Becker et Debra Holland pour leurs critiques et leurs suggestions. Un grand merci également à ma famille et mes cousins, alliés fidèles depuis l'enfance, ainsi qu'à toute la bande du bureau qui m'a si souvent dépannée sans jamais se plaindre.

On ne décide pas de son destin ;
on choisit juste de le suivre ou de lui résister.

1

Décembre 1691. Comté de Warwick, Angleterre

— Il est mort ?

Les deux garçons penchés sur lui n'étaient que des gamins. Neil MacCurrie percevait leur excitation tandis qu'ils se demandaient à voix basse s'il était encore vivant.

Lui-même n'était pas certain de pouvoir répondre à la question. Pourquoi n'ouvrait-il pas les yeux et ne disait-il pas quelque chose afin d'apprendre le nom du propriétaire des terres sur lesquelles il avait dormi ? Bientôt, se promit-il. Dès qu'il serait sûr que son corps était encore en état de marche.

Contrairement à toute attente, il n'était pas mort de froid durant la nuit, et n'avait pas été attaqué sur la route depuis Londres, ce qui en soi était un miracle. Malgré tout, ce voyage s'était avéré un désastre depuis le moment où son cousin Duncan l'avait débarqué sur les côtes françaises.

À l'origine, il avait projeté une mission rapide et sans problème : il devait rencontrer James Stuart, s'informer des projets – s'il en avait – du monarque détrôné, et rentrer chez lui. Or, rien ne s'était déroulé selon ses plans. Au lieu des quelques jours escomptés, son séjour en France s'était éternisé plusieurs semaines, qu'il avait passées à attendre en compagnie de centaines d'autres que le souverain daigne le recevoir. Finalement, la conversation avait duré cinq minutes aussi instructives que décevantes. Au moins cela lui avait-il permis de décider de la marche à suivre pour la suite.

Il s'agissait avant tout de regagner Loch Gannon, ce qui s'était rapidement révélé aussi difficile que d'atteindre James Stuart. Comme il n'avait pu embarquer à temps sur le navire qui devait le ramener chez lui, il s'était donc rabattu sur un bateau à destination de Londres, et de là avait poursuivi son périple à cheval à travers une Angleterre hostile à tout ce qui venait d'Écosse.

Et pour finir, cette tempête de neige ! Il aurait dû rester à Warwick lorsqu'il avait vu tomber les premiers flocons à l'approche de la nuit mais, certain d'être surveillé, il avait préféré quitter l'auberge et reprendre sa route rapidement. De toute façon, quoi qu'il décidât, un événement imprévu semblait toujours l'obliger à revoir ses projets, comme s'il luttait contre une force invisible. À la longue, cette sensation devenait extrêmement désagréable.

— À mon avis, il est mort, murmura l'un des garçons. Touche-le.

— Non ! Touche-le, toi !

Neil ouvrit les yeux. Effrayés, les gamins reculèrent.

— Bonjour, dit-il en français.

La supercherie était fastidieuse mais indispensable.

Les garçons échangèrent un regard incertain.

— Bonjour, répéta-t-il, en anglais cette fois, veillant à ne pas se trahir par son accent.

L'un des gamins déglutit et répondit à son salut.

Neil désigna d'un geste la pièce malpropre.

— Où...

— Ronley Hall, monsieur, indiqua son jeune interlocuteur.

Neil sourit. Finalement, il y était arrivé. Par beau temps, il ne lui aurait même pas fallu deux heures pour atteindre Ronley Hall. Malheureusement, la tempête l'avait écarté de son chemin, et il avait passé la moitié de la nuit à errer dans le blizzard avant de tomber par hasard sur cette masure déserte. Le temps de manger rapidement les quelques provisions qu'il avait pris la précaution d'emporter, et il s'était endormi à même le sol, enroulé dans son manteau.

Il se détendit. À Londres, on lui avait assuré que cet endroit, entre Warwick et Coventry, était un lieu sûr et que sir Adam Ronley accueillait à bras ouverts ceux qui partageaient ses convictions politiques. Apparemment, la chance avait enfin tourné.

— Sir Adam ? demanda-t-il en se levant.

Les garçons échangèrent un nouveau regard et lui firent signe de les suivre.

Dehors, il s'arrêta un instant pour regarder autour de lui. Il avait dormi dans l'ancienne maison du gardien, à l'entrée du domaine. Aveuglé par la neige, il n'avait pas vu le nouveau cottage édifié à quelques toises de là ni les dépendances un peu plus loin, pas plus que la grande allée menant au manoir. À en juger par l'élégance de sa demeure, sir Adam était un homme prospère.

Les gamins l'escortèrent jusqu'au bas du perron, où des valets le reçurent poliment, mais en le pressant de questions. Neil leur répondit d'abord en français puis dans un anglais approximatif avec un accent appuyé. Ne parvenant pas à le comprendre, ils décidèrent d'envoyer quérir un certain Milford tout en l'invitant à s'asseoir près du feu.

Milford ne tarderait pas, lui assura une jeune fille qui lui apporta quelques minutes plus tard une assiette de ragoût fumante. Ignorant les regards intrigués des domestiques qui s'attardaient dans la pièce, il dégusta sans hâte son plat. Le nommé

Milford devait être l'intendant ou le majordome, et il l'interrogerait sans doute afin de faire un rapport à son maître, songea Neil. Il se montrerait aimable, décida-t-il, mais n'accepterait de parler qu'à sir Adam en personne.

Malgré la longueur de l'attente, il apprécia de pouvoir se réchauffer devant l'imposante cheminée du grand salon. L'endroit était confortable, meublé d'une longue table en chêne, de deux fauteuils profonds et de divans. Des tableaux décoraient les murs et un vase chinois trônait sur un guéridon. Manifestement, sir Adam appréciait les jolies choses.

Neil finit par ôter son manteau qu'il posa sur le banc à côté de lui et ouvrit sa veste en se demandant s'il s'habituerait un jour à porter ces habits français. Dieu merci, il n'y en avait plus pour longtemps ! Bientôt, il serait à Torridon ; il pourrait enfin parler sa langue et abandonner ce rôle.

L'homme qui le rejoignit au bout d'une heure était grand, corpulent mais musclé, et un peu plus âgé que lui. Il marqua une pause sur le seuil pour l'examiner d'un air méfiant, puis pénétra dans la salle à la tête de plusieurs hommes en arme.

Neil le regarda venir jusqu'à lui sans un mot et le salua.

— Monsieur.

Eileen Ronley leva les yeux de sa broderie en entendant Sim entrer précipitamment. Le jeune valet paraissait anxieux, mais comme le pauvre garçon avait toujours l'air plus ou moins angoissé, elle ne s'alarma pas trop.

— Milford vous attend dans la grande salle, mademoiselle, dit-il. Il a dit que c'est urgent. Il veut vous voir immédiatement.

Eileen soupira. Avec Milford, tout était toujours urgent. Le pire, c'était qu'elle imaginait sans peine la raison de cette convocation : il voulait encore lui présenter un mari.

Or, que se passerait-il ? Comme d'habitude, elle entrerait dans la salle, sourirait poliment à l'époux potentiel qui la détaillerait de la tête aux pieds et qui, comme les précédents, ne donnerait pas suite. Il est vrai qu'une femme sans dot ni relations ne représentait pas un parti très intéressant, et encore moins quand son père avait choisi le camp du perdant dans la guerre de succession entre Jacques Stuart et Guillaume d'Orange.

Bien entendu, Milford n'avait pas jugé utile de la prévenir. Elle n'avait donc pas le temps de se changer ni d'essayer de discipliner sa crinière dorée avant de descendre. Avec un nouveau soupir, elle baissa les yeux sur sa robe. Bien que ses parents soient morts depuis plus de deux ans – deux longues années – elle continuait à s'habiller en noir faute de pouvoir s'offrir de nouveaux vêtements.

— Dépêchez-vous, mademoiselle, je vous en prie ! la pressa Sim.

Elle lui adressa un sourire rassurant.

— Ne vous inquiétez pas, Sim. Dites à Milford que je le rejoins dans un instant.

Le valet s'apprêtait à sortir quand elle le rappela.

— À quoi ressemble-t-il ?

Sim la dévisagea sans comprendre.

— Milford veut me présenter un homme, n'est-ce pas ?

Il hocha la tête.

— De qui s'agit-il ?

— Je l'ignore, mademoiselle. C'est la première fois que je le vois.

— Alors, comment est-il ?

— Immense. Effrayant, mademoiselle. Son regard vous transperce. Milford a demandé à ses gardes de rester près de lui.

— De mieux en mieux, murmura-t-elle.

Apparemment, les choses en étaient arrivées au point où seule une brute épaisse pouvait envisager de la prendre pour femme.

En entrant dans le grand salon, elle trouva Milford assis à l'extrémité de la longue table de chêne. L'inconnu face à lui tournait le dos à la porte. Sim avait raison, leur visiteur était impressionnant. Et armé jusqu'aux dents, constata-t-elle en avisant l'épée à son côté, la longue dague suspendue à sa ceinture et les deux pistolets qui en dépassaient.

D'ordinaire, quand Milford lui présentait un prétendant, il se montrait faussement jovial, l'accueillait avec emphase et la traitait comme une parente bien-aimée dont il répugnerait à se séparer. Cette fois, il se contenta de lui jeter un bref coup d'œil en lui ordonnant de les rejoindre. Les gardes alignés près de la cheminée parurent soulagés de la voir.

Eileen alla jusqu'à l'inconnu et s'arrêta à sa hauteur sans le regarder ; le peu qu'elle en avait vu était déjà assez intimidant. Il ne portait pas de perruque mais avait attaché ses cheveux bruns en catogan. Son gilet de brocart noir, qui épousait la ligne carrée de ses épaules et son torse puissant, laissait apparaître les manches et le col de sa chemise en lin d'un blanc immaculé. À l'instar de tous ses vêtements, le manteau de laine noire gansé de soie posé sur le banc à côté de lui était d'une coupe impeccable. De magnifiques gants de cuir noir dissimulaient ses mains, croisées devant lui sur la table. Manifestement, il s'agissait là d'un homme fortuné.

Elle baissa les yeux sur sa robe élimée; elle ressemblait à une misérable.

— Il est français, annonça Milford. En tout cas, il parle cette langue.

L'inconnu se leva pour la saluer. Il était très grand, remarqua-t-elle. Il s'inclina le temps d'une petite révérence, puis se redressa en plongeant les yeux dans les siens. Son visage était extrêmement séduisant, avec un regard d'un bleu profond frangé de cils noirs, des joues ombrées d'une barbe de plusieurs jours, un nez droit et des lèvres bien dessinées. Bien qu'il soit difficile de lui donner un âge à cause de la barbe, il ne devait pas avoir plus de trente ans.

Visiblement conscient de l'effet qu'il produisait sur elle, il la regarda l'examiner d'un air amusé.

— J'espère obtenir votre approbation, mademoiselle, plaisanta-t-il en français.

Eileen se sentit rougir. Aucun des hommes que Milford lui avait présentés jusqu'alors ne ressemblait à celui-ci.

— Vous parlez français, n'est-ce pas? s'enquit sèchement Milford.

— Oui.

— Alors, interrogez-le. Je veux savoir son nom et d'où il vient.

— Vous ne connaissez pas son nom? s'étonna Eileen.

— Comment pourrais-je le connaître? Deux valets l'ont trouvé endormi dans l'ancienne maison de gardien.

Comprenant soudain ce qu'elle avait cru, Milford secoua la tête et reprit en grommelant:

— Je ne l'ai pas fait venir ici pour lui proposer de vous épouser, Eileen, si c'est à ça que vous pensez. Et dites-lui de se rasseoir.

Elle acquiesça et s'installa sur le banc près de l'inconnu en essayant de rassembler ses souvenirs de français.

— Alors ? la pressa Milford, les bras croisés.

— Bienvenue à Ronley Hall, monsieur, commença-t-elle, troublée par le regard intense de l'homme. Apparemment, vous parlez français.

— Oui, mademoiselle, répondit-il dans cette langue.

— Et un peu d'anglais ?

— Un petit peu.

— Que dit-il ? intervint Milford.

— Je lui ai souhaité la bienvenue. Il a dit qu'il parlait français et un peu anglais.

— On l'avait compris ! Demandez-lui qui il est.

— À qui ai-je l'honneur, monsieur ? s'enquit-elle en français.

— Belmond, mademoiselle.

— Belmond. C'est son nom ? voulut savoir Milford. Et son prénom ? D'où vient-il ?

Elle interrogea Belmond.

— Jean, mademoiselle. Jean Belmond.

— Vous êtes français, monsieur ?

— Oui.

— De quelle région ?

Belmond sourit, révélant une fossette sur sa joue gauche. Eileen retint son souffle et réprima une pointe d'agacement en remarquant qu'il avait perçu son trouble. Cet homme était décidément très sûr de lui.

— Londres, mademoiselle.

Milford eut un geste impatient.

— Londres ? Il vient de Londres ? C'est quoi exactement ? Un huguenot ?

— Oui, monsieur, répondit Belmond en français en s'adressant directement à lui.

— Où ça, à Londres ?

— Spitalfields, indiqua Belmond avant de préciser à l'intention d'Eileen : Je comprends un peu l'anglais, mademoiselle.

Elle acquiesça d'un signe de tête. Spitalfields était une ville remplie de huguenots qui avaient fui la France après la révocation de l'Édit de Nantes par Louis XIV. Leurs coreligionnaires anglais les avaient accueillis les bras ouverts en tant que partisans du roi Guillaume.

— Vous ne ressemblez pas à un tisserand, remarqua Milford.

Se tournant vers Eileen, il ordonna :

— Répétez-lui ça !

Belmond eut un nouveau sourire quand elle traduisit.

— Tous les huguenots ne sont pas tisserands, tailleurs ou horlogers, mademoiselle. Je suis soldat.

— Soldat ? s'étonna Milford quand elle eut traduit. Et où compte-t-il combattre ?

— En Écosse. J'espère me faire engager dans l'armée du roi Guillaume.

— Qu'est-ce qu'il raconte sur le roi Guillaume ? s'exclama Milford. Dites-lui que j'ai combattu avec Guillaume d'Orange à Maastricht, et que je suis resté avec lui jusqu'à la bataille de la Boyne.

Eileen répéta, bien qu'un éclat fugace dans les prunelles de Belmond l'ait convaincue qu'il avait déjà compris. L'espace d'un instant, il lui parut presque en colère. Étrange... En quoi les paroles de Milford pouvaient-elles irriter un huguenot ?

Pourtant, sa voix était calme lorsqu'il dit avec un accent français appuyé :

— Un frère d'armes, alors.

Milford acquiesça en souriant.

— Vous verrez, Guillaume est un bon commandant. À quel endroit pensez-vous rejoindre son armée ?

— Là où je la trouverai, répliqua Belmond par le biais d'Eileen.

— Vous risquez fort de rester là-bas un bon moment. Ces damnés Écossais ne se décident pas à comprendre qu'ils ont perdu la couronne.

— J'imagine que tant que James Stuart sera vivant, ils continueront à croire qu'ils ont une chance de la reconquérir.

Eileen traduisit et regarda les deux hommes échanger un regard approbateur.

— Deux mercenaires, commenta-t-elle en cachant mal son mépris. Vous vendez votre habileté à tuer.

Belmond haussa les épaules.

— Il faut bien vivre.

— Vous n'avez pas l'air pauvre.

— Je suis un cadet de famille, mademoiselle. C'est pour cela que j'ai choisi le métier des armes.

— Le cadet d'un noble ?

— D'un marchand.

— Un marchand breton ?

Belmond hocha la tête.

Milford se pencha en avant.

— De quel coin de Bretagne est-il ?

— Un village dont le nom ne vous dirait rien, répondit Belmond.

— Comment s'appelle-t-il ? insista Eileen.

— Saint-Sébastien.

— Où est-ce ?

— À l'ouest de Saint-Malo, ce qui ne vous renseigne probablement guère, mademoiselle.

— Au contraire, monsieur. Votre village se situe-t-il entre Dinard et Saint-Malo ou Dinard et Saint-Brieuc ?

Une expression de surprise, rapidement réprimée, passa sur les traits de Belmond.

— À l'ouest de Dinard, précisa-t-il.

— Qu'a-t-il dit ? s'informa Milford d'un ton agacé.

Lorsqu'elle le lui répéta, il grommela.

— À l'ouest ou à l'est de Dinard, qu'est-ce que ça peut nous fiche ? C'est toujours la France !

Elle sourit timidement à Belmond, qui la gratifia en retour d'un sourire rayonnant.

— Je vous ai demandé de traduire, pas de flirter avec lui ! la réprimanda Milford. Vous ferez de lui ce que vous voulez quand j'aurai terminé. Ou plutôt, c'est lui qui fera de vous ce qu'il voudra. Sait-on jamais ? Peut-être même qu'il vous épousera, railla-t-il.

Eileen prit une inspiration en se rappelant qu'il serait malvenu de se fâcher contre celui qui l'hébergeait.

— Restez poli, Milford, sinon je vous laisse vous débrouiller avec lui, répliqua-t-elle cependant, ce qui lui valut un rire gras.

Agacée, elle se retourna vers Belmond et s'aperçut avec stupeur qu'il avait compris tout ce qui venait d'être dit.

— Il manque de la courtoisie la plus élémentaire, fit-il remarquer en français. Êtes-vous la seule ici à comprendre le français ?

Eileen hocha la tête.

— Comment se fait-il que vous connaissiez cette langue ?

— J'ai reçu une bonne éducation.

— Avez-vous également du sang français ?

Elle sourit en songeant à sa lignée.

— Si on remonte très loin… Vous-même semblez bien vous débrouiller en anglais.

— À force de vivre ici, c'est inévitable.

— Dans ce cas, pourquoi ne le parlez-vous pas directement ?

— J'ai essayé, mais j'ai du mal à me faire comprendre. Je manque de vocabulaire.

— Depuis quand habitez-vous en Angleterre ?

— Environ un an.

— Vous avez toujours vécu à Londres ?

— Pour l'essentiel.

— Votre pays doit vous manquer.

L'espace d'un instant, une ombre nostalgique glissa sur ses traits.

— Énormément.

— D'où venez-vous, monsieur ?

— Je vous l'ai dit, répondit-il, surpris. De Bretagne.

Elle secoua la tête.

— Vous n'êtes pas breton, monsieur Belmond. Je ne suis même pas certaine que vous soyez français, bien que votre français soit excellent. Et je serais étonnée que votre père soit marchand.

— Mettriez-vous mes paroles en doute, mademoiselle ?

— En effet.

— C'est pourtant la vérité.

— Je serais prête à parier le contraire.

— Vraiment ?

Il la considéra un moment avant de reprendre :

— Milford est-il le fils de sir Adam ?

— Non. Il a acheté la propriété après la mort de celui-ci.

Milford se redressa subitement sur son siège.

— Sir Adam ? Il a parlé de sir Adam ?

Eileen acquiesça.

— Demandez-lui d'où il le connaît.

— Quelqu'un m'a dit que Ronley Hall lui appartenait, répondit Belmond après qu'elle eut traduit.

— Qui ?

— Je ne m'en souviens pas. Pourquoi ? C'est interdit de parler de sir Adam ? plaisanta Belmond.

— Il y a deux ans de cela, l'ancien propriétaire de Ronley Hall s'est noyé dans la Tamise, expliqua Eileen. La veille, il avait traité le roi Guillaume d'usurpateur. Depuis ce jour, les seuls visiteurs à s'être enquis de lui étaient des partisans du roi détrôné.

— « Le roi détrôné ? » s'étonna Belmond. Vous ne pouvez pas prononcer son nom ?

— Ce serait imprudent.

— Qu'est-ce que vous vous racontez ? intervint Milford avec impatience.

Posant les mains à plat sur la table, Belmond se pencha vers lui.

— Je suis en route pour rejoindre l'armée du roi Guillaume, lui rappela-t-il en anglais.

Milford hocha la tête, mais son expression était sceptique.

— Qui êtes-vous, mademoiselle ? demanda Belmond. Vous êtes de sa famille ?

— Non.

— Êtes-vous sa...

Il n'acheva pas sa phrase. Ce n'était pas nécessaire.

— Je n'ai aucun lien avec lui, assura-t-elle. Il est juste assez généreux pour ne pas me jeter dehors. En échange, je lui rends quelques menus services, rien cependant qui vaille le prix de ma nourriture. Il aimerait bien me trouver un mari, mais il y a peu de chances qu'il y parvienne. Je n'ai pas de dot, et aucun homme n'a envie d'une épouse sans le sou.

Il lui adressa un nouveau sourire.

— Je pense au contraire que beaucoup d'hommes seraient heureux de vous avoir pour femme, mademoiselle. L'absence de dot ne représente pas un si gros handicap que vous le croyez.

— Sauf si on est la fille d'un homme retrouvé noyé après avoir traité le roi d'usurpateur.

— Vous êtes la fille de sir Adam ?

— Oui.

— Et votre mère ? Est-elle ici avec vous ?

— Noyée elle aussi. Elle était originaire du pays au nord d'ici, monsieur, ce qui est plutôt malsain quand on vit en Angleterre de nos jours.

— Votre mère était écossaise ?
— Oui. Des Highlands. C'était une MacKenzie.
— Vraiment ? Comment s'appelait-elle ?
— Catriona MacKenzie.
Comme Belmond la dévisageait, Eileen devina la vérité.
Milford bondit sur ses pieds.
— Tout ça ne me plaît pas ! s'exclama-t-il. De quoi parlez-vous ?
— De ce qu'il trouvera en Écosse, mentit Eileen en s'efforçant de garder un ton naturel.
— Des sauvages, voilà tout ce qu'il trouvera ! Vous avez parlé d'autre chose. Qu'est-ce que vous vous êtes raconté ?
— Je lui ai dit que ma mère était écossaise.
— Au moins votre mère a-t-elle eu la sagesse de quitter l'Écosse pour venir vivre ici, commenta Milford. Dommage qu'elle n'ait pas eu celle d'épouser autre chose que cette grande gueule de bâtard !
Eileen ferma un instant les yeux pour refréner sa colère. Milford avait raison, cependant. Son père était effectivement un bâtard, et son franc-parler lui avait valu la mort. Et celle de son épouse.
Belmond baissa un instant les yeux, puis la regarda de nouveau en se levant.
— S'il vous plaît, dites à Milford que je le remercie pour le repas et le gîte de cette nuit. Il est temps que je reprenne la route, à présent. Merci également pour votre aide, mademoiselle.
Lorsqu'elle eut traduit, Milford secoua la tête.
— Non, il ne bouge pas d'ici. Vous me prenez peut-être pour un idiot, Eileen, mais vous vous trompez.
À l'adresse de ses hommes, il ajouta :
— Conduisez-le dans une cellule. Fouillez-le.
Belmond recula et tira son épée.
— Monsieur, dit-il en anglais, je vais rejoindre l'armée du roi Guillaume.

— Pas encore, répliqua Milford en faisant signe à ses gardes.

Belmond fit un nouveau pas en arrière. Eileen s'écarta pour le laisser passer, mais trop tard. Il la heurta et dut la retenir par le bras pour l'empêcher de tomber.

Profitant de cet instant d'inattention, les gardes fondirent sur lui.

Il se défendit vaillamment et parvint même à en repousser plusieurs mais, à un contre dix, il n'avait aucune chance. Quand l'un d'eux l'envoya au sol, tous se précipitèrent sur lui et le rouèrent de coups jusqu'à ce qu'il perde connaissance.

Horrifiée, Eileen les regarda le traîner en direction des cellules.

2

Debout sur la falaise, dos au château, James MacCurrie regardait le paysage sans le voir. Ni les collines couvertes de neige ni le mouvement des navires dans le loch en contrebas ne parvenaient à détourner le cours de ses pensées.

Neil était en danger.

Au cours des deux derniers mois, son jumeau lui avait adressé de nombreux messages pleins de frustration, de rage, de résignation ou d'impatience, mais jamais de peur ni de douleur. Jusqu'à ce matin.

Quand son épouse le rejoignit, James lui enlaça la taille.

— C'est Neil ? s'enquit-elle d'un ton tranquille.

Il acquiesça d'un signe de tête et se pencha pour lui donner un baiser. Nul besoin de s'expliquer : Ellen savait que son frère et lui avaient le pouvoir de communiquer à distance. Depuis leur plus jeune âge, ils partageaient ainsi leurs émotions les plus fortes et chacun sentait quand l'autre courait un danger. Ce don leur avait sauvé la vie plus d'une fois.

Lorsqu'il était tombé amoureux d'Ellen, ce lien si particulier avait été mis à rude épreuve. Pendant un temps, James avait même cru qu'il avait disparu. En fait, il s'était juste altéré. Deux ans de guerre côte à côte, la plupart du temps loin de chez eux, l'avaient rétabli, mais sans toutefois lui redonner sa force d'antan. Tout cela était sans doute normal. Après tout, Neil et lui étaient adultes, à présent, et leurs priorités avaient changé.

Désormais, il avait une femme et un fils. Quant à Neil, il était devenu laird de Torridon après la mort de leur père Alistair deux ans plus tôt.

James jeta un coup d'œil par-dessus son épaule en direction du banc sur lequel était assise sa grand-mère Mairi qui tenait dans ses bras John Alistair MacCurrie, son arrière-petit-fils âgé de trois mois. Il serra sa femme un peu plus fort. Oui, aujourd'hui, Ellen et le bébé passaient avant tout. Son frère aîné venait en second.

Il sourit en voyant John tendre sa petite main potelée vers lui. Ils l'avaient prénommé ainsi en souvenir de John Graham, le cousin d'Ellen. Son second prénom, Alistair, était une manière de rendre hommage à son propre père tout en laissant la possibilité à Neil, en tant que comte de Torridon et chef du clan MacCurrie, de le transmettre à son fils. Si un jour Neil avait un fils. S'il revenait…

— Que se passe-t-il ? demanda Ellen.

— Je ne sais pas exactement. Il a eu un problème, quelque chose d'imprévu. Il s'en veut.

— S'il s'en veut, c'est qu'il est vivant.

James hocha la tête. Ellen avait raison. Le silence serait plus inquiétant ; il pourrait signifier que Neil était gravement blessé. Ou mort.

— Cela a commencé par de la colère. Puis un sursaut, comme s'il se rendait brusquement compte qu'il courait un danger.

— Et après ?

— Plus rien.

— Tu peux sentir où il est ?

— Non.

James fronça les sourcils.

— Il devrait être rentré depuis un mois.

— La durée de ses voyages en France a été très inégale, lui rappela Ellen. Certains ont été très courts, d'autres beaucoup plus longs.

— Ils ont tous été trop longs, répondit-il. C'est moi qui aurais dû y aller.

Comme par réflexe, Ellen tourna les yeux vers leur fils. James lui embrassa le front, ramenant son attention vers lui.

— Mais comment me résoudre à m'éloigner de nouveau après tout ce temps que j'ai passé loin de toi quand tu attendais notre enfant ? Cela m'aurait fendu le cœur, Neil le savait.

— C'est très généreux de sa part de ne pas t'avoir demandé de partir.

— Pas tant que tu le crois. Avec moi ici, il sait qu'il peut s'éloigner sans danger pour Torridon. Il y a des avantages à être jumeaux, ajouta-t-il en riant. À mon avis, ces voyages lui ont bien plu.

— Malgré les risques ?

— *À cause* des risques, mon amour !

Son expression s'assombrit soudain, puis il reprit :

— Du moins jusqu'à aujourd'hui. Il s'est passé quelque chose, Ellen. J'ignore quoi, mais ce n'est pas bon. Le pire, c'est que je ne peux même pas le rejoindre. Nous ne savons pas où il est, depuis que Duncan l'a débarqué sur les côtes françaises.

— Que comptes-tu faire ?

Il grimaça.

— Attendre. Je recevrai sûrement des nouvelles bientôt.

— Sinon ?

— Sinon…

James tourna les yeux vers la mer.

— Je ne sais pas. Duncan et moi irons en France, je suppose.

Neil ouvrit lentement les yeux. Ces satanés gardes avaient bien fait leur boulot ; il avait mal partout. Il était allongé dans le noir, pieds nus, poignets et chevilles attachés. Il sentait le contact froid de la pierre contre ses omoplates, et avait un goût de sang dans la bouche. Au moins ses dents étaient-elles encore toutes en place.

Il poussa un grognement de douleur en se tournant, et se maudit intérieurement. Tout était sa faute ! Il s'était conduit comme un imbécile en parlant à tort et à travers. À croire que la vue de cette femme lui avait ramolli la cervelle. Certes, Eileen Ronley était belle, mais de là à perdre toute notion de prudence comme il l'avait fait !

Il la revit en pensée. Grande et élancée, elle avait les seins pleins, la taille mince et une allure troublante, fière mais sans orgueil. Des mèches cuivrées teintaient de roux son épaisse chevelure dorée qui encadrait l'ovale délicat de son visage. Elle était dotée d'une bouche magnifique, avec des lèvres roses et un sourire éblouissant.

Mais c'était surtout ses yeux qui l'avaient subjugué. Un regard gris frangé de longs cils et pailleté de taches bleues et mordorées, plein d'intelligence. Au cours de leur échange, il avait vu toutes sortes d'émotions se succéder dans ses prunelles : de l'intérêt, de l'incrédulité, et un mélange de plaisir et de gêne quand il lui avait assuré que son absence de dot ne l'empêcherait pas de trouver un mari. Ses pupilles s'étaient agrandies une première fois quand il lui avait demandé le nom de sa mère, puis une seconde lorsqu'elle s'était rendu compte qu'il comprenait Milford.

Dieu du ciel ! Comment avait-il pu se laisser troubler au point de trop en dire jusqu'à en arriver là ? Pourtant, sa ruse fonctionnait parfaitement depuis son arrivée sur le sol anglais. Se faire passer pour un soldat français était le meilleur moyen de tromper l'ennemi, puisqu'il parlait cette langue sans accent et n'avait aucun mal à se conduire en guerrier.

Hélas ! Milford était lui aussi un soldat. Et il avait livré les mêmes batailles que Jamie, Duncan et lui, mais dans le camp adverse. Ce n'était pas vraiment le genre d'homme à se laisser leurrer par un costume à la mode et un accent français. Même s'il ignorait encore son identité réelle, il ne tarderait pas à la découvrir.

Neil maudit le sort qui l'avait fait échouer ici, avant de se rappeler que ce n'était ni le hasard ni une quelconque coïncidence qui l'avaient conduit à Ronley Hall. En fait, il n'y aurait jamais mis les pieds si le marchand qui lui avait vendu son épée et ses vêtements français ne lui avait communiqué le nom de sir Adam en précisant qu'il l'accueillerait à bras ouverts.

Deux ans ! Cela faisait deux ans que sir Adam était mort. Assez longtemps pour que la nouvelle ait pu dix fois faire le tour de Londres. Neil sentit la rage le gagner. Il retrouverait cet homme, découvrirait pourquoi il lui avait menti, et se vengerait. À condition de sortir de ce cachot et de quitter Ronley Hall, bien sûr.

Et de laisser derrière lui la fille de Catriona MacKenzie.

À l'ouest de l'Écosse, tout le monde connaissait l'histoire de la belle Catriona, tombée amoureuse d'un Anglais lors d'un voyage à Londres et qui l'avait épousé contre la volonté de son père. Fou de colère, celui-ci l'avait reniée, interdisant à quiconque de mentionner son nom. Malgré les supplications de sa femme et de ses fils, Phelan MacKenzie n'avait jamais pardonné à sa fille, ordonnant même à ses gardes de la repousser si jamais elle avait l'idée de venir à Glen Mothin lui présenter ses petits-enfants.

Durant des années, Catriona avait envoyé des lettres qu'il brûlait sans les ouvrir devant son épouse éplorée. Finalement, les courriers avaient cessé et sa femme était morte. Seuls les frères de Catriona avaient continué à penser à elle, s'interrogeant sur son sort. L'aîné avait raconté à ses enfants l'histoire de cette tante qu'ils n'avaient jamais vue, leur avait parlé de leurs cousines qui grandissaient quelque part en Angleterre. Deux filles dont personne n'avait jamais su le nom.

Quant au père de Duncan, le plus jeune des frères de Catriona, il n'avait pas hésité à défier Phelan en se rendant un jour chez sa sœur, accompagné de sa femme et de son fils. En l'apprenant, Phelan était entré dans une colère noire. Sa rancœur avait survécu à la mort de son fils, se reportant sur son petit-fils Duncan.

Isabel, la mère de Duncan, était la sœur cadette de la mère de Neil et Jamie. Les deux sœurs avaient été d'autant plus proches que leurs maris s'appréciaient beaucoup. Quand Isabel était morte en couches en mettant au monde son deuxième enfant, mort-né, Anne et Alistair s'étaient aussitôt rendus à Glen Mothin pour réconforter son mari. Et à la mort de celui-ci, quelques années plus tard, ils avaient offert d'accueillir Duncan chez eux, ce que son grand-père, peu enclin à s'embarrasser d'un gamin, s'était empressé d'accepter. Duncan était alors devenu un véritable frère pour Neil et Jamie. C'était lui qui leur avait raconté l'histoire de Catriona.

Eileen Ronley était sa cousine.

Maintenant qu'il avait fait le rapprochement, Neil percevait la ressemblance. Bien qu'elle fût plus claire – blond vénitien plutôt que rousse –, la chevelure d'Eileen était aussi lourde et fournie que celle de Duncan, et leurs yeux avaient la même forme. Neil avait hâte de voir la réaction de ce dernier quand il lui apprendrait qu'il avait rencontré sa cousine au fin fond de l'Angleterre. S'il parvenait à rentrer en Écosse, évidemment...

Il tressaillit en entendant la porte du cachot s'ouvrir. Milford et trois gardes se tenaient sur le seuil. Après avoir fiché leurs torches dans les supports muraux, les gardes s'approchèrent et l'obligèrent à se lever.

— Je vous laisse une chance de me donner votre vrai nom, dit Milford sans entrer.

Neil secoua la tête.

— Je ne comprends pas, répondit-il en français.

Milford se retourna et fit signe à quelqu'un derrière lui. Eileen Ronley apparut ; elle semblait effrayée.

Eileen entra dans la geôle en se demandant quel spectacle l'attendait. À l'époque de son père, cette pièce servait à entreposer une partie de la production agricole de Ronley Hall et des marchandises venues du continent. Un jour, alors qu'elle avait dix ans, elle avait joué ici avec une amie en pariant à qui mangerait le plus grand nombre de pommes. Elle avait gagné, mais au prix d'une colique atroce qui lui avait tordu le ventre pendant plusieurs jours. Sa mère, se souvenait-elle, était restée près d'elle jusqu'à ce qu'elle aille mieux, lui caressant le front pour la réconforter.

Elle repoussa cette image. Sa mère n'était plus ; elle avait disparu en même temps que sa vie d'antan. À présent, Eileen était là, dans cette pièce glacée, face à un homme qui se prétendait français. D'anciens meubles de ses parents, empilés les uns sur les autres, avaient remplacé les fûts de vin et les barriques pleines de vivres d'autrefois.

Debout entre les meubles et le mur, Belmond dévisageait Milford. Sa chemise déchirée à partir de l'épaule gauche pendait en lambeaux, laissant apparaître un torse musclé couvert d'ecchymoses. Du sang avait séché sur ses lèvres et son visage tuméfiés, et sa paupière droite était si gonflée qu'il parvenait à peine à la soulever. Mais il était vivant, et en colère.

— Mademoiselle, dit-il en français d'un ton courroucé, demandez à Milford ce qu'est devenue l'hospitalité légendaire des Anglais envers les voyageurs ! Ne peut-on plus traverser ce pays sans être jeté en prison comme un criminel ? Dites-lui que je n'ai rien fait qui justifie un tel traitement !

Eileen traduisit et vit l'expression de Milford se durcir tandis qu'il avançait vers Belmond en lui faisant signe de le suivre.

— Répondez-lui, déclara-t-il, les yeux rivés à ceux de Belmond, que je traite ainsi tous ceux qui osent me menacer de leur épée chez moi.

— Vous vouliez m'empêcher de partir, lui rétorqua Belmond.

— Dites-lui que je ne crois pas un mot de son histoire. Demandez-lui son nom, son *vrai* nom.

— Belmond.

— Je vous en prie, dites-lui la vérité ! intervint Eileen en français. Il peut être violent.

— Moi aussi. Je suis un soldat huguenot et j'ai beaucoup d'amis. S'ils restent sans nouvelles de moi, ils partiront à ma recherche.

Milford haussa les épaules quand elle traduisit.

— Son nom, répéta-t-il sèchement.

— Belmond. Jean Belmond.

Se doutant déjà de la suite, Eileen se raidit.

Milford leva une main et l'ouvrit sur la bague qu'il tenait dans sa paume. Juste avant de descendre, il lui avait montré le bijou en affirmant qu'il connaîtrait la vérité, dût-il frapper le soi-disant Belmond jusqu'à ce que mort s'ensuive.

— Qui êtes-vous ? grogna-t-il.

— Jean Belmond. Huguenot, répondit Belmond. De Spitalfields.

— Où avez-vous trouvé cette bague ?

— Je l'ai gagnée aux cartes à Londres, dit Belmond après qu'Eileen eut traduit.

Milford lui mit la chevalière devant les yeux.

— Elle est frappée à l'emblème d'un clan écossais.

— Je l'ai gagnée à Londres.

— Pourquoi la cachiez-vous dans une de vos bottes ?

— Pour la mettre à l'abri des voleurs. Je comptais la vendre en Écosse. On ne trouve plus guère d'Écossais à Londres, en ce moment.

Milford eut un reniflement de mépris en écoutant la traduction.

— En effet. Ils ont fui comme des lapins. À l'instar de leur roi.

— Et des Anglais à Killiecrankie, rétorqua Belmond en anglais.

Milford lui lança son poing en plein visage, lui fendant la lèvre. Eileen poussa un cri.

Belmond leva le menton et toisa Milford.

— Qui êtes-vous ? hurla celui-ci. Pourquoi cette bague est-elle en votre possession ? Qu'allez-vous faire en Écosse ? Pourquoi vous êtes-vous arrêté à Ronley Hall ?

— Je vais m'enrôler dans l'armée du roi Guillaume.

Milford le frappa de nouveau.

Belmond ferma les yeux un instant, puis les rouvrit, un éclat meurtrier dans les prunelles.

— Dites-lui, lança-t-il à l'adresse d'Eileen, qu'il faut une forme de courage très particulière pour frapper un homme ligoté et désarmé. Je lui propose de me détacher avant de recommencer.

Quand elle lui répéta ces paroles, Milford poussa un juron. Toutefois, avant qu'il ait pu réagir, elle s'interposa entre Belmond et lui.

— Pourquoi faites-vous cela ? demanda-t-elle. Qu'est-ce que ça change, qu'il ait cette bague ? Laissez-le partir ! Ce n'est pas important.

Milford l'écarta sans ménagement et toisa Belmond.

— J'ignore à qui j'ai affaire.

— Et alors ?

— Il ne vous est pas venu à l'esprit, Eileen, qu'il pouvait s'agir d'un espion ? C'est peut-être un partisan de James Stuart portant un message en Écosse depuis la France. Peut-être même compte-t-il assassiner le roi Guillaume et remettre la clique des Stuart sur le trône ! Vous avez parlé de l'Écosse et de votre mère avec lui, poursuivit-il en se tournant vers elle. Que vous êtes-vous raconté d'autre ?

— Si c'était un espion, il n'aurait pas demandé à voir mon père, argua-t-elle.

— Sauf si on lui a dit que votre père ouvrait grand sa porte aux partisans de James Stuart.

— Depuis deux ans, tout le monde sait que mon père est mort.

— Tout le monde sait surtout que c'était un bâtard.

— Il n'était pas le seul, même si certains sont moins connus, répliqua-t-elle du tac au tac.

Milford leva la main comme pour la gifler, mais il se ravisa et s'éloigna.

— Je vous donne une heure pour le faire avouer, Eileen.

Il fit signe à ses hommes de le suivre.

— Enfermez-la avec lui.

— Milford !

— Quoi ? De toute manière, il ne me parlera pas. Vous n'avez qu'à lui faire du charme et flirter avec lui, comme tout à l'heure. Expliquez-lui pourquoi votre père est mort, racontez-lui l'histoire de votre mère ou combien vous rêviez d'aller en Écosse.

— C'était il y a longtemps, j'étais encore une enfant !

— Dans ce cas, révélez-lui l'identité de votre grand-père, ça devrait l'intéresser. Racontez-lui ce que vous voudrez, je m'en moque, mais tirez-lui les vers du nez.

— Et s'il ne veut rien me dire ?

— Alors, je ferai les choses à ma façon.

Sur ces mots, il sortit. Ses hommes jetèrent Belmond au sol avant de lui emboîter le pas et de verrouiller la porte derrière eux.

Belmond s'assit tant bien que mal. Il appuya sa tête contre le mur et ferma les yeux tandis qu'Eileen tirait une chaise à elle et s'y installait en soupirant. Elle n'arrivait pas à croire que Milford l'ait enfermée dans cette geôle où les torches ne les éclaireraient pas plus d'une heure.

Un courant d'air froid glissa sur ses jambes. En se tournant pour en déterminer la source, elle avisa les bottes et les vêtements du prisonnier près de la porte. Si le froid s'intensifiait, elle lui passerait son manteau et s'enroulerait dans l'une des couvertures qui protégeaient les meubles. Elle jeta un coup d'œil à Belmond. Son visage était émacié, ses joues pâles sous les ecchymoses et les égratignures. Il devait mourir de froid, songea-t-elle, après tout ce temps passé à même le sol.

Il ouvrit les yeux.

— Merci, mademoiselle, dit-il en français.

Elle lui lança un regard agacé.

— Inutile de prolonger ce simulacre, monsieur Belmond. Nous pouvons parler anglais.

— Je préfère continuer en français, mademoiselle.

Elle leva les yeux au ciel.

— De quoi me remerciez-vous ?

— De votre gentillesse.

— Je n'ai rien fait de spécial.

Elle marqua une pause avant de reprendre :

— Pourquoi êtes-vous venu ici ?

— Je cherchais un endroit où m'abriter de la tempête et dormir. Je suis tombé sur la maison en ruine à l'entrée du domaine.

— Comment connaissiez-vous le nom de sir Adam Ronley ?

— À Warwick, je m'étais renseigné pour savoir qui vivait dans les environs.

— Et quelqu'un vous a dit que sir Adam Ronley habitait ici ?

— Oui. Je…

Elle leva la main pour l'interrompre.

— Cessez de mentir, je vous en prie ! Si c'est pour me raconter n'importe quoi, je préfère que vous vous taisiez.

Obéissant, il resta silencieux. Au bout de quelques minutes, elle se leva pour lui délier les chevilles et sortit un mouchoir de sa poche. Elle croisa rapidement son regard lorsqu'elle entreprit de sécher le sang qui s'écoulait toujours de sa lèvre.

— Si vous pensez que je vous interroge dans le but de tout répéter à Milford, vous vous trompez, dit-elle. Je ne lui ai pas révélé que vous comprenez l'anglais ni qu'à mon avis, vous n'êtes pas plus français que moi. Et je n'ai pas l'intention de lui dire quoi que ce soit. C'est ma propre curiosité que je cherche à satisfaire, pas la sienne. Mais vous ne me croyez pas, bien sûr.

— Merci.

— Vos mensonges ne sont même pas crédibles ! Personne à Warwick n'a pu vous dire que sir Adam vivait ici.

— J'ai peut-être mal compris.

— J'en doute.

Les yeux baissés sur ses pieds pour ne pas avoir à croiser le regard d'Eileen, Neil essaya de bouger ses jambes. Mentir en la regardant était trop difficile. Elle se pencha sur lui et commença à lui délier les poignets.

— Vous êtes sûre que c'est prudent ? demanda-t-il en français.

Elle le dévisagea, surprise.

— Vous ne voulez pas que je vous détache ?

— Ce que je ne veux pas, c'est que vous en supportiez les conséquences. Vous aviez raison, Milford est une brute.

— Il ne lèvera jamais la main sur moi.

— Il n'en était pas loin, tout à l'heure.

— Il s'est ressaisi à temps. Il sait ce qu'il lui en coûterait. Sa mère était la fille de notre jardinier. Il a beau être devenu propriétaire de Ronley Hall, c'est moi qui ai grandi ici. Personne ne l'a oublié, pas même lui.

— Vous êtes très familiers l'un avec l'autre.

— Je le connais depuis toujours.

— Comment le petit-fils d'un jardinier est-il devenu le maître de Ronley Hall ?

— Mon père a laissé de nombreuses dettes, à sa mort. J'ai dû tout vendre pour les payer.

— Où Milford a-t-il trouvé assez d'argent pour acheter le domaine ?

— En combattant dans l'armée de Guillaume.

— Il s'est battu avec le roi Guillaume sur le continent ?

— Guillaume n'était pas encore roi d'Angleterre, à l'époque. Juste Guillaume d'Orange. Milford a fait la guerre à ses côtés contre la France et dans ses rangs en Écosse.

— Il était officier ?

— Je ne crois pas. Pourquoi ?

— Un simple soldat gagne rarement de quoi s'offrir un manoir. Il a dû rendre des services exceptionnels.

— C'est ce que je me suis dit, mais je n'ai jamais réussi à en savoir plus. Remarquez, je n'ai pas beaucoup cherché. La vie de Milford m'intéresse peu.

— Comment se fait-il que vous soyez toujours ici ?

— Je n'avais nulle part où aller. Milford a accepté de me garder.

— Cela aurait été douloureux de quitter votre demeure, je suppose.

— Je n'y vivais plus depuis des années, mais c'est là que j'ai passé mon enfance.

— Avec Milford ?

— Oui. Et des centaines d'autres.

Elle continua à dénouer ses liens.

— Je trouve intéressant qu'il vous ait laissée ici avec moi.

— Intéressant ? Ce n'est pas vraiment le mot que j'emploierais.

— Où viviez-vous, quand vous n'étiez pas à Ronley Hall ?

— Avec ma famille, à Londres.

Ce qui expliquait ses manières, songea Neil. Ce n'était pas une fille de la campagne. Elle avait grandi et vécu dans un milieu aisé avant de se retrouver du jour au lendemain sans le sou.

— Vous n'aviez nulle part ailleurs où aller ? Pas de famille pour vous accueillir ? Un frère ou une sœur ?

— Personne, répondit-elle avec un sourire guindé. Ma sœur est morte. Quant à mes cousins, ils étaient peu enclins à me recevoir, après que mon père eut traité Guillaume d'usurpateur.

— Et la famille de votre mère ?

— Je ne les connais pas. Je doute même qu'ils soient au courant de mon existence.

Tandis qu'elle s'affairait sur ses liens, Neil regarda la lueur des torches danser sur ses cheveux dorés. Les cheveux des MacKenzie… La fille de Catriona était seule au monde.

— Vous n'avez pas peur de moi, mademoiselle Ronley ?

— Non. Vous ne me ferez pas de mal.

— Comment pouvez-vous en être certaine ?

Elle plongea son regard dans le sien.

— Je l'ignore, mais je sais que je n'ai rien à craindre de vous, monsieur Belmond. Ou qui que vous soyez.

Elle s'empourpra légèrement avant de reprendre d'un ton brusque :

— En outre, je peux frapper à la porte en cas de problème.

— Si je ne vous ai pas tuée avant.

— Si vous espérez m'effrayer, vous perdez votre temps, monsieur Belmond, répliqua-t-elle en fronçant les sourcils. Le seul risque que je coure, c'est que vous me disiez la vérité. Je pourrais m'effondrer sous le choc.

Elle parvint enfin à défaire le dernier nœud.

— Voilà, monsieur Belmond, vous pouvez bouger les mains, annonça-t-elle en reculant de quelques pas.

Neil plia et déplia plusieurs fois ses doigts engourdis. C'était un peu douloureux mais, apparemment, tout fonctionnait. En revanche, son pied gauche était toujours insensible et ses jambes refusaient de remuer. Il tira un genou contre sa poitrine.

— Je suppose que vous ne me direz rien, poursuivit Eileen d'une voix lasse. Vous ne faites jamais confiance à personne ? Je n'attends pas de réponse de votre part ; je me demande juste ce qu'il peut y avoir dans la tête d'un homme comme vous.

— Un homme comme moi ? Que voulez-vous dire ?

— Un homme qui gagne sa vie en tuant.

Neil cilla, laissa retomber sa jambe gauche et saisit la droite.

Un homme comme moi, qui gagne sa vie en tuant. Le dégoût d'Eileen était visible ; il eut un pincement au cœur en constatant la piètre opinion qu'elle avait de lui, puis se moqua de lui-même.

— Êtes-vous déjà allée à Saint-Sébastien ?

— Oui. Contrairement à vous, je ne mens pas.

— Avec vos parents ?

— Non, avec mes cousines.

— Quand était-ce ?

— Cela n'a pas d'importance.

— Vous refusez de m'en dire plus, c'est ça ?

— En effet, admit-elle d'un ton posé. Pourquoi vous répondrais-je alors que vous me mentez depuis le début ? Malgré vos vêtements élégants, vous n'êtes pas plus français que moi, monsieur Belmond, j'en suis certaine. Je pense que vous êtes écossais.

À ces mots, il réprima un tressaillement, mais elle poursuivit, aussi tranquillement que s'ils discutaient de la pluie et du beau temps.

— Vous avez appris cette langue avec une personne originaire de Paris, pas de Bretagne. Et le nom de ma mère ne vous est pas inconnu.

— Êtes-vous réellement la fille de Catriona MacKenzie ?

— Oui. Et vous, êtes-vous un MacKenzie ?

Sans doute ne répondit-il pas assez vite, car il la vit redresser le menton.

— Non, affirma-t-il.

— Mais vous connaissez ce nom.

— MacKenzie est un patronyme courant en Écosse.

— Ce qu'un Français n'a aucune raison de savoir. Et je vous en prie, n'essayez pas de me faire croire que l'Écossais qui vous a cédé sa bague au jeu était un MacKenzie. Je connais l'emblème de leur clan, ce n'est pas celui-là.

Neil se frotta la cheville. Il fixa ses orteils qui refusaient obstinément de bouger, puis leva vivement les yeux quand la lumière vacilla. Eileen jeta un coup d'œil en direction des torches.

— Qui était votre grand-père ? demanda-t-il.

— Quelle importance ? Il est mort, de toute façon.

— Parfois, les morts sont plus importants que les vivants. Pour quelle raison a-t-on assassiné votre père ?

Eileen soupira.

— On m'a dit que c'était un accident, et peut-être l'était-ce. Mon père buvait beaucoup.

— Il est mort juste après avoir traité le roi Guillaume d'usurpateur ?

— Oui, le lendemain.

— Drôle de coïncidence, non ?

— Comment savoir ? Guillaume et mon père ne s'étaient jamais entendus.

— Ils se connaissaient ?

— Tout le monde connaît le roi.

— Mais l'inverse n'est pas vrai. Pourquoi le roi Guillaume aurait-il ordonné le meurtre de vos parents ?

— J'ignore s'il l'a fait. Si Guillaume exigeait la mort de tous ceux qui le traitent d'usurpateur, le pays serait à feu et à sang. Je sais cependant qu'il s'était senti offensé par l'accusation de mon père.

— Pourquoi ?

— Parce que mon père avait parlé en public.

— Comme beaucoup d'autres.

— Sauf que mon père était…

Elle s'arrêta net et pinça les lèvres.

— Qui était votre père ?

— Peu importe.

— Je soupçonne que c'est très important, au contraire, mademoiselle Ronley.

— Pas pour vous, monsieur Belmond.

Il perçut les premiers fourmillements dans son pied. C'était douloureux, mais pas plus que le reste de son corps, et surtout, cela prouvait que ses membres n'étaient pas nécrosés. Soulagé, il bougea les orteils en souriant presque.

— Il va encore vous frapper, vous savez, dit Eileen.

— Oui.

— Pourquoi refusez-vous de révéler votre identité ? Votre silence vous accuse.

Neil toucha ses lèvres tuméfiées du bout des doigts, essuya le sang séché sur sa bouche. Il devait avoir une tête effrayante, et pourtant Eileen restait là, face à lui, avec un calme rare.

Elle se pencha vers lui, une expression intense sur les traits.

— Il vous frappera encore. Je ne pourrai pas l'en empêcher.

— Pourquoi le feriez-vous ?

Surprise, elle écarquilla les yeux.

— Pourquoi… Pourquoi, en effet ? se reprit-elle en haussant les épaules. En quoi cela peut-il me concerner que Milford vous batte à cause de votre silence, même si ses soupçons sont sans fondement ? D'ailleurs, il a peut-être raison de vous considérer comme un criminel. Rien ne prouve que vous n'en êtes pas un. Sûrement pas les mensonges que vous n'avez cessé de débiter, en tout cas !

Neil prit une profonde inspiration et grimaça en ressentant une violente douleur. Sans doute une côte cassée, estima-t-il. Il détestait être traité de menteur, mais elle avait raison : c'était exactement ce qu'il était. Il s'humecta les lèvres.

Parle français, s'exhorta-t-il.

— Si je changeais mon récit maintenant, il ne me croirait pas plus, mademoiselle. Il est convaincu que je suis un espion de James Stuart.

— C'est le cas ?

— Non.

— Comment pourriez-vous répondre le contraire ? Vous savez que l'espionnage est puni de mort.

— Pas avant d'être passé en jugement devant l'une de vos incroyables cours de justice anglaises. Milford est-il le shérif du comté ?

— Non, mais il pourrait vous adresser à lui.

— Je lui ferai face si nécessaire.

— Si Milford ne vous tue pas avant.

Soudain accablé de fatigue, Neil ne répondit pas.

Je ne suis pas ici, pensa-t-il dans une sorte de brouillard. *Parce que, si j'y suis, je ne sais vraiment pas comment m'en sortir*.

Eileen se redressa et se détourna de lui.

— Comment voulez-vous que je vous aide si vous refusez de dire la vérité ?

Il la considéra, étonné.

— Je ne vous demande pas de m'aider.

Elle ramassa ses affaires et les lui lança.

— Tenez, mettez ça. Ce sera probablement votre seule chance. Pourquoi ne me faites-vous pas confiance ? maugréa-t-elle en le regardant enfiler ses bottes. Pourquoi refusez-vous de me dire la vérité ?

Neil se leva pour passer son manteau.

— Vous étiez sincère en promettant de ne rien répéter à Milford ?

— Oui.

— Vous êtes certaine qu'il ne s'en prendra pas à vous ?

— Oui.

— Comment pouvez-vous en être aussi sûre ? Sous la colère, il a failli vous frapper, tout à l'heure. Comment réagira-t-il s'il sent que vous savez quelque chose et refusez de le lui dire ?

— Il ne me touchera pas.

— Qui l'en empêcherait ? Tout le monde sait qu'il y a une récompense pour ceux qui arrêtent un espion, mademoiselle. Je n'en suis pas un, mais Milford le croit. Or, beaucoup d'hommes n'hésitent pas à aller très loin par appât du gain.

— Donc vous continuerez à vous taire.

— Oui.

Elle soutint un long moment son regard, puis hocha la tête.

— Très bien. Ne me parlez pas de vous. Mais si vous savez quelque chose concernant la famille de ma mère, je vous en prie, dites-le-moi !

Détournant les yeux, il contempla les torches.

Exaspérée, Eileen alla vers la porte et frappa au battant. Elle fut soulagée d'entendre la voix de Jack lui répondre de l'autre côté. Jack travaillait à Ronley Hall depuis toujours. C'était un vieil homme, à présent, mais il était toujours resté fidèle à son père et lui rappelait les jours insouciants de son enfance.

— Jack, je meurs de froid ici. Ouvrez, s'il vous plaît.

— Tout de suite, mademoiselle Eileen. D'ailleurs Milford arrive.

Elle jeta un dernier coup d'œil à Belmond.

— Merci, mademoiselle Ronley, lui dit-il en français.

— Merci, répéta-t-elle en levant les yeux au ciel, avant de se retourner vers la porte.

Eileen tressaillit en sentant soudain Belmond juste derrière elle. Il s'approcha si près qu'elle perçut la chaleur de son souffle sur sa gorge et posa la main droite sur le battant. Elle remarqua malgré elle la marque plus claire à la base de son annulaire, comme s'il portait habituellement une bague.

Le cœur battant, elle pivota vers lui. Il lui parut plus grand, tout à coup, plus fort. Se penchant un peu plus, il la dévisagea, la tête inclinée sur le côté.

Ils s'observèrent ainsi un long moment, puis Belmond sourit, faisant apparaître une fossette sur sa joue.

— Merci, Eileen, répéta-t-il en se redressant. Je vous suis extrêmement reconnaissant.

Elle entendit le pas de Milford dans le couloir. L'instant d'après, on glissa une clé dans la serrure.

— Dites-lui que vous m'avez détaché, Eileen, murmura Neil en reculant de quelques pas.

— Milford, annonça-t-elle sans quitter Belmond des yeux, le Français est détaché.

La porte s'ouvrit à la volée, claquant contre la pierre humide. Eileen reconnut le bruit des épées qu'on sortait de leurs fourreaux puis Milford la tira brusquement dans le couloir.

— Vous êtes folle ou quoi ? s'écria-t-il.

Belmond tendit ses mains.

— Rattachez-le, ordonna Milford à ses hommes.

Le bras douloureux sous la poigne de fer de Milford, elle regarda les gardes ligoter Belmond. Quand ils eurent terminé, Milford la poussa devant lui en direction de l'escalier.

— Jetez-le dans la cache des prêtres, cria-t-il par-dessus son épaule.

3

Milford désigna le bureau devant lui.

— C'est tout ce qu'il avait.

Tout en examinant les possessions de Belmond, Eileen prit la chemise jetée en boule sur le bord du meuble et la plia machinalement. Les deux pistolets, la dague et l'épée étaient posés à côté du sac qui avait dû contenir la chemise, dans lequel elle trouva une bourse et une cartouchière. Si cette dernière était pleine, la bourse, en revanche, ne renfermait que quelques pièces d'argent françaises et anglaises. Peu de chose, songea-t-elle, pour un homme s'apprêtant à commencer une nouvelle vie, surtout un homme aussi bien habillé.

— Que vous a-t-il dit ? demanda Milford.

— Pas grand-chose. Il m'a posé des questions sur vous et sur ma famille.

— Que lui avez-vous raconté sur moi ?

— Que vous aviez combattu avec Guillaume sur le continent et en Écosse. Vous l'aviez déjà fait vous-même.

— Et concernant votre famille ?

— Rien d'important.

— Vous ne lui avez pas parlé de votre grand-père ?

— Bien sûr que non !

Elle croisa les bras sur sa poitrine.

— Comment avez-vous pu m'enfermer seule avec lui ?

— Il était ligoté. Je n'imaginais pas que vous seriez assez stupide pour le détacher. Qu'est-ce qui vous a pris ?

— J'ai pensé qu'il parlerait plus facilement si je me montrais compréhensive.

— Alors ?

— Je me suis trompée. Puis-je revoir la chevalière ?

Milford la tira de sa poche et la lui tendit. Eileen prit la bague et la contempla dans la lumière. Elle était en or fin ; la gravure au dessin intriqué du chaton représentait la silhouette d'un chêne devant un paysage d'eau et de montagnes. À en juger par les fines éraflures sur l'anneau, le bijou avait été souvent porté.

Elle songea à la bande plus claire sur le doigt de Belmond.

— Vous croyez que c'est un bijou écossais ?

— J'en ai vu du même genre là-bas. Elle doit appartenir à un chef de clan ou à un membre de sa famille.

— Peut-être l'a-t-il vraiment gagnée au jeu.

— Possible.

— Que se passera-t-il s'il dit vrai ?

En guise de réponse, Milford émit un grognement.

— S'il dit la vérité et qu'il a des relations, cela risque de vous coûter cher, insista-t-elle.

— J'ai déjà pensé à ça. Mais il peut également s'agir d'un espion français chargé de transmettre un message aux clans d'Écosse.

— Vous avez vraiment l'impression que c'est un espion ?

— Je n'en sais rien. En tout cas une chose est sûre, il nous ment.

— Que comptez-vous faire ?

— Dès que le temps le permettra, je le conduirai à Warwick. Ils l'interrogeront là-bas.

— Aller jusqu'à Warwick ne sera pas facile. Vous devrez emmener plusieurs hommes avec vous.

Milford acquiesça d'un signe de tête et rangea les affaires de Belmond dans le sac de cuir. Puis, sans un mot, il tendit la main. Eileen y déposa la chevalière.

— Peut-être que je le laisserai ici et me contenterai d'emporter ça, dit-il en soupesant le bijou. À Warwick, ils sauront sûrement ce que ça représente et si ça a un sens ou non.

— Et s'il s'avère qu'il a dit la vérité ?

— Eh bien, je m'excuserai et le laisserai partir. De toute façon, cette histoire ne vous concerne pas. Je n'ai plus besoin de vous. Jack lui apportera de quoi ne pas mourir de faim.

Sur ces mots, il se détourna et s'éloigna en faisant sauter la bague dans sa main.

Il neigea toute la nuit suivante et le lendemain. Assise derrière la fenêtre de sa chambre, Eileen contemplait le manteau blanc qui recouvrait le paysage en se demandant si elle avait perdu l'esprit. Pourquoi n'avait-elle pas fait part à Milford de ses soupçons concernant Belmond ?

« Je ne vous demande pas de m'aider », avait déclaré ce dernier. Alors pourquoi se taisait-elle ? Si elle devait se montrer loyale envers quelqu'un, c'était envers Milford et non cet inconnu qui mentait comme il respirait. Était-ce à ce regard bleu comme la mer et le ciel réunis qu'elle devait son trouble ? Ou à ce corps souple et puissant ? Ces longues jambes musclées et ces épaules larges ? Seigneur ! Si c'était le cas, elle était encore plus seule et désespérée qu'elle l'avait cru.

Son existence monotone à Ronley Hall deviendrait bientôt invivable, elle le savait. Dans un mois, Milford épouserait la fille d'un riche marchand de Coventry, qui avait déjà fait savoir à son futur mari qu'elle désapprouvait la présence d'une étrangère dans sa demeure. Bien que Milford lui ait assuré qu'elle pourrait rester, Eileen était consciente qu'il se montrerait moins conciliant une fois sa femme installée ici.

Aussi, se résignant à son sort, elle s'était presque résolue à accepter le prochain soupirant qui demanderait sa main à condition qu'il soit doux et gentil. Mieux valait cela que de continuer à vivre de la charité de Milford, s'était-elle efforcée de se convaincre. Du moins, jusqu'à sa rencontre avec Belmond. À cause de lui, l'idée d'une union sans amour lui paraissait soudain insupportable.

C'était d'autant plus ridicule qu'elle ne savait rien de cet homme, sinon qu'il était un menteur, voire un espion. Malgré tout, lorsqu'il s'était penché vers elle près de la porte, elle avait oublié la réalité. L'espace d'un instant, elle avait cru qu'il allait l'embrasser et lui avait tendu sa bouche comme une sotte s'offrant au premier venu. Mon Dieu ! Elle n'était pourtant pas du genre à se laisser séduire par un regard enjôleur ! Mais personne n'avait jamais fait battre son cœur aussi vite. Pourquoi l'attirait-il autant ?

Depuis hier, il était dans la cache des prêtres. Elle l'imaginait arpentant le réduit. Hormis le lit, qui n'avait pas servi depuis longtemps, la pièce était quasiment vide. Et Milford n'avait sûrement rien fait pour la rendre plus accueillante. Elle se leva et suivit du bout de l'index la neige accumulée sur le plomb séparant les carreaux de verre de la fenêtre.

Dès qu'il le pourrait, Milford se rendrait à Warwick. Elle n'avait aucun doute sur ce qu'on lui apprendrait là-bas : que la gravure sur la chevalière figurait l'emblème d'un clan, et que l'homme qui la possédait venait probablement d'Écosse. Milford recevrait l'ordre d'amener Belmond pour qu'on l'interroge. Et ensuite ? Elle secoua la tête en se répétant que ce n'était pas son affaire. Si Belmond était un espion, s'il complotait contre le roi Guillaume ou simplement portait un message de James Stuart en Écosse, alors, il paierait le prix de son forfait. La prison, la mort peut-être.

Cela ne la concernait pas. Pourquoi donc continuait-elle à s'inquiéter pour lui ? Parce qu'il lui plaisait ? Ou parce qu'il avait réveillé en elle ce qu'elle gardait endormi depuis des années, la question de sa propre loyauté ? À la mort de ses parents, elle avait fui leurs appartements du palais en pleine nuit après que sa cousine Anne lui eut conseillé de quitter Londres discrètement. Suivant l'avis de celle-ci, elle s'était réfugiée à Ronley Hall, sans pour autant être sûre qu'on ne l'y poursuivrait pas. Finalement, Guillaume semblait l'avoir oubliée, tout comme ses cousines. Jusqu'à tout récemment.

Eileen considéra la lettre posée sur son petit secrétaire, la seconde qu'elle recevait en un mois. Sa cousine Anne lui avait de nouveau écrit pour l'inviter à les rejoindre, elle et sa famille, pour les fêtes de fin d'année. Accepter signifierait beaucoup plus que de simples vacances d'hiver en leur compagnie. Cela la placerait dans le camp de Guillaume, l'obligeant à tourner le dos pour toujours aux idées de son père.

Cela comptait-il vraiment pour elle ? Avait-elle le choix ?

Et les MacKenzie ? Elle avait affirmé à Belmond ne rien savoir d'eux, mais ce n'était pas tout à fait vrai. Sa mère leur avait raconté, à sa sœur et elle, des centaines d'histoires concernant son enfance dans les Highlands. Elle leur avait parlé de son père, un homme puissant et intransigeant, qui ne lui avait jamais pardonné son mariage impulsif avec Adam Ronley. Catriona évoquait souvent devant ses filles sa douleur de ne plus voir sa mère et ses frères. Et son soutien inconditionnel à James Stuart.

Dans les dernières années de sa vie, après la maladie et la mort de sa fille aînée, Catriona s'était repliée sur elle-même, ignorant la plupart du temps les rodomontades de son mari ou le considérant avec un sourire indulgent. Jamais elle n'avait élevé la moindre plainte à son encontre, et pourtant, Dieu savait qu'elle en aurait eu le droit !

Eileen pouvait bien sûr essayer de retrouver sa famille maternelle en Écosse, mais rien ne lui garantissait qu'elle y serait bien accueillie. En outre, en agissant ainsi, elle était certaine de se couper de ses cousines Anne et Mary pour toujours. Le temps était venu de songer sérieusement à l'avenir.

Et de retourner dans le monde.

Duncan MacKenzie caressa le bois du mât. Son nouveau navire s'était bien comporté, il était prêt désormais à affronter la pleine mer.

Il gagna le bastingage et regarda la forteresse des MacCurrie tandis que l'*Isabel* entrait dans le port de Torridon. En apercevant son cousin Jamie qui l'attendait sur le quai, le visage sombre, il fronça les sourcils.

— Neil..., maugréa-t-il entre ses dents, comprenant qu'il y avait un problème.

Jamie devait avoir reçu un message de son frère, sans doute de cette étrange manière qu'avaient les jumeaux de communiquer. Duncan laissa échapper un juron. Voilà deux mois qu'il avait débarqué Neil sur les côtes françaises, deux mois qu'il s'inquiétait pour lui. Jusqu'au dernier moment, il avait essayé de le dissuader d'entreprendre ce périple, mais Neil s'était contenté de rire, assurant que ce voyage n'était pas plus dangereux que les précédents. Et lui, bêtement, s'était laissé convaincre. Pourtant, il le savait ! Au plus profond de lui, il avait senti que, cette fois, les choses seraient différentes.

Lorsqu'ils étaient enfants, les trois cousins avaient tendance à se moquer des pressentiments de Mairi, la grand-mère des jumeaux. Au fil des ans, ils avaient appris à les prendre au sérieux car, avaient-ils constaté, Mairi se trompait rarement. Alors, Duncan avait commencé à son tour à faire confiance à cette petite voix intérieure qui l'avertissait d'un danger. Malheureusement, cette fois, il ne l'avait pas écoutée, et elle lui rappelait son erreur.

Tentant d'ignorer le nœud dans son estomac, il se redressa. Quel que soit le bourbier dans lequel se trouvait Neil, Jamie et lui l'en sortiraient. Après tout, ce n'était pas la première fois – et sûrement pas la dernière – que deux d'entre eux volaient au secours du troisième.

Auparavant, néanmoins, il devait informer Jamie de ce qu'il venait d'apprendre : Alexander MacGannon, le vieux mais toujours puissant comte de Kilgannon, avait décidé de signer le serment d'allégeance au roi Guillaume, à l'instar des clans MacDonald et Glengarry. Si les MacLeod l'imitaient, les MacCurrie seraient les seuls à résister dans cette partie de l'Écosse.

Guillaume resterait sur le trône, que cela leur plaise ou non, songea Duncan en se rappelant les batailles qu'il avait livrées aux côtés de ses cousins. Après la mort de Dundee à Killiecrankie, les partisans de James Stuart n'avaient jamais retrouvé de véritable chef. Si John Graham, vicomte de

Dundee, avait survécu, le roi James aurait peut-être recouvré sa couronne, mais sans leader capable ni ressources financières, un tel espoir semblait vain. L'aide promise par la France n'était jamais arrivée, et le sort des derniers partisans des Stuart en Écosse et en Irlande s'annonçait incertain.

Neil s'était rendu en France pour s'informer des intentions du roi déchu et rapporter ses instructions aux clans qui s'étaient si bravement battus pour lui. D'autres clans avaient également envoyé des représentants, dont certains étaient revenus en évoquant un souverain découragé et une cour en plein chaos à Saint-Germain-en-Laye.

Pendant ce temps, à Londres, le roi Guillaume assurait un peu plus chaque jour sa suprématie en ignorant les représailles de son armée contre les anciens partisans de James Stuart. Au 1er janvier, ceux-ci devraient tous avoir signé un serment d'allégeance au roi Guillaume sous peine d'être déclarés ennemis de la nation.

Sa situation géographique avait protégé Torridon des soldats de Guillaume, peu enclins à traverser l'Écosse pour se retrouver face aux montagnes ou à un port grouillant de navires de guerre. Cela n'empêchait pas Duncan de rester vigilant et de surveiller régulièrement les eaux autour du bras de mer, comme il venait de le faire avec l'*Isabel*.

Il regarda Jamie lui adresser un grand signe du bras et, dès qu'il eut débarqué, se précipita à sa rencontre. Les deux cousins se donnèrent une chaleureuse accolade.

— Des nouvelles ? demanda Duncan. Une lettre ou un de tes « sentiments » ?

Jamie eut un sourire bref.

— Un « sentiment », bien sûr. C'est Neil.

— Et ?

— Rien de précis, sinon qu'il est en danger.

— Tu sais où il est ?

Jamie secoua la tête.

— Ça ne nous aide pas pour voler à son secours, remarqua Duncan en grimaçant.

— En effet, mais nous devons rester prêts.

Duncan lui donna une tape sur l'épaule.

— Nous le serons, assura-t-il. D'autres nouvelles ?

— Le Nord soutient Guillaume. Ils ont presque tous signé le serment. Trois messagers sont venus me rappeler que nous ne l'avons pas encore fait.

— La date de l'ultimatum n'a pas changé ?

— Non, c'est toujours le 1er. Mais c'est à Neil de décider, je ne signerai pas à sa place. Viens, rentrons maintenant, tu vas me raconter ce que tu as appris.

Duncan lui emboîta le pas sans exprimer la question qu'ils se posaient l'un et l'autre : que feraient-ils si Neil n'était pas de retour à la date butoir ?

Eileen sentit la main épaisse de Milford se poser sur son épaule.

— Venez avec moi, ordonna-t-il.

Elle se leva de son fauteuil et prit son châle pour le suivre. Elle savait où il voulait l'emmener. Depuis le matin, il buvait whisky sur whisky, et une odeur d'alcool mêlée de tabac froid émanait de toute sa personne. Dans son bureau, il s'empara de l'épée de Belmond avant de se diriger vers le cachot.

Jack les salua à leur entrée. Belmond était allongé sur le lit, pieds et mains liés aux barreaux de cuivre. Sa paupière avait dégonflé, mais sa mâchoire et son cou étaient couverts d'ecchymoses. Ignorant Milford, il continua à fixer le plafond.

— Demandez-lui pourquoi il a de l'argent français, dit Milford.

Eileen traduisit sans obtenir de réponse. Milford lui ordonna de répéter. Cette fois, Belmond détacha les yeux du plafond pour la regarder, mais resta silencieux.

— Pourquoi l'avoir attaché ainsi ? interrogea-t-elle.

Milford se pencha vers Belmond.

— Répondez !

Belmond tourna les yeux vers lui.

— Dites-lui, que je lui laisse une dernière chance, reprit Milford. Répétez-lui la question.

Eileen obéit.

— Je vous en prie, répondez-lui ! ajouta-t-elle.

Le prisonnier fit mine de ne rien avoir entendu.

Éructant de rage, Milford lança un regard de biais à Eileen.

— Je connais un moyen plus efficace, lança-t-il en pointant l'épée sur la poitrine de Belmond.

Elle poussa un cri horrifié.

— Vous êtes fou ? Ne faites pas une chose pareille !

— J'exige une réponse !

— Pas de cette manière !

Avec un mauvais sourire, Milford saisit la chemise de Belmond et, d'un coup de lame, la fendit en deux. Belmond ne broncha pas quand il leva son arme.

— Monsieur ! s'écria Jack. Ne faites pas ça !

Se jetant à genoux, Eileen posa ses mains sur la poitrine de Belmond et leva la tête vers Milford.

— Je ne vous laisserai pas faire !

— Dans ce cas, répétez-lui la question, ordonna-t-il, le regard toujours rivé à celui du prisonnier. Et s'il refuse de répondre, je vous conseille de retirer vos mains. À moins d'avoir envie de perdre vos doigts.

Eileen se tourna vers Belmond. Elle sentait son pouls battre follement sous ses paumes. Sous la douceur de la peau, ses muscles étaient durs et tendus. Il gardait un visage de marbre, mais son corps trahissait sa tension.

— Par pitié, répondez ! supplia-t-elle en français. Il est ivre, il ne sait plus ce qu'il fait. Je vous en prie ! Je ne le supporterais pas…

Elle perçut le changement de rythme dans la respiration de Belmond, mais il demeura muet.

— S'il vous plaît…, murmura-t-elle.

Plongeant soudain son regard dans le sien, il hocha la tête.

— Je le fais pour vous, mademoiselle, dit-il. Vous et personne d'autre. Nous nous servons d'argent français entre nous, car beaucoup de huguenots gardent l'espoir de pouvoir un jour rentrer en France. C'est pour cette raison que nous soutenons le roi Guillaume. Dites à Milford qu'une fois encore, il s'en est pris à un homme désarmé et attaché, et que je prie Dieu pour qu'il me donne l'occasion de me battre avec lui d'égal à égal.

Eileen transmit la réponse d'une voix tremblante. Milford se contenta de pousser un grognement et écarta son arme, mais aucune trace de remords n'apparaissait sur ses traits.

Elle ôta ses mains de Belmond et se leva.

— Milford, comment pouvez-vous vous comporter ainsi ? Il est désarmé et vous avez bu !

— Et alors ? Ça a marché, non ? répliqua-t-il.

Sur cc, il jeta l'épée au sol et sortit d'un pas chancelant.

Jack se laissa tomber au pied du mur.

— Seigneur Dieu ! J'ai bien cru qu'il allait le faire, marmonna-t-il entre ses dents.

— Moi aussi, reconnut Eileen, les yeux fixés sur ses mains tremblantes.

Les aurait-elle laissées sur Belmond si Milford avait abaissé son épée ? Il n'aurait pas osé, tenta-t-elle de se rassurer. Il n'aurait pas tué Belmond sous ses yeux.

— C'est à cause du whisky, remarqua Jack.

Elle opina.

— Si on m'avait dit qu'un jour Milford deviendrait le maître de Ronley Hall ! s'exclama-t-il en se relevant laborieusement. Mon Dieu, je suis trop vieux pour tout ça ! Il boit de plus en plus... J'espère que le mariage va le calmer.

Je ne serai plus là pour le voir, se dit Eileen en se tournant vers Belmond.

— Encore merci, mademoiselle.

Elle rabattit les morceaux déchirés de sa chemise sur sa poitrine, et le couvrit de son manteau.

— Vous êtes très courageuse, mademoiselle. Je vous suis très reconnaissant, ajouta-t-il en français.

— N'importe qui doté d'un minimum de décence aurait fait la même chose. Il compte se rendre à Warwick avec votre chevalière pour savoir si quelqu'un là-bas connaît l'emblème gravé sur le chaton. Vous courez un grand danger, si c'est le cas.

Belmond émit un petit rire.

— Je m'en rends compte, mademoiselle, mais je n'ai rien à cacher. Je ne complote pas contre votre roi.

— Vous ne portez pas de message de la cour de James Stuart en Écosse ?

— Pourquoi pensez-vous une chose pareille ?

Elle le fixa, sentant la colère monter.

— Étant donné la situation, vous ne trouvez pas cela plausible ?

— Je vais m'engager dans l'armée du roi Guillaume.

— Êtes-vous un espion ?

— Non.

— Êtes-vous écossais ?

Il resta silencieux.

Eileen soupira.

— Je ne sais même pas pourquoi je m'évertue à vous poser des questions ! C'est plutôt moi qui devrais m'interroger sur ma persistance à croire que vous allez me dire la vérité. De toute évidence, vous en êtes incapable.

Pivotant sur ses talons, elle lança :

— Bonne chance, monsieur Belmond. Venez, Jack, ajouta-t-elle en anglais.

Jack hocha la tête et lui emboîta le pas.

Eileen remonta sa cape sur ses épaules et contempla les dernières lueurs du feu dans la cheminée. Il devait être près de minuit. Depuis le départ de Milford, elle arpentait sa chambre de long en large, incapable de se calmer.

En sortant de la cellule de Belmond, le nouveau maître de Ronley Hall s'était enfermé un moment dans son bureau avec sa servante favorite et, peu après, le couloir avait résonné de ses ronflements.

Trois heures plus tard, il était apparu dans le grand salon en annonçant que, la neige ayant cessé, il partait pour Warwick. Manifestement impatient de se mettre en route, il n'avait cessé d'aboyer des ordres tandis que ses hommes se préparaient. Il les avait presque tous emmenés avec lui, ne laissant sur place que quelques gardes chargés de surveiller Belmond et Ronley Hall. Il serait de retour le lendemain après-midi, avait-il précisé.

Depuis, incapable de prendre une décision, Eileen se battait avec elle-même. Si elle devait agir, c'était cette nuit ou jamais.

Elle ouvrit sans bruit la porte de sa chambre et s'arrêta sur le seuil, l'oreille tendue. La maison était silencieuse. Elle s'avança dans le couloir.

Quelques minutes plus tard, elle pénétrait dans le bureau de Milford. Le cœur battant, elle chercha à tâtons la chandelle sur le manteau de la cheminée. Elle le ferait en mémoire de sa mère, se dit-elle en allumant la mèche. Les affaires de Belmond étaient toujours étalées sur le bureau. Elle les rassembla rapidement avant que son courage ne l'abandonne.

Il n'y avait qu'un seul accès à la cache des prêtres depuis la maison : un panneau dissimulé par une tapisserie dans le bureau de Milford. Ce que ce dernier ignorait, en revanche, c'était l'existence d'un passage secret reliant la cache au fond du parc. Elle n'avait emprunté ce tunnel qu'une seule fois, avec sa sœur et son père à moitié ivre, tandis qu'au-dessus de leurs têtes, les soldats royaux retournaient les lits, transperçaient les matelas et arrachaient les portes fermées à clé à la recherche de prêtres catholiques en fuite. Elle voyait encore son visage grave quand il s'était penché vers ses filles pour leur conseiller de se remémorer les lieux au cas où elles seraient obligées de fuir.

Dans la cache, il avait appuyé sur une pierre au-dessus de leurs têtes. Eileen avait poussé un petit cri en voyant une partie du mur se dérober, laissant apparaître un large trou. Adam Ronley avait alors conduit ses deux filles effrayées à travers un long tunnel plein d'araignées jusqu'à une trappe débouchant dans un abri de jardin.

La cabane était toujours debout, la trappe dissimulée sous des outils rouillés et des pots brisés.

Surpris, Neil redressa la tête et regarda Eileen Ronley. Les cheveux défaits, une expression déterminée sur les traits, elle portait son sac de voyage d'où dépassaient les crosses de ses deux pistolets et son épée.

Elle posa la chandelle et le sac à côté du lit.

— Je suis seule, l'informa-t-elle en anglais. Il faut nous dépêcher, nous n'avons pas beaucoup de temps. J'ignore si quelqu'un m'a vue. Milford est parti pour Warwick avec votre chevalière. Il sera de retour demain, peut-être plus tôt si les hommes du shérif décident de venir avec lui.

Tout en le libérant de ses liens, elle poursuivit :

— Il s'est remis à neiger. Pas beaucoup, mais cela devrait suffire à dissimuler vos traces. Je n'arrive pas à dénouer ça !

— Que faites-vous, mademois...

— Ça se voit, non ? Je vous détache, en dépit du fait que, même maintenant, alors qu'il n'y a que vous et moi, vous persistiez à utiliser le français. Je sais que vous parlez anglais. Ça vous tuerait de vous adresser à moi dans cette langue ?

— C'est possible, en effet, répondit-il en français avec un petit rire. Servez-vous du couteau, Eileen.

Elle le contempla un instant, puis prit le poignard dans le sac. Bien qu'il ne comprît rien à la situation, Neil n'éprouvait aucune crainte. Elle ne lui ferait pas de mal, il en avait la certitude.

— Pourquoi faites-vous ça ? demanda-t-il tandis qu'elle s'escrimait sur les cordes.

Elle continua à s'affairer en silence.

— Vous refusez de me répondre ?

— Vous n'avez qu'à trouver tout seul, répliqua-t-elle sans lever la tête.

Une fois son poignet droit libéré, Neil lui prit le poignard des mains et, d'un coup sec, coupa la corde enserrant le gauche. Un léger vertige s'empara de lui quand il s'assit. Sans s'en soucier, il s'attaqua aux liens de ses chevilles et posa les pieds par terre.

— Vite ! le pressa-t-elle en lui tendant son sac.

Neil poussa un soupir de soulagement en constatant que ses jambes étaient toujours capables de le porter. Il prit les armes que lui tendait Eileen, fixa l'épée à son côté et glissa les pistolets dans sa ceinture, près du poignard. Prenant le bougeoir, Eileen lui fit signe de la suivre. Au fond de la cache, elle éclaira le mur au-dessus d'elle.

— Tenez ça, dit-elle en lui confiant la chandelle, avant de palper une rangée de pierres en hauteur. Tout en murmurant une prière, elle abaissa quelque chose et recula.

— Poussez.

— Le mur ?

— Oui, répondit-elle, les mains à plat sur la pierre.

Neil obéit. Au lieu de la résistance attendue, il sentit la surface se dérober. Un tunnel sombre s'ouvrait devant lui.

— Passez devant, murmura-t-elle.

— Ça mène où ?

— À un ancien abri de jardin au bout du domaine. Personne ne va jamais là-bas. Vite !

— Je préfère protéger vos arrières au cas où quelqu'un viendrait.

— Non, je vous en prie, allez-y en premier.

Se demandant soudain s'il ne s'agissait pas d'un piège, il fronça les sourcils. Voulait-on faire croire à une évasion pour justifier son assassinat ? Eileen accepterait-elle de participer à un crime aussi lâche ?

Il plongea les yeux dans les siens et se détendit. C'était bien la même femme que celle qui, quelques heures plus tôt, avait cherché à le protéger de ses mains nues. Peut-être était-il fou, mais il avait confiance en elle.

— Pourquoi ne voulez-vous pas passer devant, mademoiselle ?

Elle eut un rictus de dégoût.

— Il y a sûrement des araignées.

— Des araignées ? Vous avez peur des araignées ?

En guise de réponse, elle leva le menton et lui tendit le bougeoir.

— Allez-y !

Le tunnel était étroit et, comme Eileen l'avait annoncé, grouillant d'araignées. Et de rats, constata Neil en voyant de petits yeux rouges disparaître dans de sombres anfractuosités. Eileen marchait juste derrière lui, le touchant presque. Arrivé au pied d'un petit escalier de pierre, il s'arrêta et se tourna vers elle.

— L'abri se trouve au-dessus, indiqua-t-elle. Il suffit de pousser la trappe.

Il lui prit la main.

— Venez avec moi. Je vous conduirai jusqu'à votre famille.

— Je… C'est impossible.

— Pourquoi ?

Il éclaira son visage, essayant de déchiffrer son expression. Ses yeux étaient presque noirs à la lueur de la flamme, ses joues pâles.

— Venez, insista-t-il.

Elle secoua la tête.

— Non. Je ne les connais pas. Ils ne savent même pas que j'existe !

— Je ne peux pas vous laisser seule avec Milford. Retournons là-bas.

— Non !

— Que vous fera-t-il quand il s'apercevra de ma disparition ? Il comprendra que vous m'avez aidé.

— J'y ai pensé. Il n'osera pas me faire de mal.

— Sobre, peut-être pas. Mais quand il aura bu ?

— Je vous en prie, Belmond, partez ! le pressa-t-elle en désignant les marches derrière lui. Une fois en haut, poussez fort, il y a des outils sur la trappe. La route de Coventry sera sur votre droite, à environ cinq cents mètres de l'autre côté de l'enceinte.

— Je refuse de vous laisser ici.

— Il ne trouvera aucune preuve contre moi.

— Mademoiselle Eileen ?

La voix venant de l'autre bout du tunnel les fit tressaillir.

D'un geste vif, Neil fit passer Eileen derrière lui et dégaina son épée.

— C'est Jack, chuchota-t-elle en posant la main sur son bras.

— Mademoiselle Eileen ?

Ils virent une lueur se rapprocher, entendirent les pas précipités de Jack.

— Je suis là, Jack ! dit Eileen.

Neil se tourna vers elle pour la regarder.

— Allez-y, murmura-t-elle. Allez !

— Je ne peux pas vous laisser.

— Vous le devez. Partez !

Il secoua la tête.

— Avez-vous réussi à ouvrir la trappe ? demanda Jack.

— Je ne sais pas. Je n'ai pas essayé, répondit Eileen.

— Belmond est toujours avec vous ?

Jack les rejoignit, une torche à la main.

— Ouf ! Il n'est pas trop tard ! J'étais sûr que vous feriez quelque chose, mademoiselle Eileen, mais moi aussi, j'ai eu une idée. Belmond doit revenir jusqu'au bureau de Milford et me ligoter. Il faut que Milford croie qu'il s'est libéré seul, sinon il s'en prendra à vous.

Neil vit Eileen lui jeter un coup d'œil hésitant. Il dévisagea Jack en silence ; le vieil homme soutint son regard sans ciller.

— Je suppose que vous êtes d'accord avec moi, monsieur Belmond, reprit-il. Vous n'avez sûrement aucune envie que Mlle Eileen paie le prix de votre liberté.

— Non, acquiesça Neil.

— Alors, suivez-moi, s'il vous plaît.

— Pourquoi faites-vous ça ? interrogea Neil en anglais.

Jack ricana.

— Pas pour vous, monsieur. Mais votre fuite rendra Milford fou de rage et fera plaisir à Mlle Eileen – deux raisons de me réjouir. Vous devrez également me frapper pour que je puisse dire que j'étais inconscient.

Neil le considéra, effaré.

— Je ne peux pas vous frapper !

— Il le faut. Sans cela, Milford devinera que je vous ai aidé à fuir.

Neil interrogea Eileen du regard. Elle acquiesça d'un signe de tête. Alors, il donna un coup de poing sur la tempe de Jack, assez fort pour laisser une marque sans lui faire trop mal.

Visiblement satisfait, Jack opina.

— À présent, allons-y, dit-il en retournant vers le bureau de Milford.

Une fois à l'intérieur, ils le ligotèrent. Inquiète, Eileen demanda au vieil homme s'ils ne le serraient pas trop, mais il répondit que cela allait.

Neil le remercia.

— Partez vite, monsieur, qui que vous soyez, conseilla Jack. Surtout, ne traînez pas !

Neil le remercia une dernière fois, puis alla jusqu'au tunnel en compagnie d'Eileen. Devant l'entrée, elle lui tendit la chandelle.

— Au revoir, monsieur Belmond. Merci de laisser le bougeoir dans l'abri de jardin.

— Venez avec moi. Je vous conduirai chez les MacKenzie.

— C'est impossible.

— Pourquoi ? Vous n'avez rien à perdre !

— Ici, au moins, je sais ce qui m'attend, alors que si je vous accompagne…

Elle haussa les épaules sans terminer sa phrase.

— Je veillerai sur vous.

— Veillez déjà sur vous-même, monsieur.

— Venez. Vous savez que vous pouvez me faire confiance.

— Non, riposta-t-elle en secouant la tête. Je ne sais même pas qui vous êtes vraiment. Je vous souhaite bonne chance, monsieur, mais je ne peux pas venir avec vous. Maintenant, partez, je vous en prie !

— Que pourrais-je dire pour vous convaincre ?

Elle sourit tristement.

— Rien. Partez, avant qu'il ne soit trop tard. S'il vous plaît.

— J'ai une dette envers vous, mademoiselle.

— Adieu, Belmond. Ou quel que soit votre nom.

Il la contempla un long moment en silence, comme pour fixer son image dans sa mémoire, puis la prit par la nuque et l'embrassa.

Ce fut un baiser rapide mais plein de douceur. Il la tint encore un moment, suivant du bout des doigts le contour de ses lèvres tandis qu'elle le fixait sans un mot, les yeux écarquillés.

— Au revoir, pas adieu, Eileen Ronley, murmura-t-il. Nous nous reverrons, je vous en fais le serment.

Sur ces mots, il disparut dans le tunnel.

4

— Je l'ai laissé ici pieds et poings liés ! s'écria Milford.

Les domestiques se retournèrent pour voir ce qui se passait, avant de s'éloigner en hâte quand il les fusilla du regard.

Il fit volte-face dans sa direction.

— C'est vous qui l'avez aidé !

Eileen croisa les mains sur ses genoux.

— Ne dites pas n'importe quoi ! répliqua-t-elle en s'efforçant de garder une voix ferme. Comment aurais-je réalisé ce prodige ? Vous m'imaginez vraiment sortant de ma chambre au beau milieu de la nuit, assommant Jack et libérant Belmond sans que personne me voie ? Avec un garde quasiment devant chaque porte !

Milford se renfrogna sans répondre.

— Que vous a dit le shérif ? demanda-t-elle.

— De lui livrer Belmond sur-le-champ.

— Il a reconnu la chevalière ?

— Il pense que la gravure représente l'emblème d'un clan des Highlands, mais il ignore lequel. Il a prélevé une empreinte.

— Pourquoi ? En quoi cette bague et cet homme sont-ils importants ?

— Nous devons débarrasser l'Angleterre des partisans de James Stuart une bonne fois pour toutes.

Le shérif sera furieux en apprenant que Belmond s'est échappé. Comment est-il sorti d'ici ?

Eileen haussa les épaules en signe d'ignorance. Milford continua à arpenter la pièce d'un pas rageur un bon moment, puis il lui ordonna de retourner dans sa chambre.

Soulagée, elle remonta contempler le paysage glacé derrière sa fenêtre. Il avait neigé toute la matinée, suffisamment pour recouvrir les traces de Belmond. Vers midi, la neige avait cessé et le temps s'était éclairci. Elle prit une profonde inspiration. Dieu merci, Milford ne l'avait pas obligée à retourner dans l'ancienne cellule de Belmond. La dernière fois qu'elle l'y avait suivi, elle avait vraiment cru qu'il allait la frapper. Fou de rage, il avait balancé le lit à travers la petite pièce, exigeant qu'elle lui dise où était Belmond. Elle avait répondu qu'elle n'en savait rien ce qui, d'ailleurs, était la vérité.

Quelle folie s'était emparée d'elle cette nuit ? Dans la lumière froide du jour, son audace l'effrayait presque. Pourquoi avoir pris tant de risques pour un parfait inconnu ? Certes, elle avait l'impression qu'il existait quelque chose entre Belmond et elle, une sorte de lien inexplicable. Mais n'était-ce pas juste la réaction d'une femme esseulée devant un homme séduisant ? Ou un effet de son attachement secret au peuple de sa mère, les Écossais ? Si Belmond soutenait James Stuart, ce dont elle était persuadée, cela signifiait qu'il partageait la même cause que son père. Oui, sans doute était-ce pour toutes ces raisons qu'elle avait volé à son secours. Du moins l'espérait-elle. Car s'il s'agissait d'autre chose, elle découvrait une facette d'elle-même plutôt déroutante.

Se détournant du paysage, elle gagna son petit bureau, sortit une feuille du tiroir et prit sa plume.

Ma chère cousine Anne, écrivit-elle. *Merci de votre invitation.*

Long et pénible, le voyage jusqu'à Torridon se déroula néanmoins sans problèmes particuliers. À la sortie de York, Neil rencontra des hommes de Glengarry et fit route avec eux vers le nord avant d'embarquer sur un navire MacKenzie. À l'arrivée, Jamie et Duncan l'attendaient sur la rive, comme il l'avait prévu, entourés de nombreux membres du clan venus accueillir leur chef.

Ce n'est qu'après les avoir tous salués que Neil put enfin se tourner vers son frère et son cousin. Ils le serrèrent dans leurs bras en plaisantant à propos de sa longue absence, mais leur air jovial ne le trompa pas. Il lut l'inquiétude dans leurs regards, devina les questions qui les taraudaient et auxquelles il lui faudrait répondre une fois seul avec eux. Aussi, tandis qu'ils remontaient vers le château, hors de portée de voix des hommes du clan, les prévint-il :

— Ne me demandez pas ce qui s'est mal passé. Ce serait plus rapide de vous dire ce qui s'est bien passé.

Duncan jura entre ses dents.

— Je savais que je n'aurais pas dû te laisser partir seul.

— Tu as essayé de me mettre en garde, lui rappela Neil avec un sourire. J'aurais dû t'écouter. La prochaine fois, je le ferai.

— Compte sur moi pour te le rappeler, répliqua Duncan.

— Promis. Et ici, comment ça va ?

Jamie et Duncan échangèrent un regard.

— Dans l'ensemble, plutôt bien, répondit le premier. Il y a juste un voleur parmi les hommes.

— Un voleur ? répéta Neil en fronçant les sourcils. Qu'a-t-il dérobé ?

— De l'argent et des objets de valeur, indiqua Duncan. Nous penchons pour l'un des marins, ce sont les seuls susceptibles de revendre des objets à l'extérieur sans éveiller de soupçons. S'il s'agit d'un membre de mon équipage, je le pendrai haut et court.

Neil hocha la tête. Voilà qui était nouveau, et contrariant. Savoir qu'il y avait un voleur dans leurs rangs risquait d'entraîner un climat de suspicion chez les hommes, ce qui allait à l'encontre de l'esprit de solidarité qu'il cherchait à créer entre eux.

— Tu as quand même réussi à rencontrer le roi ? s'informa Jamie.

Neil acquiesça.

— Il m'a demandé si nous avions combattu à Killiecrankie et sur la Boyne. Je lui ai répondu que oui, et il nous a remerciés de notre contribution.

— Notre « contribution » ? répéta Jamie d'un ton surpris. Lui aurait-on donné quelque chose que j'aurais oublié ?

— Nous lui avons donné suffisamment, intervint Duncan.

— On a même failli te donner toi, renchérit Neil en se rappelant ces jours affreux où il avait cru son frère perdu à Killiecrankie. Le roi James est... découragé. Il nous est reconnaissant pour notre aide, mais nous conseille de signer le serment.

À cette nouvelle, Jamie et Duncan s'arrêtèrent pour le dévisager.

— C'est tout ? dit finalement Duncan d'une voix chargée de colère.

Neil hocha la tête.

— Nous sommes abandonnés à nous-mêmes. Pour le moment, en tout cas. Beaucoup pensent que le roi traverse une mauvaise passe, qu'il reprendra du poil de la bête et continuera la lutte. Mais en attendant...

Il n'acheva pas sa phrase. Le visage pâle et l'expression éteinte du monarque déchu flottaient devant lui. Non, James Stuart n'était pas prêt à entamer une nouvelle guerre, surtout pas contre le florissant roi Guillaume. Peut-être même ne le serait-il jamais.

— Donc, tu vas signer le serment de fidélité? demanda Jamie.

— Oui. Selon le vœu du roi.

— Alors pourquoi ce voyage a-t-il été si dangereux? Les messages que j'ai reçus de toi m'auraient fait partir sur-le-champ, si j'avais su où te trouver.

Neil laissa échapper un petit rire contrit.

— Ton aide n'aurait pas été de trop... J'étais dans le comté de Warwick.

— Que fichais-tu là-bas? Tu étais censé rentrer par la mer!

— C'est ce que j'aurais fait si je n'avais pas eu un mois de retard sur mon programme. J'ai déniché un bateau partant pour Londres, mais ensuite, j'ai dû continuer à cheval. Je me suis retrouvé... prisonnier, près de Warwick.

— Le message que tu as envoyé à Jamie l'a rendu fou d'inquiétude, dit Duncan.

— Je m'en doute, admit Neil. J'étais moi-même assez soucieux pour mon sort.

Il considéra son cousin un instant avant d'ajouter:

— J'ai rencontré une de tes cousines, là-bas.

— Où ça? En France?

— Non, dans le comté de Warwick.

— Impossible! Je n'ai aucune famille là-bas, Neil.

— Je t'assure que si. Il s'agit d'Eileen Ronley, la fille de Catriona.

Duncan en resta bouche bée.

Neil passa la moitié de la nuit à raconter son périple à sa famille. Tout en parlant, il jetait des coups d'œil en direction de Duncan, prenant conscience de la ressemblance entre Eileen et lui. Elle avait de plus grands yeux, les cheveux plus clairs, elle était douce, féminine et adorable, et Duncan… Eh bien, Duncan était un homme. Néanmoins, il suffisait de les regarder pour comprendre qu'ils étaient du même sang. Il aurait dû insister pour qu'elle l'accompagne, se reprocha-t-il. S'il l'avait fait, elle serait là avec lui, en sécurité.

Durant tout le trajet, il avait tenté de se persuader qu'il n'éprouvait que de la reconnaissance envers Eileen Ronley. Mais, au fond, il savait qu'il s'agissait de beaucoup plus que cela, un sentiment qu'il ne parvenait pas à expliquer ni à comprendre. Comme s'ils s'étaient déjà rencontrés, s'ils se connaissaient… Peut-être était-ce dû au sang MacKenzie qui coulait dans leurs veines. Un sang auquel il n'avait jamais autant songé que durant ce voyage.

Leur mère, à Jamie et lui, était une MacKenzie, une parente éloignée du puissant comte de Seaforth, chef du clan MacKenzie, actuellement emprisonné pour avoir soutenu le roi James. Depuis des années, les deux clans envisageaient un rapprochement grâce à une union entre Neil et Fiona MacKenzie. Neil, à qui un tel projet avait toujours paru judicieux, n'avait jamais songé à le remettre en cause. Jusqu'à aujourd'hui.

Or, il était devenu plus important que jamais de ne pas se tromper. Car si, deux ans plus tôt, les deux frères MacCurrie étaient susceptibles de choisir une épouse leur permettant d'établir de solides alliances, à présent, il ne restait plus que lui. Jamie avait préféré épouser Ellen, la cousine de Dundee, l'homme qui avait conduit l'armée du roi James contre celle de Guillaume. Une union qui, après la mort de Dundee et la défaite de l'ancien monarque, représentait plus un inconvénient qu'un avantage. Mais James était heureux, et cela suffisait à Neil, même s'il lui incombait désormais de réfléchir avec soin à son futur mariage. Voire à celui de Duncan.

Après avoir longuement discuté de son voyage, des probabilités de revoir le roi James sur le trône, de l'animosité des Londoniens envers les Écossais et du serment de loyauté à Guillaume qu'il faudrait bientôt signer, Neil amena la conversation sur Eileen Ronley et sa mère. Sa grand-mère Mairi se souvenait assez bien de Catriona.

— Son mariage avec un bâtard anglais a rendu son père fou de rage, se rappela-t-elle. Remarquez, il n'en a jamais fallu beaucoup à Phelan pour se mettre hors de lui. Il ne lui a jamais pardonné

— Maintenant, je me souviens avoir entendu ma mère parler de cette histoire, intervint Duncan.

— Tu devrais écrire à cette Eileen, lui conseilla Mairi. Dis-lui que tu es son cousin. Invite-la ici.

Neil secoua la tête.

— C'est impossible, grand-mère. Sinon, Milford devinera qui je suis et comprendra qu'elle m'a aidé à m'échapper.

— Tu as raison, concéda Mairi. Pauvre enfant, pourtant. Seule au monde ! A-t-elle été surprise d'apprendre qu'ellc et toi aviez un cousin en commun ?

— Je ne lui ai pas révélé mon identité ni parlé de Duncan. J'ai juste offert de la conduire chez les MacKenzie.

— Qui as-tu prétendu être ?

— Un huguenot cherchant à s'engager dans l'armée de Guillaume.

— Pas étonnant qu'elle ait refusé de te suivre ! Quelle raison aurait-elle de voyager avec un inconnu ? Un Français, qui plus est.

— Surtout, quelle raison aurait-elle de rencontrer ce grand-père qui a répudié sa mère ? fit valoir Anne, la mère de Neil et Jamie. Elle a dû entendre parler de sa méchanceté pendant toute son enfance.

Se tournant vers Duncan, elle poursuivit :

— Ton père nous a raconté des choses horribles sur le compte de ton grand-père. J'ai oublié les détails, mais j'en garde un profond sentiment de dégoût.

— Je n'ai rencontré Phelan MacKenzie qu'une seule fois, déclara Mairi. Un vrai bouc malfaisant.

— Cela décrit bien l'impression qu'il m'a faite la dernière fois que je l'ai vu ! acquiesça Duncan en riant.

— Je ne serais pas étonnée qu'il complote quelque chose, maintenant que Seaforth est en prison, remarqua Mairi.

— Il a refusé de se joindre à Dundee, rappela Neil. Sûr qu'il doit s'en féliciter, maintenant.

Anne le considéra.

— À quoi ressemble cette Eileen Ronley, Neil ?

— Elle me fait penser à Duncan. En plus jolie. Elle est très grande, pour une femme, et très intelligente.

— Alors ce n'est pas sa cousine ! s'exclama Jamie avec un grand rire.

— Eileen..., murmura Anne, pensive. Le même prénom qu'Ellen.

Duncan et Jamie échangèrent un regard. Neil leva les yeux au ciel.

— On s'est juste croisés par hasard, mère, dit-il en soupirant. La prophétie n'a rien à voir là-dedans.

— Par hasard ? répéta Mairi, moqueuse.

— Elle vit dans l'est, souligna Anne. Tu sais...

— Oui, mère, nous savons tous que le devin Brahan a prédit que Jamie et moi épouserions des filles de l'est portant le même prénom. Je n'ai pas l'intention de prendre Eileen Ronley pour femme, je ne la reverrai probablement jamais. Je suis engagé à Fiona MacKenzie, au cas où vous l'auriez oublié. Elle aussi vit à l'est.

— Tu n'as encore rien signé, fit valoir Mairi. Peut-être ne le devrais-tu pas, finalement. As-tu rencontré Fiona, en France ?

— Oui. Elle va bien.

— Elle va bien, c'est tout ?

Neil gratifia sa grand-mère d'un sourire.

— C'est tout.

— J'ai une sorte de pressentiment concernant cette Eileen, Neil, déclara Anne. Il y avait une raison pour que vos chemins se croisent.

— Que je puisse annoncer à Duncan qu'il a une autre cousine ?

— Ça m'étonnerait, insista Mairi. C'est toi qui l'as rencontrée, pas Duncan.

Neil secoua la tête, et sentit son amusement se volatiliser en posant les yeux sur la marque blanche autour de son annulaire.

— Oui, je sais. Et je me demande encore pourquoi elle a pris autant de risques pour m'aider. Elle m'a sauvé la vie ; j'ai une dette envers elle.

— Peut-être a-t-elle reconnu l'emblème des MacCurrie sur ta chevalière ? suggéra Mairi.

— Elle ignorait que j'étais un MacCurrie, grand-mère. Malgré tout, tu as raison : elle a deviné qu'il s'agissait de l'emblème d'un clan.

— Je me souviens du jour où ton père a fait faire cette bague, dit Anne d'une voix empreinte de nostalgie. Je n'aurais jamais imaginé alors qu'elle te sauverait la vie.

Elle poussa un soupir avant de poursuivre :

— Je regrette qu'on te l'ait prise mais, sans elle, Eileen n'aurait jamais deviné que tu étais écossais.

— À mon avis, ça ne l'aurait pas empêchée de lui sauver la vie, intervint Mairi. Regarde-le. Quelle femme résisterait à un tel visage ? Je suis sûre que tu as rencontré cette femme pour une raison précise, Neil, poursuivit-elle en ignorant les rires de Jamie et de Duncan. Tu as une dette envers elle, mon garçon.

Neil soutint le regard de sa grand-mère. Il était d'accord avec elle. Son chemin n'avait pas croisé celui d'Eileen Ronley sans raison. Il ignorait juste laquelle.

— J'ai deux dettes en Angleterre, répondit-il avec gravité. Une envers Mlle Ronley, l'autre envers Milford. Et je compte bien les régler l'une et l'autre.

Le jour se leva sur un ciel clair et ensoleillé, ce dont tout le monde se réjouit après les récentes tempêtes de neige qui avaient frappé le pays. Neil en profita pour parcourir le domaine de Torridon et s'assurer que tout allait bien auprès de ses hommes. Malgré sa longue absence, les MacLeod de Garloch, dont les terres jouxtaient les leurs au nord, s'étaient tenus tranquilles – une nouvelle qu'il apprécia d'autant plus qu'il ne se sentait pas prêt à un affrontement entre clans.

Depuis des décennies, des heurts réguliers les opposaient à un petit groupe de MacLeod établis à la frontière. Bien que leur laird soit un MacKenzie allié des MacCurrie, quelques-uns parmi eux continuaient à revendiquer des droits sur des terres du domaine de Torridon.

Les incidents étaient parfois violents, comme le jour où Alistair, le père de Neil et James, tombé dans une embuscade, avait tué un homme. Bien qu'ils aient été responsables de l'attaque, les MacLeod ne lui avaient jamais pardonné cette mort. Deux ans auparavant, ils avaient tenté de se venger en piégeant Jamie et Ellen exactement au même endroit. Sans plus de succès.

Neil avait finalement fait la paix avec leur chef, gardant néanmoins son petit-fils Calum en otage pour plus de sûreté. Calum était resté de son plein gré bien longtemps après que Neil lui eut offert de rentrer chez les siens. Il s'était même battu à ses côtés à Killiecrankie et sur la Boyne, et faisait aujourd'hui partie de ses braves.

Pourtant, tout n'était pas sans nuages à Torridon. Le voleur dont Jamie et Duncan avaient parlé continuait de sévir. Ce fait préoccupait d'autant plus Neil qu'un homme capable de voler ses compagnons risquait de se montrer aussi peu loyal envers son clan. Il suffirait qu'on lui offre un peu d'argent, et il accepterait de divulguer des informations, voire de trahir. Face à une telle menace, Neil n'avait d'autre choix que de chercher – et trouver – le coupable.

L'autre problème concernait le serment d'allégeance à Guillaume. Fallait-il le signer, oui ou non ? Au cours du déjeuner, Neil, Jamie et Duncan décidèrent que ce dernier embarquerait sur l'*Isabel* en compagnie de Calum pour rendre visite aux MacDonald et aux MacGannon. Les Highlands, qui payaient encore le prix de leur soutien au roi James, bruissaient de discussions et de rumeurs, et les MacCurrie avaient besoin de savoir ce qui se disait.

Les trois cousins et Calum décidèrent d'aller au port afin que Neil puisse admirer les dernières modifications apportées à l'*Isabel* et inspecter ses propres navires.

Dans la cour, Ellen les rejoignit. Juste avant de franchir les remparts, elle posa la main sur le bras de Neil et regarda le vieux chêne fendu en deux. Le symbole de la prophétie des MacCurrie, la preuve tangible de sa réalité.

— Je sais que vous détestez qu'on évoque la prophétie, commença-t-elle, mais tant de choses se sont déjà vérifiées…

Neil jeta un coup d'œil à son frère qui, loin de voler à son secours, lui adressa un bref sourire par-dessus son épaule avant de suivre Duncan. Neil s'arrêta alors pour faire face à Ellen. Malgré ses réticences lors de leur rencontre, il avait appris à l'apprécier et respectait sa manière de voir les choses et son amour pour Jamie. Mais, oui, il détestait parler de la prophétie.

— Ce n'est pas très agréable de penser qu'un homme connaissait déjà tout de ma vie alors que je n'étais même pas né, répondit-il.

— Regardez cet arbre et affirmez-moi que vous n'y croyez pas.

Neil soupira. Il n'avait pas besoin de regarder le chêne, il le voyait chaque jour depuis sa naissance.

L'arbre était déjà vieux quand la foudre avait fendu son tronc en deux la nuit où Jamie et lui-même avaient été conçus. Comme l'avait annoncé Brahan. Et comme prédit, chaque moitié avait continué à vivre. Et leur père était mort le jour de son anniversaire, à l'instar de leur grand-père et de leur arrière-grand-père. Trois générations de lairds MacCurrie avait prédit Brahan, et cela aussi s'était vérifié. Quant aux jumeaux, ils avaient réalisé une autre partie de la prophétie en conduisant le clan à la guerre, puis en revenant en paix. Beaucoup de MacCurrie étaient certains que les autres prédictions se vérifieraient à leur tour, que les jumeaux dirigeraient Torridon à tour de rôle mais jamais ensemble, et que l'un de leurs petits-enfants mettrait fin à la paix suite à une alliance conclue plusieurs générations auparavant.

Neil savait tout cela. Il ignorait juste ce qu'il était supposé en faire.

Ellen désigna de nouveau le chêne.

— Tout s'est déroulé exactement selon les dires du devin. Il suffit de regarder cet arbre pour comprendre qu'une chose extraordinaire a eu lieu ici.

Or, ce n'est pas fini. Vous le sentez, je le sais. Nous le sentons tous.

— Oui, Ellen, les deux moitiés du chêne ont survécu et nous avons conduit le clan à la guerre. Et si la suite se vérifie, nous devrions entamer cinquante ans de paix.

— Et vous épouserez l'un et l'autre une femme venue de l'est.

— Ce qui n'est pas très difficile, vu que nous sommes sur la côte occidentale.

— Moquez-vous tant que vous voulez, mais je suis certaine que James et moi avions pour destin de nous rencontrer et de passer notre vie ensemble. Comment nos chemins auraient-ils pu se croiser sans cela ? Il serait arrivé cinq minutes plus tôt ou plus tard sur la route de Dunfallandy, je serais morte. Je n'ai pas pris conscience de tout cela sur le moment, mais j'ai compris par la suite qu'il était écrit que je rencontrerais votre frère et tomberais amoureuse de lui.

Neil sourit.

— Comment auriez-vous pu faire autrement ? Il est tellement beau.

— N'est-ce pas ? répondit-elle en s'esclaffant. Mais, pour en revenir à notre sujet, vous devriez réfléchir à mes paroles.

— Voulez-vous dire que nous ne sommes pas libres de nos actes, Ellcn ?

— Juste que certaines choses sont inévitables.

— Inscrites d'avance. Nous n'avons donc pas le choix ?

— Si, pour beaucoup de choses, mais pas pour tout. Vous imaginez le concours de circonstances qu'il a fallu pour que James et moi nous trouvions au même endroit au même moment ? Logiquement, cela n'aurait pas dû être possible. Je suis de Dundee, à l'autre extrémité du pays. Sans le complot contre mon cousin John, nous ne nous serions jamais croisés. Pourtant, aussi incroyable que cela paraisse, nous nous sommes trouvés sur cette route de Dunfallandy. Ces quelques instants ont fait basculer nos vies pour toujours. Or, aujourd'hui, j'ai une intuition concernant Eileen Ronley.

— Une « intuition » ?

— Comme James et vous lorsque vous communiquez en silence.

Il jeta un coup d'œil au vieux chêne.

— Dieu sait qu'il s'est déjà passé beaucoup de choses inexplicables dans ma vie, mais je ne crois pas à la prédestination.

— Moi non plus je n'y croyais pas, assura Ellen en suivant son regard. Moi non plus.

Plus tard dans la journée, Neil monta sur les remparts et inspira une longue goulée d'air iodé en contemplant la mer. Hormis la nuit dans son lit, il n'avait jamais pu être seul depuis son retour. C'était agréable d'avoir un moment de calme pour réfléchir, d'autant que le soleil, si rare cet hiver, brillait.

En contrebas, les eaux bleu sombre du loch Shieldaig se mêlaient en tourbillonnant à celles du loch Torridon, avant d'être entraînées au large par le courant.

Il était chez lui.

Tout autour du bras de mer, les sommets des montagnes disparaissaient sous une épaisse couche de neige. Leur présence dissuadait même les plus courageux d'entrer dans Torridon, raison pour laquelle les MacCurrie avaient choisi de s'installer là il y a bien longtemps.

Même si Guillaume décidait de lui ôter son titre, il y avait peu de risques qu'il envoie ses soldats jusqu'ici. Et si par malheur cela arrivait, Neil mourrait plutôt que de céder Torridon. Il n'avait pas besoin de l'approbation de Londres pour rester le chef de son clan. Néanmoins, que cela lui plaise ou non, il ne pouvait demeurer à l'écart du monde. Il devrait bientôt se mettre en route pour aller signer le serment d'allégeance à Guillaume. Tout cela paraissait tellement insensé lorsqu'il se tenait là, sur les remparts du château, sous le soleil pâle !

Faisait-il beau, à Ronley Hall ? À quoi s'occupait Eileen Ronley en cette fin d'après-midi de décembre ? Il avait pensé à elle chaque jour depuis sa fuite, se demandant si Milford avait deviné son rôle dans l'évasion. Et sa bague, songea-t-il, où se trouvait-elle à présent ? Milford l'avait-il fait fondre pour récupérer l'or ?

Après Noël, une fois le serment signé, il proposerait à Duncan d'aller rendre visite à sa cousine avec lui. Cela n'avait aucun rapport avec son envie de revoir Eileen. Simplement, il lui semblait juste que les deux cousins se rencontrent. Il grimaça en imaginant la réaction de Duncan quand il lui expliquerait ses raisons. Sûr qu'il se moquerait de lui. Pourtant, cela ne changeait rien : ils devaient se voir, car ils avaient le même grand-père, même si Phelan avait renié ses enfants et ne s'était jamais soucié du sort de ses petits-enfants. À cette idée, Neil se souvint de son propre grand-père et de l'importance qu'il avait eue dans sa vie.

Un jour – très proche, s'il en croyait sa mère et sa grand-mère – il aurait des enfants, qui joueraient sur ces fortifications avec ceux de Jamie. Des fils et des filles qui grandiraient dans un climat de tendresse et de fermeté, comme Jamie et lui autrefois, et feraient la joie de leur père. Un jour... Et leur mère ? s'interrogea-t-il avant de secouer la tête pour chasser la vision qui s'imposait à lui : Eileen Ronley debout près de lui contemplant en souriant leurs enfants en train de s'amuser.

Il s'agirait plutôt de Fiona. Fiona avec ses soupirs las, ses battements de cils lascifs, qui pas une fois depuis le temps qu'il la connaissait ne l'avait regardé comme Eileen l'avait regardé. Lorsqu'ils étaient ensemble, elle bavardait sans cesse, de robes, de coiffures, des autres femmes de la cour, mais ne lui posait jamais de questions sur sa vie, l'interrompant même quand, par hasard, il tentait d'en parler. Fiona à la chevelure terne et au caractère encore plus terne.

Aimerait-elle la forteresse des MacCurrie ? Serait-elle sensible à la beauté sauvage de cette terre ? Resterait-elle près de lui à regarder la couleur de la mer se transformer sous la lumière et les montagnes changer au rythme des saisons ? Ressentirait-elle la même fierté que lui en voyant la silhouette imposante du château depuis le port ? Ou se contenterait-elle de soupirer, comme elle le faisait en France, en regrettant l'époque où James Stuart était au pouvoir, son ancien statut et ses appartements de Londres ?

Pourrait-il l'épouser ? Devait-il le faire ?

Jamie, Duncan, Calum MacLeod et Neil se mirent en route juste après Noël, sur les routes couvertes de neige. Neil signa le serment d'allégeance au roi Guillaume trois jours avant la date butoir sous le regard méprisant des soldats anglais. Le visage de marbre, il sortit le dos droit et sans un mot, mais son cœur avait saigné à chaque trait de plume.

Il s'était battu pour la cause qui lui semblait juste, pour James Stuart qui, quoi qu'il pensât de l'homme, était le souverain légitime. Il aurait dû être reconnaissant de pouvoir garder ses terres et son titre au lieu de croupir en prison comme Seaforth, mais comment se réjouir alors que tout le monde ne parlait que des forts que le roi Guillaume édifiait dans les Highlands – un à Inverness, l'autre au nord du loch Linnhe – comme autant de symboles de l'échec des partisans du roi James ?

Ils passèrent la nuit suivante dans une auberge, buvant en compagnie d'autres chefs highlanders et de leurs hommes jusqu'au petit matin. Quand ils gagnèrent enfin leur chambre, Jamie et Calum s'endormirent sur-le-champ. Assis avec Duncan devant la cheminée, Neil réfléchit à la discussion qu'ils venaient d'avoir à propos d'une éventuelle alliance avec la France visant à restaurer James Stuart uniquement sur le trône écossais. Certains chefs, qui souhaitaient tâter le terrain, l'avaient invité à se rendre en France avec eux.

— Tu crois que je devrais accepter ? demanda-t-il à Duncan sans cesser de contempler le feu.

— Pas maintenant. Il sera toujours temps d'y aller après l'hiver. En attendant, laisse-les s'occuper de ça. Tu peux compter sur Kilgannon pour te rapporter honnêtement ce qui se dira là-bas.

— Il n'est pas du voyage. Glengarry non plus.

Duncan jura entre ses dents. Ils avaient besoin d'une personne de confiance pour leur faire un rapport impartial et complet des dernières évolutions à la cour.

— À mon avis, ce projet d'alliance n'aura pas de suite, dit Neil en se tournant vers lui. D'après ce que j'ai vu, le roi James n'a aucune envie de lever une armée. Même s'il le faisait, quel chef la conduirait ? Malgré tout, il est important de savoir ce qui se passe vraiment.

— Je t'accompagne.

— Je n'ai pas encore décidé d'y aller.

Duncan lâcha un rire.

— Bien sûr que si ! Je t'accompagne.

— Je me disais que nous pourrions faire une halte dans le comté de Warwick au retour.

— À Ronley Hall ?
— Oui.
— Dans quel but ?
— J'ai laissé ma chevalière là-bas.
— Qui est peut-être à Warwick ou à Londres, désormais. Ou fondue.
— Milford sait où elle se trouve. Il me le dira.
— Évidemment. En plus, s'il connaît ta véritable identité, il t'accueillera les bras ouverts. C'est un très bon plan, bravo ! Pourquoi ne pas lui écrire pour lui annoncer notre venue ?
— Je ne comptais pas vraiment le prévenir.
— Ne sois pas stupide, Neil, répliqua Duncan d'un ton sec. Fais-en faire une autre.
— C'est mon père qui me l'avait donnée.
— Et ton père ne voudrait sûrement pas que tu risques ta vie pour la récupérer. Non, il y a une autre raison à ton envie de retourner là-bas.
— Je pensais que tu souhaiterais connaître ta cousine.
Duncan sourit.
— Ah ! nous y voilà ! Ce doit être une femme très intéressante.
— En effet. Je lui dois la vie, et j'ai l'intention de rembourser ma dette.
— Sans oublier Milford, n'est-ce pas ?
— Oui. Peut-être aura-t-elle envie de venir en Écosse rencontrer sa famille maternelle.
— Tu en as parlé à Jamie ?
— Je n'en ai pas eu besoin.
— Qu'en pense-t-il ?
— Que nous devrions aller en France. Il a ri quand j'ai évoqué l'idée de s'arrêter dans le comté de Warwick au retour, avoua Neil en souriant.
— Quand partons-nous ? Il me faut deux semaines.
— Tu en as une.
Duncan secoua la tête.
— Tu ne changeras jamais !

5

Kilgannon se laissa tomber lourdement sur le banc de pierre face au château de Saint-Germain et se tourna vers Neil.

— Je vais rentrer, Torridon. Et toi ?

Neil hocha la tête. Duncan tournait en rond autour d'eux, tenant à distance d'éventuelles oreilles indiscrètes. Ils avaient espéré trouver un peu de tranquillité en sortant dans le parc mais, malgré le froid, les jardins étaient remplis de promeneurs qui seraient ravis de répéter une conversation surprise entre deux chefs highlanders.

— Ce voyage a été une perte de temps, dit Kilgannon. J'aurais dû rester chez moi au lieu de laisser Glengarry me convaincre de venir. C'est d'ailleurs ce que j'aurais fait, si j'avais su que tu serais là.

— Moi aussi, répondit Neil. Tout cela ne sert à rien. Il n'y a plus rien pour nous, ici.

— Tu as raison, mon garçon. Cette fois, j'en ai fini avec les Stuart. J'ai signé le serment de Guillaume, et j'en resterai là. Je ne remettrai plus les pieds ici.

— Moi non plus.

— Pas même pour voir ta promise ?

Il y eut un bref silence, puis Kilgannon reprit en riant :

— Je me trompe ou tu hésites ?

Neil considéra son compagnon. Kilgannon était un homme direct, un allié loyal sur lequel il avait pu s'appuyer en toute confiance au cours des dernières années.

Tout comme lui, le vieil homme, qui s'était joint au dernier moment à la délégation de Highlanders à la cour, avait été profondément déçu par la réaction du roi James. Après les avoir écoutés d'une oreille distraite, ce dernier s'était contenté de clore la discussion en déclarant qu'il régnerait sur la totalité de l'Angleterre ou sur rien du tout. Neil était sorti de l'audience écœuré.

Quant à Fiona, elle n'avait guère fait preuve de plus d'intérêt à son égard. Elle l'avait accueilli avec son air blasé habituel sans manifester la moindre surprise ou joie à sa vue. Elle ne lui avait même pas demandé la raison de sa présence à la cour, réalisa-t-il soudain.

Oui, le comte de Kilgannon avait bien perçu une hésitation. Cependant, malgré son affection pour le chef MacGannon, Neil n'avait pas envie de discuter de ce problème avec lui. Ni avec quiconque, d'ailleurs.

— Le nom de sir Adam Ronley vous évoque-t-il quelque chose ? demanda-t-il.

Kilgannon lâcha un rire.

— Très bien, mon garçon, ne réponds pas. Je ne suis pas une entremetteuse, marie-toi où bon te chante. Néanmoins, je m'interroge sur la nécessité pour toi de conclure une nouvelle alliance avec Seaforth. À mon avis, si tu n'épouses pas Fiona, ça vaudrait la peine de regarder du côté des filles de Gairloch.

— Mum...

— Je vois que tu prends mon avis très au sérieux, commenta-t-il en s'esclaffant de nouveau. Sir Adam Ronley, hein ? Guillaume lui a confisqué son titre et ses terres, c'est pourquoi il est mort sous le nom de sir Adam. Mais il était comte de Whitby, à l'époque où je l'ai connu.

Neil dévisagea son interlocuteur, réfléchissant à toute allure.

— Whitby ? Je croyais que c'était le nom d'un bâtard du roi Charles !

— On parle bien du même homme. Adam Ronley a été le premier bâtard officiel de Charles II. Pendant un moment, il affirmait même avec bruit que sa mère et Charles s'étaient mariés.

— Je me souviens de cette histoire. Le roi Charles a toujours nié.

— Et Ronley a fini par se calmer.

— Calmé ou non, il a été assassiné.

— C'est ce qu'on dit. Sauf que sa mort a eu lieu des années plus tard, juste après qu'il a traité le roi Guillaume d'usurpateur.

— Croyez-vous que Guillaume ait ordonné sa mort ?

— Difficile à dire. Il est certain que l'existence d'un deuxième bâtard, qui plus est son aîné, ne devait pas l'enchanter, mais Ronley se tenait tranquille depuis des années. Quoi qu'il en soit, sa noyade et celle de sa femme dans la Tamise par une nuit claire restent suspectes. C'est tout à fait le genre de crime que certains n'hésiteraient pas à commettre dans l'espoir de s'attirer les faveurs de Guillaume. Mais de là à penser qu'il en ait donné l'ordre... Pourquoi cette question ? Cette histoire date de deux ans, plus personne n'y pense.

— J'ai rencontré la fille d'Adam Ronley.

— J'ignorais qu'il en avait une.

— Deux. Mais l'une d'elles est morte.

— Et ?

— Leur mère était Catriona MacKenzie, la fille de Phelan, et la cousine de Duncan.

— La petite-fille de Phelan et du roi Charles II, résuma Kilgannon, pensif. Ce qui signifie que si

Whitby n'avait pas été déchu de son titre, elle serait duchesse de Whitby à l'heure qu'il est. Or, si Adam était un enfant légitime... Je doute que ses cousins soient très heureux de la retrouver.

Ses cousins... Neil jura entre ses dents. Comment n'avait-il pas pensé à ça tout seul ? Évidemment ! Le roi Guillaume et la reine Mary étaient les cousins d'Eileen, tout comme Anne, la sœur de Mary. Elles étaient les trois petites-filles de Charles II. Si sir Adam avait raison et que le roi Charles avait effectivement épousé sa mère, Eileen était l'héritière légitime du trône.

Il pourrait suffire de retrouver un acte de mariage pour qu'elle devienne reine d'Angleterre à la place de ses cousins !

Neil échangea un regard avec Duncan.

James MacCurrie contemplait le feu. Neil allait bien, il le sentait. Mais il y avait autre chose dans le message à distance de son frère, une sorte d'excitation, de tension à la fois agréable et troublante. Une femme. Sûrement pas Fiona, pensa-t-il. Il n'avait jamais perçu cette émotion chez Neil jusqu'alors, presque de l'émerveillement. Le message parlait également de la prophétie et de destinée. Celle de l'Angleterre. Et d'une couronne.

Qu'essayait de lui dire Neil ? Une couronne ? Le roi James prévoyait-il une nouvelle campagne pour reconquérir son trône ? Non. Il n'y avait aucune trace de James Stuart dans le message de Neil, rien lui suggérant de préparer Torridon à une nouvelle guerre. Le destin. La prophétie. Une femme. Eileen Ronley ?

La seule chose dont il fût certain, c'était que Neil et Duncan ne seraient pas de retour avant un moment.

Eileen monta l'escalier de pierre en prenant soin de ne pas glisser. Janvier avait été particulièrement rigoureux, cette année. La bise qui soufflait dans les rues de Londres pénétrait par tous les interstices et glaçait les pièces les mieux calfeutrées. Même ici, entre les murs, une couche de verglas recouvrait les marches.

Elle jeta un coup d'œil à Celia Lockwood qui continuait à babiller derrière elle. En acceptant l'invitation de sa cousine, Eileen n'avait pas imaginé qu'elle devrait jouer les nounous auprès de la plus jeune de ses suivantes. Pourtant, elle aurait dû se douter que la proposition cachait quelque chose. Rien de méchant, car Anne avait sûrement pensé que Celia et elle s'entendraient bien. Quoi qu'il en soit, se retrouver presque vingt-quatre heures sur vingt-quatre en compagnie d'une jeune fille volubile s'imaginant voir le prince charmant en chaque homme s'avérait parfois lassant. Quant à sa cousine Anne, elle était bien trop occupée par son mari, la santé fragile de son fils et ses disputes avec sa sœur et son beau-frère pour lui consacrer du temps.

— Et vous avez vu ses yeux ? poursuivit Celia. Ils sont incroyables ! Pas bêtement marron, mais presque de la couleur de l'ambre…

Eileen cessa d'écouter. Elle n'avait pas besoin de répondre, de toute manière, juste de hocher la tête de temps à autre. Était-elle ainsi, à quinze ans ? Celia n'avait pas cessé de parler depuis leur départ de la chapelle, s'extasiant sans fin sur le physique d'un jeune homme qu'elle avait aperçu là-bas. Il était, apparemment, le spécimen masculin le plus parfait qui ait jamais vécu sur cette terre.

Le dernier d'une longue liste de garçons ayant mérité ce titre depuis l'arrivée d'Eileen. Pas étonnant qu'Anne ait estimé que Celia avait besoin d'un chaperon. Il y avait eu le jeune Hollandais, fils d'un des émissaires espagnols, le messager de Norwich, le valet de pied qui avait déchargé leurs bagages, le plus jeune fils de l'un des domestiques d'Anne, plus quelques autres dont elle avait perdu jusqu'au souvenir.

En s'installant au palais, Eileen s'était attendue à être au mieux ignorée, au pire méprisée à cause de son père et de ses origines du côté maternel. Finalement, elle avait été mieux accueillie qu'elle ne l'aurait cru. Pourtant, après six semaines de présence, elle avait l'impression d'être devenue aussi invisible que les servantes de la maison. Elle avait beau exécuter de bon gré les ordres d'Anne – à la fois par reconnaissance et par affection – sa vie ici était loin de la satisfaire car l'ambiance était pesante.

Mary et Anne avaient été très proches l'une de l'autre, particulièrement ces dernières années, quand les deux sœurs avaient pris le parti de Guillaume contre leur père, estimant qu'il ferait un meilleur roi que James Stuart. Bien que ce dernier lui inspirât peu de sympathie, Eileen avait été choquée de voir ses cousines se dresser contre leur propre père.

Tout avait bien changé, depuis la dernière fois qu'elle était venue au palais royal. À présent, Mary était reine et se comportait comme telle, réclamant une obéissance absolue de la part de tout le monde dans tous les domaines. Quant à son époux, le prince Guillaume d'Orange, il avait exigé de porter le titre de roi à son côté et convaincu Anne à renoncer à ses propres droits à la couronne en sa faveur en cas de décès de Mary. Un sacrifice bien mal récompensé.

En effet, de princesse royale – ce qu'elle était toujours officiellement – Anne avait été reléguée au rang de parente pauvre suite à la diminution drastique de sa rente. Elle n'entretenait plus qu'une domesticité réduite, et ses gardes étaient si peu nombreux qu'ils ne suffisaient plus à empêcher les vols dans sa demeure. Amère, la princesse dénigrait ouvertement sa sœur.

Révoltée par cette situation, la duchesse de Marlborough, sa meilleure amie et une alliée fidèle, s'était récemment adressée au Parlement en sa faveur, déclenchant une nouvelle vague de ressentiment entre les deux sœurs. La tension qui régnait au palais s'en était trouvée accrue.

Plus d'une fois, Eileen s'était demandé si, en quittant Ronley Hall, elle n'avait pas échangé une prison contre une autre.

Tout en attendant Celia, elle frotta le givre sur la vitre du couloir pour regarder dehors. Dans la chambre qu'elle partageait avec la jeune fille, les fenêtres étaient masquées par d'épaisses tentures destinées à arrêter les courants d'air, ce qui les obligeait à passer la majeure partie de leur temps dans une pénombre déprimante. Ici, au moins, elle pouvait voir le jour. Les silhouettes dénudées des arbres du parc se dressaient dans la grisaille de fin d'après-midi. Une nouvelle vague de nostalgie l'envahit à ce spectacle. Dieu, comme elle regrettait les jours anciens, quand ses parents étaient encore vivants et que Londres ressemblait à un immense terrain de jeux !

— Et alors, continua Celia en arrivant près d'elle, le duc a proposé que nous chevauchions tous jusqu'à Cornwall pour tuer le dragon.

— Mmm…, fit Eileen.

— Vous n'avez rien écouté, n'est-ce pas ?

Celia fit mine de bouder, mais son regard pétillait.

— Vous ne valez pas mieux que ma belle-mère ! Elle dit que je suis si bavarde qu'elle doit penser à autre chose si elle ne veut pas devenir folle en m'écoutant.

Eileen rit avec elle, mais la pointe d'amertume dans la voix de Celia ne lui avait pas échappé. Malgré son ton léger, Celia n'oubliait pas que c'était à cause de cette même belle-mère qu'elle se trouvait à la cour aujourd'hui. À peine mariée, la nouvelle épouse de son père s'était en effet empressée d'éloigner de la demeure familiale sa nouvelle – et jolie – belle-fille.

Nous sommes celles dont personne ne veut, songea Eileen en franchissant la lourde porte ouvrant sur leur aile. *Des femmes réduites à vivre de la charité des autres.* Elle lissa la soie élimée de sa robe. Elle n'aurait pas de nouveaux vêtements avant longtemps.

Depuis son arrivée à la cour, elle faisait mine de ne pas remarquer les atours des autres femmes tandis qu'elle arborait jour après jour les mêmes tenues. Heureusement, les perles et les pendants d'oreilles de sa mère étaient encore à la mode, et Celia et elle pouvaient toujours adapter leur coiffure au goût du jour. Mais, pour le reste, l'écart entre elles et les dames richement parées se creusait quotidiennement. Celia, avec sa fraîcheur et sa beauté, finirait sans doute par échapper à cette triste situation grâce à un mari fortuné ; elle, en revanche, resterait oubliée entre ces murs. Elle aurait dû accepter de partir avec lui…

Pas un jour ne s'était écoulé sans qu'elle pense à Belmond. Si elle l'avait suivi, vivrait-elle à Glen Mothin, maintenant ? La famille de sa mère l'aurait-elle accueillie en son sein ? Et Belmond ? Cette attraction troublante qu'elle avait perçue entre eux existerait-elle toujours ou se serait-elle évanouie avec le temps ?

« Pas adieu, Eileen Ronley, avait-il murmuré. Nous nous reverrons, je vous en fais le serment. »

Elle porta un doigt à ses lèvres au souvenir de son baiser, avant de se réprimander intérieurement. Il était grand temps de l'oublier, de cesser de rêver sur des paroles creuses. Elle s'arrêta devant la porte de la chambre.

Une douce tiédeur l'enveloppa dès qu'elle l'ouvrit. Elle ôta sa cape de laine tandis que Bess se précipitait dans leur direction.

Encore une femme dont personne ne veut, songea-t-elle en regardant la jeune hollandaise plantureuse. Veuve d'une ancienne relation d'Anne, Bess était entrée au service de celle-ci après la mort de son mari, mais ses manières empressées cachaient mal son mépris pour cette parente pauvre de la famille royale.

— Vous avez un visiteur, annonça-t-elle.

Le cœur d'Eileen bondit dans sa poitrine. Belmond !

Ne sois pas ridicule ! se tança-t-elle. Que ferait-il ici ? Si, comme elle le soupçonnait, il était un Highlander, il ne mettrait pas les pieds à Londres à moins d'être fou. Quoi qu'il ait pu affirmer, il n'avait aucune raison de revenir la voir.

— Qui ?

— Howard Templeton

Eileen écarquilla les yeux de surprise. Elle n'avait plus entendu le nom de Howard depuis des années. À l'époque où elle vivait à Londres, Howard et son père étaient constamment fourrés ensemble ; ils passaient des journées entières à fumer et à boire. Howard s'était toujours montré gentil envers sa mère et elle, et il avait été l'un des rares à oser assister aux funérailles de ses parents. Quelle raison pouvait le pousser à lui rendre visite ?

Se détournant du regard inquisiteur de Bess, elle sortit.

Howard l'attendait dans le minuscule parloir des appartements d'Anne, l'air soucieux.

— Tout Londres sait que vous êtes ici et que vous jouez les émissaires entre vos cousines, dit-il après les salutations d'usage.

Il s'arrêta et jeta des coups d'œil furtifs autour d'eux, comme s'il craignait des oreilles indiscrètes. Sans doute rassuré, il reprit, un ton plus bas.

— Eileen, vous ne devriez pas rester là. Vous rendez-vous compte à quel point Londres est dangereux pour vous ?

— Dangereux ? Pourquoi donc ? Qui aurait des raisons de m'en vouloir ?

— Ceux-là même qui n'aimaient pas votre père.

— Je ne comprends pas. Que voulez-vous dire ?

— Vos parents ont été assassinés ici.

— Je croyais que c'était un accident ! N'est-ce pas ce que vous-même m'avez dit à l'époque ?

Il marqua un temps d'arrêt et cilla.

— En effet. C'est ce que nous pensons. Mais imaginez que nous nous trompions… Vous devriez retourner à Ronley Hall et y rester.

— C'est impossible.

— Milford vous a-t-il…

— Non, rien de tel. Mais il est marié, à présent, et ma présence le dérange. Je n'ai nulle part ailleurs où aller.

— Vous seriez en sécurité, là-bas.

— Je ne risque rien chez Anne.

— Anne elle-même a été attaquée, je vous le rappelle.

— Il y a plusieurs mois de cela. Et il s'agissait d'un voleur.

— N'empêche, ses gardes n'ont pas su la protéger.

— Parce que Guillaume et Mary ont diminué sa rente, l'obligeant à réduire leur nombre. Mais il n'y a pas eu d'autre incident depuis.

— Londres grouille de voleurs. Qu'est-ce qui vous fait croire que vous êtes à l'abri ?

— J'ai très peu d'argent et je ne sors jamais, sinon pour aller à la cour.

— Vous pourriez vous installer chez moi.

Eileen porta une main à sa gorge. Lui proposait-il... Devinant la raison de son hésitation, il s'empressa de préciser :

— Je suis marié et père de famille, Eileen. Mes années de beuverie sont derrière moi. Je vous offre un endroit sûr où résider, rien de plus.

Elle s'obligea à sourire.

— Merci de votre gentillesse, Howard, mais je ne peux pas accepter. J'ai promis à Anne de rester près d'elle. Vous savez que son fils est d'une santé fragile.

— Oui, et qu'elle a perdu un autre enfant à la naissance l'année dernière. Quel rapport cela a-t-il avec vous ?

— Je n'ai pas le droit de l'abandonner, Howard. Elle a besoin de moi.

Il poussa un profond soupir et lui tendit un morceau de papier.

— Mon adresse. S'il se passait quoi que ce soit, n'hésitez pas.

Le froid s'intensifia encore, cantonnant tout le monde à l'intérieur, ce qui convenait parfaitement à Eileen. Elle passait ses journées en compagnie de Bess et de Celia ou à écouter Anne se plaindre de ses maux d'estomac et de la manière dont sa sœur et Guillaume la traitaient.

Le jour, elle ne s'inquiétait guère de l'avertissement de Howard, mais la nuit, elle contemplait le feu dans la grande cheminée en se demandant quel sort serait le sien. Aurait-elle dû rester à Ronley Hall ? Courait-elle vraiment un danger à Londres ?

Était-il possible que des gens se souviennent encore de son père et de l'accusation qu'il avait portée contre Guillaume ? Après toutes ces années, qui pouvait encore se soucier des rodomontades d'Adam Ronley à propos d'un mariage entre sa mère et le roi Charles ? Adam Ronley lui-même n'avait-il pas spontanément abandonné ses prétentions à la couronne après l'avènement du roi James ? Le temps passant, elle avait fini par se persuader que plus personne ne songeait à lui ni à ses prétendus droits sur le trône d'Angleterre.

Et si elle s'était trompée ? Si certains la soupçonnaient d'être revenue à Londres pour reprendre le flambeau paternel et affirmer sa légitimité devant celle de Guillaume et ses cousines ? Mais sous quel prétexte le ferait-elle ? Charles n'avait-il pas toujours refusé de reconnaître Adam autrement que comme son fils bâtard ?

Non, décidément, cette thèse ne tenait pas debout, décida-t-elle. Howard se trompait, et elle ferait mieux de s'occuper de choses utiles au lieu de se tourmenter pour rien.

Elle sortit du coffre où elle rangeait ses effets personnels une petite bourse de velours rouge et en versa le contenu dans sa paume. Deux bagues scintillèrent à la lueur des flammes. L'alliance en or avait appartenu à sa mère. Sa vue lui rappela celle qu'elle avait tant aimée et réveilla des sentiments mitigés à l'égard de son père.

Selon les mauvaises langues, s'il y avait bien un domaine où le roi Charles ne pouvait renier son fils, c'était celui du sexe. L'un et l'autre avaient la même habitude de coucher avec toutes les femmes qui passaient à leur portée, pour peu qu'elles soient consentantes. Eileen avait vu sa mère se faner face à aux infidélités continuelles de son époux. Ce bijou était le symbole de leur union, et un rappel de l'inconstance des serments.

La seconde était la chevalière de Belmond. Elle l'avait volée dans le bureau de Milford avant de partir dans l'idée – stupide, elle n'en doutait pas – de la lui rendre si jamais il reprenait contact avec elle. Une fois de plus, elle examina l'arbre gravé sur le chaton. À l'intérieur de l'anneau apparaissaient deux initiales qu'elle n'avait pas remarquées à Ronley Hall : N.M.

Le temps était venu d'apprendre la vérité.

Le lendemain matin, elle envoya un message à Howard lui demandant de revenir au palais. Quand il se présenta quelques heures plus tard, elle lui montra la chevalière en lui racontant brièvement la visite de Belmond à Ronley Hall. Howard lui confirma qu'il s'agissait bien du blason d'un clan des Highlands et promit de se renseigner pour savoir lequel.

Au bout de cinq jours, il lui rendit de nouveau visite, mais au lieu de discuter dans les appartements d'Anne, il la pria de le suivre chez lui. Eileen dissimula sa surprise quand le cocher les déposa devant une élégante bâtisse dans un quartier huppé de la ville. À l'époque où elle le connaissait, Howard était désargenté, et c'était Adam qui finançait leurs sorties. Manifestement, ces deux dernières années lui avaient été profitables. À moins que sa riche demeure et ses habits coûteux ne soient le résultat d'un beau mariage.

Tandis qu'Eileen s'installait sur le sofa, Howard congédia sa jeune et jolie épouse sous prétexte qu'ils devaient parler en privé. L'air grave, il attendit qu'elle ait refermé la porte derrière elle avant d'annoncer :

— Torridon. La bague que vous m'avez montrée porte le blason du comte de Torridon.

Elle déglutit. Elle avait raison : Belmond – Torridon – n'était pas plus le fils d'un marchand breton qu'elle.

— Ça se trouve en Écosse, je suppose.

— Sur la côte ouest des Highlands. Torridon a soutenu James, précisa Howard. Son nom est

Neil MacCurrie ; il est le chef d'un clan puissant. Ses hommes ont soutenu l'armée du roi James jusqu'au bout. Si Torridon est vraiment venu en Angleterre, beaucoup de gens aimeraient savoir dans quel but.

— Rien ne nous prouve que cet homme était bien Torridon, Howard. Il s'est présenté comme Français, un huguenot de Londres. Peut-être a-t-il réellement gagné cette bague au jeu.

— Torridon est grand, élancé, avec des cheveux noirs et l'air peu commode, m'a-t-on dit. À quoi ressemblait ce Belmond ?

— À peu près à ça. Mais cela ne prouve rien. Beaucoup d'hommes correspondent à cette description.

Howard marcha de long en large à travers la pièce.

— En plus, il paraît que Torridon a un frère qui lui ressemble comme deux gouttes d'eau. Ce qui doit être le cas de la moitié de son clan : ces Écossais se reproduisent comme des lapins. Pardonnez-moi. J'oublie toujours que votre mère venait de là-haut. À qui d'autre avez-vous montré la bague ?

— Personne à part vous. Milford l'a vue et s'est un peu renseigné à Warwick, mais il n'a rien trouvé de concluant.

— Ne parlez de cette histoire à personne d'autre, Eileen. Torridon est un homme dangereux. Il a signé le serment d'allégeance au roi Guillaume, mais qui peut se fier à un Highlander ? Sa mère est une MacKenzie, du clan de Seaforth, et Seaforth est actuellement en prison pour haute trahison. Torridon prévoit peut-être de tuer le roi Guillaume et de rétablir James Stuart et sa clique sur le trône. Rappelez-moi ce qu'il vous a raconté pour justifier sa venue à Ronley Hall.

— Que quelqu'un lui avait assuré qu'il y serait bien reçu.

— Il vous a parlé du roi James ? Ou de votre père ?

— Il a demandé après mon père, c'est ce qui a éveillé les soupçons de Milford.

— Il a ajouté autre chose ?

— Rien de particulier. Juste qu'il était un mercenaire en route pour rejoindre l'armée du roi Guillaume en Écosse.

— Torridon est un espion du roi James. J'aimerais bien savoir ce qu'il fabriquait en Angleterre.

— S'il s'agit bien de lui.

— Soit votre visiteur était Torridon, soit Torridon était à Londres où il jouait aux cartes, ce qui ne correspond pas du tout à ce qu'on m'a raconté à son sujet. Torridon ne boit pas et ne joue pas, à ce qu'il paraît. Il a la réputation d'un homme sans peur et impitoyable, qui n'hésite pas à se servir de son charme auprès des femmes pour obtenir des informations. Et cela bien qu'il soit marié et père de famille. Vous avez eu de la chance, Eileen ; vous auriez pu être une de ses nombreuses victimes.

Elle se raidit, s'obligeant à chasser le souvenir du baiser de Belmond – de MacCurrie – de sa mémoire. Et sa promesse de la revoir.

— Vous a-t-il contactée depuis votre arrivée à Londres ?

— Non. Pourquoi l'aurait-il fait ?

— Il sait qui vous êtes.

— Juste que je suis la fille de sir Adam. Et même s'il connaissait le détail de ma vie, en quoi cela l'intéresserait-il ?

Howard émit un rire bref.

— La petite-fille du roi Charles II ? Peut-être son héritière légitime ? Quel partisan de James Stuart ne chercherait pas à en tirer profit ? Quelqu'un vous a-t-il contactée à ce sujet ?

— Quel sujet ? demanda-t-elle avec un détachement feint. Vous ne croyez tout de même pas aux assertions folles de mon père ! Je ne représente aucune menace pour Guillaume et Mary. Si c'était le cas, ils ne m'auraient pas invitée à venir.

— La princesse Anne vous a invitée. Elle est en guerre ouverte avec sa sœur.

— Qu'insinuez-vous ?

— Anne doit regretter d'avoir soutenu Guillaume. Elle a renoncé à ses propres droits et à ceux de ses enfants pour lui, et tout ce qu'elle a obtenu en retour, c'est une diminution de sa rente et le mépris de sa sœur.

— Vous semblez au fait de beaucoup de choses.

— Tout Londres est au courant.

— Londres adore les ragots.

Howard la considéra avec un sourire amusé.

— S'agit-il vraiment de ragots ?

— Anne ne m'a jamais laissé supposer qu'elle regrettait son soutien au roi Guillaume.

— A-t-elle été approchée par des partisans de Stuart ?

— Pas à ma connaissance. Ce serait d'ailleurs étonnant, après ce qui s'est passé avec son père.

— Sauf si James Stuart envisageait de diviser ses filles.

— Dans quel but ? Guillaume et Mary sont sur le trône, à présent.

— Il pourrait avoir envie de se venger.

Eileen secoua la tête.

— Il est trop tard pour qu'Anne change de camp, assura-t-elle.

Fronçant les sourcils, elle reprit :

— Où voulez-vous en venir, Howard ? Je n'arrive pas à comprendre le sens de cette conversation.

Howard prit une longue inspiration avant de répondre avec un sourire guindé :

— Vous avez raison, cette discussion n'a pas lieu d'être. Mais si jamais Torridon – ou n'importe quel partisan de Stuart – entrait en contact avec vous ou la princesse Anne, promettez-moi de m'en informer. N'accordez jamais votre confiance à cet homme, Eileen. J'ose espérer que vous êtes suffisamment avisée pour ne pas vous laisser enjôler par un individu de son acabit après ce que votre mère a vécu. Vous savez combien j'appréciais votre père, mais j'ai vu le mal que son comportement a causé à ses proches. Votre mère a souffert, mon enfant, je serais désolé qu'il vous arrive la même chose.

Howard enchaîna sur d'autres sujets, puis proposa de la raccompagner chez Anne peu après.

La gorge serrée, Eileen regarda la calèche s'éloigner. Bien qu'elle n'en ait rien laissé paraître, Howard l'avait effrayée.

L'invitation d'Anne lui était apparue comme la seule échappatoire possible à sa situation à Ronley Hall. Il ne lui était pas venu à l'esprit alors que certains risquaient de se méprendre sur les raisons de son retour et guetteraient le moindre signe d'ambition de sa part.

Elle ferma un instant les yeux, regrettant que son père ne soit plus de ce monde. Même saoul, il aurait mis fin aux rumeurs par quelques quolibets amusés. Si seulement elle pouvait en faire autant !

Et Belmond ? Non, Neil MacCurrie, rectifia-t-elle intérieurement. Les révélations de Howard sur son compte n'avaient pas suffi à éteindre son désir pour lui, juste à le teinter de colère. Elle avait tu ses secrets, l'avait aidé, et que lui avait-il offert en échange ? Rien que des mensonges. Et un baiser inoubliable.

Le comte de Torridon, le fils d'une MacKenzie. Pourquoi lui avait-il caché cela ? Pas étonnant qu'il ait tressailli quand elle lui avait confié qu'elle était la fille d'Adam Ronley et d'une MacKenzie.

Évidemment que ce nom lui évoquait quelque chose. Pourquoi ne lui avait-il pas révélé la vérité à ce moment-là ou plus tard, lorsqu'elle l'avait libéré ?

« Un homme sans peur », avait dit Howard à son sujet. « Impitoyable », qui, bien qu'il ait épouse et enfants, n'hésitait pas à user de son charme pour arriver à ses fins. Quelle idiote elle faisait ! N'avait-elle donc rien retenu des frasques de son père et des larmes amères versées par sa mère ? Elle se revit, à genoux près du lit dans la cache de prêtres du château, les mains posées sur le torse de Neil MacCurrie pour le protéger de Milford.

Plus jamais elle ne commettrait une telle folie. Le passé était le passé. Dorénavant, elle allait devoir se souvenir qu'elle était seule – ici à Londres comme dans le monde entier. Elle n'accorderait sa confiance qu'à ceux qui lui auraient prouvé leur loyauté. Encore garderait-elle un œil sur eux, consciente qu'il lui était impossible de lire dans leurs cœurs.

Neil précéda Duncan dans le carré.

— Encore une perte de temps, soupira-t-il en ôtant sa cape trempée de ses épaules.

Ils étaient arrivés à Londres tard dans la nuit, épuisés par une traversée houleuse.

L'orage qui grondait à leur départ de France les avait accompagnés durant tout le trajet, abattant sur eux des torrents de pluie et soulevant les vagues à des hauteurs vertigineuses. Dieu merci, l'*Isabel* avait tenu bon. Neil était soulagé de se retrouver à son bord après cette journée infructueuse. Malgré leurs recherches, le marchand qui avait conseillé à Neil de faire halte à Ronley Hall était resté introuvable.

Duncan repoussa ses cheveux dégoulinants en arrière et remplit deux verres de whisky.

— Alors, quand partons-nous pour le comté de Warwick ?

Neil but une gorgée en examinant son cousin. La pâleur de son teint faisait ressortir les taches de rousseur sur ses joues ; des cernes bleus creusaient son regard. Malgré la fatigue et les difficultés, Duncan n'avait jamais perdu son calme ni son sens de l'humour au cours du séjour. Neil lui en était d'autant plus reconnaissant que la mélancolie et les intrigues de la cour du roi James avaient de quoi démoraliser les plus optimistes. Sans son cousin, ce voyage aurait été un enfer. Néanmoins, il n'avait pas le droit de lui en demander plus.

— Tu peux rentrer quand tu le souhaites, déclara-t-il.

— Sans rencontrer Eileen Ronley ?

— Oui.

— Et toi ?

— Je continuerai en direction du comté de Warwick.

— Tu me demandes de te laisser seul ? s'étonna Duncan en fronçant les sourcils.

— Oui, tu en as fait assez.

— Tu me rappelles ce qui s'est passé la dernière fois que tu as voyagé seul ?

— C'est différent. Je sais où je mets les pieds à présent.

Duncan s'empourpra.

— Ou je pars avec toi ou tu ne vas nulle part !

— Vraiment ? répondit Neil, amusé.

Duncan en colère était un spectacle suffisamment rare pour ne pas le rater. Il avala une autre lampée de whisky avant de reprendre :

— Duncan, nous sommes tous les deux fatigués. Je te répète que tu peux rentrer.

— Non. Si tu restes, je reste. D'ailleurs, j'ai peut-être envie d'aller dans le comté de Warwick moi aussi.

Neil sourit.

— Ah oui ? Pour quelle raison ?

— J'ai une cousine, là-bas. La moindre des choses est de me présenter à elle.

— Elle n'aura peut-être pas envie te voir.

— Toi non plus, « monsieur Belmond ».

À ces mots, l'image d'Eileen portant les doigts à ses lèvres après qu'il les avait embrassées s'imposa à son esprit. Il hocha la tête.

— Peut-être. Mais je veux quand même y aller.

— Écoute, Neil, déclara Duncan en se penchant vers lui. Tu m'as dit qu'elle avait posé des questions sur sa famille maternelle. Je représente cette famille. Je souhaite la rencontrer. Nous irons donc tous les deux, d'accord ? Dis-moi juste quand.

Neil lâcha un rire.

— Demain. Merci, Duncan.

Son cousin balaya ses remerciements d'un geste de la main. Neil vida son verre. Bientôt, il reverrait Eileen, lui révélerait son identité et celle de Duncan et lui proposerait de la conduire chez les MacKenzie.

Il saurait si tout le temps qu'il avait passé à penser à elle avait été vain ou non.

— Tu me rappelles pourquoi nous avons pensé que cette visite était une bonne idée ? chuchota Duncan.

En guise de réponse, Neil émit un petit rire et laissa retomber la tapisserie dissimulant la porte donnant sur la cache des prêtres. À la nuit tombée, ils s'étaient glissés dans l'abri de jardin au fond du parc et avaient suivi le tunnel secret jusqu'au bureau de Milford, où ils se trouvaient à présent.

En traversant son ancienne geôle, Neil avait contemplé la mauvaise paillasse sur laquelle il était resté ligoté des jours durant en se demandant si sa dernière heure était venue. En croisant le regard de Duncan qui, pour une fois, n'exprimait pas la moindre trace d'humour, il avait compris que son cousin était venu là autant par vengeance que pour rencontrer Eileen.

Maintenant, il fallait la trouver. Si ses souvenirs étaient exacts, le couloir menait d'un côté à l'escalier principal et, de l'autre, à l'aile où devaient se trouver les chambres. Celle d'Eileen, mais aussi celle de Milford. Où dormaient les gardes ?

Il tressaillit en entendant quelqu'un approcher. D'un bond, il rejoignit Duncan. Tous deux se plaquèrent contre le mur derrière la porte du bureau. Celle-ci s'ouvrit lentement, laissant pénétrer la lueur d'une chandelle. Il y eut un bâillement suivi du frottement de semelles sur le tapis persan.

Neil retint un soupir de soulagement en reconnaissant Jack. Tandis que le domestique allumait un feu dans la cheminée, il repoussa silencieusement la porte, non sans avoir vérifié que le corridor était désert. Puis il s'avança au centre de la pièce.

— Jack…

Le vieil homme se figea, puis tourna lentement la tête. Il étouffa un cri en l'apercevant.

— Nous ne vous voulons pas de mal, lui assura Neil à mi-voix.

— Je ne dirai à personne que vous êtes là. Je vous aiderai encore.

— Vous voulez bien aller chercher Mlle Eileen ? Ou nous indiquer où la trouver ?

— Elle n'est plus ici.

— Plus ici ?

Jack secoua la tête. Ses yeux s'écarquillèrent quand il avisa Duncan.

— Elle est partie avant Noël. C'était une bonne chose pour elle. L'épouse de Milford ne l'aimait pas.

Neil s'efforça de dissimuler sa déception. Il avait passé tant de temps à imaginer la réaction d'Eileen quand elle le reverrait !

— Où est-elle ?

— Quelqu'un arrive ! les avertit Duncan.

— C'est Milford, dit Jack. Il se lève toujours à l'aube. Il est seul. Sortez votre épée, monsieur, et menacez-moi.

Réprimant un rire, Neil s'exécuta, poussant Jack vers Duncan.

La porte s'ouvrit peu après. Milford s'arrêta un instant sur le seuil puis entra.

— Jack ?

Il fit volte-face en entendant le battant se refermer dans son dos. Ses traits se durcirent lorsqu'il découvrit Duncan et Neil.

— Vous ! Comment êtes-vous entré ici ?

— Pas un cri, Milford, ordonna Neil. Vous seriez mort avant que vos hommes puissent entrer.

— Que voulez-vous ?

— Ma chevalière.

— Je ne l'ai plus. Eileen a dû l'emporter.

— Où ?

— Comment voulez-vous que je le sache ? Je ne la suis pas à la trace.

— Pourquoi l'aurait-elle prise ?

— Pour la vendre, je suppose.

— Où est-elle ?

— Je viens de vous le dire, Torridon. Je l'ignore.

Neil haussa un sourcil.

— Tiens, tiens... Il semblerait que vous ayez trouvé quelqu'un pour identifier le blason.

— Oui. Et vous par la même occasion, « monsieur Belmond ». Ou devrais-je dire MacCurrie ?

— Vous avez fait votre petite enquête, à ce que je vois. Bravo, Milford. Où est-elle ?

— À Londres, chez ses cousines. Elle vous accueillera à bras ouverts, j'en suis sûr.

Neil émit un reniflement de mépris.

— Comme si j'allais me rendre à la cour du roi Guillaume maintenant ! Vous savez aussi bien que moi que les Highlanders ne sont pas plus les bienvenus là-bas que je ne l'ai été ici.

— Si seulement cela pouvait vous décider à rester chez vous ! Je croyais que la bataille de la Boyne vous avait servi de leçon. Avez-vous fui avec tous les autres, Highlander ?

— Et vous avec les vôtres à Killiecrankie, l'Anglais ?

— Non. Je suis resté pour danser sur la tombe de Dundee.

Neil leva son épée, luttant pour ne pas laisser la colère l'emporter. Quel qu'en soit son désir, il ne pourfendrait pas ce gredin. Il avança d'un pas.

Milford recula.

— Je suis désarmé, Torridon.

— Comme je l'étais lors de ma dernière visite. Au moins n'avez-vous pas les mains et les pieds liés.

Neil rengaina son arme et leva les poings.

— Allez-y, Milford, faites de votre mieux. Vous étiez un soldat avant de devenir gras. Montrez-moi ce que vous savez faire.

Milford le fusilla du regard.

— Si ça ne vous intéresse pas, alors rendez-moi ma bague que je m'en aille, reprit Neil.

— Je ne l'ai pas.

— Je ne vous crois pas.

— Me traitez-vous de menteur ?

— En effet. Et de lâche.

Piqué au vif, Milford se jeta sur Neil qui esquiva et envoya son poing droit en avant de toutes ses forces. Milford reçut le coup en plein visage, ce qui ne l'empêcha pas de lui lancer son pied dans le ventre, avant de reculer hors de portée.

— Viens ici, Highlander. Montre ce que tu es capable de faire.

— Tu veux peut-être t'essuyer avant, l'Anglais ?

Milford essuya le sang qui coulait de son nez d'un revers de manche.

— Simple coup de chance.

Neil fonça sur lui et le frappa au menton. Milford chancela.

— Alors, toujours la chance ? ironisa Neil.

Comme il avançait de nouveau, Milford se mit en garde. Soudain las de ce combat, Neil laissa retomber ses bras et, d'un croche-pied, expédia Milford sur le tapis.

— Tu as essayé, c'est déjà ça, lâcha-t-il en se penchant vers lui.

— Comment êtes-vous entrés ? J'ai doublé la garde.

— J'ai peut-être un don d'invisibilité. Où est Eileen ?

Milford le considéra, les yeux plissés.

— Je croyais que tu étais venu pour récupérer ta bague.

D'un geste rapide, il essaya de saisir la cheville de Neil qui recula et dégaina son épée. Agrippant Milford par le col, il fendit sa chemise de haut en bas.

— Tu te souviens de ce que tu m'as fait ?

— J'étais ivre.

— Cela ne change rien.

— Tu étais chez moi, Highlander. Et tu portais une bague de Highlander. Qui n'aurait pas été soupçonneux ?

— Être soupçonneux est une chose, menacer un homme désarmé et ligoté en est une autre.

— Je ne t'ai pas tué.

— Moi non plus.

Neil fit signe à Duncan de l'aider. Ensemble, ils lièrent les poignets de Milford, le bâillonnèrent avec les lambeaux de sa chemise et le portèrent jusqu'à la cache des prêtres. Là, ils l'attachèrent au lit sous les yeux de Jack.

— Je relâcherai Jack quand nous serons sortis d'ici, annonça Neil, les yeux plongés dans ceux de Milford. Si je découvre que tu m'as menti, je reviendrai te tuer. C'est bien compris ?

Sur ce, il sortit sans un regard, tirant la lourde porte de bois derrière lui.

6

— La reine vous réclame, annonça Bess avec son air morne habituel. Ses gardes vous attendent en bas.

Eileen dissimula sa contrariété. À une époque, une telle requête l'aurait ravie. Quelques jours après son arrivée à Londres, elle s'était d'ailleurs réjouie de l'invitation de Mary, mettant la distance hautaine avec laquelle on la lui avait transmise sur le compte de ses émissaires.

Hélas ! elle avait vite réalisé son erreur. En guise de retrouvailles, il lui avait fallu écouter une longue litanie de plaintes contre Anne, Sarah Churchill et le Parlement qui s'était prononcé en faveur du maintien de la rente de la princesse royale. À aucun moment sa cousine ne l'avait invitée à s'asseoir ou n'avait exprimé sa joie de la retrouver. Elles auraient aussi bien pu être deux étrangères.

Rien n'avait changé depuis. Tous les dix jours environ, Mary exigeait qu'elle lui rende visite, sans jamais lui témoigner la moindre marque d'affection. Lorsqu'il était présent, le roi Guillaume la saluait d'un vague hochement de tête, comme s'il avait oublié lui aussi qu'ils étaient cousins et se connaissaient depuis l'enfance.

Cette entrevue serait comme les précédentes : elle se tiendrait debout devant Mary qui fustigerait l'attitude de sa sœur. Puis, à son retour, Anne la questionnerait durant des heures, l'interrogeant sur chaque nuance dans la voix de Mary, chaque geste, chaque signification cachée.

— Dites-leur que je descends, répondit-elle à Bess.

— Voulez-vous que je vienne avec vous ? proposa Celia. Elle posera des questions sur Sarah.

— La duchesse, corrigea Bess d'un ton désapprobateur. Il s'agit de la duchesse de Marlborough. Tu devrais l'appeler par son titre.

Celia haussa les épaules.

— Pour moi, elle est Sarah. Je vous accompagne, Eileen. J'attendrai dans la salle d'audience pendant que vous serez avec elle. C'est toujours amusant de regarder qui est là.

— Merci, dit Eileen avec un sourire reconnaissant.

Celia parla tout le long du trajet. Elle bavarda jusqu'au moment où Eileen fut invitée à entrer dans l'antichambre réservée aux personnes ayant rendez-vous.

Consciente des regards que lui lançaient les courtisans installés sur les divans ou cancanant par petits groupes près de l'immense cheminée, Eileen demeura debout dans un coin. Par chance, l'attente fut brève.

Ce fut encore pire que les fois précédentes. Sans même prendre la peine de la saluer, Mary fit signe à ses serviteurs de sortir et se lança dans une diatribe féroce contre sa sœur, censée avoir traité Guillaume d'incapable. Finalement interrogée à ce sujet, Eileen secoua la tête.

— Je n'ai jamais entendu Anne tenir de tels propos, Mary. Jamais. La seule chose dont elle se plaint, c'est de la réduction de sa rente.

— N'éprouve-t-elle aucun ressentiment parce que nous régnons et pas elle ?

— Elle ne m'en a jamais parlé. Mary, les gens vous rapportent des rumeurs sans fondement. Certains essaient de détruire votre relation avec votre sœur. Anne a renoncé à ses droits sur la couronne en faveur de Guillaume. Aurait-elle agi ainsi si elle ne le pensait pas capable d'être un bon roi ?

Mary soupira. Elle resta un instant le regard dans le vague, avant de la fixer de nouveau, des larmes dans les yeux.

— Cette querelle entre Anne et moi est un châtiment divin.

— Pourquoi ?

— Pour avoir été de mauvaises filles. Nous nous sommes détournées de notre propre père, et nous en payons le prix. Vous n'auriez pas fait une chose pareille.

Se rappelant les beuveries de son père, ses infidélités, ses fanfaronnades, Eileen ne répondit rien.

— L'auriez-vous fait, Eileen ?

Le ton de Mary était redevenu cassant. Son humeur, si instable, avait de nouveau changé.

— Mon père s'est opposé à vous deux, répondit Eileen. Pourtant, je suis là.

— Parce que vous n'avez nulle part où aller. Ce qui me fait penser... nous avons décidé qu'il nous était impossible de vous rendre votre titre et les terres de Whitby. Je suis sûre que vous comprenez.

Atterrée, Eileen la dévisagea. Chaque fois qu'elle avait interrogé Mary à ce sujet, sa cousine lui avait laissé entendre que la restitution du titre et des terres de son père n'était qu'une question de temps. Bien que charmant, le domaine de Whitby était de faible rapport, mais il lui aurait permis d'avoir un endroit à elle et de quitter Londres sans plus dépendre de quiconque.

Retrouvant sa voix, elle demanda :

— Pourquoi ? Mary, pourquoi ?

— Si nous vous rendions ces terres, tout le monde pourrait se croire autorisé à nous traiter d'usurpateurs. Que ma sœur vous ait accueillie chez elle est déjà assez regrettable. Nous n'allons pas en plus faire de vous une duchesse.

— Mary, je vous en prie ! Je me retirerai dans le Yorkshire et plus personne n'entendra parler de moi. On oubliera jusqu'à mon existence. Personne ne pensera quoi que ce soit, sinon que vous êtes généreux.

— Ils imagineront que nous avons acheté votre loyauté.

— Vous avez déjà ma loyauté !

— Même si c'est le cas, qui me prouve que cela durera ? Voilà trois ans que nous sommes sur le trône, et les partisans de James continuent à essayer de nous arracher le pouvoir. Pas un jour ne se passe sans que j'entende parler de nouveaux complots. Certains fomentés par ma sœur, d'après quelques rumeurs. D'autres par vous.

— Je ne caresse aucune ambition, Mary.

— C'est ce que vous dites, mais ce n'est pas ce qu'on me rapporte. Je suis lasse de ces histoires. Non, vous ne récupérerez pas les terres de votre père. Vous avez un toit chez Anne, contentez-vous-en. Vous pouvez disposer.

Eileen ravala ses larmes en traversant l'antichambre. Elle parvint même à sourire à quelques connaissances avant de sortir par le petit couloir de service derrière la salle d'audience. Avant ce soir, tout Londres saurait que la reine avait repoussé sa requête et la soupçonnait de vouloir prendre sa place. Inutile de leur offrir en sus le spectacle de sa débâcle. Ici au moins, elle ne risquait pas de croiser grand monde ; même les domestiques ignoraient qui elle était.

Elle s'arrêta près d'une fenêtre et, la tête appuyée contre le carreau glacé, laissa ses larmes couler. Pourquoi Guillaume et Mary refusaient-ils de lui restituer son titre et ses terres ? Celles-ci ne représentaient rien pour eux, alors qu'elles lui auraient permis de vivre sans dépendre de personne. Comment pouvaient-ils douter de sa loyauté ?

Si elle était reine, elle ne priverait jamais un membre de sa famille de ses moyens de subsistance. Si elle était reine, la vie à Londres serait très différente.

Elle fronça les sourcils à cette pensée.

Redressant la tête, elle prit plusieurs profondes inspirations. Elle était prête à affronter la salle d'audience. Il fallait qu'elle se comporte comme si de rien n'était, discute avec ceux qu'elle connaissait, sourie et s'esclaffe aux bons mots de chacun. S'ils percevaient sa détresse ou sa faiblesse, ils la dévoreraient vivante. Heureusement, au contact de sa mère, elle avait appris à faire semblant. « Ne les laisse jamais voir ce qui se cache dans ton cœur ou ton esprit. » Elle essuya ses joues humides, les pinça pour leur redonner un peu de couleur et poussa la porte.

Celia se trouvait à l'autre bout de la pièce, en conversation avec trois hommes. Eileen traversa la foule compacte des courtisans, s'arrêtant çà et là pour saluer quelques connaissances. Elle n'avait parcouru que quelques mètres quand Celia vint à sa rencontre.

— Je viens de rencontrer un homme extraordinaire ! s'exclama la jeune fille dès qu'elle fut à sa hauteur.

Eileen sentit aussitôt son humeur s'alléger.

— Laisse-moi deviner. Ne serait-ce pas le plus bel homme du monde ? ironisa-t-elle.

— Évidemment ! répondit Celia, le visage rayonnant. Il est merveilleux. Venez, je vais vous le présenter.

Les trois hommes leur tournaient le dos. Ils étaient grands et élégamment vêtus. L'un d'eux pivota pour inspecter la salle d'un œil intéressé. Il sourit en découvrant Celia.

— C'est lui, dit la jeune fille en lui adressant un signe. Son ami prétend vous connaître.

Ce serait étonnant, songea Eileen. Les deux autres hommes portaient une perruque dont les boucles châtain retombaient sur leurs épaules. Leurs vestes de soie brodée laissaient voir leurs longues jambes musclées gainées de bas de couleur disparaissant dans des souliers à boucle d'argent. Des gentilshommes suffisamment riches pour dépenser des fortunes dans leur garde-robe. Elle ne connaissait personne de ce genre.

— Ils sont français.

Celia s'arrêta près du jeune courtisan.

— Mademoiselle Ronley, puis-je vous présenter François Reynard ?

Le nommé Reynard s'inclina en souriant.

Eileen lui rendit son sourire et se tourna vers son compagnon de droite, qui l'examinait avec une curiosité non dissimulée. Ses yeux verts pétillaient de malice, des mèches rousses s'échappaient de sa perruque. Il lui adressa un large sourire, auquel elle répondit avec une certaine réserve. Pourquoi la détaillait-il ainsi ? Avait-il entendu parler de son père ?

Elle se tourna alors vers le troisième homme et resta bouche bée.

Belmond ! Ici, dans la salle d'audience de Guillaume et Mary !

— Mademoiselle Ronley, la salua-t-il. Ravi de vous revoir.

Une lueur amusée brillait dans son regard bleu. Il était rasé de près et, pour la première fois, elle vit la ligne bien dessinée de sa mâchoire, le contour de sa bouche. Quand il lui sourit, elle retrouva la sensation de ses lèvres sur les siennes. Puis elle se souvint des paroles de Howard.

Il s'agissait de Neil MacCurrie, comte de Torridon.

— Où M. Belmond et vous vous êtes-vous rencontrés ? s'informa Celia. Je ne me rappelle pas vous avoir jamais entendue parler de lui.

— Ce n'était pas à Londres, mademoiselle, intervint Belmond, mais à Ronley Hall. Un épisode inoubliable.

Eileen serra ses mains l'une contre l'autre, essayant de calmer les battements de son cœur.

— Mademoiselle Ronley, reprit Belmond, permettez-moi de vous présenter mon cousin Armand Delacroix.

Elle reporta son attention sur le cousin de Neil MacCurrie.

— Monsieur Delacroix. Vous êtes également originaire de Bretagne, je présume, cette région baignée d'influence celtique. Ce qui explique la couleur de vos cheveux et les taches de rousseur…

— En effet, mademoiselle Ronley, dit-il avec un grand sourire.

— Je croyais que vous vouliez rejoindre l'armée de Guillaume en Écosse, fit-elle remarquer en s'adressant de nouveau à Belmond.

Celui-ci haussa les épaules.

— Ils n'avaient pas besoin de mes services.

— Le calme est revenu en Écosse ? interrogea Celia.

— Je crains que l'Écosse ne soit jamais calme, répondit-il.

— Lord Wilmot dit que le pays est rempli d'espions à la solde de James Stuart. D'après lui, les Écossais n'attendent qu'une occasion pour attaquer Londres et reprendre le trône.

— Vraiment ? commenta Belmond en regardant tour à tour Celia et Eileen. Vous imaginez cela ?

— Tout est imaginable, répliqua Eileen. Y compris un partisan de James Stuart assez impudent pour venir ici même, au palais, dans la salle d'audience du roi Guillaume.

— Ils devraient pourtant se rendre compte de l'absurdité de leur cause, fit valoir Celia.

— Ils sont très tenaces à ce qu'il paraît, déclara Eileen.

— Vous ne considérez pas la ténacité comme une qualité, mademoiselle ? s'étonna-t-il.

Eileen haussa un sourcil.

— Cela dépend du but poursuivi. Si c'est une chimère, s'entêter devient de la folie.

— Peut-être leur cause n'est-elle pas sans espoir et ne demande-t-elle justement qu'un peu plus de ténacité.

— Vous ne suggérez tout de même pas que les partisans de James Stuart devraient redoubler d'efforts ? Ou envoyer un des leurs à Londres ?

— À mon avis, ce serait une imprudence de leur part. Seul un fou ferait une chose pareille.

— Sur ce point, nous sommes d'accord. Mais le monde semble peuplé de fous.

Belmond parcourut la salle des yeux.

— Vous ne trouvez pas que l'atmosphère se rafraîchit ? Je sens un courant d'air froid, tout à coup.

— Sans doute êtes-vous habitué à un climat plus doux, monsieur. Fait-il plus chaud en Bretagne ?

— En ce moment, il fait plus chaud partout qu'à Londres. C'est étrange, car je m'attendais à l'inverse.

— Vraiment ? D'où vous venait cette idée ?

— De mon expérience précédente.

— On est parfois surpris en découvrant que les choses ne sont pas telles qu'on le pensait.

— Parfois, il est impossible de corriger une fausse impression.

— Parfois, heureusement, il est non seulement possible, mais également sage de le faire.

Armand mit une main devant sa bouche pour étouffer un rire et se tourna en faisant semblant de tousser. Eileen vit ses épaules tressauter et surprit le regard qu'il jeta à Belmond avant de s'éloigner de quelques pas.

— Votre cousin a l'air de bien s'amuser, fit-elle remarquer.

— En effet.

— Êtes-vous venu proposer vos services à Londres ?

— Non, mademoiselle Ronley. Je me contente d'observer.

— Observer, répéta-t-elle en tapotant son éventail sur ses lèvres. Est-ce vraiment le terme exact ?

— Mademoiselle Lockwood, intervint soudain François. J'aimerais bien examiner ce portrait de plus près. Voulez-vous m'accompagner ?

Après avoir lancé un regard écarquillé de stupeur à Belmond et Eileen, Celia emboîta le pas du jeune homme. Dès qu'ils se furent éloignés, Eileen pivota vers Belmond.

— Que faites-vous ici ? demanda-t-elle entre ses dents. Êtes-vous devenu fou ?

Ses joues avaient rosi derrière l'éventail qu'elle agitait nerveusement. Malgré sa froideur apparente, son corps la trahissait. *Comme le mien*, songea Neil. En se rendant compte que sous la sécheresse de sa voix se cachait de la colère, il avait ressenti un mélange de rage et de soulagement. Milford avait dû lui révéler son identité.

Il se pencha vers elle, assez près pour sentir son odeur. En plein cœur d'un hiver glacé, entourée de corps malpropres et de vêtements trop portés, elle avait toujours un parfum de fleurs sauvages. Et elle était magnifique. Sa tenue – un corsage et une jupe bleue sur des jupons blancs – contrastait agréablement avec les robes surchargées de rubans et d'ornements des autres femmes. Un grand peigne retenait ses cheveux relevés en haut chignon sur sa tête. Bien que cette coiffure soit à la dernière mode, il la préférait telle qu'il l'avait vue la dernière fois, avec ses boucles dorées dansant sur ses épaules.

— Je suis venu pour vous, dit-il sans prendre la peine de dissimuler son accent.

Surprise, elle plongea les yeux dans les siens avant de les détourner rapidement.

— Pourquoi cette froideur, mademoiselle Ronley ?

— Que faites-vous ici ? répéta-t-elle. C'est un endroit dangereux pour vous, lord Torridon.

Il recula un peu sans cesser de la contempler. Elle était en colère, c'était certain, mais il se dégageait autre chose de son attitude.

— Je constate que Milford vous a dit qui j'étais.

— Non. Pourquoi, il le sait ?

— Oui. Je lui ai rendu une petite visite.

— Vous êtes allé à Ronley Hall ?

— En effet. Je vous cherchais. Pourquoi êtes-vous venue à Londres ?

— Je ne pouvais pas continuer à vivre de la charité de Milford.

— Donc, vous avez préféré celle de votre cousine Anne.

— Comment m'avez-vous trouvée ?

— Une fois que j'ai su qui étaient vos cousines, je n'ai eu aucun mal à découvrir l'adresse de la princesse Anne.

— Qui vous a appris qu'Anne est ma cousine ?

— Tout Londres ne parle que de vous. Les gens se demandent pourquoi la fille d'Adam Ronley est revenue.

— Pourquoi ne pas m'avoir révélé votre identité, au lieu de continuer à prétendre que vous étiez un huguenot ?

— Il ne fait pas bon être écossais dans votre pays par les temps qui courent. De toute manière, cela n'aurait pas changé grand-chose. Vous n'avez jamais cru à mon histoire, nous le savions tous les deux.

— Me dire votre vrai nom aurait été une preuve de confiance.

— Ne vous ai-je pas laissé entrevoir beaucoup de choses ?

— Êtes-vous Neil MacCurrie ?

— Oui.

— Comte de Torridon ?

Il hocha la tête.

— Pourquoi m'avoir fait croire que vous étiez mercenaire ? Vous auriez pu choisir n'importe quel autre métier !

— Je ressemble plus à un soldat qu'à un tisserand, répondit-il d'un ton posé.

— Êtes-vous un partisan de James Stuart ?

— J'en ai été un.

— Soudain rallié à Guillaume et Mary ? Et qui « observez » leur cour ? Êtes-vous sûr de n'être pas plutôt un espion ?

— Je ne suis pas un espion.

— Dans ce cas, que faites-vous ici ? Qui « observez »-vous ?

— Vous, mademoiselle Ronley. Vous et personne d'autre. Je n'arrive pas à vous oublier.

— Avez-vous essayé ?

— Non.

Les yeux d'Eileen lancèrent des éclairs, comme si ce qu'il venait de dire avait redoublé sa fureur. Pourquoi ?

— Si je me tournais pour annoncer qu'un partisan de James Stuart se trouve ici, à la cour de Guillaume et Mary, quelle serait la réaction dans la salle à votre avis ?

Neil la contempla, consterné. Il avait si souvent rêvé de ces retrouvailles avec Eileen Ronley ! Il avait bravé les tempêtes et passé des jours entiers à attendre dans cette salle bondée et étouffante dans le seul but de la revoir.

Certes, il ne s'attendait pas à ce qu'elle se jette dans ses bras et savait qu'il devrait s'expliquer sur sa présence à Londres, mais il n'avait pas prévu un tel accueil. Qu'était-il arrivé à la jeune femme chaleureuse de Ronley Hall ? Qu'avait-elle appris qui l'ait rendue si froide à son égard ? Finalement, il n'était peut-être pas le seul à avoir un jumeau, songea-t-il avec une ironie amère.

Il la regarda droit dans les yeux.

— Faites comme vous l'entendez, mademoiselle. Vous pouvez leur révéler mon identité et regarder les gardes me traîner hors de la pièce. Mais avant cela, vous aimeriez peut-être rencontrer votre cousin ?

Eileen sentit les battements de son cœur s'accélérer lorsqu'il se tourna vers l'homme qu'il avait appelé Armand.

— Je croyais qu'il était *votre* cousin.

Il hocha la tête.

— Il l'est, du côté maternel. Sa mère était ma tante. Son père, en revanche, était le frère de votre mère. Eileen, je vous présente Duncan MacKenzie.

Ce qu'elle n'avait pas remarqué jusque-là lui sauta soudain aux yeux. Ces iris verts, ces pommettes hautes et cette bouche aux lèvres charnues ressemblaient à ceux de sa propre mère.

— Mademoiselle Ronley, la salua-t-il de nouveau en souriant. Nous sommes venus à Londres afin que je puisse faire votre connaissance. Nous pensions nous rendre chez votre cousine Anne, mais la maison est trop bien gardée. C'est pourquoi nous avons pris le risque de vous attendre ici. Comment allez-vous, cousine ?

— Vous n'auriez pas dû venir ici ! dit-elle à voix basse.

— Nous avons de la compagnie, chuchota Neil en voyant approcher Mme Landers et lady Newcombe, deux des plus grandes commères de Londres.

— Chère mademoiselle Ronley ! s'exclama la première en jetant un coup d'œil intrigué aux deux hommes par-dessus son éventail. Voudriez-vous nous présenter ?

Eileen considéra MacCurrie d'un air interrogateur, attendant sa réaction. Souriant, il se pencha sur la main de Mme Landers et la baisa.

— Jean Belmond, indiqua-t-il avec un fort accent français. À votre service, madame.

— J'en suis enchantée, minauda Mme Landers.

— Madame Landers, lady Newcombe, déclara Eileen d'un ton sec, puis-je vous présenter messieurs Belmond et Delacroix, originaires de Bretagne, et installés depuis peu à Londres.

Duncan adressa une profonde révérence aux deux femmes. Eileen perçut la pointe d'amusement dans son sourire ; elle espéra que ses voisines n'y avaient rien vu d'autre que le plaisir de faire leur connaissance.

— Ah ! les Français ont de si délicieuses manières ! s'extasia lady Newcombe. Quel dommage de penser que nous serons bientôt en guerre avec eux ! Certes, il nous reste nos huguenots, mais je regrette le temps où la cour était remplie de Français.

— C'était à l'époque de votre grand-père, précisa Mme Landers à l'intention d'Eileen. La cour était tellement austère sous le règne du roi James ! James Stuart ne me manque pas, je vous l'assure. Mais vous paraissez avoir bien survécu aux… imprudences de votre père, très chère.

En guise de réponse, Eileen lui adressa un sourire guindé.

— Mademoiselle Ronley semble toujours retomber sur ses pieds, commenta lady Newcombe. Bien que nous venions juste d'apprendre que la reine refusait de vous rendre vos terres du Yorkshire… Vous devez être accablée.

— J'apprécie ma vie à Londres, répondit Eileen.

— Évidemment.

Mme Landers détaillait Duncan des pieds à la tête. Quand elle s'arrêta sur son visage, il la gratifia d'un sourire charmeur. De toute évidence, il avait l'habitude d'être admiré par les femmes, estima Eileen.

Puis la commère passa à Neil MacCurrie, qui la regarda faire avec un amusement manifeste.

— Je serais ravie que nous fasions plus ample connaissance, annonça-t-elle finalement. Venez donc chez moi, demain. Tous les deux. J'insiste.

— Êtes-vous libre, monsieur Belmond ? demanda Duncan avec un accent à couper au couteau.

— Bien sûr, répondit Neil. Je serai honoré d'escorter Mlle Ronley.

— Entendu, acquiesça Mme Landers, mais personne d'autre. Mademoiselle Ronley, évitez, je vous en prie, de venir avec cette ennuyeuse hollandaise ou la jeune Lockwood. Juste ces charmants messieurs.

— Je crains de ne pouvoir être présente, s'excusa Eileen. La princesse Anne a besoin de moi.

— Quel dommage ! s'exclama Mme Landers. Messieurs, nous serons ravies de vous recevoir. Venez vers seize heures.

Glissant un bras sous celui de Neil, lady Newcombe l'entraîna d'office avec elle en papotant.

— Cet hiver a été effroyable. À se demander si le temps se réchauffera un jour !

— Je me le demande en effet, répondit Neil en lançant un regard à Eileen par-dessus son épaule.

Celle-ci les suivit des yeux, regardant Landers et lady Newcombe présenter leurs nouveaux compagnons à plusieurs groupes de personnes. Elle s'était souvent demandé si les deux cancanières, qui semblaient passer leur vie ici, étaient chargées de se mêler aux visiteurs afin de rapporter ce qu'elles voyaient et entendaient. Mais rapporter à qui ? Guillaume et Mary ? Anne ? Ou quelqu'un d'autre ?

Si Neil ou Duncan oubliaient un instant leur accent ou leurs bonnes manières, les deux commères le remarqueraient aussitôt, songea-t-elle avec anxiété. Cependant, loin de s'en soucier, les deux hommes paraissaient beaucoup se divertir tandis qu'ils suivaient leurs guides à travers la foule.

Elle aurait dû prévenir Guillaume et Mary de leur présence, elle le savait, mais elle en était incapable. Même s'il s'agissait d'un espion, elle refusait d'être celle qui causerait la perte de Neil MacCurrie. Quand elle le vit baiser la main d'une jeune femme blonde avec un sourire charmeur, elle décida de rentrer. Rien ne l'obligeait à assister à ça.

Elle trouva Celia en grande conversation avec François – ou du moins l'homme qui se faisait appeler ainsi.

— Je m'en vais, annonça-t-elle d'une voix plus sèche qu'elle l'aurait souhaité.

— Déjà ? s'exclama Celia. On ne peut pas rester encore un peu ?

— Reste si tu le souhaites, mais moi je dois rentrer.

Celia plissa le front, déçue.

— Bien sûr. Monsieur Reynard, n'hésitez pas à nous rendre visite durant votre séjour.

— Je n'y manquerai pas, mademoiselle, répondit celui-ci en souriant. En attendant…

Portant la main de Celia à ses lèvres, il fit mine d'y déposer un baiser.

La jeune fille soupira, mais suivit Eileen. Elles n'avaient pas atteint la porte qu'elle la pressait déjà de questions. Comment avait-elle connu M. Belmond ? Pourquoi ne lui avait-elle jamais parlé de lui ? Pourquoi partaient-elles si soudainement ? S'était-il passé quelque chose ?

— Mademoiselle Ronley ! Eileen !

Eileen reconnut aussitôt sa voix malgré le brouhaha. Elle se retourna pour voir MacCurrie la rejoindre à grandes enjambées en ignorant les regards curieux posés sur lui.

— Nous vous raccompagnons, annonça-t-il une fois à sa hauteur.

— Merci, monsieur, ce ne sera pas nécessaire.

— Si, mademoiselle. Delacroix, Reynard, nous partons. Venez.

Lui prenant d'autorité le bras, il l'escorta jusqu'au vestibule. Lorsqu'un valet lui apporta son manteau, il le prit et l'aida à l'enfiler, laissant sa paume s'attarder un instant sur son dos.

Consciente de la présence de MacCurrie à côté d'elle, Eileen sentit à peine le vent glacé s'enrouler autour de ses chevilles lorsqu'ils débouchèrent dans la cour. Derrière eux, Reynard et Duncan sur les talons, Celia hâtait le pas pour ne pas se laisser distancer.

Quand MacCurrie s'arrêta devant une voiture et lui fit signe de monter, Eileen secoua la tête.

— Nous pouvons marcher, monsieur.

— Je n'en doute pas. Acceptez néanmoins que je vous dépose.

— Merci, monsieur Belmond, mais ne vous donnez pas cette peine. Ce n'est pas loin.

— Mademoiselle, il fait presque nuit, et vous êtes deux femmes seules, lui rappela-t-il en détachant les mots comme s'il parlait à une enfant.

Pourquoi prendre des risques inutiles ? Montez, je vous en prie.

— Nous allons marcher.

— Eileen…

— Monsieur, dit-elle en français, nous ne sommes pas suffisamment proches pour que vous vous autorisiez à m'appeler par mon prénom, qui plus est devant d'autres personnes ! Vous devinez sûrement ce qu'elles vont penser.

— Elles penseront que je connais votre prénom, répliqua-t-il dans la même langue.

— Elles imagineront beaucoup plus que cela, vous le savez.

— Quelle importance ? Ce n'est qu'un ramassis de commères. Il aurait été question de nous de toute manière, et d'après ce que j'ai entendu, les ragots vont déjà bon train à votre sujet. Qu'avez-vous à faire de ces cancans ?

— Cette vie à la cour est tout ce qu'il me reste, monsieur. Je ne peux pas me permettre de la négliger.

Il demeura silencieux un instant, l'air pensif.

— Je n'avais pas songé à cela, avoua-t-il finalement.

— En effet.

— Je vous dois des excuses.

Soudain au bord des larmes, elle détourna les yeux. C'en était trop, tout à coup. L'audience au palais, le refus de Mary de lui rendre les terres de son père, la présence inattendue de MacCurrie ici, à Londres… Elle prit une profonde inspiration pour se ressaisir.

— Mademoiselle Ronley, reprit-il, toujours en français, d'une voix grave. Acceptez que nous vous reconduisions. Je ne vous ferai pas de mal. Je suis venu pour vous remercier et vous présenter Duncan, pas pour rendre votre vie plus difficile.

Elle plongea son regard dans le sien, n'y lut que de la sollicitude, et se sentit brusquement trop lasse pour discuter. Au point où elle en était, qu'est-ce que cela changerait qu'il la raccompagne ? Il avait raison : c'était imprudent pour deux femmes seules de se promener la nuit dans les rues de Londres, même sur une distance aussi courte. En outre, elle passerait ainsi quelques minutes de plus avec lui.

— Merci de votre proposition, monsieur. Nous l'acceptons avec plaisir, répondit-elle.

Il hocha la tête, soulagé. Dès qu'ils furent tous installés, Duncan frappa contre le toit et le coche s'ébranla tandis qu'Eileen s'efforçait de contrôler ses émotions. Elle aurait tant voulu se blottir dans les bras de Neil MacCurrie et le laisser la réconforter, tellement aimé pouvoir lui faire confiance ! Elle sentait la chaleur qui émanait de lui, son épaule toute proche de la sienne, sa cuisse qui frôlait sa jupe. Il paraissait immense, dans cet espace restreint.

Tout comme Duncan MacKenzie. Était-il possible qu'elle soit parente de ce géant ? Il était si différent de ses cousins du côté paternel ! Malgré son asthme, Guillaume était vigoureux, mais pas très grand, et en aucune façon imposant ; Mary était pourvue d'une poitrine généreuse et d'un joli minois, et Anne possédait un visage sans grâce sur un corps trop enveloppé. Quant à elle, elle ne ressemblait à aucun des trois.

En fait, se rendit-elle compte avec stupeur, elle présentait de nombreux points communs avec Duncan. Non seulement la haute taille et les taches de rousseur, mais aussi, à en juger par les boucles qui dépassaient de la perruque, la couleur des sourcils et des cheveux. Les siens étaient d'un roux un peu plus clair, mais ceux de Duncan avaient exactement la même nuance auburn que Catriona.

Quant aux liens familiaux entre Neil MacKenzie et lui, ils sautaient aux yeux : même visage noble et fin aux joues creuses, même carrure et même confiance en soi. Malgré la richesse et les ornements de leurs vêtements de soie et de brocart, il se dégageait d'eux un parfum de grand large et de liberté.

— Où nous emmenez-vous ? s'enquit timidement Celia.

— À la maison, mademoiselle, répondit Neil.

— En France ?

Il lui adressa un sourire amusé.

— Nous ne sommes pas en train de vous enlever, mademoiselle, juste de vous raccompagner à vos appartements.

— Oh ! s'exclama-t-elle, une pointe de déception dans la voix.

— En dépit de ce que Mlle Ronley vous a raconté, je ne suis pas un maraudeur.

— Mlle Ronley ne m'a jamais parlé de vous.

— Ah… Sans doute m'avait-elle oublié.

— J'imagine mal quelqu'un vous oublier, dit Celia. Ni vous ni aucun de vous.

— Je prends cela pour un compliment, mademoiselle.

— Combien de temps comptez-vous rester à Londres ?

— Nous vivons ici.

— Ici ? Êtes-vous des huguenots ?

— Oui.

— Quelle tragédie ! Devoir quitter famille et maison pour se réfugier en Angleterre !

Il jeta un coup d'œil vers Eileen.

— Oui, acquiesça-t-il avec une soudaine gravité.

— Pensez-vous pouvoir rentrer chez vous un jour ?

— J'en ai bien l'intention, mademoiselle.

— Ce sera une perte pour l'Angleterre, commenta Celia en fixant François.

Duncan sourit à cette remarque et un léger rictus releva le coin de la bouche de Neil.

— Merci, mademoiselle, dit François.

— Vous ne ressemblez pas à des artisans. Tous les huguenots ne sont-ils pas horlogers ou tisserands ?

— Nous sommes soldats, précisa François.

Elle écarquilla les yeux.

— Soldats ? Rejoindrez-vous l'armée du roi Guillaume pour combattre les Français ?

— Non, fit Neil. Nous irons en Écosse.

— Oh !

Ils restèrent silencieux le reste du trajet. Lorsque le coche s'arrêta, Duncan ouvrit la porte en grand et inspecta les environs, les doigts sur la crosse de son pistolet. Décidément, elle ne savait presque rien de ces hommes, songea Eileen en le regardant. Étaient-ils armés dans la salle d'audience de ses cousins ? Auraient-ils tiré si nécessaire ? Les mots de Milford lui revinrent en mémoire : « Torridon prévoit peut-être de tuer le roi Guillaume et de rétablir James Stuart et sa clique sur le trône ».

Soudain, elle se sentit horriblement stupide. Howard l'avait mise en garde, Milford l'avait prévenue mais, chaque fois qu'elle se trouvait en face de Neil, elle perdait tout sens commun.

François accompagna Celia jusqu'à la porte. Celle-ci frappa, puis discuta tranquillement avec lui sur le perron.

— Il faut que nous parlions, mademoiselle Ronley, déclara Neil en aidant Eileen à descendre de la voiture.

Les pieds à peine posés sur la neige gelée, elle lui lâcha la main.

— Que pourrions-nous avoir à nous dire ? Je vous remercie de nous avoir raccompagnées, monsieur.

Il jeta un coup d'œil autour d'eux.

— Eil... Mademoiselle Ronley, nous devons parler.

— Vous m'avez mise dans une position très délicate, lui rappela-t-elle d'un ton posé. Vous attendiez-vous vraiment à ce que je mente à mes cousins pour vous protéger pendant que vous les espionnez ? Vous êtes extrêmement présomptueux, monsieur !

Il fronça les sourcils.

— Je peux tout vous expliquer. Je vous attendrai demain à la même heure et vous emmènerai quelque part où nous pourrons discuter tranquillement, d'accord ?

Elle plongea son regard dans le sien. Comme elle aurait aimé le croire ! Mais les paroles de Howard résonnaient dans sa tête. « Sans peur. » « Impitoyable. » « Et qui n'hésite pas à se servir de son charme auprès des femmes pour obtenir des informations. » Elle secoua la tête.

— Il n'y a rien à discuter.

— Mademoiselle, intervint alors Duncan en se penchant vers elle, nous ne vous voulons pas de mal. Accepteriez-vous au moins de parler avec moi ? Je vous donnerai des nouvelles de votre famille maternelle.

— Monsieur Delacroix ou MacKenzie... rien ne me prouve que cette identité est plus réelle que la première. Non, messieurs, nous ne nous reverrons pas. Merci de nous avoir déposées.

— Vous devez nous écouter, Eileen ! insista Neil, manifestement en colère.

— Vraiment ? Je ne crois pas. Je vous en prie, ne venez pas demain. Et ne vous rendez plus à la cour. Ce serait une erreur de croire que je vous protégerai encore. Je n'ai nulle envie de devenir un traître vis-à-vis de mes cousins.

— Si nous ne vous voyons pas ici, nous irons à la cour, la prévint Neil. Nous y retournerons chaque jour jusqu'à ce que vous acceptiez de me parler.

— Je vous déconseille de me mettre dans cette position. Le monde est peut-être peuplé d'imbéciles, mais je n'en fais pas partie.

À cette remarque, les yeux de Neil lancèrent des éclairs. Il détourna le regard, et quand il le ramena sur elle, son expression était glaciale.

— Dans ce cas, puis-je avoir ma bague, mademoiselle Ronley ?

Sa bague ! Elle avait totalement oublié sa bague. Évidemment, Milford avait dû comprendre qu'elle l'avait prise, et le lui avait dit. Une bouffée de honte lui empourpra les joues. C'était sa chevalière qu'il désirait depuis le début, pas elle.

— Bien sûr, dit-elle avec hauteur. Vous êtes venu récupérer votre bien.

— Je suis venu pour vous, Eileen. Je n'ai pas menti.

— Quand ? Laquelle de vos histoires est vraie ? Celle du huguenot chassé de chez lui par un roi intolérant et devenant mercenaire pour se nourrir ? Ou celle du comte écossais qui écume l'Angleterre à la recherche des partisans de James Stuart ? Cet homme est-il votre cousin ou le mien ? Où est la vérité ? Avez-vous vraiment imaginé que je succomberais à votre charme au point de me laisser aveugler ? Que j'étais une autre de ces écervelées qu'on séduit avec quelques mots doux et un sourire enjôleur ? Je dois avouer, lord Torridon – ou devrais-je dire monsieur Belmond ? – que j'ai failli croire que vous étiez venu ici dans l'intention de me présenter Duncan. Et François ? Je suppose qu'il est de ma famille, lui aussi ?

— Non.

— Quel est son nom véritable ?

— Calum MacLeod.

Avant qu'elle puisse répliquer, la porte d'entrée s'ouvrit, laissant apparaître Bess.

— Oh ! Dieu merci, vous voilà de retour ! s'exclama-t-elle d'un air anxieux. Venez vite, le fils d'Anne est encore malade, nous avons besoin de vous !

Celia, après avoir adressé un regard à François, se précipita à l'intérieur. Rassemblant ses jupes, Eileen s'apprêtait à la suivre quand Neil posa la main sur son bras.

— Ne nous quittons pas comme ça. Je reviendrai demain, et nous parlerons.

— Non. Je confierai votre bague au majordome d'Anne. Il vous suffira de demander le paquet de M. Belmond.

— Eileen...

— Ne rendez pas les choses plus pénibles, je vous en prie ! Je suis contente que vous soyez encore vivant, et je ne vous souhaite aucun mal. Mais ma vie est déjà assez difficile. Ne me demandez pas en plus de garder votre secret. S'il vous plaît.

— Nous devons parler, Eileen. Laissez-moi vous revoir.

Elle secoua la tête.

— Si nous nous étions rencontrés à une autre époque, ou si vous et moi n'étions pas qui nous sommes, j'aurais probablement accepté. Mais les choses sont ce qu'elles sont... Adieu, ajouta-t-elle, les lèvres tremblantes.

Ils n'échangèrent pas un mot durant le trajet les ramenant au port.

Duncan n'avait jamais vu son cousin se mettre dans un tel état pour une femme. Certes, Neil aimait la compagnie féminine, mais il se contentait d'ordinaire de profiter du charme de ses conquêtes sans jamais s'investir.

— Un accueil intéressant, Neil, dit-il finalement d'un ton léger alors qu'ils étaient presque arrivés. Sans doute un effet inattendu de ton charme. Quant à toi, Calum, ton départ sera une perte pour l'Angleterre, mon ami. Je pense que vous recevrez prochainement une invitation l'un et l'autre.

Neil détourna enfin les yeux de la vitre qu'il fixait depuis leur départ.

— Nous en avons déjà une, rappela-t-il. Demain, nous nous rendrons chez Mme Landers et verrons ce qu'elle a à nous dire.

7

Eileen ferma les yeux en soupirant. Ses prières avaient été entendues, du moins dans l'immédiat : la fièvre du petit garçon d'Anne était retombée au petit jour, et il dormait paisiblement. Peut-être, contrairement aux autres enfants de sa cousine, survivrait-il.

Quand le médecin leur avait annoncé qu'il était hors de danger, Anne et son mari étaient tombés dans les bras l'un de l'autre. Eileen s'était alors éclipsée discrètement avec Celia et Bess. Mais une fois dans son lit, elle n'avait pas réussi à trouver le sommeil. Elle ne cessait de songer à cette étrange journée, aux soupçons de Mary et à son refus de lui rendre les terres familiales, à Belmond – ou Neil MacCurrie, ou Dieu sait comment il se nommait…

Correspondait-il au portrait que lui en avait dressé Howard ? Était-il venu à Londres pour la voir ou pour tout simplement récupérer sa bague ? Dans ce cas, pourquoi ne s'était-il pas présenté chez Anne au lieu de l'attendre dans la salle d'audience royale ? Ne cherchait-il pas plutôt à espionner Guillaume et Mary pour le compte de James Stuart ? Et à la persuader de lui livrer des informations ?

Elle n'accepterait jamais de trahir ses cousins, bien sûr, mais il suffisait de voir les regards que lui jetaient les femmes de la cour pour savoir que MacCurrie obtiendrait aisément les renseignements qu'il souhaitait. Il lui suffirait pour cela de quelques sourires, voire plus.

Elle se tourna sur le côté, essayant de chasser de son esprit l'image de Belmond dans les bras d'une autre. Elle était vraiment ridicule. Sa vie était déjà suffisamment difficile sans qu'elle la complique davantage en y incluant un homme.

Sa vie… Son cœur se serra à la pensée de l'avenir qui l'attendait. Terminerait-elle ses jours en compagnie de Celia et Bess, à jouer les émissaires entre deux sœurs en guerre perpétuelle ? Trois vieilles filles oubliées de tous ? Non, car Celia finirait par séduire un riche aristocrate ravi de l'épouser pour illuminer ses vieux jours. Celia, l'adorable et naïve Celia, ne trouverait probablement jamais le Prince Charmant qu'elle méritait. Et elle non plus.

Pourquoi fallait-il que le seul homme vers qui elle se sente attirée soit non seulement marié, mais aussi un menteur invétéré ? Si au moins elle avait été certaine qu'aucune autre ne lui accorderait ce qu'elle lui refusait ! Hélas ! s'il le voulait, Neil MacCurrie trouverait dès demain une dame de la cour ravie d'accéder à toutes ses requêtes.

Elle se tourna de nouveau, en proie à une vague de jalousie insupportable. La vision de Neil nu auprès d'une inconnue, de son corps magnifique penché sur elle la torturait. Il devait être un amant fantastique, doux, patient, attentif…

Finalement, n'était-ce pas en s'obstinant à se garder intacte qu'elle se montrait le plus stupide ? Pour qui, pour quoi conservait-elle sa virginité ? Pour vieillir lentement dans cette chambre sombre en se lamentant sur un vaurien qui ne voulait que se servir d'elle ?

Neil MacCurrie était un menteur, un espion, un misérable suborneur ! Voilà ce dont elle devait se souvenir au lieu de rêver à la douceur de ses lèvres sur les siennes.

Howard ne lui avait-il pas dit qu'il avait une femme et des enfants qui l'attendaient ? Aurait-elle hérité de la concupiscence de son père et de son grand-père, pour le désirer malgré tout ? Et si, comme l'avait suggéré Howard, il était vraiment venu à Londres dans l'intention de tuer Guillaume ? Une fois veuve, Mary deviendrait une proie facile pour le roi James, Neil MacCurrie devait le savoir. Était-il assez perfide pour commettre un tel meurtre ou cherchait-il seulement des informations pour le compte de James Stuart ? Même dans ce dernier cas, il n'en restait pas moins un traître.

Oui, elle avait eu raison de le repousser. Elle aurait même dû mettre ses menaces à exécution et le dénoncer dans la salle d'audience.

Et pourtant...

Certaines de ses affirmations ne faisaient pas de doute. Ainsi, comme elle l'avait deviné à Ronley Hall, il était écossais, et il connaissait bien les MacKenzie. Se pouvait-il qu'il soit ce qu'il prétendait être ? Qu'il ait traversé l'Écosse dans le seul but de la revoir et de la remercier ?

Et Duncan ? Elle avait du mal à imaginer cet homme au regard franc complotant contre le roi. Finalement, ils n'étaient peut-être rien de plus que ce qu'ils affirmaient, et elle une sotte qui laissait passer l'occasion de renouer des liens avec sa famille maternelle. Et de revoir Neil MacCurrie.

Elle se redressa dans son lit, soudain décidée. Quand il viendrait chercher sa bague, elle le recevrait.

Neil regarda à travers la fenêtre de la salle du Pégase, les sourcils froncés. À côté de lui, l'aubergiste poursuivit à mi-voix :

— Il est là depuis hier, monsieur. Lui ou quelqu'un qui lui ressemble.

Il désigna du menton l'homme qui se tenait sous le porche d'en face.

— Et hier soir, trois hommes qui se prétendaient partisans du roi James ont essayé de me faire parler à son sujet. Je leur ai répondu que nous étions des serviteurs loyaux de Guillaume et Mary et leur ai proposé de trinquer à la santé de Leurs Royales Majestés. Comment auraient-ils pu refuser ?

— Ont-ils posé des questions à propos de certains clients ?

— Oui. Je leur ai parlé des Français qui me fatiguaient avec leurs exigences. Il s'agit peut-être d'une coïncidence.

— Ou peut-être pas, répondit Neil. Souhaitez-vous que nous partions ?

— Pas pour l'instant. Je vous préviendrai si jamais les choses empirent. En attendant, laissons-les observer.

— Merci.

— Vous savez que vous êtes toujours le bienvenu ici, Torridon. Mais, à l'avenir, je préférerais que vous vous fassiez plus discret, d'accord ?

Ncil acquiesça, les yeux toujours fixés sur l'inconnu de l'autre côté de la rue.

— Moi aussi j'ai quelques questions à vous poser, dit-il. À votre avis, qui pourrait m'indiquer le nom d'anciens amis d'Adam Ronley ?

— Adam Ronley ? L'un des bâtards du roi Charles ? Il ne s'est pas noyé dans la Tamise ?

— Si. Il y a deux ans.

L'aubergiste se frotta le menton et hocha la tête.

— Je sais qui pourrait vous renseigner.

Duncan emboîta le pas à Neil et jeta un coup d'œil par-dessus son épaule. Personne. Il est vrai que l'allée humide et froide dans laquelle ils venaient de s'engager avait de quoi dissuader le plus tenace des poursuivants. De l'eau glacée gouttait des toits, et la boue gelée sur laquelle ils marchaient menaçait de les faire tomber à chaque instant. Calum ouvrait la voie. En arrivant dans la cour, il leva la tête et se tourna vers eux avec une expression maussade. Duncan le rejoignit et grimaça en découvrant les loques qui pendaient sur les fils tendus. Raide de froid et de crasse mal lavée, ce linge devait sécher là depuis un bon bout de temps. La plupart des fenêtres étaient condamnées par des planches, et les autres n'avaient plus de vitres. L'endroit paraissait abandonné.

— Tu crois vraiment que c'est nécessaire ? demanda-t-il à voix basse.

— Ce ne sera pas long, assura Neil en lisant le bout de papier qu'il tenait à la main. C'est là-bas.

Il se dirigea vers une porte au fond de la cour.

La main sur le pommeau de son épée, Duncan le suivit. Il n'aimait pas cet endroit, même à trois et armés. Neil frappa. Quelques instants plus tard, une fenêtre s'ouvrit au-dessus d'eux et une vieille femme passa la tête. De rares cheveux gris dépassaient de sa coiffe élimée et ses mains osseuses s'agrippèrent au rebord quand elle se pencha pour les regarder.

— Qui êtes-vous ? Qu'est-ce que vous voulez à une heure pareille ?

— J'aimerais vous poser quelques questions, madame, répondit Neil. Je saurai me montrer généreux, ajouta-t-il en brandissant une bourse.

— Quel genre de questions, l'Écossais ?

— De celles qui doivent rester discrètes.

La vieille émit un rire grinçant.

— À part moi, y'a plus que des rats, ici.

Neil montra le linge crasseux.

— À qui sont ces vêtements ?

— À personne. Mon mari m'a quittée il y a des années. Je les laisse là pour faire croire que je ne suis pas seule. Qu'est-ce que vous voulez savoir ?

— Pouvons-nous entrer ?

— Trois hommes avec des épées et des pistolets ? Sûrement pas. Posez vos questions de là où vous êtes ou partez.

Neil lança un coup d'œil interrogateur à Duncan qui haussa les épaules. S'il n'avait tenu qu'à lui, ils auraient filé sur-le-champ, mais il connaissait trop bien Neil pour savoir qu'il ne renoncerait pas. Il fit signe à Calum de se poster à l'entrée de la cour au cas où quelqu'un approcherait.

— Adam Ronley, vous connaissez ? s'enquit Neil.

— Oui. Qui le demande ?

— Je ne vous donne pas mon nom, vous ne me donnez pas le vôtre, d'accord ?

— Ça me paraît honnête. Oui, je connais.

— Savez-vous si certains de ses amis sont encore à Londres ?

— Oui. Montrez-moi l'argent et je verrai si je vous le dis.

Neil leva une pièce devant lui puis la posa sur le seuil.

— Lancez-la, mon beau !

Elle l'attrapa au vol et mordit dedans avant de hocher la tête.

— Une autre comme celle-là, et je vous donne votre réponse.

Neil en lança une deuxième qu'elle mordit également.

— Encore une, et je vous promets une histoire juteuse.

Avec un soupir agacé, Neil s'exécuta. Elle répéta le même rituel puis parla enfin.

— Son meilleur ami était Howard Templeton.

— Et l'histoire juteuse ?

— Templeton et Ronley avaient l'habitude de venir chez moi. À l'époque, je possédais mon propre établissement, une taverne qui serait encore à moi si mon vaurien de mari n'avait pas disparu avec la caisse. Chaque fois qu'il buvait, Ronley ressassait la même sérénade : que si Charles n'avait pas caché la vérité, il serait le roi d'Angleterre. Après le départ du roi James, Templeton a commencé à changer avec Ronley, il se moquait souvent de lui.

— Et ?

— Une autre pièce aiderait à me rafraîchir la mémoire.

— C'est la dernière, la prévint Neil en la lui lançant.

— Vous inquiétez pas, vous en aurez pour votre argent. Puis Guillaume et Mary sont montés sur le trône, et Ronley a traité Guillaume d'usurpateur. Le lendemain, Templeton a amené Ronley à la taverne et a tout payé pour lui. Ça m'a surprise, parce qu'en général c'était toujours son copain qui réglait. Et quand Ronley a recommencé à gémir sur son soi-disant titre de roi, Templeton lui a ordonné de se taire. Le soir même, Ronley se noyait dans la Tamise.

— À votre avis, Templeton y est pour quelque chose ?

— Pas tout seul. Ronley était un homme robuste, pas facile à maîtriser même quand il avait bu.

— Donc, vous croyez qu'on l'a assassiné ?

— Je crois que Templeton sait ce qui s'est passé. Je ne l'ai jamais revu, mais j'ai entendu dire qu'il avait une femme et une belle maison aujourd'hui.

— Vous savez où il habite ?

— Non.

Elle recula et ferma la fenêtre.

Neil se tourna vers Duncan.

— Howard Templeton, n'oublie pas ce nom.

Neil et Duncan passèrent le reste de la matinée à rendre visite à d'anciens partisans du roi James. Certains les accueillirent à bras ouverts, mais d'autres refusèrent carrément de les recevoir. Londres était encore plus dangereux qu'ils l'avaient imaginé, estima Neil. Il devait être fou pour s'attarder ici dans un tel contexte.

L'après-midi, ils se présentèrent chez Mme Landers qui les reçut très chaleureusement.

À peine entré, Duncan fut littéralement enlevé par leur hôtesse, qui laissa Neil aux bons soins de lady Newcombe. Celle-ci se révéla une source d'informations inépuisable et serait devenue bien plus s'il n'avait feint de ne pas remarquer ses avances éhontées.

Garder lady Newcombe concentrée sur le sujet qui l'intéressait était parfois difficile. Neil se retrouva plus d'une fois obligé de ramener la conversation sur la cour du roi Charles II.

— Le roi Charles a eu beaucoup d'enfants, n'est-ce pas ? demanda-t-il.

— Oh oui ! Un tas. Aucun légitime, bien sûr, même si Monmouth et Adam Ronley se prétendaient tous deux ses fils légitimes – une absurdité, évidemment. Adam affirmait même à qui voulait l'entendre qu'il possédait une lettre et un document prouvant ses dires, sauf qu'il n'a jamais produit ni l'un ni l'autre. D'ailleurs, le roi a toujours nié. Quoi qu'il en soit, Charles s'est montré généreux : il a donné des titres et des propriétés à chacun de ses enfants. Adam a obtenu les terres de Whitby et le titre de comte qui allait avec.

— On m'a dit qu'il avait épousé une Écossaise.

— Oui, une Catriona quelque chose. Il avait dix-neuf ans. Le père de la jeune femme s'opposait à cette union, mais le roi Charles a ordonné que le mariage soit célébré malgré tout. Le père est rentré en Écosse sans même y assister. Nous l'avons rarement vue, elle ne venait quasiment jamais à la cour. Adam n'était pas heureux avec elle.

Elle agita fébrilement son éventail avec un sourire enjôleur.

— Adam était un homme qui adorait s'amuser. On passait des moments délicieux avec lui. Sa mort a été une grande perte pour la vie de la cour.

— Sa femme et lui sont morts ensemble, n'est-ce pas ?

— Oui, noyés dans la Tamise. On a parlé d'un accident, mais personne n'y a cru. Ils ont été assassinés, tout le monde le sait.

Elle soupira avant de reprendre :

— Deux ans seulement, et cela paraît déjà si loin ! La cour de Guillaume et Mary est tellement différente de celle de Charles… Enfin, elle est toujours moins lugubre que celle du roi James.

— Sir Adam amenait-il parfois sa fille à la cour ?

— De temps à autre, mais il aurait mieux fait de s'en abstenir. À l'époque, la cour de son grand-père n'était pas un endroit fréquentable pour une enfant. Mais dites-moi, monsieur Belmond, quelle est la nature exacte de vos relations avec Mlle Ronley ? Ou devrais-je dire « Eileen » ?

Neil s'obligea à sourire. Quelle mouche l'avait piqué d'appeler Eileen Ronley par son prénom ? Certes, il était d'un autre monde et se moquait des coutumes de la cour, mais il aurait dû se souvenir qu'Eileen vivait dans cet univers et qu'en l'interpellant ainsi, c'était sa réputation qu'il mettait en péril.

— Pas assez intime pour l'appeler par son prénom, madame, je vous l'assure. Mais « Ronley » n'est pas un nom facile à prononcer pour un Français. Mlle Ronley m'a clairement exprimé sa contrariété.

Il sourit de nouveau, d'un air contrit cette fois.

— Je ne connais pas encore très bien vos coutumes anglaises.

Il se raidit en la voyant poser les yeux sur ses lèvres, la tête penchée sur le côté. Il devinait ce qui allait suivre.

— Si vous avez besoin que je fasse votre éducation, monsieur Belmond, n'hésitez pas à me le faire savoir.

— Je m'en souviendrai, madame.

Confinée dans sa chambre par la pluie et le vent glacé, Eileen passa la journée avec Bess et Celia.

Anne n'avait mandé aucune d'elles aujourd'hui. Eileen avait laissé des instructions à tout le personnel afin qu'on vienne la chercher sur-le-champ si un certain M. Belmond se présentait. Or, le jour touchait à sa fin et il ne s'était toujours pas manifesté.

Elle soupira, vérifiant une fois de plus que la bague se trouvait bien dans sa poche. Elle revit en pensée la gravure sur le chaton : un chêne se détachant sur un paysage de mer et de montagnes. Que symbolisait ce blason ? Elle en savait si peu sur l'Écosse et ses multiples clans !

« Je brille, mais ne brûle pas », telle était la devise de celui de sa mère, les MacKenzie. Elle se souvenait de cela et de vagues prophéties du devin Brahan. Sa mère lui en avait rapporté plusieurs au fil des années. Si elle se concentrait, certaines lui reviendraient peut-être, mais à quoi bon ? De toute manière, cela ne changerait plus rien puisque Belmond n'était pas venu.

On frappa peu après à la porte et elle regarda Celia se lever pour répondre.

— Il est en bas, annonça la jeune fille.

Neil balaya des yeux la pièce sombre. Les appartements de la princesse Anne n'avaient rien de luxueux. D'anciennes tapisseries à la trame élimée couvraient des boiseries ternes et abîmées, et les tentures poussiéreuses masquant les fenêtres ne suffisaient pas à arrêter les courants d'air glacé qui s'engouffraient dans les interstices des vantaux. Quant aux meubles, ils dataient de Mathusalem et n'étaient visiblement pas entretenus.

Il pivota en entendant la porte s'ouvrir, espérant voir Eileen. Ce n'était qu'une domestique, qui lui annonça que la princesse Anne allait le recevoir.

— Je suis venu voir Mlle Ronley, lui rappela-t-il avec un accent français appuyé.

— Merci de me suivre, monsieur, dit-elle comme si elle n'avait rien entendu.

Tandis qu'il se laissait guider à travers les couloirs obscurs, il sentit l'inquiétude le gagner. Puis la servante ouvrit une porte et s'effaça pour le laisser passer.

La femme qui l'attendait dans la pièce avait à peu près le même âge que lui. Elle lui fit signe d'approcher.

Il s'exécuta. Après l'avoir examiné un moment en silence, elle s'adossa à son siège en soupirant.

— Qui êtes-vous, monsieur Belmond ?

— Pardon, madame ?

— Vous avez entendu. Qui êtes-vous, monsieur, pour demander à voir ma cousine ici ? Pour l'appeler par son prénom au beau milieu de la salle d'audience de ma sœur ? Savez-vous que tout Londres ne parle que de vous depuis cet épisode ?

Voilà donc à quoi ressemblait la princesse Anne, se dit Neil en faisant une révérence.

— Mon nom est Jean Belmond, Madame.

— De ?

— Londres.

— Londres ? Pourquoi n'ai-je jamais entendu parler de vous ?

— Parce que je viens rarement à la cour, Madame.

— Pas plus rarement que moi, monsieur. En tout cas, à ma connaissance, on ne vous a jamais vu ici. Or, vous connaissez Eileen.

— Nous nous sommes rencontrés à Ronley Hall. Je voyageais, à l'époque, et j'ai passé une nuit là-bas.

— Jusqu'à quel point la connaissez-vous, monsieur Belmond ?

— Pas assez pour l'appeler par son prénom. Mon audace est impardonnable, même si je dois dire pour ma défense qu'elle n'était pas préméditée.

L'expression d'Anne se détendit un peu ; elle sembla même sourire.

— Ma cousine est sous ma protection, et sa réputation était irréprochable. Votre comportement d'hier l'a éraflée.

— Je le regrette profondément.

— Je suis heureuse de l'entendre. Je ne suis pas dépourvue de tout pouvoir, monsieur Belmond, et je serais très contrariée si quelqu'un s'avisait de nuire à Eileen.

— Lui nuire est le dernier de mes désirs.

— Je l'espère bien.

Regardant derrière lui, elle ajouta :

— Pourquoi ne m'avez-vous jamais parlé de lui, Eileen ?

Neil fit volte-face. Eileen se tenait sur le seuil, une expression indéchiffrable sur les traits. Il sentit son cœur s'accélérer quand elle s'approcha et s'arrêta à côté de lui.

— Je ne pensais pas revoir M. Belmond un jour, répondit-elle sans le regarder.

— Alors qu'il vit à Londres ?

— Je le croyais en voyage.

— Il est venu s'excuser, déclara Anne. N'est-ce pas, monsieur Belmond ?

— En effet.

— Eh bien, faites-le.

Neil se tourna de nouveau vers Eileen et fut surpris de découvrir une lueur amusée au fond de ses prunelles. Elle ne semblait plus du tout en colère.

— Je suis désolé de vous avoir embarrassée, mademoiselle Ronley.

— Merci, monsieur Belmond. J'accepte vos excuses.

— Merci à vous, mademoiselle Ronley.

Elle lui adressa un sourire, un vrai sourire, avant de pivoter vers sa cousine.

— Anne, si vous avez terminé d'interroger M. Belmond...

Anne hocha la tête.

— Mais laissez la porte ouverte, Eileen. Cette histoire a déjà fait suffisamment de bruit sans que mes domestiques en rajoutent.

Eileen le conduisit jusqu'à un long parloir étroit guère plus accueillant que la salle qu'ils venaient de quitter. Elle referma derrière eux d'un geste décidé, alluma les chandeliers, et lui fit face.

— Je suis désolée pour toutes ces questions. Je n'avais pas prévu qu'Anne demanderait à vous voir. Je ne me suis pas plainte à elle ; je ne lui ai même pas parlé de notre rencontre.

Il haussa les épaules.

— Je n'imaginais pas créer autant de remous en vous appelant par votre prénom, mademoiselle Ronley. J'ai simplement voulu vous retenir sans m'interroger sur les conséquences. Comme j'ai tendance à me moquer de ce que pensent les gens, j'oublie parfois que ce n'est pas le cas de tout le monde. En Écosse, mon comportement n'aurait choqué personne.

Elle balaya ses explications d'un geste de la main.

— Ne vous inquiétez pas. Dans quelques heures, ils s'en prendront à quelqu'un d'autre. Cela n'a aucune importance.

— Malheureusement, je crois que si. Et votre cousine aussi. Quelqu'un lui a rapporté l'incident.

— Ce n'est pas moi.

— Merci d'avoir gardé mon secret, à Ronley Hall et à la cour, et aujourd'hui, auprès de votre cousine. J'ai une nouvelle dette envers vous.

Elle secoua la tête.

— Vous ne me devez rien, monsieur.

— Si. Vous m'avez sauvé la vie. Je suis venu à Londres pour vous en remercier.

— Qui vous a indiqué où me trouver ?

— Milford. Et vous, qui vous a révélé ma véritable identité ?

— Est-ce important ?

— Oui. Si vous êtes la bienvenue à Londres, ce n'est pas mon cas. Si l'une de vos cousines apprenait qui je suis, cela pourrait s'avérer très dangereux pour moi.

Eileen s'installa sur l'un des bancs de bois et croisa les mains sur ses genoux.

— Je n'ai pas parlé de vous à mes cousines.

— Je vous en remercie.

— J'ai juste interrogé une personne au sujet de la bague, un ancien ami de mon père. C'est lui qui m'a dit qu'il s'agissait du blason de Torridon et que vous étiez probablement le comte de Torridon.

Neil hocha la tête.

— Il pense que vous espionnez pour le compte du roi James. Est-ce vrai ?

Elle avait posé la question d'une voix si douce qu'il scruta son visage, se demandant si sa gentillesse ne dissimulait pas quelque chose. Quelqu'un écoutait-il leur conversation ? Son expression amusée était-elle due à la perspective de le voir tomber dans le piège ? Peut-être voulait-elle se venger de l'embarras dans lequel il l'avait mise hier...

Il jeta un coup d'œil vers les placards au fond de la pièce. Plusieurs hommes pourraient s'y cacher.

— Il n'y a personne à l'intérieur, monsieur, dit-elle d'un ton sec en se levant pour aller ouvrir les portes une par une. Vous êtes rassuré ? Je vous trouve bien nerveux, pour un innocent.

— Vous l'avez vous-même souligné : Londres est une place dangereuse pour moi.

— En effet. Pourquoi êtes-vous à Londres, lord Torridon ? demanda-t-elle en reprenant place sur le banc.

— Je suis venu pour vous voir, pas pour espionner vos cousines. Que vous imaginez-vous ? Que j'ai l'intention d'assassiner Guillaume et Mary dans leur palais, en plein jour sous les yeux de centaines de témoins ? Me croyez-vous stupide à ce point ?

L'éclat de rire d'Eileen le surprit. Il s'assit à son tour et la considéra d'un air qui provoqua un nouveau rire.

— Pardonnez-moi, s'excusa-t-elle, mais ça paraissait tellement idiot !

— N'est-ce pas ? Écoutez, mademoiselle, j'ai combattu dans les rangs de James Stuart, je ne m'en cache pas. Mais nous avons perdu. Or, même si la présence de Guillaume sur le trône me déplaît, je reconnais notre défaite et je l'accepte.

— Judicieuse attitude.

— Je n'ai pas le choix.

Il se pencha vers elle.

— Je vous ai dit la vérité. Je suis venu vous remercier de m'avoir sauvé la vie. Si vous aviez été à Bristol, je serais allé à Bristol. Vous êtes à Londres, je suis à Londres. J'ai commencé par venir ici, mais comme on m'a refusé l'entrée de la maison, j'ai décidé de vous attendre à la cour. C'est aussi simple que ça. Je tenais à m'assurer que vous n'aviez pas eu d'ennuis après mon évasion. Milford ne vous a pas soupçonnée ?

— Si, mais il n'avait aucune preuve.

— Tant mieux. Je voulais également vous présenter Duncan. Il a très envie de vous connaître depuis que je lui ai appris qu'il avait une cousine dans le Warwickshire.

— Vraiment ?

Elle fronça les sourcils avant de poursuivre :

— Pourquoi ne m'avez-vous pas parlé de lui à Ronley Hall ? Vous auriez pu me dire qui vous étiez ! Aviez-vous peur que je vous dénonce à Milford ?

— C'était logique, non ? Vous le connaissez depuis toujours. Pourquoi ne lui auriez-vous pas dit qui j'étais s'il vous avait posé la question ?

— Je..., commença-t-elle en s'empourprant. Je ne sais pas.

Il réprima un sourire. Eileen Ronley n'était pas aussi indifférente à son égard qu'elle voulait le faire croire. Pas plus que lui au sien.

— Pour quelle raison étiez-vous aussi en colère contre moi hier, à la cour ? Car vous m'en vouliez bien avant que je vous appelle par votre prénom, n'est-ce pas ?

— On m'avait dit que vous étiez... J'étais contrariée que vous m'ayez caché votre véritable identité et ne m'ayez rien dit sur ma famille maternelle.

— J'en suis désolé. Si j'avais été certain de pouvoir vous faire confiance, je l'aurais fait. Nous étions des étrangers l'un pour l'autre, alors.

— Nous le sommes toujours.

— Vous le pensez vraiment ?

Elle se redressa.

— Rester à Londres est très dangereux, lui rappela-t-elle en guise de réponse. Si j'ai pu découvrir votre identité, d'autres y parviendront.

— Je partirai bientôt.

— Pour aller où ?

— Chez moi, à Torridon.

— Et ensuite ?

Il la regarda sans comprendre.

— Ensuite, je reprendrai ma vie là-bas.

— Auprès de votre famille.

— Oui.

— Parlez-moi de Duncan, proposa-t-elle soudain. Il est à la fois votre cousin et le mien. Cela signifie-t-il que vous et moi sommes parents ?

— Non. Le père de Duncan était le frère de votre mère. Sa mère et la mienne étaient sœurs.

— Étaient ? Ils sont morts tous les deux ? Ses parents et les vôtres ?

— Ceux de Duncan, et mon père. Ma mère vit toujours. Il avait quatorze ans quand mes parents l'ont recueilli à Torridon ; mon frère et moi avons grandi avec lui. C'est quelqu'un de bien, Eileen, euh… mademoiselle Ronley. Il aimerait discuter avec vous avant notre départ. Êtes-vous d'accord pour le rencontrer ? Juste une heure ?

Tandis qu'elle réfléchissait, Neil admira son profil, le chatoiement doré de ses cheveux à la lueur de la flamme. De toute évidence, elle se méfiait encore. Pourquoi donc avait-il l'impression de la connaître, comme si elle avait toujours fait partie de sa vie ? Il aurait dû partir maintenant, quitter Londres. Si elle refusait de rencontrer Duncan, ils s'en iraient dès l'aube. Avec beaucoup de chance, il finirait par l'oublier.

— Oui, répondit-elle enfin. J'aimerais parler avec Duncan.

— Demain ?

— Où ?

— Nous viendrons vous chercher dans la matinée. Cela vous convient-il ?

— D'accord.

Il se leva.

— À demain, mademoiselle Ronley.

— Attendez ! dit-elle en plongeant la main dans sa poche. Votre bague, monsieur.

— J'avais oublié que vous l'aviez. Merci.

Il prit la chevalière et la mit à son doigt, satisfait de la sentir de nouveau à son annulaire.

— Puis-je vous demander, mademoiselle, pourquoi vous l'avez emportée avec vous ?

— Je… Je n'avais pas envie que Milford la garde. Elle est très belle.

— Oui, en effet.

Elle croisa son regard.

— Et je voulais savoir qui vous étiez. J'étais sûre que quelqu'un reconnaîtrait le blason. Il est très original.

— C'est celui des MacCurrie.

— Un chêne, de l'eau et des montagnes.

— Oui, la terre et la mer. Qui l'a reconnu ?

— Je ne sais pas exactement. C'est l'ami de mon père, Howard Templeton, qui me l'a dit.

Neil sentit son sang se glacer dans ses veines.

— Templeton vous a dit qui j'étais ?

— Il s'est renseigné après que je lui ai montré la bague.

— Vous lui avez dit que vous m'aviez revu ?

Elle rosit de nouveau.

— Non. Je n'en avais pas l'intention. Pourquoi, Neil, euh… lord Torridon… vous le connaissez ?

Il prit un air choqué.
— Quelle inconvenance, mademoiselle Ronley ! plaisanta-t-il avant d'ajouter en souriant : Neil ira très bien.
Elle lui rendit son sourire.
— Il faut que vous quittiez Londres.
— Je le ferai.
Il baissa les yeux sur la bague à son doigt.
— Croyez-vous au destin, mademoiselle Ronley ?
— Au destin ?
— Oui. À des événements qui doivent nécessairement se produire.
— Pourquoi cette question ?
— Parce que j'ai le sentiment que vous et moi étions destinés à nous rencontrer.
— Pour quelle raison ?
— Ça, je l'ignore. Mais n'est-il pas étrange que je me sois retrouvé à Ronley Hall ?
— Vous avez dit que quelqu'un vous y avait envoyé.
— J'avais le nom de deux endroits où l'on était supposé bien me recevoir. J'ai choisi Ronley Hall.
— L'autre était peut-être aussi dangereux.
— Sans doute, mais je continue à penser que vous et moi devions nous rencontrer.
Elle eut un sourire distant.
— Savez-vous combien de fois j'ai entendu ce genre de chose ?
Il plissa le front sans comprendre.
— J'avais douze ans, la première fois que je suis venue à la cour, lord Torridon. J'ai entendu ce genre de remarque ou d'autres du même acabit un nombre incalculable de fois. « Nous sommes faits l'un pour l'autre. » « Soyez mienne, rien ne peut nous séparer. » Non, je ne crois pas au destin.
— Alors, pour quelle raison nos routes se sont-elles croisées ?
— Aucune. Juste par hasard.

— Vous mentez, nous le savons tous les deux. Vous pouvez vous moquer – Dieu sait que je ne m'en priverais pas si j'étais à votre place – mais, aussi insensé que cela puisse paraître, il existe une connexion entre nous. Je n'en comprends pas la nature exacte, mais je la sens. Essayez de prétendre le contraire, chuchota-t-il en lui caressant les lèvres du bout des doigts. Regardez-moi et dites-moi que vous ne ressentez rien quand je vous touche.

Eileen recula.

— Vous êtes très belle, Eileen. Comme beaucoup d'hommes, sans doute, je suis sensible à cela. Mais il y a autre chose… un lien inexplicable qui me pousse vers vous. Et vous vers moi.

Les yeux écarquillés, elle le regarda sans répondre.

— À demain, mademoiselle Ronley, la salua-t-il avec une petite révérence. Bonne nuit.

8

Eileen posa sa brosse à cheveux en s'efforçant de dissimuler sa contrariété.

— Pourquoi veut-elle déjà me revoir ? Répondez-lui que je ne suis pas libre.

— Que je réponde à la reine que vous n'êtes pas libre ?

Bess secoua la tête.

— Vous avez perdu l'esprit !

Non, elle n'était pas folle, juste sur le point de se rendre à son rendez-vous avec Neil et Duncan.

Elle devinait la raison de cette convocation. Mary voudrait qu'elle explique pourquoi un inconnu nommé Belmond l'avait appelée par son prénom dans la salle d'audience et pourquoi elle était devenue le sujet de toutes les conversations.

Que répondrait-elle ? Qu'elle prévoyait de se rendre à un rendez-vous avec un partisan de James Stuart qui s'était battu contre Guillaume et continuait, malgré ses dénégations, à espérer voir le roi James remonter sur le trône ? Que son désir de passer une heure en sa compagnie avait fait taire tous ses doutes et sa culpabilité ? Autant signer tout de suite son propre arrêt de mort.

Eileen parcourut les rues sombres, emmitouflée dans sa cape, en regrettant de ne pas avoir insisté pour avoir une escorte. Elle jeta un coup d'œil par-dessus son épaule. L'homme la suivait encore, toujours à la même distance. Au départ, elle ne s'était pas inquiétée, même après l'avoir vu émerger du porche d'en face et lui emboîter le pas comme s'il l'attendait.

Mary la faisait suivre.

Peut-être était-il chargé de surveiller tous ceux qui sortaient de chez Anne, essaya-t-elle de se rassurer. De rapporter à Mary les allées et venues autour de la demeure de sa sœur, histoire de vérifier ce que l'on racontait à son sujet. Quelqu'un colportait de fausses rumeurs, quelqu'un qui, de toute évidence, espérait envenimer la relation entre les deux sœurs. Qui ? Et dans quel but ?

Elle regarda de nouveau derrière elle. Il était toujours là, adaptant son rythme au sien. Et si c'était elle, et uniquement elle, qui l'intéressait ? Si Mary accordait foi aux médisances et la soupçonnait réellement d'être venue à Londres dans l'intention de reprendre le flambeau de son père ?

À moins que ce ne soit en rapport avec la visite de Neil MacCurrie ? Depuis deux mois qu'elle était à Londres, c'était la première fois qu'on la suivait, juste quelques jours après l'arrivée de MacCurrie. Peut-être devrait-elle se retourner et lui demander ce qu'il lui voulait.

Au lieu de cela, elle se mit à courir. Si cet homme lui voulait du mal, il devrait agir vite ; elle était presque arrivée. Elle tourna la tête : il avait accéléré l'allure. Elle se mit à prier à haute voix jusqu'à ce qu'elle voie les gardes à l'entrée du palais royal.

Une fois dans la cour, elle monta l'escalier lentement pour reprendre son souffle et jeta un nouveau coup d'œil en arrière. Immobile de l'autre côté de la rue, il la contemplait d'un air impassible. L'espace d'un instant, leurs regards se croisèrent, puis elle se détourna. Elle n'oublierait pas cet homme, ce visage rond et ces yeux sombres qui la fixaient sans ciller. En frissonnant, elle resserra sa cape autour d'elle.

La salle d'audience était aussi bondée que la veille. À l'instant où elle entra, les murmures s'intensifièrent. Redressant les épaules et affichant une expression enjouée, elle s'arrêta pour saluer plusieurs connaissances dans l'espoir de lâcher les quelques explications qu'elle avait préparées concernant M. Belmond.

Tout le monde la regardait mais, en dehors des salutations d'usage, personne n'engagea la conversation jusqu'au moment où lord Wilmot et lady Newcombe s'arrêtèrent à sa hauteur. Pour une fois, elle fut ravie de se retrouver face à ces deux langues de vipère.

— Vous avez rendez-vous avec la reine ? s'enquit Wilmot.

— Oui, acquiesça-t-elle, prête à se lancer dans ses explications.

— Essayez d'en savoir plus sur l'Écosse, dit lady Newcombe.

— L'Écosse ? répéta Eileen, une note d'affolement dans la voix.

— Glencoe, précisa lord Wilmot.

— Des messagers sont arrivés il y a environ une heure, renchérit lady Newcombe. Je suis curieuse de voir ce que la reine vous dira.

— Mary ne discute jamais de politique avec moi.

— De politique ? s'exclama lady Newcombe. Des centaines de personnes ont été assassinées dans leur lit ! Vous appelez ça de la « politique » ?

— Qui a été assassiné ? De quoi parlez-vous, madame ?

— Vous n'êtes pas au courant ? demanda lord Wilmot.

Eileen secoua la tête.

Lady Newcombe soupira.

— La princesse Anne ne sait jamais rien de ce qui se passe à la cour. Qui pourrait être au courant, chez elle ?

— Le comte de Stair à envoyé ses hommes à Glencoe, expliqua lord Wilmot.

— Il les a cantonnés chez les habitants, ajouta lady Newcombe. Pendant des semaines !

— Et une nuit, ils se sont levés et ont tué tous ceux qui leur tombaient sous la main, tous du clan MacDonald. J'ai beau ne pas apprécier les Écossais, je trouve ça horrible.

— C'est affreux ! s'indigna Eileen. Pourquoi Stair a-t-il commis un crime aussi atroce ?

Lady Newcombe se rapprocha d'elle pour murmurer :

— Il paraît qu'il aurait reçu des ordres du roi Guillaume. Pour punir l'un des chefs qui avait refusé de signer l'acte d'allégeance.

— Souvenez-vous de mes paroles, dit lord Wilmot. Les Écossais ne vont pas en rester là, ils vont vouloir se venger. Les Highlands pourraient bien se soulever de nouveau.

— Et venir nous assassiner dans nos lits !

Lady Newcombe regarda autour d'elle comme si elle s'attendait à voir surgir des hordes de Highlanders.

Eileen murmura une vague excuse et les laissa pour se rendre chez la reine, le cœur battant. Glencoe. L'Écosse. Neil... Elle devait l'informer rapidement.

Duncan détailla la pièce autour de lui avec intérêt. Voilà donc à quoi ressemblait la demeure de la princesse Anne, l'endroit où habitait sa cousine Eileen. Il espérait pour elle que ses appartements étaient plus confortables que ce petit salon froid et humide.

Celia Lockwood et Calum discutaient à l'écart, visiblement indifférents à ce qui les entourait. Heureusement qu'ils avaient prévu de partir bientôt, songea-t-il en les contemplant, car il n'avait aucune envie d'effectuer le trajet du retour avec un compagnon en mal d'amour. Encore moins avec deux.

Neil était silencieux. Il réfléchissant sans doute à ce qu'il avait découvert ce matin. L'homme qui lui avait conseillé de faire halte à Ronley Hall était mort, probablement assassiné par un partisan de James Stuart. Partout, des rumeurs circulaient au sujet d'un retour imminent du roi James et de bandes de Highlanders prêtes à saccager et à piller l'Angleterre. Il ne faisait pas bon être écossais à Londres en ce moment. Plus d'un de leurs anciens compagnons leur avait conseillé de quitter la ville sans attendre, ce qu'ils feraient dès qu'ils auraient parlé à Eileen.

Il avait suffi à Duncan de l'apercevoir pour être certain qu'il s'agissait bien de sa cousine. Elle avait les mêmes yeux et la même silhouette élancée que Catriona. Il avait sept ans lorsqu'il avait rencontré sa jeune tante lors d'un voyage en Angleterre avec ses parents. À l'époque, Eileen devait être une enfant. Soit il l'avait oubliée, soit elle était ailleurs. En tout cas, il n'avait aucun souvenir d'elle. En revanche, il se rappelait parfaitement Catriona, qui avait beaucoup joué avec lui. Et maintenant, il rencontrait sa fille. Dommage que son père ne soit plus là pour voir ça ! Ni celui de Neil et Jamie.

Il regarda Neil glisser machinalement sa paume sur le dossier usé d'une chaise. Ils attendaient qu'Eileen rentre du palais depuis plus d'une heure. Il était temps d'agir.

Assise dans son fauteuil, Mary la regarda s'avancer vers elle sans ciller. Une expression dure crispait ses traits.

La reine la questionna d'un ton sec. Son intérêt pour Belmond se dissipa dès qu'Eileen lui eut raconté son histoire, à savoir qu'elle avait rencontré Belmond le soir où il avait fait halte à Ronley Hall et que seule l'extrême effronterie de cet homme expliquait la familiarité dont il avait fait preuve à son égard. Non, il n'y avait rien entre eux. D'ailleurs, quelle femme serait assez bête pour attendre quoi que ce soit d'un Français ?

Mary refusa d'évoquer Glencoe, mais il suffisait de voir le nombre de messagers qui entraient, fatigués et trempés jusqu'aux os, et venaient murmurer quelques phrases à l'oreille de la reine, pour comprendre qu'il se passait quelque chose de grave.

Alors qu'Eileen espérait que Mary allait enfin lui dire qu'elle pouvait s'en aller, celle-ci se redressa dans son fauteuil.

— Nous sommes arrivés à une décision vous concernant qui, j'en suis certaine, vous conviendra autant qu'à nous. Les familiarités déplacées de ce M. Belmond nous ont fait prendre conscience qu'il était temps pour vous de vous marier. Nous avons donc pris des dispositions afin que vous épousiez Henrick von Hapeman. La cérémonie aura lieu dans trois jours, et nous prenons tout en charge. Ensuite, vous partirez vivre avec lui en Hollande. Dites à ma sœur que je souhaite qu'elle assiste au mariage.

Eileen la contempla, muette de stupeur. Henrick von Hapeman ? Fils cadet de l'un des conseillers de Guillaume, le jeune homme était un fainéant notoire qui passait son temps à boire et à faire la fête. Devenir sa femme signifierait attendre chaque nuit qu'il rentre de ses virées et s'occuper de lui comme d'un enfant dissipé.

En outre, elle serait dans un pays étranger, coupée de tous ceux qu'elle aimait. En exil.

Manifestement, Mary croyait aux rumeurs concernant ses ambitions sur la couronne.

— Non ! s'exclama-t-elle.

— Si, décréta Mary durement. Le comportement de Belmond a fait de vous un sujet de scandale à la cour. Je ne peux le tolérer. En vous mariant à von Hapeman, nous nous assurons que cela ne se reproduira plus. Ce que vous ferez de ce mariage par la suite ne concerne que vous. Entendre votre nom lié à ce genre d'affaire m'a beaucoup surprise et déçue ! Je vous sauve de l'opprobre, Eileen, et fais de vous l'épouse d'un homme fortuné. Je suppose que vous m'en êtes reconnaissante.

— Mary, je vous en supplie, ne m'obligez pas à ça !

— Il est trop tard pour reculer. L'acte de mariage est déjà signé.

— Mais je n'ai rien signé !

— En tant que votre parent de sexe masculin le plus proche, Guillaume s'en est chargé à votre place. Il ne reste plus qu'à vous préparer pour la cérémonie. Je vous enverrai mes couturières. Et un coiffeur. Vous pouvez disposer.

Eileen sortit peu après en chancelant. Dans l'antichambre, elle se ressaisit suffisamment pour prendre une allure normale. Elle avait tout fait pour l'amadouer, mais Mary s'était montrée intraitable. Le mariage était arrangé et se déroulerait comme prévu. Guillaume en avait décidé ainsi.

Une bouffée de rage monta en elle. Qu'importaient Guillaume et Mary ! Elle n'épouserait pas Henrick von Hapeman, ni dans trois jours ni dans trois siècles !

Lord Wilmot et lady Newcombe, en grande discussion près de la porte, ne la virent pas entrer dans la salle d'audience. Elle en profita pour filer à l'autre extrémité de la pièce, où elle s'adossa au mur et prit plusieurs longues inspirations.

Réfléchis ! s'exhorta-t-elle. *Il y a forcément une solution*.

— Mademoiselle Ronley.

Elle fit volte-face au son de la voix de Duncan MacKenzie. Juste derrière elle, il lui souriait. Tiraillée entre le soulagement – il était vivant ! – et l'affolement, elle lui saisit le bras.

— Que faites-vous ici ? chuchota-t-elle.

— Je suis venu vous voir. Neil aussi est là. Nous avons attendu un moment chez la princesse Anne, puis, en apprenant que la reine vous avait convoquée, nous avons décidé de vous rejoindre ici. Comme vous pouvez le constater, nous ne renonçons pas facilement.

— Vous rendez-vous compte du danger que vous courez ?

Raffermissant sa poigne sur son avant-bras, elle l'entraîna derrière elle, prenant soin de rester près du mur, jusqu'à l'étroite ouverture menant au couloir de service, par chance désert.

— Neil et vous devez sortir d'ici au plus vite ! décréta-t-elle après avoir refermé la porte. Avez-vous appris ce qui s'est passé à Glencoe ?

Duncan secoua la tête.

— Glencoe ? Non. Qu'est-ce qu'il y a eu ?

— Où est-ce ? Loin des terres MacKenzie ? Qui vit là-bas ?

— Le vieux MacIain...

En voyant la porte s'ouvrir, Duncan s'interrompit et mit la main sur le pommeau de son épée.

Il se détendit en constatant qu'il s'agissait de Neil. Ce dernier dit quelques mots en gaélique et Duncan se rembrunit.

— Vous discuterez plus tard, intervint Eileen. Avez-vous appris...

— Pour Glencoe ? demanda Neil. Oui.

— Je dois vous faire sortir d'ici, déclara-t-elle. Suivez-moi !

— Ce ne sera pas nécessaire. Il nous suffira de prendre le même chemin qu'à notre arrivée.

— Non, ce n'est pas prudent. S'il vous plaît, Neil, faites-moi confiance.

— Je vous fais *toujours* confiance, Eileen.

— Venez, dit-elle en se mettant en route. Quoi qu'il arrive, ne parlez pas. Si je vous présente à quelqu'un, contentez-vous de saluer en souriant. Pas un mot, d'accord ?

Les deux hommes échangèrent un regard et opinèrent. Elle les entraîna dans un dédale de couloirs menant à l'escalier de service, puis le long d'un passage qui débouchait dans la salle des gardes. Les soldats bondirent sur leurs pieds à leur entrée. Eileen leur adressa un sourire et désigna Neil et Duncan.

— Ce sont des marchands huguenots que la reine a reçus en privé. Voulez-vous les conduire hors du palais ? Je dois retourner auprès de Sa Majesté.

Les gardes hochèrent la tête. Eileen se tourna alors vers Neil et Duncan et les salua puis rassembla ses jupes pour partir. Elle s'immobilisa au contact de la main de Neil sur son avant-bras.

— Mademoiselle, dit-il en français. Une fois de plus, je suis votre débiteur.

— Bon retour chez vous, répondit-elle avant de filer vers l'escalier.

Elle sentait les regards de Neil et Duncan dans son dos, mais ne se retourna pas. S'ils étaient intelligents, ils quitteraient Londres aujourd'hui même. Et elle ? Elle s'arrêta en haut des marches et prit une profonde inspiration pour refouler les larmes qui lui montaient aux yeux.

Elle sortit du palais avec ue facilité surprenante. Lord Wilmot et lady Newcombe étaient toujours occupés quand elle regagna la salle d'audience. Ils ne la virent pas traverser la pièce. Quand à Mme Landers, elle n'était nulle part en vue.

Une fois dans la rue, elle s'enveloppa dans sa cape et marcha d'un bon pas. Le ciel gris et lourd pesait sur elle, à l'image de ses pensées. Elle n'épouserait pas Henrick von Hapeman. Elle demanderait à Anne de l'aider, même si elle ne se berçait pas d'illusions. Deux ans plus tôt, elle aurait été certaine que Mary accéderait à la demande de sa sœur. Mais maintenant…

En entendant une calèche s'engager dans la ruelle, elle s'abrita sous un porche. Cependant, au lieu de continuer son chemin, la voiture s'arrêta juste devant elle. Se souvenant brusquement de l'homme qui l'avait suivie jusqu'au palais royal, elle se colla contre le vantail de bois.

La portière s'ouvrit sur Neil MacCurrie. Derrière lui, elle aperçut Duncan.

— Nous vous raccompagnons, annonça-t-il. Venez.

Sans réfléchir, elle monta.

Neil regarda Eileen s'asseoir face à lui. Elle avait le teint pâle, les yeux rougis, comme si elle venait de pleurer. Une expression d'effroi flottait dans son regard.

— Vous vous sentez bien ? s'enquit-il.

Elle hocha la tête.

— Merci de nous avoir aidés à sortir, mademoiselle Ronley.

— Vous n'étiez pas au courant, pour Glencoe ?

— Je l'ai appris dans la salle d'audience.

— C'est vrai ? MacIain avait refusé de signer le serment d'allégeance ?

— Il l'a signé, mais après l'ultimatum.

— Et vous ?

À cette question, Neil revit le sourire suffisant de l'émissaire de Guillaume à Inverness.

— J'ai signé.

— Où se trouve Glencoe ?

— À la frontière des Highlands, à l'est du loch Linnhe.

— Loin des terres MacKenzie, précisa Duncan.

— Vous n'avez pas peur pour Torridon ?

— Mon frère est là-bas, répondit Neil. Il m'a assuré que tout allait bien.

— Il est là également ? À Londres ? s'exclama Eileen, surprise.

— Non, il est à Torridon.

Duncan lâcha un rire amusé.

— Neil et James ont une façon très particulière de communiquer, mademoiselle Ronley. Ils n'ont pas besoin de mots, ni d'être proches. Si Jamie dit que tout va bien, c'est que tout va bien.

Eileen les considéra tour à tour d'un air confus.

— Je ne comprends pas.

— Vous n'êtes pas la seule, la rassura Duncan. Mais je les ai vus faire, alors croyez-moi.

— Duncan dit vrai, intervint Neil. Je suis incapable d'expliquer comment, mais mon frère et moi parvenons à nous envoyer des messages à distance.

— Sans parler, renchérit Duncan.

— Vous pouvez lire dans vos esprits ?

— Cela ressemble plus à des vagues d'émotions. Nous sentons si l'autre a un problème ou si, au contraire, il est très heureux, mais nous sommes incapables d'en connaître la raison exacte. Tout ce dont je suis sûr, c'est que Jamie et Torridon vont bien pour le moment. Comme Torridon est situé à l'écart, les autres clans auraient largement eu le temps de nous prévenir si des troupes en avaient pris le chemin.

— Et des bateaux ? Ils pourraient vous attaquer par la mer ?

— Sans doute, mais ils se retrouveraient alors face aux hommes de Duncan. Ne vous inquiétez pas, Eileen, Torridon est en sécurité pour l'instant.

— Mais pas vous. Si ce qu'on raconte est vrai et que Guillaume a commandité ce massacre, il vous fera tuer dès qu'il apprendra votre identité. Vous devez quitter Londres immédiatement.

— C'est ce que nous avons prévu, assura Neil. Mais nous aimerions que vous veniez avec nous.

— Avec vous ? En Écosse ?

— Oui. Ma mère est une MacKenzie. Elle sera ravie de vous accueillir.

— Je pourrais vous présenter à votre famille maternelle, ajouta Duncan. Vous rencontreriez notre grand-père, même s'il n'en vaut pas vraiment la peine.

— Notre grand-père ? Il est toujours vivant ?

— Vous ne le saviez pas ?

— Non. Je le croyais mort depuis des années.

Duncan lâcha un rire.

— Son cœur, oui, mais pas lui. Je ne vous garantis rien sur l'accueil qu'il nous réservera. À l'instar de votre mère, mon père a osé se rebeller contre lui. Je ne l'ai pas vu depuis une éternité. Mais si vous avez envie de vous rendre à Glen Mothin, nous vous y conduirons. Venez avec nous.

Neil hocha la tête.

— Et si vous ne souhaitez pas aller à Glen Mothin, vous serez la bienvenue à Torridon. Venez profiter de l'hospitalité écossaise ; elle est très différente de celle de Milford. Laissez-moi vous remercier de votre gentillesse à ma manière.

— Vous ne me devez rien, monsieur. Je n'ai fait que ce qui me paraissait juste.

— Merci alors d'avoir estimé juste de nous aider. Laissez-nous vous témoigner notre gratitude en vous conduisant jusqu'au clan de votre mère. Venez avec nous.

— Je ne peux pas.

— Pourquoi ?

— Je… j'ai des obligations, monsieur. Je n'ai pas le droit d'abandonner Anne.

— Nous vous ramènerons à Londres quand vous le désirerez.

Le cocher arrêta la voiture devant la demeure d'Anne ; Neil sauta à terre pour aider Eileen à descendre.

— Eileen, acceptez au moins d'y réfléchir, voulez-vous ?

— Je ne peux pas. Merci, mais c'est impossible.

— Vous connaissez l'auberge Pégase, près de St. Paul ? Nous y serons jusqu'à après-demain soir. Si vous changez d'avis, faites-le-moi savoir, et je viendrai vous chercher immédiatement. De nuit comme de jour.

— Pourquoi faites-vous cela ?

— Parce que j'ai une dette envers vous, Eileen. Je vous dois la vie. Vous n'êtes pas heureuse ici. Laissez-nous vous emmener ailleurs, vous présenter votre clan.

— Je pourrais me rendre en Écosse par mes propres moyens plus tard.

— Ce serait de la folie. Vous trouvez Londres dangereux ? Ce n'est rien à côté de l'Écosse, je vous l'assure. Quand la nouvelle de ce qui s'est passé à Glencoe se sera répandue, aucun Anglais ne sera en sécurité sur le sol écossais. Votre mère avait beau être des Highlands, vous ressemblez à une

Anglaise, et vous en avez l'accent. Alors, soit vous venez en Écosse avec Duncan et moi, soit vous n'y mettez pas les pieds.

Elle lui jeta un regard noir.

— C'est à moi d'en décider !

À ces mots, résistant à l'envie de la tirer de force dans la voiture et de l'emmener loin d'ici à train d'enfer, il éclata de rire puis acquiesça.

— En effet. Je voulais seulement vous mettre en garde.

— Encore merci à vous deux. Je vais rentrer, maintenant.

Duncan hocha la tête.

— Pégase, cousine.

Ses jupes rassemblées dans une main, elle gravit les marches du perron. La porte s'ouvrit sans qu'elle ait à frapper. Le temps d'un dernier regard, et elle disparut à l'intérieur.

Neil se tourna vers Duncan.

— Il s'est passé autre chose. Ce serait bien que Calum rende visite à Mlle Lockwood ce soir.

— Tout à fait d'accord, dit Duncan.

Eileen renversa la tête contre le dossier du fauteuil et ferma les yeux. Bess et Celia, qui s'étaient promenées en ville, venaient de lui rapporter les dernières nouvelles. Les Londoniens étaient horrifiés par le massacre de Glencoe, et beaucoup soupçonnaient le roi d'en être à l'origine, estimant que Stair n'aurait jamais agi sans l'approbation de Guillaume.

Selon la rumeur, avait précisé Celia, Guillaume avait décidé d'éradiquer toute trace de révolte en Écosse, par tous les moyens. Si certains louaient sa férocité, la plupart des gens commençaient à se demander s'ils avaient eu raison de soutenir leurs actuels souverains contre James Stuart. Pour la première fois depuis des mois, ils regrettaient leur ancien monarque et s'interrogeaient sur ses projets.

Guillaume avait-il vraiment ordonné ce massacre ou s'était-il contenté de détourner les yeux ? Quel genre d'homme était prêt à faire tuer des innocents dans leur lit pour se venger d'une offense mineure ? Quel roi pouvait approuver un acte aussi vil ?

Malgré ses efforts, elle avait été incapable de réprimer ses larmes en évoquant son mariage forcé devant Bess et Celia. Quant à Anne, elle ne lui en avait pas parlé, de peur d'être une cause supplémentaire d'animosité entre les deux sœurs. Pourtant, sans une intervention d'Anne, quel espoir lui restait-il ? Aurait-elle dû accepter l'offre de Neil et de Duncan et fuir dans sa famille maternelle en Écosse ? Hélas ! c'était impossible, pour de multiples raisons. D'ailleurs, quel fou irait trouver refuge dans un pays au bord du chaos ?

Si elle n'agissait pas, elle se retrouverait bientôt isolée en Hollande, mariée à un buveur invétéré qui la négligerait. Certes, il lui restait la solution de Ronley Hall. En insistant, Milford accepterait peut-être de la reprendre sous son toit. Il lui suffirait alors d'attendre que les gardes de Guillaume et Mary retrouvent sa trace et la ramènent de force à Londres. Face à un tel scandale, nul doute que son futur époux changerait d'avis.

À bien y réfléchir, Henrick devait être aussi mécontent qu'elle de cette union, estima-t-elle. Probablement n'était-ce pas lui mais son père qui avait tout arrangé avec Guillaume. Que lui avait offert le roi en échange ? De l'argent ? Des terres ? En homme d'affaires rusé et talentueux, von Hapeman avait dû exiger une compensation de taille. Mais qu'en pensait son fils ? Peut-être devrait-elle aller le lui demander…

Henrick n'habitait pas avec son père, mais dans un minuscule appartement situé sous les toits dans un quartier pauvre de Londres.

Eileen n'avait parlé à personne de cette visite; elle était sortie de chez Anne en catimini, utilisant l'entrée des domestiques pour être sûre de ne pas être suivie. Si elle disparaissait dans ces ruelles misérables, personne ne saurait jamais ce qu'elle était devenue, songea-t-elle avec angoisse en gravissant l'escalier branlant et noir de crasse.

Après s'être armée de courage en vue de la confrontation, elle frappa à la porte. Au lieu de Henrick, ce fut une jeune femme à l'air méfiant qui lui ouvrit.

— Oui ?

— Bonjour, je suis Eileen Ronley. Je cherche Henrick von Hapeman.

— C'est vous que son père veut qu'il épouse ?

— Oui.

— Oh !

Elle ouvrit en grand et lui fit signe d'entrer.

Eileen se retrouva dans une petite pièce encombrée de meubles : un canapé, une table couverte de vaisselle sale sous la fenêtre sans rideau, un fauteuil en piteux état près de la cheminée, et un lit sur lequel dormait Henrick. Torse nu, il emplissait l'espace de ses ronflements sonores. L'oreiller sous sa tête était à peine moins sombre que ses cheveux.

— Il n'a pas arrêté de boire depuis que son père lui a annoncé la nouvelle, l'informa la jeune femme.

Elle avait un visage hâve en forme de cœur, le regard brillant de colère.

— Il m'a promis qu'il continuerait à me voir… Il a dit qu'il m'emmènerait en Hollande avec lui. Il m'aime, ajouta-t-elle après un silence. Il ne veut pas vous épouser, mademoiselle.

— S'il ne veut pas de ce mariage, il doit le dire sans attendre à son père, répondit Eileen. Je n'y tiens pas plus que lui. Restez ensemble, si tel est votre souhait.

À ces mots, la méfiance de la jeune femme s'évanouit instantanément.

— Oh ! merci, mademoiselle Ronley ! Vous êtes si gentille ! Merci, merci !

Pressée d'échapper à cette pluie de remerciements, Eileen s'en alla rapidement. Seigneur ! Comment pourrait-elle se résoudre à épouser un animal pareil ? Malgré elle, elle repensa au baiser que Neil lui avait donné à Ronley Hall. Il s'était montré si doux, si délicat... Elle secoua la tête pour chasser ce souvenir de son esprit. Ce n'était pas le moment de penser à Neil MacCurrie. Elle devait concentrer toute son énergie sur un seul objectif : échapper à ce mariage.

D'après ce qu'elle en avait vu, Henrick von Hapeman ne lui serait pas d'un grand secours ; il n'était pas de taille à s'opposer à son père, moins encore à Guillaume. Il fallait à tout prix qu'elle trouve une autre solution. Elle fouilla dans sa poche à la recherche du papier sur lequel elle avait noté l'adresse de Howard. Peut-être le vieil ami de son père accepterait-il de la cacher chez lui le temps qu'elle mette un plan sur pied ?

Howard l'accueillit avec chaleur, mais elle le sentit prendre de la distance à mesure qu'il l'écoutait lui exposer son problème. Quand elle eut terminé, il se redressa dans son fauteuil et écarta les mains en signe d'impuissance.

— J'ai malheureusement l'impression que vous n'avez pas le choix, déclara-t-il. Vous ne comptez tout de même pas défier le roi et la reine ? Ni me demander de le faire ? J'ai eu assez de mal à trouver ma place dans cette cour, Eileen.

— C'est vous-même qui m'avez proposé l'hospitalité, lui rappela-t-elle.

— En effet, mais ce que vous venez de m'apprendre change tout. Il ne s'agit plus de vous accueillir parmi nous, mais de vous cacher. Si j'avais été seul, je n'aurais pas hésité, Eileen. Mais je dois penser à ma famille. Je suis sûr que vous comprenez.

— Ce ne serait que pour quelques jours, Howard.

— Je suis désolé, ma chère. Ce mariage ne sera peut-être pas aussi horrible que vous l'imaginez. Vous serez riche !

— *Mon mari* sera riche, Howard. C'est très différent.

Il haussa les épaules.

— Tout le monde dit que la Hollande est un pays charmant au printemps. Vous vous y plairez sûrement.

Il y eut un long silence, durant lequel elle espéra qu'il changerait d'avis et lui offrirait son aide. Comme il restait silencieux, se contentant de la fixer d'un air solennel, elle se leva pour prendre congé.

Les yeux écarquillés, Neil regarda Eileen sortir de la maison de Templeton. Marchant droit devant elle, elle ne l'aperçut pas, pas plus qu'elle ne vit l'homme qui émergea du porche voisin et lui emboîta le pas. Quand elle s'arrêta au coin de la rue, celui qui la suivait se dissimula rapidement dans l'ombre.

Neil jura entre ses dents. Il surveillait la maison de Howard Templeton quand, incrédule, il avait vu Eileen approcher et frapper à la porte. À la manière dont on l'avait accueillie, il avait compris que ce n'était pas sa première visite. Que faisait-elle là ? Était-elle venue parler de lui à Templeton ?

Tout à coup, il avait eu l'impression d'être le dernier des idiots. Un joli minois et un regard innocent, et il avait oublié toute prudence. Pourtant, il savait que les femmes aussi pouvaient mentir. Et trahir. Il sentit son estomac se nouer à cette idée. Était-il possible qu'Eileen l'ait dénoncé ?

À moins que…

Peut-être sa présence en ces lieux n'avait-elle aucun rapport avec lui. Après tout, maintes autres raisons pouvaient l'expliquer. Templeton n'était-il pas un vieil ami de son père ? Quelqu'un à qui il était normal de rendre une visite de courtoisie ? Ou alors, Eileen avait elle aussi effectué sa petite enquête et soupçonnait l'homme d'avoir joué un rôle dans l'assassinat de ses parents. Ou encore, elle était engagée dans une affaire totalement différente en lien avec Anne, Guillaume et Mary… Peut-être était-elle chargée d'un message d'Anne pour Templeton ?

Agacé, il fronça les sourcils. Finalement, il ignorait tout de cette femme, se rendit-il compte. Ses sentiments pour elle n'étaient fondés sur aucune réalité. Il était grand temps qu'il quitte Londres et chasse Eileen Ronley de son esprit, décida-t-il. Certes, Fiona l'ennuyait mais, au moins, il savait à qui il avait affaire.

Toujours arrêtée au coin, Eileen fouillait dans sa poche. Quand elle se retourna pour jeter un coup d'œil derrière elle, Neil s'aperçut qu'elle tenait un mouchoir à la main. Ses yeux étaient rougis, des larmes coulaient sur ses joues. Elle pleurait ! Sans réfléchir, il fit un pas en avant puis recula vivement en voyant l'homme de tout à l'heure sortir de l'ombre. Elle tourna au coin, son poursuivant sur les talons.

Neil s'élança derrière eux.

Il entendit le cri apeuré d'Eileen avant d'avoir atteint l'angle de la rue.

9

Au centre de la chaussée, Eileen faisait face à l'inconnu. Les quelques personnes qui passaient par là s'étaient arrêtées pour les regarder, formant un cercle autour d'eux.

— Qui êtes-vous, monsieur? cria-t-elle. Pourquoi me suivez-vous?

Neil vit l'homme écarter les mains, mais n'entendit pas sa réponse.

— Si! répliqua Eileen. Vous me suiviez déjà hier. Je veux savoir pourquoi!

Il écarta les badauds pour passer.

— Mademoiselle, avez-vous besoin d'aide? demanda-t-il avec l'accent français.

Eileen écarquilla les yeux en le découvrant à quelques pas derrière son poursuivant.

— Je vous le déconseille, dit-il d'un ton posé comme l'homme portait la main vers le pistolet à sa ceinture.

Sans le quitter du regard, il ajouta à l'adresse d'Eileen:

— Cet homme vous importune-t-il, mademoiselle?

— Il me suit depuis deux jours.

— Cette fille est folle! protesta l'inconnu. Je ne la connais même pas!

— Mais vous la suiviez, affirma Neil. Je vous ai vu. Que lui voulez-vous?

Les badauds poussèrent une exclamation de surprise quand l'homme fit volte-face, son arme pointée devant lui. Il n'y avait aucune trace de peur dans ses yeux, juste une détermination froide. De toute évidence, il tirerait sans hésiter.

Neil porta la main à son épée.

— Baissez votre arme, monsieur.

— À l'aide ! se mit alors à hurler l'inconnu. On m'attaque !

En le voyant poser l'index sur la détente, Neil se jeta sur lui. Déstabilisé par le choc, l'homme battit des bras pour retrouver l'équilibre et une détonation retentit.

Une femme hurla ; Eileen poussa un cri effrayé. Neil perçut un mouvement rapide de la foule vers elle, mais n'eut pas le temps de regarder ce qui se passait : son opposant avait déjà dégainé son épée. L'imitant, il fondit sur lui dans un rugissement. Le bougre savait se battre ; il parait ses assauts et portait les siens avec aisance.

Les curieux s'écartèrent peureusement.

D'un saut de côté, Neil évita de justesse un coup de taille qui déchira son manteau. Encouragé, l'homme plongea de nouveau en avant, mais un peu trop loin. Saisissant l'occasion, Neil contra, faisant voler dans les airs l'épée de son adversaire. L'espace d'un instant, il crut la bataille terminée, mais son attaquant sortit une dague de sa ceinture.

Neil leva son arme pour parer la charge. Avant que le poignard ne l'ait effleuré, il avait enfoncé sa lame dans la poitrine de l'homme qui tomba à genoux puis s'effondra sur le pavé dans une mare de sang.

L'un des spectateurs s'élança vers lui.

— Il est mort !

— Appelez les gardes ! cria quelqu'un.

Plusieurs femmes poussèrent des hurlements d'effroi. Les ignorant, Neil chercha Eileen dans la foule. Le visage couleur de cendre, elle tenait son bras droit replié contre elle. Une grande tache rouge s'étalait sur son manteau.

— Eileen ! s'écria-t-il, horrifié, en se précipitant vers elle. Dieu du ciel, vous êtes blessée !

Sa manche était déchirée en deux. Les oreilles bourdonnantes, Neil lui prit la main et écarta délicatement le tissu pour examiner la plaie.

Son avant-bras était couvert de sang. Il déchira le jabot de sa chemise pour l'essuyer et découvrit que la charge du pistolet avait entaillé les chairs sur une dizaine de pouces. La blessure était douloureuse et laisserait une cicatrice, mais elle n'était pas grave. Eileen garderait l'usage de son bras.

Il respira de nouveau.

— Eileen, vous n'avez pas d'autre blessure ?

— Non, juste le bras, dit-elle d'une voix blanche.

— Juste le bras, répéta-t-il dans un murmure. Seigneur ! Il ne m'est pas venu un instant à l'esprit que vous pourriez être touchée.

Levant son bras valide, elle lui caressa doucement la joue.

— Vous m'avez sauvé la vie, Neil.

En la voyant frissonner, il l'attira contre lui, l'œil toujours fixé sur la foule au cas où.

L'homme qui s'était penché au-dessus du mort se redressa et lança à mi-voix :

— Filez d'ici, l'Écossais ! Filez tous les deux avant que les gardes n'arrivent.

Neil croisa son regard et hocha la tête.

— Merci, monsieur, dit-il.

Resserrant son étreinte autour d'Eileen, il fendit la masse des badauds. Personne ne tenta de les retenir.

Ils coururent en direction du fleuve, et ne s'arrêtèrent qu'au bout de quelques minutes en se rendant compte que les passants les regardaient bizarrement.

— Montrez-moi encore votre blessure, dit-il en lui prenant le bras. C'est douloureux, n'est-ce pas ?

Elle acquiesça de la tête.

— Il faudrait la nettoyer. Nous verserons du whisky dessus. Ce n'est pas très agréable, mais ça fera du bien. Venez, je vous raccompagne chez votre cousine.

— Neil, murmura-t-elle, les yeux emplis de larmes. Vous m'avez sauvé la vie. J'ai cru qu'il allait vous tuer !

Il lui adressa un sourire narquois.

— À lui tout seul ? ironisa-t-il. Non, Eileen, il n'y avait pas de risque. Avez-vous une idée de son identité ?

— Non. Je l'ai vu pour la première fois hier en me rendant au palais.

— Vous êtes sûre qu'il s'agissait du même homme ?

— Certaine.

— Vous devez quitter Londres, déclara-t-il en l'attirant contre lui. C'était un avertissement. Venez avec nous en Écosse.

Se penchant vers elle, il lui effleura les lèvres. Il la sentit se détendre dans ses bras et, un bref instant, elle répondit à son baiser. Puis elle s'écarta.

— Neil, demanda-t-elle dans un murmure. Vous me suiviez ?

Il prit une inspiration.

— Que faisiez-vous chez Templeton, Eileen ?

— Est-ce que vous me suiviez ? insista-t-elle d'un ton froid.

— Non. J'avais juste envie de savoir qui était ce Templeton dont vous m'aviez parlé. Je ne m'attendais pas à vous voir sortir de chez lui. Pourquoi cette visite ?

En guise de réponse, elle recula d'un pas et le dévisagea. Il eut l'impression qu'un courant d'air glacé s'était mis brusquement à souffler entre eux.

Elle se méfiait de lui. Une douloureuse déception remplaça sa peur et sa colère.

— Je voulais simplement savoir qui était ce Templeton, répéta-t-il.

— Bien sûr, acquiesça-t-elle sans conviction. Et qu'avez-vous découvert ?

— Que vous lui rendiez visite. Est-il… Êtes-vous sa…

— … Sa maîtresse ? Est-ce ce que vous me demandez, Neil ? Si Howard Templeton est mon amant ? Il est marié. Je ne fréquente pas d'hommes mariés ! lâcha-t-elle avec mépris.

Neil soupira. Eileen et lui étaient des inconnus l'un pour l'autre, combien de fois devrait-il se le répéter ?

— Où comptiez-vous aller en sortant de chez lui ?

— Chez ma cousine Anne.

— Je vous raccompagne.

— Merci.

Il passa un bras autour de ses épaules crispées. Il veillerait à ce qu'elle arrive saine et sauve à destination, après quoi il retournerait à l'auberge annoncer à Duncan et Calum qu'ils rentraient en Écosse.

— Approchez, Eileen, ordonna Anne d'un ton contrarié. Vous savez que je ne peux pas vous voir là-bas.

Son expression s'assombrit encore lorsque Eileen s'exécuta.

— Que s'est-il passé ? Pourquoi tenez-vous votre bras ainsi ? Il vous est arrivé quelque chose ? Vous avez une mine épouvantable.

Eileen s'obligea à sourire. Elle savait qu'Anne n'exagérait pas : Bess et Celia lui avaient dit la même chose à son arrivée. Elle leur avait alors raconté qu'un homme l'avait suivie à sa sortie de chez Howard et qu'une bagarre avait eu lieu, évitant cependant de mentionner la présence de Neil et sa blessure au bras. Celia s'était aussitôt émue, tandis que Bess l'avait contemplée comme si elle était folle. Ce qui était peut-être le cas…

— Eileen ? De quoi s'agit-il ?

La voix inquiète d'Anne la ramena au présent.

— Je me suis cogné le bras. Et Guillaume et Mary veulent me marier au fils de von Hapeman. Dans deux jours.

— Quoi ? C'est impossible ! Vous n'êtes pas sérieuse ?

Incapable d'articuler une parole, Eileen hocha la tête tandis que des larmes se mettaient à rouler sur son visage.

— Asseyez-vous, proposa Anne en tapotant le coussin à côté d'elle. Racontez-moi tout depuis le début.

Lorsque Neil arriva à l'auberge, Calum et Duncan étaient absents. Il se servit un whisky et ranima le feu en essayant de se persuader que seule la pièce traversée de courants d'air et le fait d'avoir tué un homme expliquaient le froid qu'il ressentait. Au fond de lui, il savait que c'était le dédain d'Eileen qui lui glaçait le cœur. Il était temps de rentrer en Écosse et de l'oublier. Aujourd'hui, il avait soldé sa dette envers elle.

Il vida son verre et s'en servit un autre. Fiona serait une bonne épouse, d'humeur maussade, certes, mais dévouée. Il ferait le nécessaire pour que leur union fonctionne et alors…

Qui espérait-il tromper ? Il n'oublierait jamais Eileen Ronley ; il apprendrait juste à vivre sans elle. Dans quelques années, quelqu'un lui dirait que l'aînée des petites-filles du roi Charles avait épousé un duc quelconque auquel elle avait donné neuf enfants. Tous roux au regard mordoré.

Jurant à voix haute, il alla ouvrir la fenêtre et se pencha pour inspirer l'air chargé d'humidité. Une masse sombre bougea sous le porche d'en face, comme si quelqu'un s'était rencogné dans l'ombre. Oui, il était temps de quitter Londres. Combien d'avertissements supplémentaires attendait-il ?

Plusieurs heures plus tard, Calum entra dans la chambre, dégoulinant de pluie. Il claqua la porte derrière lui et ôta son manteau. Neil et Duncan, assis devant le feu, échangèrent un regard. Il paraissait d'humeur sombre. Son dernier rendez-vous avec Celia n'avait pas dû se passer comme il le souhaitait.

— Alors ? demanda Neil. Nous sommes toujours sous surveillance ?

— Le type est toujours là. Je suis rentré par-derrière.

— Comment se porte Mlle Lockwood ?

— Celia va bien. Je dois la revoir demain.

Calum réchauffa ses mains rougies par le froid devant la cheminée.

— J'ai des nouvelles qui risquent de ne pas te plaire. Eileen Ronley va se marier dans deux jours.

— Se marier ! s'exclama Duncan.

Neil se redressa dans son fauteuil.

— Qu'est-ce que tu racontes ? Elle ne m'a pas parlé de ça !

— C'est la reine qui a tout organisé. Apparemment, elle n'en a été informée qu'hier, juste avant de te rencontrer à la cour.

À ces mots, Neil se souvint de la pâleur d'Eileen quand il l'avait croisée dans la salle d'audience.

Mais pourquoi ne lui avait-elle rien dit de ce mariage alors ? Ni cet après-midi ?

Parce qu'elle n'a pas confiance en toi, se rappela-t-il. *Ne te l'a-t-elle pas clairement fait comprendre tout à l'heure ?*

— Qui est-ce ? demanda-t-il.

Surpris par la brusquerie de son ton, Calum et Duncan échangèrent un regard.

— Henrick von Hapeman. Le fils cadet de l'un des conseillers de Guillaume. Un Hollandais.

— Et ?

— Il joue, boit, et couche avec toutes les femmes qui passent à sa portée. D'après Celia, il est plus expérimenté à vingt et un ans que beaucoup d'hommes deux fois plus âgés. Son père possède une belle fortune et plusieurs propriétés, mais pas de titre. Elle apportera la lignée et lui l'argent. Ils iront s'établir en Hollande.

— En Hollande !

— Ils partiront juste après la cérémonie.

Duncan fronça les sourcils.

— Eileen est d'accord ?

— Non. Celia m'a dit qu'Eileen avait demandé à la princesse Anne d'intervenir en sa faveur. Elles se sont rendues ensemble chez la reine ce soir, mais l'entrevue a été un désastre. Anne et Mary se sont disputées, et le roi Guillaume s'en est mêlé. Il a même menacé Eileen de la jeter dans la Tamise si elle continuait à refuser von Hapeman. Il paraît qu'il ne décolère pas.

— Il ne décolère pas ? s'étonna Neil en plissant le front. Sa réaction n'est-elle pas un peu exagérée ? Combien de bâtards a eus le roi Charles déjà ?

À cette question, Duncan le regarda, et comprit que son cousin se posait la même question que lui. Pour quelle raison Guillaume désirait-il tant cette union ? Et pourquoi si vite ? Avait-il eu vent des critiques de plus en plus nombreuses des Londoniens à son égard depuis le massacre de Glencoe ? Il n'avait plus grand-chose à craindre de James Stuart à présent, mais peut-être sa perte de popularité lui faisait-elle considérer Eileen comme une menace. Était-ce pour cela qu'il souhaitait la marier si subitement à von Hapeman ? Pour qu'elle n'épouse pas un Anglais ou un Écossais et se présente comme l'héritière légitime du trône ?

Certes, rien ne prouvait la véracité des allégations du père d'Eileen, et il y avait peu de chances que le roi Charles ait épousé la grand-mère de celle-ci. Mais pourquoi prendre un risque ? En l'éloignant de Londres, Guillaume et Mary coupaient tous ses contacts avec la noblesse anglaise et d'éventuels comploteurs. Exilée en Hollande sous la surveillance constante des gens de son mari, Eileen serait inoffensive.

Pas étonnant qu'elle lui ait semblé lointaine, hier ! songea Neil. Sans doute s'était-elle rendue chez Templeton pour lui demander de l'aide. Et le misérable avait refusé.

— Quand doit avoir lieu la cérémonie ? s'enquit-il.

— Après-demain.

— Quoi ? Où ?

— Je l'ignore.

Neil se leva et prit son manteau.

— Où vas-tu ? demanda Duncan en bondissant sur ses pieds.

— Voir Eileen.

— Je t'accompagne.

Bess lui toucha l'épaule.

— Eileen, réveillez-vous !

Eileen émergea péniblement du sommeil. Elle s'était réfugiée dans son lit peu de temps après le coucher du soleil, trop désespérée pour affronter son avenir.

— Que se passe-t-il ?

— Monsieur Belmond est ici.

— Belmond ? Ici ?

— En bas, en compagnie de M. Delacroix.

Elle repoussa les couvertures pour se lever. Celia dormait paisiblement, une main pressée sous sa joue comme une enfant. Elle *était* une enfant, se rappela Eileen. Un pion. Comme elle-même.

— Que veut-il ? Il vous a dit quelque chose ? s'enquit-elle en s'enveloppant de sa cape.

— Eileen, qui sont ces hommes ?

— Des huguenots. Ça va, je suis présentable ?

— Vous ne pouvez pas les recevoir à une heure pareille !

— Quelle heure est-il ?

— Neuf heures et demie.

— Ce n'est pas si tard, Bess. Beaucoup de gens commencent à peine à dîner.

Elle prit sa brosse à cheveux et grimaça en sentant la blessure de son bras se réveiller.

— Vous ne devriez pas les recevoir seule.

— Tout ira bien.

— Il faudrait prévenir la princesse Anne.

— Chargez-vous-en, dans ce cas. Vous savez où je suis.

Devant la porte du parloir, elle s'arrêta un instant, le temps de rassembler ses esprits. Elle percevait un léger murmure de voix masculines, des claquements de talons sur le plancher. Quelqu'un se déplaçait de long en large dans la pièce.

Lorsqu'elle entra, les deux hommes se tournèrent vers elle.

— Bonsoir, messieurs.

Neil plongea son regard dans le sien, sourcils froncés.

— Eileen, allez-vous épouser von Hapeman ?

— Comment êtes-vous au courant ?

— Tout Londres en parle. Alors, comptez-vous l'épouser ?

— Le roi Guillaume me l'a demandé.

— Avez-vous accepté ? demanda Duncan.

— Pourquoi ne m'avez-vous rien dit ? intervint Neil sans lui laisser le temps de répondre. Hier pendant que nous vous raccompagnions, ce matin… Pourquoi ?

— Je… J'avais besoin de réfléchir.

— Je suis votre cousin, lui rappela Duncan. J'aurais pu réfléchir avec vous.

— Ça ne vous étonne pas que le roi et la reine soient si pressés de vous marier à un inconnu ? lança Neil. Vous ne vous êtes pas demandé pourquoi ils agissaient ainsi ?

— Bien sûr que si. J'imagine que Guillaume a ses raisons.

— Oui, comme pour Glencoe.

— Je doute qu'il ait prévu de m'assassiner.

— Vous serez entourée d'hommes lui ayant juré allégeance, constamment surveillée.

Elle hocha la tête.

— Je sais, mais…

Neil vint se camper devant elle.

— Envisagez-vous vraiment de dire oui ? Quelle comédie !

— N'est-ce pas souvent le cas ?

— Sans doute, mais rien ne vous force à vous y soumettre. Restez ici avec Anne.

— Pour que le roi réduise encore sa rente ou la punisse d'une manière ou d'une autre ? Ou qu'il envoie ses soldats me chercher ? Vous avez vu ce qui s'est passé hier. Qu'aurait fait cet homme si vous n'étiez pas intervenu ? Non, je ne peux pas rester. Anne s'est déjà montrée très généreuse envers moi, je n'ai pas le droit d'exiger plus d'elle.

— Essayez au moins de repousser la date du mariage.

— Comment ? Je suis passée voir Henrick. Il était ivre. Sa maîtresse m'a dit que cette union lui répugnait autant qu'à moi, mais il est trop faible pour s'opposer à son père. J'ai même envisagé de fuir à Ronley Hall. Que voulez-vous que je fasse ?

— Venez en Écosse avec nous.

— Je ne peux pas abandonner Anne, Neil.

— Londres est devenu dangereux pour vous, vous le savez. Qu'attendez-vous pour partir ? Qu'il soit trop tard ?

— Je...

Incapable de terminer sa phrase, elle baissa la tête.

— Quoi ? Vous ne me faites toujours pas confiance ? Convaincs-la, Duncan !

— Nous vous protégerons, promit ce dernier en s'avançant vers elle. Venez avec nous, laissez-nous vous emmener parmi les vôtres. Nous sommes cousins, Eileen.

— Oh ! Duncan, j'aimerais tellement vous croire !

— Qu'est-ce qui vous en empêche ?

— Je ne sais plus à qui me fier, avoua-t-elle d'une voix éteinte.

À cette remarque, Duncan croisa les bras et dit avec fermeté :

— Notre grand-père s'appelle Phelan MacKenzie. Mon père était le benjamin de ses trois fils, votre mère sa seule fille. Elle a rencontré votre père lors d'un voyage à Londres. Notre grand-père s'est opposé à leur mariage, mais le roi l'a approuvé. Connaissez-vous la devise des MacKenzie ?

Eileen acquiesça d'un signe de tête.

— « Je rayonne mais ne brûle pas », cita Duncan. Beaucoup de gens la connaissent, pensez-vous, et vous avez sans doute raison, mais peu savent que votre mère, petite, se trompait toujours. « Je brûle mais ne rayonne pas », disait-elle. Mon père se moquait souvent d'elle à ce propos.

Eileen le dévisagea. Le rire de sa mère lui racontant cette anecdote résonnait encore à ses oreilles.

Une étincelle s'alluma dans les prunelles de Duncan.

— Vous vous en souvenez, n'est-ce pas ? Mon père surnommait votre mère « mon chaton » ; il était le seul de la famille à le faire. Notre grand-père détestait ce surnom. Votre mère avait une fine cicatrice sous le menton. Savez-vous comment elle se l'était faite ?

Eileen opina de nouveau.

— Moi aussi, reprit Duncan. C'était un accident, mais l'homme qui l'avait causé a été mis à mort. Vous l'a-t-elle dit ?

— Oui.

— Vous a-t-elle raconté comment ?

— Oui.

— Il a été découpé en morceaux vivant. Lentement. Notre grand-père est un homme cruel.

Eileen déglutit. Sa mère lui avait seulement confié que le responsable avait été tué d'une manière atroce, et que Phelan l'avait obligée à assister au spectacle.

— L'unique fois où j'ai rencontré votre mère, j'avais sept ans. C'était lors d'un voyage en Angleterre avec mon père. Votre sœur et vous étiez encore dans les langes, je suppose ; en tout cas, je ne me souviens pas de vous.

Une expression attendrie adoucit les traits de Duncan quand il poursuivit :

— Elle m'a appris à jouer aux échecs. Elle n'attaquait jamais en premier, mais gagnait toujours. Je me rappelle m'être endormi près de mon père pendant qu'elle et lui discutaient. Je la trouvais merveilleuse ; je ne me doutais pas que nous ne nous reverrions jamais. Elle rayonnait, Eileen, comme éclairée par une lumière intérieure.

Eileen porta la main à sa bouche en reculant. Duncan avait raison : il avait bel et bien connu sa mère, dont le rayonnement s'était éteint peu à peu au fil des ans et des trahisons de son époux. Elle se tourna vers Neil et le regarda droit dans les yeux, émue aux larmes.

— Eileen, murmura Duncan, je suis réellement votre cousin. Je ne vous veux pas de mal. Pas plus que Neil. Rentrez en Écosse avec nous.

— Venez avec nous, insista Neil avec douceur. Nous vous protégerons.

Au même instant, la porte s'ouvrit en grinçant, laissant apparaître la princesse Anne suivie de Bess.

— Il est un peu tard pour une visite de courtoisie, messieurs ! Mlle Ronley ne reçoit plus personne ce soir.

— Madame, encore quelques instants, s'il vous plaît, la pria Neil.

— Il est temps de partir, monsieur Belmond. À moins que vous ne vouliez que j'appelle mes gardes ?

— Nous reviendrons demain, madame.

Anne les gratifia d'un salut hautain, les regarda rassembler leurs affaires et s'écarta pour les laisser passer.

Duncan salua Eileen, puis Anne.

— La taverne Pégase, chuchota Neil en se penchant sur la main d'Eileen.

— Bonne nuit, messieurs, dit Anne.

Dès qu'ils furent sortis, elle ordonna à Bess et aux valets de les laisser seules et ferma la porte.

— J'ai tout entendu, annonça-t-elle alors.

S'attendant au pire, Eileen prit une profonde inspiration.

— Après la première visite de M. Belmond, je me suis renseignée à son sujet, poursuivit Anne. J'ai découvert qu'il est en fait comte de Torridon. Si j'ai obtenu ces renseignements aussi vite, d'autres le peuvent aussi. Deux jours à Londres, c'est déjà beaucoup trop pour Torridon. Pour l'instant, Guillaume et Mary sont concentrés sur le massacre de Glencoe, mais ils ne tarderont pas à apprendre qui il est vraiment. Ils prendront alors des mesures.

Anne alla jusqu'à la cheminée.

— Guillaume serait ravi d'avoir un prétexte pour justifier le massacre de Glencoe. Il présentera Torridon comme membre d'un complot visant à remettre James Stuart sur le trône, et ce qui s'est passé en Écosse comme un mal nécessaire pour protéger la couronne. Bien sûr, vous serez accusée de complicité. Moi aussi peut-être. Eileen, j'aimerais pouvoir continuer à vous protéger, mais je dois penser à mon mari et à mon fils. Vous garder encore sous mon toit les met l'un et l'autre en danger. Le mieux que vous ayez à faire est probablement de partir pour l'Écosse.

Il faisait nuit noire quand Eileen sortit à tâtons de la chambre qu'elle partageait avec Celia et Bess. Les yeux grands ouverts dans l'obscurité, elle avait passé des heures à peser le pour et le contre avant de se résoudre à fuir.

Refermant doucement la porte derrière elle, elle traversa le salon et s'agenouilla devant le coffre contenant ses affaires. Elle en vida le contenu dans deux sacs de voyage, puis fit jouer le double fond pour prendre la pochette de cuir qui s'y trouvait dissimulée et la fourra dans sa poche. Elle n'avait pas besoin de lire la lettre qu'elle contenait ; elle en connaissait chaque mot par cœur. Datée du 3 décembre 1646, elle portait la signature de sa grand-mère, Jane Ronley.

Mon cher mari,

J'ai ce jour donné naissance à un fils. Comme nous en étions convenus, je l'ai appelé Adam Charles Ronley Stuart. Je le confie à vos bons soins, cher amour, car ma santé est précaire.

Venez me voir, je vous en prie.

Jusqu'alors, Eileen n'avait jamais eu l'intention d'utiliser cette lettre et n'avait eu aucune visée sur le trône. Cependant, les événements de cette dernière semaine la forçaient à reconsidérer sa décision. Car si Adam était réellement le fils légitime de Charles, cela changeait tout.

Elle laissa des lettres pour Anne, Bess et Celia, leur expliquant qu'elle avait besoin de temps pour réfléchir à son avenir – ce qui était vrai – et leur écrirait dès que possible. Puis, un sac sur chaque épaule, elle sortit de la maison silencieuse. Anne et Celia lui manqueraient, mais elle ne regretterait pas vraiment Londres, et encore moins Guillaume, Mary, Bess et la cour.

Une fois dans la rue, elle s'arrêta. Le porche d'en face était désert. Elle jeta un coup d'œil à l'entour, s'attendant presque à voir surgir une ombre de la nuit, mais rien ne bougea. Alors, elle se mit en route.

Neil ouvrit la fenêtre en grand et s'étira, insensible à la morsure du froid sur sa peau nue. Londres au petit jour. La ville était encore tranquille, les rues presque désertes. Dans une heure, elles grouilleraient de monde: des vendeurs ambulants vantant à tue-tête leur marchandise, des marchands ouvrant leurs échoppes, des piétons et des messagers pressés fendant la foule… Et Duncan et lui regagnant l'*Isabel* pour lever l'ancre avec la marée.

En contrebas, une femme avançait précautionneusement entre les détritus. Elle portait un gros sac de cuir à bout de bras et un autre sur l'épaule. Devant l'auberge, elle s'arrêta et repoussa son capuchon pour lire l'enseigne.

Eileen Ronley !

Leurs regards se rencontrèrent lorsqu'elle leva la tête et ils se sourirent.

— Ne bougez pas, Eileen ! lui dit-il.

Il referma vivement la fenêtre et alla secouer son cousin par l'épaule.

— Duncan, elle est là !

Puis il s'habilla en toute hâte sans même prendre la peine de mettre ses chaussures. Duncan, qui avait bondi hors du lit, l'imita et tous deux dévalèrent l'escalier. Quand Neil ouvrit la porte, son cœur battait à toute allure. Et si elle était repartie ? Dieu merci, Eileen était bien là, qui l'attendait, le visage pâle.

— Je suis tellement heureux que vous soyez là, Eileen !

— Vous venez avec nous ? demanda Duncan.

Elle hocha la tête.

Duncan poussa un cri de victoire.

— Je suis content que vous nous ayez crus, Eileen.

— Vous ne regretterez pas votre décision, promit Neil en lui caressant la joue.

10

Au grand soulagement d'Eileen, ils se mirent en route pour le port peu après. À présent qu'elle avait pris sa décision, elle était pressée de quitter Londres. Hormis Anne et Celia, elle ne regretterait rien ni personne, constata-t-elle avec une pointe d'amertume.

Comment réagiraient Guillaume et Mary en apprenant sa disparition ? Elle imagina Guillaume écarlate de colère, comme chaque fois qu'il était contrarié, et pria pour qu'il ne se venge pas sur Anne. Dans chacune de ses lettres, elle avait pris soin de préciser que personne n'était au courant de ses intentions, Anne moins que tout autre. Elle songea avec émotion à sa cousine qui n'avait nulle part où aller, pas de charmant cousin venu d'Écosse pour l'enlever et la conduire dans un endroit sûr.

Mais serait-elle vraiment en sécurité là où il l'emmenait ? Au moins ne serait-elle pas constamment surveillée ni obligée d'épouser Henrick. Cependant, un univers totalement inconnu l'attendait.

Malgré l'heure matinale, le quai grouillait d'activité. De nombreux navires s'apprêtaient à sortir du port, profitant du changement de marée pour gagner la mer. Dès qu'ils furent à bord de l'*Isabel*, Duncan la présenta à l'équipage. La plupart des hommes étaient des MacKenzie et ils parurent heureux de rencontrer la cousine de leur capitaine.

Tandis qu'elle attendait en haut de la passerelle, Duncan lui expliqua que Neil et Calum restaient sur le quai pour presser les derniers marins qui rentraient des bars et des bordels environnants. De fait, plusieurs matelots s'arrêtèrent un instant pour échanger quelques mots avec les deux hommes, avant de poursuivre leur route d'un pas chancelant jusqu'au navire.

Peu après, Neil dit quelque chose à Calum, qui hocha la tête, monta à bord et rejoignit Duncan sur le pont. Ce dernier lança des ordres d'une voix ferme. Les hommes se mirent aussitôt en action, s'affairant autour des haubans. Les lourdes voiles claquèrent bruyamment en se déployant dans le vent.

Après avoir jeté un coup d'œil derrière lui, Neil se mit soudain à courir vers le navire. Au moment où il montait à bord, une escouade de soldats en uniforme rouge apparut à l'extrémité du quai. Aidés de deux autres hommes, Duncan et Neil s'empressèrent de remonter la passerelle. Les soldats parcoururent un instant les lieux des yeux, puis se dirigèrent sans hésiter vers l'*Isabel*. Eileen agrippa le bastingage ; son regard passa de l'escouade à Neil et Duncan.

Un frémissement parcourut le bateau qui s'éloigna lentement du quai. Immobiles, les soldats le regardèrent se glisser avec grâce au milieu des dizaines d'embarcations naviguant sur le fleuve.

Duncan vint se poster près d'elle et lui sourit.

— Voulaient-ils nous empêcher de partir ? demanda-t-elle.

— Si c'est le cas, ils n'ont pas fait beaucoup d'efforts. Non, je crois qu'ils tenaient juste à nous signifier qu'ils étaient au courant de notre départ. Ce qui veut dire qu'ils savent qui nous sommes et que vous êtes avec nous. Vous remarquerez qu'ils n'ont même pas dégainé.

Eileen lui adressa un sourire tremblant.

— Alors, nous sommes en sécurité ?

Il secoua la tête.

— La Tamise prend son temps pour nous conduire à la mer. Une fois passé Greenwich, nous respirerons plus librement, mais tant que nous n'aurons pas atteint l'océan, mieux vaut rester sur nos gardes.

— Vous êtes inquiet ? s'enquit-elle.

La question lui valut un rire amusé.

— L'*Isabel* est un navire de guerre, Eileen. Nous avons vingt canons et un équipage aguerri. S'ils essaient de nous arrêter, ils auront droit à une bataille comme ils n'imaginent même pas. Tout ira bien, ne vous tourmentez pas.

Sur cette assurance, il la laissa pour rejoindre ses matelots. Au début, elle examina avec anxiété tous les bateaux qu'ils croisaient, mais comme aucun ne semblait accorder d'attention à l'*Isabel*, elle finit par se détendre et s'intéressa au paysage.

Depuis le pont du navire, Londres paraissait étonnamment propre et ordonnée. Qui aurait pu se douter que derrière cette surface lisse et sereine se dissimulaient toutes sortes de complots, de manipulations et de trahisons ? Malgré tout, elle continuait à aimer cette ville à laquelle l'histoire de sa famille était liée depuis des générations.

Ce fut Calum qui la conduisit à la cabine qui lui avait été attribuée. Bien que meublée de façon sommaire, la petite pièce avait un certain charme avec sa longue couchette composée d'un matelas posé sur deux grands tiroirs en acajou et sa commode basse assortie.

Calum déposa ses bagages sur le petit banc à droite de la porte.

— C'est la cabine de Duncan, expliqua-t-il. Il vous la prête.

— Où va-t-il dormir ?

— Avec Neil, dans le carré. Ne vous en faites pas pour eux, mademoiselle, ils ont l'habitude. De toute manière, ils passent les trois quarts de leur temps là-bas à lire les cartes et à discuter.

— Cela me gêne de le chasser de sa cabine.

— Je suis sûr qu'il s'en moque, mademoiselle Ronley. Il est tellement heureux que vous soyez parmi nous ! D'ailleurs, nous sommes tous contents de quitter Londres. Savez-vous que nous sommes surveillés depuis notre arrivée, et ce bien que nous ayons changé le nom du navire et hissé pavillon anglais ? Maintenant, remontons, si vous le voulez bien. Neil a dit que vous aimeriez peut-être nous voir quitter Londres.

Elle suivit Calum sur le pont, où elle s'accouda de nouveau au bastingage pour observer le littoral et l'activité intense sur le navire. C'était un monde d'hommes. Pourtant, bien qu'elle soit la seule femme à bord, elle se sentait en sécurité – et de plus en plus légère à mesure qu'elle se rapprochait de l'Atlantique. Tout à coup, elle n'était plus Eileen Ronley de Ronley Hall, parente pauvre d'une princesse méprisée, mais la fille de Catriona, en route vers sa famille maternelle. Elle laissait son ancienne identité derrière elle, peut-être pour toujours.

Neil ne s'était pas trompé, elle voulait contempler Londres une dernière fois. Un soleil pâle éclairait la façade est des maisons, rendant l'ombre tout autour plus profonde encore. La vision de la ville s'éloignant lui procurait un sentiment doux-amer. Pourvu qu'elle ne regrette pas un jour le coup de tête qui l'avait poussée à abandonner tout ce qu'elle connaissait pour suivre ces inconnus ! espéra-t-elle. Mais pouvait-elle vraiment traiter d'inconnus Duncan qui lui rappelait tant sa mère et Neil qui lui avait sauvé la vie ?

Comme s'il avait lu dans ses pensées, Neil la rejoignit. Il lui sourit, puis regarda droit devant lui, l'air indifférent au vent froid qui lui fouettait le visage.

Au bout de plusieurs minutes de silence, elle se tourna vers lui pour demander :

— À votre avis, nous ne risquons plus rien ?

— Non. S'ils avaient voulu nous arrêter, ce serait déjà fait.

— Tous les membres de l'équipage viennent-ils de Torridon ?

— Oui.

— Comment se fait-il alors qu'ils obéissent à Duncan et non à vous ?

— Sur un bateau, il ne peut y avoir qu'un seul chef. C'est le navire de Duncan. En tant que capitaine, c'est lui qui décide et donne les ordres. Sur *l'Isabel*, je suis un simple passager.

— Cela ne vous gêne pas ?

— Non. Pourquoi ?

Eileen songea aux hommes qu'elle connaissait à la cour.

— Tout le monde n'est pas prêt à renoncer aussi facilement à son pouvoir.

Il lui sourit.

— Je ne renonce à rien. À Torridon, c'est moi qui décide ; sur l'*Isabel*, c'est Duncan. Cet arrangement nous convient à tous les deux. Comment va votre bras, Eileen ?

— La blessure est encore douloureuse, mais elle ne saigne plus.

— Une chance que la charge n'ait fait que vous érafler. Si elle avait atteint l'os...

Il n'acheva pas sa phrase.

— Aviez-vous déjà eu l'occasion d'admirer Londres depuis la mer ?

— Oui, mais il y a longtemps. La ville a beaucoup changé, depuis. Elle s'est incroyablement étendue.

— Quand était-ce ?

— Il y a des années. À cette époque, nous avons effectué plusieurs voyages en France, en Bretagne.

— Ah oui, la Bretagne. Il a fallu que je tombe sur la seule personne du comté de Warwick qui connaisse la côte bretonne en détail. Vous y alliez avec vos cousines ?

— Avec Anne, surtout. Mary nous a accompagnées une fois mais, après son mariage avec Guillaume, elle a cessé de voyager avec nous. J'étais trop jeune pour être invitée aux fêtes, mais ces périples m'ont au moins permis de découvrir la côte.

— C'est là-bas que vous avez appris le français ?

— Non, je l'ai étudié avec Anne et Mary. Me suis-je trompée en disant que vous l'aviez appris avec un Parisien ?

Il secoua la tête.

— Non. Mon père nous avait ramené un tuteur de là-bas. Duncan, Jamie et moi avons étudié le français ensemble, comme tout le reste.

— Vous êtes très proche de votre frère et de votre cousin.

— C'est exact. Jamie pourrait aussi bien être moi, et Duncan un frère cadet. Il l'est quasiment depuis le jour où il est venu vivre chez nous.

— Pourquoi a-t-il préféré venir chez vous après la mort de son père plutôt que d'aller dans sa famille maternelle ?

— Tous ses oncles et tantes avaient disparu. Ma mère est la seule survivante. Quant à Phelan, il n'aurait pas voulu de lui.

— Vraiment ?

— Vraiment. Votre grand-père n'est pas un homme facile, Eileen. Attendez-vous à un accueil plutôt mitigé de sa part. Peut-être même sera-t-il furieux de vous voir.

Adieu ses rêves de retrouvailles et d'abri sûr ! songea-t-elle.

— Duncan le voit souvent ?

— Cela fait des années qu'ils ne se sont pas parlé. Restez sur vos gardes avec Phelan. S'il peut tirer un quelconque avantage de vous, il n'hésitera pas. Avez-vous connu votre autre grand-père, le roi Charles ? s'enquit Neil après un silence.

— Oui, souvent, répondit-elle d'un ton faussement léger.

— Comment était-il ?

— Il s'est toujours montré très gentil avec moi.

— Vous considérait-il comme sa petite-fille ?

— Oui. L'une de ses préférées, même, car j'aimais ses chiens.

— Ses chiens ?

— Des épagneuls. Vous en avez sûrement entendu parler. Il en avait des dizaines, au palais ; ils dormaient même dans son lit. Il était très content que je les apprécie. Ce n'était pas le cas de tout le monde. C'est vrai que le château empestait le chien, mon père s'en plaignait souvent, mais moi, je les adorais.

— Et lui, vous l'aimiez ?

À cette question, Eileen se revit soudain assise sur le lit de son grand-père, les chiens lovés contre eux tandis qu'ils jouaient à leur jeu favori. Charles appelait ça « Si j'étais reine. » Il lui proposait un problème, et elle devait le résoudre en imaginant qu'elle était la souveraine du pays. Elle n'avait pas repensé à ce jeu depuis des années mais, tout à coup, le souvenir lui en revenait avec une précision stupéfiante. Elle sentait l'odeur du tabac de son grand-père mêlée à celle des chiens et du vin aigre, elle le revoyait ouvrir les fenêtres en grand en déclarant : « Londres brûle. Vous êtes la reine. Que faites-vous ? »

Il lui avait parlé de la grande épidémie de peste de 1666 et de l'incendie qui avait suivi, des bonnes et mauvaises décisions qu'il avait prises. À l'époque, elle avait écouté cela comme on écoute un récit fascinant sans se rendre compte de ce dont il s'agissait réellement : une leçon de gouvernance, l'histoire de sa propre famille. Et cela s'était reproduit souvent.

Il savait ! comprit-elle brusquement. Son grand-père savait qu'un jour sans doute elle découvrirait la vérité. Eileen posa la main sur sa taille, là où elle avait glissé la pochette de cuir contenant la lettre de sa grand-mère. Qu'allait-elle en faire ? Une lettre ne constituait pas une preuve suffisante.

Elle s'aperçut que Neil attendait toujours sa réponse.

— Mon grand-père était très gentil avec moi, dit-elle d'une voix qui sonnait creux.

Changeant alors de sujet, il désigna le rivage.

— Nous sommes quasiment hors de la ville. Après ces entrepôts, il n'y a plus rien.

— Vous paraissez bien connaître Londres.

— J'y suis souvent venu.

— Au cours des deux dernières années ?

— Non, Eileen. Depuis que vos cousins se sont emparés de la couronne, je ne suis revenu que deux fois, et pas pour les espionner. La première était un hasard. J'avais prévu de regagner Torridon en bateau, mais il y a eu un problème et j'ai dû passer par la route. C'est ainsi que je suis arrivé à Ronley Hall.

— D'où veniez-vous ?

— De France. J'étais allé demander au roi James si nous devions ou non signer le serment d'allégeance à Guillaume.

— Que vous a-t-il répondu ?

— De signer. Alors, je suis rentré. Mais le destin m'a obligé à voyager par terre afin de passer par

Ronley Hall et que vous me sauviez la vie. Ce jour-là, dans le réduit, Milford m'aurait tué avec ma propre épée si vous n'étiez pas intervenue. Je me revois encore allongé sur cette paillasse, vos mains sur moi tandis qu'il penchait son visage aviné vers nous. Ma dette envers vous est devenue immense à cet instant.

Eileen se mordit la lèvre en espérant que sa gêne n'était pas trop visible. Manifestement, elle n'était pas la seule à se souvenir de ce moment avec intensité.

— Vous ne me devez rien, assura-t-elle. D'ailleurs, même si cela avait été le cas, vous vous seriez largement acquitté de votre dette en me secourant dans la rue l'autre jour.

— Vous avez été blessée.

— Mais je suis vivante, Neil, cela seul compte. Et vous m'avez permis de fuir avec vous.

— Je suis heureux que vous ayez pris cette décision. Je regrette juste que ce soit Duncan et non moi qui vous ait convaincue.

— Que voulez-vous dire ?

— Vous avez accepté de nous suivre parce qu'il vous a prouvé que vous étiez cousins.

— En partie.

— Quelles étaient les autres raisons ?

Elle plongea son regard dans le sien.

— Vous, Neil. En vous aussi, j'ai confiance.

— Et moi en vous, Eileen. Cela n'a aucun sens, nous sommes deux étrangers l'un pour l'autre, et pourtant c'est ainsi.

Oui, acquiesça-t-elle en son for intérieur, *c'est ainsi*. Une part d'elle-même avait l'impression de connaître Neil aussi bien qu'elle-même, tandis qu'une autre se demandait toujours quelle folie l'avait poussée à remettre son sort entre les mains d'un inconnu. C'était cette partie-là qui l'empêchait de leur parler, à Duncan et lui, de la lettre de sa grand-mère.

À ce souvenir, elle s'interrogea une fois de plus sur les facultés de cette dernière. Après tout, elle ne l'avait jamais connue ; rien ne lui assurait que sa grand-mère n'avait pas imaginé ce mariage avec le roi. En revanche, si elle était saine d'esprit et que cette union avait réellement eu lieu, Adam était le fils légitime – et unique – de Charles. Mais alors, pourquoi le souverain n'avait-il pas tout fait pour qu'il lui succède sur le trône ? Avait-il eu peur qu'il ne soit pas de taille ? Si c'était le cas, il devait se retourner dans sa tombe face aux récentes actions de sa nièce et son neveu.

À moins que Charles qui, très jeune, avait assisté à la décapitation de son propre père, n'ait voulu, à sa manière, protéger son rejeton. Ou s'était-il contenté, comme toujours, de ne penser qu'à lui-même et à ses intérêts immédiats ? Eileen essaya de rassembler tous ses souvenirs concernant son grand-père : les chiens, le défilé constant des maîtresses, les odeurs d'alcool et de tabac et les couchers au petit matin. Un lit défait, sans signification pour une petite fille, devenait soudain le symbole de ce qu'était son grand-père : un égocentrique guidé par ses appétits. Pas le genre d'homme à prendre en compte le bien-être de son fils avant le sien.

La lettre qu'elle portait sur elle était-elle la seule preuve de cette union ou en existait-il d'autres ? Y avait-il un acte de mariage quelque part ? Était-ce pour cette raison que Mary et Guillaume la faisaient surveiller et voulaient lui faire épouser un Hollandais qui l'emmènerait loin d'Angleterre ? Dans ce cas, elle avait causé son propre malheur en revenant à Londres et elle risquerait sa vie en y retournant après sa visite en Écosse.

Seigneur ! Que devait-elle faire ? Parler de cette lettre à tout le monde ou la jeter à la mer ? Hélas !

même si elle la détruisait, Guillaume et Mary continueraient à se méfier d'elle et de ses éventuelles ambitions. Elle ne serait jamais tranquille tant qu'ils régneraient.

La vue d'une embarcation se rapprochant dangereusement de l'*Isabel* l'arracha brusquement à ses pensées.

L'un des membres de l'équipage se pencha par-dessus bord pour insulter l'homme à la barre, qui lui répondit sur le même ton. Eileen retint son souffle, mais Neil à côté d'elle se contenta de rire.

— Voilà qui me rappelle la salle d'audience de votre cousin ! railla-t-il. Chacun essaie de se frayer un chemin dans la foule.

— Vous savez que je suis restée sans voix quand je vous ai vu là-bas ? avoua-t-elle en se tournant vers lui. Je n'arrivais pas à croire que vous ayez pu être assez fou pour vous jeter dans la gueule du loup.

Il haussa les épaules.

— Je n'étais pas fou. Un peu arrogant, peut-être.

— Pas fou ? S'ils vous avaient repérés, vous vous seriez battus à un contre cent.

— Un soldat contre cent courtisans. Finalement, c'est assez équilibré. N'oubliez pas que Duncan et moi avons l'habitude des champs de bataille. Ce ne sont pas quelques hommes portant perruque qui vont nous impressionner.

— Certains d'entre eux ont été à la guerre, et la plupart étaient armés. Vous couriez un grand danger.

Il lui adressa un sourire charmeur et se pencha vers elle.

— C'était la seule manière de parvenir jusqu'à vous. Je suis venu à Londres pour vous retrouver, mademoiselle Ronley, et j'ai réussi.

Elle ignora son sourire et son corps si proche du sien. Il n'envisageait quand même pas de l'embrasser, là, sur ce pont grouillant de marins !

— Vous auriez pu attendre chez Anne, fit-elle valoir.

Elle se sentit un peu déçue quand il se redressa en secouant la tête.

— Les gens de votre cousine ont même refusé de prendre un message pour vous. Sur ses ordres, je suppose.

— C'est pourtant elle qui m'a conseillé de partir avec vous.

— Parce que ça l'arrangeait.

— Je vous trouve sévère.

— Eileen, commença-t-il d'un ton grave, vous êtes une descendante en ligne directe du roi Charles, contrairement à vos cousines.

— Je n'ai aucune visée sur le trône !

— Elles croient probablement le contraire. Tant que vous étiez à Ronley Hall, vous ne représentiez pas de menace pour elles, mais en revenant à Londres où vous étiez officiellement reconnue comme l'une des petites-filles de Charles – qui plus est sa préférée – vous avez changé la donne.

Eileen sentit son cœur s'emballer. Pas un instant elle n'avait imaginé que Neil parviendrait seul à ces conclusions. *Si j'étais reine…* Elle s'obligea à garder un ton neutre pour demander :

— De quelle manière ?

— Vous représentez désormais un espoir pour tous ceux que Guillaume a déçus. Et ils sont nombreux, croyez-moi, surtout après Glencoe. Ne trouvez-vous pas surprenante la précipitation de Guillaume et Mary à vouloir vous marier à un homme qui vous aurait emmenée à des milliers de lieues de Londres ? Comme par hasard, cette union mettait fin aux problèmes de vos trois cousins.

— Uniquement Guillaume et Mary.

— Anne est au troisième rang pour l'accès au trône.

— Uniquement si Guillaume et Mary n'ont pas d'enfants.

— Ce qui est toujours le cas au bout de nombreuses années. Anne est la prochaine, et son fils le suivant. Une nouvelle dynastie.

— S'il survit. C'est un petit garçon fragile.

— Et si vos prétentions à la couronne s'avéraient plus fondées que les siennes ? Eileen, il ne faut pas être grand clerc pour comprendre qu'elle préfère vous savoir loin.

— Je suis sûre qu'Anne ne ferait rien qui puisse me nuire. Elle s'est toujours montrée très gentille avec moi.

Il haussa les épaules.

— Je me trompe peut-être. Néanmoins, si j'étais vous, je ne ferais confiance à aucune d'elles.

Ils restèrent silencieux tandis qu'Eileen réfléchissait à ses paroles. Puis, posant une main sur la sienne, il la regarda droit dans les yeux en déclarant :

— Je ne les laisserai pas vous faire de mal, Eileen, je le jure.

— Merci, murmura-t-elle, mal à l'aise.

Pour cacher son trouble, elle changea de sujet.

— Parlez-moi de Torridon.

— Torridon ? Le lieu lui-même ?

— Pour commencer. À quoi cela ressemble-t-il ? C'est sur la côte ?

— Loch Torridon s'élève depuis la mer et s'étend à l'est jusqu'au loch Shieldaig. Bâtie au sommet d'une falaise escarpée, la forteresse des MacCurrie fait face à l'océan. Hormis une petite bande de terre le long de la rive, Torridon est cerné de montagnes. En été, les plus basses sont violettes de bruyère ; en hiver, la neige recouvre tout ; et au printemps, au moment de la fonte, apparaissent des centaines de petites cascades qui dévalent les pentes. Les montagnes isolent Torridon du reste du monde, ce dont je n'ai cessé de me réjouir ces dernières années.

— Pourquoi ?

— J'ai vu la guerre, Eileen, répondit-il en détachant chaque mot. J'ai enterré plusieurs hommes avec lesquels j'avais joué étant enfant. Une fois de retour, il m'a fallu annoncer leur mort à leurs familles et expliquer pourquoi je leur avais demandé de se battre à mes côtés. Personne ne m'a rien reproché, mais j'ai bien vu qu'ils se demandaient pourquoi celui qu'ils aimaient n'était pas rentré et moi si. J'ai failli perdre mon frère à Killiecranckie. Jamais je n'oublierai ces heures passées à son chevet. Je ne peux pas imaginer la vie sans Jamie. Depuis ce jour, ma vision des choses s'est totalement transformée.

Il poursuivit d'une voix empreinte de tristesse.

— J'ai vu le meilleur chef que j'aie jamais connu recevoir un coup mortel, et un roi qui ne méritait pas tous les sacrifices faits pour lui. J'ai assisté aux injustices qui ont suivi, des hommes bons et valeureux ont été ignorés en faveur d'hypocrites et de manipulateurs. Et j'ai vu deux monarques, James et Guillaume, vivre dans le luxe tandis que les fidèles qui avaient combattu pour eux payaient leur loyauté au prix fort. Les Stuart n'ont rien apporté de bon à mon pays, je ne regrette pas leur éviction.

Il prit une longue inspiration et s'éclaircit la gorge avant de reprendre :

— Ce qui ne répond pas à votre question, n'est-ce pas ? Torridon... Eh bien, c'est chez moi, voyez-vous. J'ai hâte d'y être de nouveau.

— Vous avez l'air d'aimer beaucoup votre terre.

— C'est exact. J'en suis parti souvent ces dernières années, trop souvent. À présent, il est temps de rentrer et de fonder une famille, ajouta-t-il en la fixant droit dans les yeux. J'aimerais beaucoup vous emmener là-bas.

— Je serais ravie d'y aller, assura-t-elle. Nous arriverons dans combien de temps ?

— Nous nous arrêterons d'abord à Glen Mothin. Nous débarquerons au loch Carron et continuerons à cheval à partir de là ; c'est le plus rapide. Pour accéder à Torridon, il faut traverser deux montagnes. Après l'hiver qu'on a eu, elles seront couvertes de neige. Glen Mothin est également entouré de montagnes, mais on peut y accéder par l'ouest sans avoir à les franchir.

— Nous accompagnerez-vous à Glen Mothin ?

— Oui, mais je repartirai aussitôt. Je crains que Phelan n'apprécie guère ma présence. Lui et moi avons peu de sympathie l'un pour l'autre.

— Pourquoi ?

— Je suis fidèle au comte de Seaforth, et Phelan aimerait prendre sa place. Surtout maintenant que Seaforth est en prison.

— Qu'a-t-il fait ?

— Il s'est battu pour le roi James. Voilà une autre chose que vous devez savoir : votre grand-père a soutenu Guillaume.

— La même chose risque-t-elle de vous arriver ?

— Que je soutienne Guillaume ? En aucune façon.

— Non, que vous soyez emprisonné pour avoir pris le parti de James Stuart.

— Sans doute, si Guillaume et Mary m'estimaient assez important pour ça.

— Si Milford vous avait conduit à Warwick, je suis sûre qu'on vous aurait jeté en prison. Vous avez été vraiment très audacieux de vous rendre à la cour dans ces conditions.

— L'audace est parfois récompensée. La preuve, vous êtes là.

— Vous aimez le danger.

Il lui sourit.

— Je voulais vous retrouver, Eileen. J'y suis parvenu.

— Pensez-vous vraiment que la cause du roi James soit perdue ?

— En tout cas, elle l'est pour les MacCurrie.

— Et Glencoe ?

— Cela fera du bruit – Guillaume et Mary ne sont pas appréciés de tous, comme vous le savez – mais je serais surpris que les Highlands se soulèvent de nouveau. Nous n'avons plus de leader. Sans un véritable chef à notre tête, c'est un nouvel échec assuré. Si le roi James était différent… mais il ne l'est pas, donc rien ne changera avant un bon moment. Ah ! voilà Duncan !

— Et Greenwich, annonça Duncan en les rejoignant. Cette fois, je crois que nous ne risquons plus rien. Regardez, on aperçoit l'observatoire royal bâti sous le règne de votre grand-père, Eileen. Il en était très fier, d'après ce que j'ai entendu dire.

— En effet, acquiesça-t-elle.

— Il avait raison.

— Et vous, que feriez-vous construire si vous étiez reine ? demanda Neil avec naturel.

Elle lui jeta un regard acéré.

— Si j'étais reine ?

— Moi, si j'étais roi, j'aménagerais des bassins afin d'accueillir décemment les navires, déclara Duncan. Comme ça, je n'aurais pas à payer pour le mouillage.

— Si vous étiez roi, répliqua Eileen en riant, vous ne paieriez pas le mouillage.

— C'est vrai, reconnut Duncan avec un sourire. Et Neil agrandirait probablement Torridon. Il a de grandes idées pour le château familial. Il veut déplacer le rempart extérieur nord pour construire une aile supplémentaire.

— Cette partie commence à tomber en ruine, lui rappela Neil.

— Tu auras tout le temps de terminer tes travaux, dit Duncan. Si le devin ne s'est pas trompé, on a cinquante ans de paix devant nous.

Eileen lui jeta un regard surpris.

— Que voulez-vous dire ?

— Neil ne vous a pas parlé de la prophétie des MacCurrie ?

— Non. Quelle prophétie ?

Neil leva les yeux au ciel.

— Duncan, s'il te plaît...

— Il faut la mettre au courant, insista Duncan avec un petit rire.

Il s'appuya au bastingage pour expliquer :

— Plusieurs années avant la naissance de Neil et Jamie... Au fait, vous a-t-il dit qu'ils étaient jumeaux ?

— Non.

— Eh bien, ils le sont. À tel point que la plupart des gens sont incapables de les distinguer l'un de l'autre...

Il poursuivit son récit tandis que Neil, les ignorant, gardait les yeux obstinément fixés sur la côte.

— Neil et Jamie ont conduit le clan à la guerre, il reste donc les cinquante années de paix à venir, conclut Duncan.

— Les gens croient à cette prophétie ? demanda-t-elle.

— Oui, pour la majorité. Y compris moi.

— Vraiment ? C'est étonnant.

Duncan se mit à rire.

— Il va falloir oublier vos modes de pensée londoniens, Eileen. En Écosse, la réalité est souvent extraordinaire.

Comme les hommes, songea-t-elle.

— Duncan a raison, Eileen, renchérit Neil d'un ton enjoué. Il est temps que nous élargissions nos esprits.

Il leva les yeux vers le ciel ; les premières gouttes de pluie commençaient à tomber.

— Mais avant, descendons à l'abri. La tempête nous rattrape.

11

Neil s'installa dans le carré de l'*Isabel* en compagnie de Duncan et d'Eileen. La pluie qui s'était rapidement intensifiée tambourinait au-dessus de leurs têtes. Il prit place dans l'un des grands fauteuils tandis que son cousin montrait à leur passagère les aménagements spéciaux qu'il avait conçus pour le navire. Elle l'écoutait avec attention, l'air intéressé, jusqu'à ce qu'elle sente le roulis sous leurs pieds. Écarquillant les yeux d'effroi, elle s'agrippa à la table.

— C'est une tempête ? s'inquiéta-t-elle.

— Ça ? répondit Duncan. Vous plaisantez ? Attendez un peu que nous passions sur la côte ouest.

Afin de lui changer les idées, Neil sortit une carte marine qu'il étala devant eux, et alluma la lampe.

— Nous sommes ici, indiqua-t-il en désignant une zone. Torridon est là.

Elle se pencha pour regarder.

— Nous allons remonter le long de côte occidentale de l'Angleterre ?

— Exact, déclara Duncan.

Un choc sur le pont lui fit brusquement lever la tête.

— Je ferais mieux de monter voir ce qu'ils fabriquent, dit-il en se dirigeant vers l'escalier.

Son cousin sorti, Neil désigna un autre point sur la carte.

— Voilà loch Carron, où nous jetterons l'ancre. Glen Mothin est ici. Cela vous donne une idée de la distance à parcourir par la route, ajouta-t-il en se redressant.

Toujours penchée sur la carte, Eileen suivit le trajet de l'index. Lorsque Neil lui ramena une mèche derrière l'oreille, elle leva les yeux vers lui.

— C'est vrai, cette histoire de prophétie concernant votre famille ? demanda-t-elle à voix basse.

— Oui.

— Et vous ? Vous y croyez ?

— Disons qu'une partie s'est déjà réalisée.

— L'arbre fendu en deux, par exemple ?

— Oui. Et mon père, mon grand-père et mon arrière-grand-père, tous morts le jour de leur anniversaire. Et la guerre.

— Donc, il ne reste plus que les cinquante ans de paix à advenir.

— Plus quelques autres petites choses.

— Comme ?

— Eh bien, Jamie et moi sommes censés épouser deux femmes portant le même prénom. Jamie s'est marié avec Ellen il y a deux ans. Selon la prophétie, ma propre épouse s'appellera Ellen.

Se redressant à son tour, elle plongea son regard dans le sien.

— Vous n'êtes pas déjà marié ?

— Non. Pourquoi ? Vous pensiez le contraire ?

— On m'avait dit... Vous avez parlé de votre famille, de faire construire une aile supplémentaire... J'ai cru que... j'ai toujours imaginé que vous aviez femme et enfants, répondit-elle, troublée.

— Alors que je vous disais à quel point je vous trouve belle et vous admire ? Si j'avais eu une épouse, Eileen, je n'aurais jamais prononcé de telles paroles. Qui vous a raconté une chose pareille ?

— Je… j'ai oublié.

— Je vois. Il s'agit de Templeton…

— Oui. Il a dû confondre.

— Évidemment, dit-il sans dissimuler son mépris. Une simple erreur, rien d'intentionnel. Non, Eileen, je ne suis pas marié et ne l'ai jamais été. Je n'ai pas d'enfants non plus. Que vous a-t-il dit d'autre à mon sujet ?

Elle sourit.

— Que vous étiez fier et sans peur.

Il secoua la tête.

— Vraiment ? Décidément, il me connaît bien mal. Je ne suis rien de tout cela : ni fier, ni sans peur, ni marié. En revanche, je dois trouver une femme prénommée Ellen ou quelque chose de proche.

Elle baissa les yeux sur la carte sans répondre.

Neil admira la courbe de sa nuque, l'ombre délicate de ses cils sur sa joue. Il devrait lui parler de Fiona.

Bientôt, se promit-il. Il lui parlerait bientôt, mais pas maintenant, alors qu'elle semblait si confiante. Il avait si peur de la voir se refermer à nouveau ! Oui, il lui avouerait tout mais, avant, il irait voir Fiona.

— Je suppose que cela ne tardera pas, commenta-t-elle finalement.

Il tendait la main vers sa joue quand le pas de Duncan résonna dans l'escalier.

— Pas de problème ! annonça celui-ci en apparaissant sur le seuil.

Il s'arrêta brusquement, les dévisagea l'un après l'autre, puis traversa le carré pour les rejoindre.

Ignorant son regard interrogateur, Neil désigna de nouveau la carte.

— Voici Gairloch, la région d'où vient Calum.

— Il n'est pas originaire de Torridon ?

— Non, répondit Duncan. Neil l'a pris comme otage.

— Comme otage ? s'écria Eileen, incrédule.

— Pour être sûr que les MacLeod tiendraient leur promesse et resteraient tranquilles.

— Il est toujours votre otage ?

Neil éclata de rire.

— Non, plus depuis des années. Mais il n'a pas eu envie de nous quitter. Il s'est même battu à nos côtés.

— Je crains que nous ne puissions plus jamais nous en débarrasser, plaisanta Duncan. Venez donc vous asseoir, vous serez mieux. Je suis sûr que l'Écosse vous étonnera, cousine. Les paysages sont très différents d'une région à une autre. L'Est, d'où vient Ellen, l'épouse de Jamie, est couvert de prairies et de collines très verdoyantes. Alors que chez nous, au nord, les montagnes sont omniprésentes, comme jaillies de la mer. Vous verrez, c'est impressionnant.

— À vous entendre, cela semble magnifique.

— Vous n'imaginez pas à quel point.

Malgré la forte houle, Eileen passa une nuit paisible. Les craquements du navire lui étaient vite devenus assez familiers pour qu'elle se détende. La dernière chose qu'elle perçut fut les voix de Neil et de Duncan discutant en gaélique dans le carré adjacent. Comme cela devait être bon de se sentir totalement en confiance avec quelqu'un ! songea-t-elle avant de s'endormir, bercée par le tangage.

Lorsqu'elle gagna le pont le lendemain matin, un vent froid faisait claquer les voiles dans le ciel limpide. Les marins croisés en chemin l'avaient tous saluée avec un large sourire, lui donnant l'impression d'être une invitée de marque.

Neil et Duncan se tenaient au pied du mât de misaine, penchés côte à côte sur un quelconque instrument de navigation. Ils étaient vêtus à l'écossaise, avec un gilet sur une tunique safran, vert pour Duncan, bleu outremer pour Neil. Leurs pantalons en tartan épousaient les muscles de leurs jambes longues et puissantes. Dans cette tenue, ils lui parurent plus séduisants encore qu'en habits de cour.

Duncan montra l'horizon, Neil le ciel, et ils se mirent tous deux à rire. Elle s'arrêta un instant, profitant de la vision qu'ils lui offraient, si joyeux dans leurs costumes qui chatoyaient contre le bois verni et le cobalt de l'océan.

— Bonjour, messieurs. Je suppose que nous avons quitté les eaux anglaises, dit-elle.

Ils la regardèrent sans comprendre.

— Vos vêtements. Vous n'avez plus rien de français.

Neil lui sourit.

— Bonjour, Eileen. C'est à cause d'eux, répondit-il en désignant les hommes d'équipage. Ils ne supportaient plus de nous voir jouer à l'homme civilisé. Ils voulaient que nous redevenions nous-mêmes.

— Et qui êtes-vous ?

— Des Écossais, Eileen. Highlanders et fiers de l'être.

— Il faudra vous y habituer, intervint Duncan. Plus de perruque avant que nous retournions à la cour.

— Parfait ! s'exclama-t-elle en riant. J'imagine que je vais bientôt entendre résonner les cornemuses.

— Et les tambours.

— Londres me semble bien loin.

— Elle l'est, Eileen. Elle l'est.

Les jours suivants s'écoulèrent sans événement particulier, se transformant bientôt en une agréable routine. La blessure d'Eileen avait cicatrisé, laissant une longue trace rosée sur sa peau, comme un vestige des menaces qui l'avaient poussée à quitter Londres.

Après la tempête du départ, le temps s'était montré clément. Peu à peu, elle commençait à prendre goût à la vie en mer et à son habitat temporaire. Elle faisait confiance à l'*Isabel* et à son capitaine.

Elle passait ses soirées en compagnie de Neil et de Duncan, les écoutant avec intérêt lui raconter leur enfance, l'histoire de leur famille, la guerre ou la rencontre de James et d'Ellen. Neil n'évoquait jamais le futur, sauf par le biais de formules lapidaires, telles que « Maintenant, vous savez où vous allez ». Ce dont elle n'avait, en réalité, aucune idée.

Elle s'était promis de rester sur ses gardes et de ne pas succomber à son charme, mais comment résister à son humour, à ses éclats de rire soudains quand Duncan ou elle l'amusait, et à sa gentillesse ? Plus elle passait de temps en sa compagnie, plus elle l'appréciait… et s'inquiétait de ce qui adviendrait une fois arrivée à Glen Mothin.

Elle pensait que leur prochaine étape serait le loch Carron, mais Duncan lui annonça que Neil avait prévu une halte à Linmargen, un petit village de pêcheurs en territoire MacLean. Il voulait s'informer au cas où le massacre de Glencoe aurait provoqué un soulèvement des Highlands durant leur périple.

Tandis que l'*Isabel* entrait aisément dans le loch, elle vit Neil froncer les sourcils.

De chaque côté du bras de mer s'étendait une longue bande de terre plane qui s'élevait brusquement pour former deux collines verdoyantes au sommet enneigé. Cependant, ce n'était pas le paysage que contemplait Neil, ni les pêcheurs en train de réparer un filet, mais les deux frégates mouillées dans la baie et les soldats en uniforme rouge qui arpentaient la rive.

— Des navires anglais, dit Duncan en venant s'accouder près d'eux au bastingage.

— Oui, acquiesça Neil. J'ai compté vingt-quatre canons sur le plus proche.

— Et presque autant sur l'autre.

Malgré la présence des Anglais, tout paraissait calme à terre ; chacun semblait vaquer à ses occupations comme si de rien n'était. Sans la tension palpable de Neil et de Duncan, Eileen n'aurait soupçonné aucun danger.

— Qu'en penses-tu ?

— Les bateaux de MacLean sont là, indiqua Neil. Ça ne peut pas être si terrible. Continuons à accoster. Aucune loi ne nous interdit de rendre visite à un ami.

— En effet.

Neil se tourna vers elle.

— Eileen, voulez-vous bien descendre le temps que nous élucidions cette histoire ? Calum, reste avec elle.

Il ajouta quelques mots en gaélique, auxquels Calum répondit par un hochement de tête en désignant son épée.

— Soyez prudents, dit-elle en regardant tour à tour Neil et Duncan.

Ils acquiescèrent, et elle suivit Calum dans le carré.

L'équipage entamait à peine les manœuvres d'entrée dans le port que des soldats embarquaient déjà sur un canot pour venir à leur rencontre.

— Ils nous envoient un comité d'accueil, commenta Duncan. Dois-je te présenter sous le nom de M. Belmond ? Sais-tu encore parler français ?

Neil montra son pantalon.

— Je ne suis pas habillé pour et je n'ai pas le temps de me changer. Nous nous contenterons d'être nous.

— Je n'ai pas envie de voir l'*Isabel* coulé à cause d'un Anglais nerveux.

— Alors, sers-toi de ton charme, capitaine MacKenzie.

— J'ai plutôt envie de les réduire en miettes.

— Tu ne dois pas seulement protéger ton navire, mais aussi ta peau. Essaie de t'en souvenir.

— Tu devras peut-être me le rappeler, grommela Duncan.

Il donna l'ordre de jeter l'ancre.

Les deux cousins attendirent en silence que le canot aborde l'*Isabel*. Quatre hommes montèrent à bord, vêtus de l'uniforme rouge à revers bleu de l'armée royale. Tandis que trois d'entre eux regardaient à l'entour avec une curiosité non dissimulée, le quatrième, l'officier, toisa Duncan avec hauteur.

— Bienvenue à bord de l'*Isabel*, déclara celui-ci.

— Monsieur, le salua l'officier. Je suis le capitaine Asher. Qui êtes-vous et que venez-vous faire à Linmargen ?

— Rendre visite à MacLean, répondit Duncan d'un ton posé.

— Votre nom, s'il vous plaît ?

— Pourquoi ?

— J'ai l'autorisation de vous le demander, ordres du roi. Votre nom ?

— Duncan MacKenzie.

— D'où ?

— Pardon ? esquiva Duncan en jetant un coup d'œil à Neil.

— Torridon, répondit Neil.

Asher lui lança un regard glacial.

— Je m'adresse au capitaine, monsieur. Je vous serais reconnaissant de ne pas nous interrompre.

Neil haussa un sourcil mais ne répliqua pas.

— De Torridon, dit alors Duncan.

— Et votre destination ?

— Linmargen.

— MacLean vous attend-il ?

— Non, sauf s'il est devin.

— Que lui voulez-vous ?

— Pourquoi ? Est-il interdit maintenant de rendre visite à un ami ? lança Neil.

Asher l'ignora.

— Le but de votre venue, monsieur ?

— Je vous l'ai dit : voir un ami. Pourquoi toutes ces questions ?

— Pour nos rapports.

— Vous tenez des rapports sur nous à présent ?

— Combien de temps comptez-vous rester ?

— Tant que mon hôte voudra bien me supporter.

— Je vous prie de répondre, capitaine MacKenzie.

— Je ne sais pas combien de temps je resterai. Il faudrait déjà que j'arrive à débarquer.

— Combien d'hommes avez-vous à bord ?

— Quatre cent douze, plaisanta Duncan. À une vingtaine près.

— Cela ne m'amuse pas, capitaine MacKenzie !

— Pourquoi toutes ces questions, Asher ? intervint Neil.

Asher pivota vers lui.

— À qui ai-je l'honneur, monsieur ?

— Neil MacCurrie. Alors, pourquoi toutes ces questions ?

— MacCurrie…

Asher parcourut ses documents.

— Êtes-vous le comte de Torridon ?

— En personne. Je le répète : pourquoi toutes ces questions au capitaine MacKenzie ?

— Avez-vous signé l'acte d'allégeance, lord Torridon ?

— Oui. Et je ne me souviens pas avoir signé d'article m'interdisant de me déplacer.

— Nous notons tous les mouvements des anciennes personnes hostiles à notre roi.

— Les « anciennes personnes hostiles », répéta Neil sans dissimuler son amusement.

Asher se tourna de nouveau vers Duncan.

— Combien d'hommes avez-vous à bord ?

— Je ne me rappelle pas du nombre exact.

— Capitaine MacKenzie, refusez-vous de répondre ?

— Je peux les faire aligner, si vous le voulez. Nous les compterons ensemble.

— Vous plaisantez, je suppose, commenta Asher sèchement. Votre manque de coopération sera rapporté à mon supérieur.

— Je n'ai aucun doute là-dessus.

— Vous pouvez débarquer, lâcha Asher pompeusement avant de faire signe à ses hommes de le suivre dans le canot.

Neil et Duncan les regardèrent s'éloigner sans un mot.

— Merci d'avoir utilisé ton charme, se moqua Neil quand ils furent hors de portée de voix.

— Merci à toi de m'avoir aidé.

— De toute façon, à moins de nous prosterner, nous n'avions aucune chance.

— Bienvenue dans les Highlands ! ironisa Duncan, les yeux toujours fixés sur le canot. On va toujours voir MacLean ?

— J'irai seul. Il vaut mieux que tu attendes à bord.

— Tu es fou, tu ne peux pas t'y rendre seul dans ces conditions. ! Je t'accompagne.

Neil secoua la tête.

— Hors de question, Duncan. Tu ne débarques pas, c'est un ordre. Pas la peine de me lancer ce regard noir, mon vieux. L'un de nous doit rester ici. C'est ton navire, donc tu restes.

— Cela ne me plaît pas.

— Je sais. Et à mon avis, la suite te plaira encore moins. Si tu ne me vois pas revenir, appareille pour Torridon.

— Sans toi ?

— Oui.

Avant que Duncan ait pu protester, la voix outrée d'Eileen s'éleva derrière eux.

— Quel homme odieux ! s'exclama-t-elle en traversant le pont à grands pas. Il s'est montré affreusement méprisant !

Neil haussa les épaules.

— Nous sommes habitués à pire.

— On aurait dit qu'il s'adressait à des simplets.

— Juste des inférieurs. Ce qui est normal, vu qu'il nous considère comme tels.

— Vous êtes comte ! Et Duncan est le capitaine de ce navire !

— Ce qui ne l'impressionne guère, comme vous l'avez constaté.

— Je suis sûre que Guillaume serait révolté s'il savait comment se comportent ses officiers.

— Bien sûr, comme pour Glencoe ! railla Neil. C'est fou ce que votre cousin est mal informé.

À cette remarque, elle s'arrêta net avant de reprendre d'un ton presque implorant :

— Neil, je vous en prie, n'allez pas chez MacLean !

— Vous voulez que je laisse Asher nous chasser ? Non, Eileen, j'ai prévu de rendre visite à MacLean, je le ferai. Et je reviendrai, promit-il plus doucement. Calum viendra avec moi, ajouta-t-il à l'adresse de ses hommes en haussant la voix. Si je ne suis pas rentré dans trois heures, appareillez !

Trois bonnes heures s'étaient écoulées depuis que Neil et Calum avaient disparu derrière les arbres. Une vingtaine de soldats anglais armés jusqu'aux dents se tenaient sur la rive, les yeux fixés sur la route et le navire. Accoudée au bastingage près de Duncan, Eileen se rongeait les sangs en imaginant d'atroces scénarios.

Neil était peut-être mort.

Ou il avait été arrêté et allait être envoyé vers une geôle infâme où il attendrait d'être jugé pour trahison. Elle secoua la tête pour chasser les images horribles qui lui venaient. Il pouvait aussi être en train de discuter tranquillement avec MacLean devant un feu de cheminée.

— Pourquoi y est-il allé ? demanda-t-elle à Duncan. Il aurait pu envoyer l'un de ses hommes !

— Neil se déplace toujours en personne.

— Ce n'est pas très prudent. Qu'est-ce qui lui prouve qu'il ne s'agit pas d'un piège ?

— Un piège, alors que personne n'était au courant de notre venue ?

Eileen sourit à cette remarque.

— C'est vrai, admit-elle. Malgré tout, il ne devrait pas prendre autant de risques ; il est trop important.

— S'il vous entendait, il vous répondrait que Jamie peut le remplacer au pied levé.

— Est-ce vrai ?

Duncan haussa les épaules.

— Sans doute, mais je préfère ne jamais avoir à le vérifier. Par ailleurs, MacLean parlera plus ouvertement à Neil qu'à un autre. S'il dit que tout va bien malgré la présence des Anglais, nous irons à Glen Mothin.

— Et sinon ?

— Nous rentrerons directement à Torridon. Nous le saurons bientôt.

— Calum sait-il se battre ? Peut-il défendre Neil ?

— Oh oui, ce garçon en est capable, répondit Duncan en riant. Mais ne vous inquiétez pas, ce ne sera pas nécessaire.

Désignant du menton les pêcheurs qui réparaient des filets sur la rive, il précisa :

— Ils m'ont assuré qu'il n'y avait pas de problème.

— Comment ?

— Une chanson, chantée en gaélique. Elle disait que les Anglais étaient là pour impressionner, rien d'autre. Ça aide qu'ils ne comprennent pas le gaélique.

— Oui, acquiesça-t-elle, un peu rassérénée. Pensez-vous qu'ils aient également débarqué à Torridon ?

— Non. S'ils avaient envoyé un Asher à Torridon, Jamie en aurait informé Neil. Et il aurait coulé tous leurs navires dans le port, ordres du roi Guillaume ou non.

— Cela fait plus de trois heures… Vous n'allez pas partir, n'est-ce pas ?

— Non.

— Même si Neil a dit…

Il lui adressa un clin d'œil.

— Je ne l'ai rien entendu dire de particulier, et vous ?

Elle sourit, soulagée.

— Moi non plus, assura-t-elle en se mettant sur la pointe des pieds pour l'embrasser sur la joue.

— Parfait, dit-il en lui rendant son sourire.

Ils continuèrent à patienter en silence tandis que les minutes s'égrenaient. Eileen regarda les ombres s'allonger à l'est des maisons. Peu après, les pêcheurs ramassèrent leurs filets et se dirigèrent vers la route, provoquant aussitôt un mouvement parmi soldats.

Enfin, Neil apparut sous les arbres. Il avançait d'un pas calme et mesuré, mais Calum paraissait tendu. Ses gestes étaient saccadés et une raideur inhabituelle émanait de lui, perceptible malgré la distance. Eileen remercia Dieu en silence. Duncan adressa un grand geste de la main à Neil, qui lui répondit.

— Prêt à appareiller ! cria-t-il par-dessus son épaule.

Aussitôt, les matelots passèrent à l'action, qui affalant les voiles, qui se plaçant près de la bitture.

Une fois à bord, Neil se pencha pour saluer en gaélique les hommes qui l'avaient reconduit. Ceux-ci lui répondirent dans la même langue, et le canot fit demi-tour vers Linmargen. Neil se tourna alors vers Duncan.

— Partons d'ici, dit-il.

Duncan donna l'ordre de lever l'ancre.

— Alors ?

Neil soupira.

— MacLean n'est pas ravi de la présence des Anglais mais, d'après lui, ils cherchent juste à impressionner. Ils n'ont pas pénétré à plus de deux lieues à l'intérieur des terres. En outre, Asher est le responsable, ce qui signifie que ses menaces d'en rapporter à son supérieur sont creuses.

— Et ?

Neil regarda Duncan, Eileen et les hommes de son clan qui attendaient. Il leur dirait ce que lui avait appris MacLean, mais sans tous les détails. En vérité, il se sentait très inquiet. Il avait espéré la rumeur exagérée, mais elle était hélas ! loin de la réalité.

L'*Isabel* oscilla pour se placer face à l'entrée du loch, puis attendit, immobile, de trouver le vent.

— Ce qu'on raconte à propos de Glencoe est vrai. Il y a bien eu un massacre, et il était planifié. Stair a cantonné ses soldats dans les maisons des MacDonald. Ils y sont restés plusieurs jours, vivant avec les gens, mangeant leur nourriture, s'asseyant devant leurs cheminées. Puis, une nuit, les soldats se sont levés et ont tué tout le monde. Hommes, femmes, enfants, ils les ont assassinés dans leur lit en plein sommeil. Des bébés ont été massacrés devant leurs parents, des mères et des pères devant leurs fils et leurs filles. Le vieux MacIan est mort, sa femme aussi. Le village a été détruit, et beaucoup de ceux qui avaient réussi à s'échapper n'ont pas survécu au froid les jours suivants. Cependant, un de ses fils s'en est tiré. C'est lui qui a donné l'alarme au clan le plus proche.

Il se tut un moment. Un long tremblement parcourut l'*Isabel* quand le vent s'engouffra dans les voiles, puis le navire s'élança en avant, comme pressé de rejoindre la mer.

— Il paraît que l'ordre était signé de la main de Guillaume, reprit Neil en jetant un coup d'œil aux soldats en rouge sur la rive. Quel genre d'homme faut-il être pour perpétrer un crime aussi atroce ? Qu'y gagne-t-il ? Cela m'échappe.

Il se détourna d'eux, les yeux fixés sur l'horizon tandis que l'*Isabel* filait dans le bras de mer en direction de l'océan. Même en vivant des milliers d'années, il ne parviendrait jamais à comprendre comment des hommes pouvaient tuer des innocents dans leur lit ou donner l'ordre de le faire.

Si Dundee n'était pas mort, si le roi James était différent, si ses partisans et lui-même n'avaient pas échoué… mais à quoi bon penser à ce qui aurait pu être ?

Soudain, il perçut la présence d'Eileen à sa droite. Il tourna la tête, priant pour qu'elle ne lui dise pas que tout allait s'arranger, que ce n'était pas la faute de Guillaume.

Elle avait les joues mouillées de larmes. Sans un mot, elle posa une main sur la sienne. À ce contact, il sentit ses propres yeux s'embuer et l'attira contre lui. Glissant un bras autour de sa taille, elle mit la tête dans le creux de son épaule et soupira. Le regard fixé sur les vagues, il déposa un baiser sur ses cheveux.

12

Deux heures s'écoulèrent avant que Duncan puisse regagner le carré. Eileen s'attardait encore sur le pont, où elle était restée quand Neil était descendu. Ducan n'avait pas été surpris en la découvrant dans les bras de son cousin près du bastingage. Il était normal que leurs sentiments l'un pour l'autre se soient intensifiés au cours du voyage. D'un certain point de vue, il en était heureux. D'un autre, cependant, il appréhendait la tempête que cela ne manquerait pas de déclencher.

Il trouva Neil allongé sur sa couchette, les yeux fixés au plafond. Il prit le temps de commencer à ranger les cartes qui étaient sur la table avant de lui demander :

— As-tu pensé aux conséquences de ta relation avec Eileen ? À quel point cela risque de compliquer la situation ?

Neil s'assit.

— Oui.

— Tu te rends compte qu'on va t'accuser de l'avoir séduite parce que son père est peut-être le fils légitime du roi Charles ? Certains vont te soupçonner de briguer le trône.

— Je me moque de ce que pensent les gens.

— Je ne parle pas seulement de la cour de Guillaume, mais aussi de Seaforth, Phelan, Kilgannon ou Sleat. Et même du roi James.

— Je sais, Duncan. Et aussi Lochiel et tous les autres. Libre à eux de croire ce qu'ils veulent, je m'en fiche.

— Tu as tort. On t'accusera d'avoir abandonné James Stuart.

— D'une certaine manière, on aura raison. Je ne me battrai plus pour lui.

Duncan croisa les bras.

— Moi non plus.

— Le seul dont l'avis m'intéresse, c'est Seaforth, dit Neil. Tu as raison, il ne comprendra pas. D'ailleurs, à sa place, je penserais la même chose que lui. Il croupit en prison et, tout à coup, je décide de ne plus épouser sa fille alors que je m'y étais engagé il y a des années. Il interprétera cela comme le symbole de mon ralliement à Guillaume et le considérera comme une trahison. Le pire, c'est que je ne pourrai pas l'en blâmer.

Il soupira.

— Quant à Fiona, elle pensera que je la délaisse suite à la défaite du roi James. Comment pourrai-je lui avouer que la vérité est bien pire, que je ne veux plus l'épouser parce que j'en ai rencontré une autre ? Que vais-je lui dire ?

— Tu as parlé d'elle à Eileen ?

— Non.

— Tu devrais, lui conseilla Duncan. Es-tu vraiment certain de savoir ce que tu fais, Neil ?

Neil laissa échapper un rire sans joie.

— J'accepte l'inévitable… Duncan, je ne peux pas renoncer à cette femme. Peut-être est-ce comme cela que la prophétie doit se réaliser…, ajouta-t-il en écartant les bras.

Duncan garda un instant le silence.

— J'imagine que tu ne te contentes pas de t'amuser, que tes sentiments pour elle sont sérieux. J'apprécie beaucoup Eileen, et je n'aimerais pas que…

— Ai-je déjà agi de cette manière ? l'interrompit Neil d'un ton contrarié.

— Non. Mais je ne t'ai jamais vu ainsi.

— Que veux-tu dire ?

— J'ai remarqué la façon dont vous vous regardez ; tout le monde l'a remarqué. On ne peut pas être dans la même pièce que vous sans se rendre compte qu'il se passe quelque chose entre vous. J'ignore comment tu comptes te débrouiller, mais si tu ne lui as pas encore parlé de Fiona, elle risque de très mal le prendre le jour où tu te décideras.

Comme Neil restait silencieux, Duncan enroula les dernières cartes et reporta les yeux sur lui.

— Allons-nous toujours à Glen Mothin ?

— Évidemment ! Pourquoi cette question ?

— Ne t'énerve pas, Neil. Je te rappelle que tu voulais voir MacLean pour savoir s'il était prudent de voyager en ce moment. Tu ne m'as toujours pas fait part de sa réponse.

— Oui, nous y allons. On verra bien.

Neil se leva.

— Que dirais-tu si je l'épousais ?

— Dans un monde différent, ce serait un mariage idéal. Mais étant donné la situation… Tu peux m'expliquer pourquoi Jamie et toi avez l'art de vous compliquer la vie ?

— Jamie est heureux.

— C'est exact, mais ce n'est pas vraiment grâce à toi. Et je ne suis pas sûr que la situation ait été très agréable au départ. En tout cas, quand je me marierai, ce sera plus simple, je te l'assure.

Neil sourit.

— En es-tu certain ? J'ai hâte de voir ça !

Le dîner à peine terminé, Duncan et Calum se levèrent comme un seul homme pour regagner le pont, laissant Neil et Eileen seuls dans le carré.

Gênée par le souvenir de l'après-midi, Eileen se sentit brusquement mal à l'aise. Neil l'avait gardée un moment serrée contre lui, avant de l'embrasser dans les cheveux en annonçant qu'il descendait. Juste ça : qu'il descendait.

Elle l'avait regardé s'éloigner en se demandant s'il s'agissait d'une invitation à le suivre ou, au contraire, d'un avertissement pour qu'elle le laisse tranquille. Finalement, elle avait opté pour la seconde hypothèse, mais ignorait toujours si elle avait eu raison.

Durant le repas, elle s'était sentie observée par les trois hommes. À présent, les mains croisées sur les genoux, elle attendait, incapable de deviner les intentions de Neil.

Il joua un moment avec ses couverts, puis leva les yeux vers elle.

— Vous n'imaginez pas le plaisir que j'ai ressenti en vous voyant cet après-midi, accoudée au bastingage en train de m'attendre, Eileen. Vous, la femme la plus extraordinaire au monde, vous étiez là, magnifique, à espérer mon retour.

— Je m'inquiétais tellement pour vous !

— Vraiment ? Vous n'auriez pas dû. Je ne courais aucun danger.

— S'il vous était arrivé quelque chose…

Elle secoua la tête au souvenir des horreurs qui lui étaient venues à l'esprit.

— À la fin, j'ai vraiment cru que les soldats vous avaient arrêté.

— J'avais donné des ordres pour que Duncan appareille sans moi si je ne rentrais pas.

— Nous ne vous aurions pas laissé, Neil. Nous serions allés vous chercher.

— Ça fait plaisir de constater qu'on obéit à mes ordres, railla-t-il.

— Je ne vous aurais pas abandonné, Neil.

Il sourit.

— Qu'auriez-vous pu faire s'ils m'avaient arrêté, Eileen ? Vous savez, poursuivit-il sans attendre sa réponse, tandis que je discutais avec MacLean, et malgré tout l'intérêt de notre conversation, je ne pensais qu'à une chose : vous retrouver.

— Moi aussi, avoua-t-elle en lui rendant son sourire. Sain et sauf.

Il mit la main sur la table, paume retournée. Elle y posa la sienne et regarda les doigts de Neil se mêler aux siens.

— J'ignore de quoi il s'agit, Eileen, mais je sens quelque chose de très puissant entre nous. Depuis le premier jour.

— Oui.

— Je suis content que vous n'essayiez pas de nier.

— Comment le pourrais-je ? Je n'ai jamais rien éprouvé de tel.

— Moi non plus.

Il se leva et elle l'imita sans même s'en rendre compte pour se jeter dans ses bras. Il s'empara de ses lèvres avec gourmandise. Elle se raidit un peu lorsqu'il introduisit sa langue dans sa bouche, puis se détendit et répondit à son baiser avec fougue.

— Je rêvais de vous embrasser depuis si longtemps, Eileen !

— Moi aussi.

— Lorsque vous m'avez caressé du regard à Ronley Hall, j'ai cru que j'allais vous jeter sur mon épaule et vous enlever sur-le-champ. Ne vous étonnez pas si je le fais la prochaine fois que vous me regarderez ainsi.

— Je vous trouvais magnifique, mais je n'aurais pas cru que cela se voyait autant…

Il lâcha un petit rire.

— Je l'ai reçu comme un très beau compliment, Eileen. Et moi aussi, je vous trouvais superbe. Vous n'imaginez pas à quel point vous êtes belle. Le matin où je vous ai découverte devant le Pégase, j'ai cru que mon cœur allait s'arrêter.

— Et vous ? Pouvez-vous imaginer ce que j'ai éprouvé en vous voyant, vous, le plus bel homme du monde, à moitié nu à sa fenêtre ?

— *Entièrement* nu ! rectifia-t-il dans un éclat de rire.

— Vraiment ? Eh bien, c'est une chance que je ne l'aie pas su. Embrassez-moi encore.

Neil obéit. Emportée par l'audace de leur baiser, Eileen oublia un instant le monde autour d'eux, ne sentant plus que les lèvres de Neil sur les siennes, leurs langues qui se mêlaient en une danse enivrante, et son corps dur contre le sien. Elle se cambra contre lui en lui enserrant la taille.

— Eileen... Mon Dieu, je vous désire tellement !

— Moi aussi, Neil.

Soudain, il s'écarta d'elle et prit plusieurs inspirations.

— Mais c'est impossible. Eileen, il faut que nous parlions.

— Nous parlerons, promis, dit-elle en l'attirant de nouveau à elle. Mais d'abord, embrassez-moi.

Incapable de résister, il prit de nouveau possession de sa bouche avec une ardeur à laquelle elle répondit de tout son être. Puis, il détacha ses lèvres des siennes pour l'embrasser dans le cou, et tandis qu'elle renversait la tête pour mieux lui offrir sa gorge, il traça un sillon de baisers jusqu'à la naissance de ses seins. Un long frémissement la parcourut quand il glissa ses doigts sous la dentelle de son décolleté. En gémissant, elle enfouit ses mains dans ses épais cheveux bruns.

— Vous êtes si douce, murmura-t-il.

De l'index, elle suivit la pointe de son col, puis joua quelques instants avec les lacets de sa tunique avant de les dénouer pour poser les mains sur son torse. Elle sentait sa toison brune lui chatouiller les paumes, et percevait les battements rapides de son cœur.

Fermant les yeux, il la laissa l'explorer quelques instants, puis lui desserra son corselet et fit glisser les bretelles de sa chemise, révélant la rondeur de ses seins.

— Vous êtes si belle, murmura-t-il. Si appétissante, Eileen.

Elle lui sourit. Encouragé, il referma une main sur sa poitrine tout en s'emparant de sa bouche.

Des cris leur parvinrent soudain en provenance du pont, bientôt suivis d'un bruit de pas précipités. Neil leva la tête vers le plafond. Eileen reconnut la voix de Duncan qui lançait des ordres puis le silence retomba. Elle regarda Neil.

— Que se passe-t-il ?

Il esquissa une mimique d'ignorance et baissa les yeux sur sa main toujours posée sur son sein.

— Vous devriez aller voir, dit-elle en reculant.

Après une brève hésitation, il acquiesça en souriant. Elle non plus n'avait aucune envie de mettre fin à ce moment, mais le brouhaha avait recommencé au-dessus. Manifestement, des hommes se querellaient. Le temps d'un dernier baiser, et Neil s'éloigna en refermant sa tunique. Arrivé à la porte, il se retourna.

— Je vous désire, Eileen, plus que j'ai jamais désiré aucune femme.

L'instant d'après, elle était seule. Elle remonta sa chemise sur ses seins et renoua son corselet. À présent, elle percevait la voix tranquille de Neil en plus de celle, vibrante de colère, de Duncan et des exclamations outrées des marins. Que s'était-il passé ?

Personne ne fit attention à elle quand elle sortit sur le pont battu par le vent. Les hommes étaient rassemblés près du mât de misaine ; leurs yeux étincelaient de colère dans les dernières lueurs du couchant. Plusieurs d'entre eux s'adressaient à Duncan et à Neil en gaélique, le doigt pointé sur l'un de leurs congénères qui se tenait à l'écart, l'air maussade, un gros sac de cuir à ses pieds. Apparemment, ils l'accusaient. L'homme contre-attaqua et, pour se justifier, tira à l'extérieur les poches de son pantalon de tartan, qui pendirent, vides, le long de ses hanches.

Finalement, Duncan leva les mains devant lui et dit quelque chose. Les matelots le regardèrent, puis se tournèrent vers Neil, qui hocha la tête avant de parler à son tour. Ses paroles durent porter leurs fruits, car les matelots, plus calmes, commencèrent à s'éloigner, non sans lancer au passage quelques remarques à l'accusé.

Quand ils furent partis, Calum sortit de l'ombre et se plaça face à l'homme. Il tenait un pistolet dans chaque main et un rictus menaçant déformait son visage. Eileen voulut s'avancer, mais Duncan et Neil, qui s'étaient aperçus de sa présence, s'interposèrent.

— Descendez, Eileen, ordonna Neil avec douceur.

— Que s'est-il passé ? demanda-t-elle.

Duncan jeta un coup d'œil en direction de l'accusé.

— Plusieurs vols ont été commis, et certains membres de l'équipage pensent que c'est Desmond le voleur.

— Vous n'avez aucune preuve ! hurla le nommé Desmond.

— Non, reconnut Duncan. Mais tu ne retourneras pas avec les autres.

— Ils m'accusent parce que je suis un MacLeod, c'est tout !

Lançant une œillade noire à Neil, il cracha à ses pieds.

Neil se contenta de le dévisager d'un air glacial, mais Calum fit un pas en avant et lâcha quelques phrases sèches qui forcèrent Desmond à baisser les yeux. Calum s'adressa alors à Neil, qui acquiesça et lui mit la main sur l'épaule.

Après un dernier regard à Neil, Eileen descendit dans sa cabine. En se déshabillant, elle aperçut son reflet dans le petit miroir au-dessus du coffre. Ses lèvres étaient gonflées, son chignon à demi défait. Pas étonnant que Duncan lui ait lancé un regard acéré, songea-t-elle en ôtant les pinces restantes de ses cheveux.

Un martèlement de bottes dans la coursive la réveilla juste avant l'aube. Une partie de l'équipage se précipitait vers le pont. Eileen s'assit en entendant la voix de Neil de l'autre côté de la porte.

— Eileen ?

Elle se leva rapidement pour lui ouvrir. Il n'avait pas pris le temps de rentrer sa tunique dans son pantalon et attachait en hâte son baudrier.

— Habillez-vous ! dit-il en glissant son épée dans sa ceinture. Nous sommes suivis par une frégate anglaise depuis le début de la nuit. J'ignore s'il faudra nous battre, mais mieux vaut être prêt.

— J'ai cru qu'il y avait encore un problème avec Desmond.

— Desmond ? Il ne mériterait pas tout ce branlebas. Habillez-vous et ne vous préoccupez pas de Desmond MacLeod.

Elle hocha la tête.

— Soyez prudent, Neil. Je vous en prie, faites attention à vous.

Il lui sourit et se pencha pour lui effleurer les lèvres d'un baiser.

— Ne vous inquiétez pas. Duncan est un capitaine hors pair. Restez ici.

Elle le regarda traverser la coursive en trois enjambées, disparaître dans l'escalier, puis se vêtit rapidement avant de gagner le pont. Veillant à ne pas gêner les hommes qui s'affairaient autour des gréements, elle rejoignit Neil et Duncan près du bastingage.

— Vous auriez dû rester en bas, la réprimanda Neil en la prenant par la taille.

Les yeux fixés sur le vaisseau anglais dans leur sillage, elle secoua la tête.

— Je préfère voir ce qui se passe plutôt que de me cacher en imaginant le pire.

— Ce qui se passe, c'est que nous les laissons approcher afin de savoir à quoi ils jouent, répondit Duncan.

— À votre avis, que veulent-ils ?

Duncan haussa les épaules.

— Nous ne devrions pas tarder à le savoir. Si, à un moment donné nous vous demandons de descendre, obéirez-vous ? s'enquit-il d'un air grave.

— Oui.

— Montrons-leur nos canons, dit Neil. Qu'ils voient que nous sommes prêts.

Duncan lança un ordre en gaélique.

— De là où ils se trouvent, ils devraient voir les canons se mettre en position, expliqua Neil tandis que Duncan donnait un autre ordre.

L'*Isabel* ralentit.

La frégate anglaise se rapprochait. Eileen distinguait leur pavillon à présent, les hommes dans les gréements. Plusieurs dizaines de soldats en rouge se pressaient sur le pont arrière.

Neil poussa un juron.

— C'est l'une des frégates de Linmargen, je la reconnais. Pourquoi diable navigue-t-elle vers le nord avec un équipage aussi important ?

Duncan lança un nouvel ordre. Les navires étaient suffisamment proches désormais pour discerner les traits des soldats ; ils avaient tous les yeux fixés sur l'*Isabel*. Certains désignaient les canons en criant quelque chose par-dessus leur épaule.

— L'homme à la barre doit être un novice, remarqua Neil. Ils sont à portée de tir alors qu'ils sont moins bien armés que nous.

Dans un silence lourd, les deux vaisseaux continuèrent à se rapprocher l'un de l'autre. Duncan leva un bras, prêt à commander le feu. Eileen tressaillit quand Neil la saisit soudain par les épaules et la poussa au sol, lui faisant un rempart de son corps. La frégate continuait à avancer. À son bord, les marins s'affairaient pour installer les canons.

Duncan interpella ses hommes en gaélique et commença le compte à rebours. La frégate trembla et vira brusquement à gauche pour s'éloigner de l'*Isabel*. Eileen la suivit des yeux, s'attendant déjà à la voir faire volte-face, mais elle poursuivit sa route vers le large.

Après avoir échangé quelques mots avec Duncan, Neil l'aida à se relever et, le bras passé autour de sa taille, suivit des yeux le vaisseau anglais. Comme ce dernier filait vers l'ouest, Duncan lança une remarque à ses hommes, qui éclatèrent de rire.

Neil s'esclaffa avec eux. Il riait encore quand il se tourna vers Eileen et lui prit la main.

— Désolé, mais je ne peux pas traduire ça.

Elle lui sourit.

— Je ne pense pas que ce soit nécessaire.

Il serra ses doigts un peu plus fort.

— Vous êtes très courageuse, Eileen. La plupart des femmes auraient préféré se réfugier dans le carré.

— Très cher seigneur Torridon, vous aurez l'occasion de vous rendre compte que je ne suis pas « la plupart des femmes. »

— Je l'ai compris dès notre rencontre, chère mademoiselle Ronley, répliqua-t-il.

Son expression se fit plus grave quand il jeta un coup d'œil autour d'eux et s'aperçut que plusieurs matelots les observaient avec intérêt.

— Descendons, vous voulez bien. Nous devons parler.

Elle plongea le regard dans le sien.

— Bien sûr.

Une fois dans sa cabine, Eileen sentit son humeur légère s'évanouir. Neil ferma la porte et s'y adossa. Il arborait une expression indéchiffrable, et ne s'approcha pas d'elle, ce qui en disait déjà beaucoup.

— Eileen, je… J'ai le plus grand respect pour vous, je veux que vous le sachiez.

Elle hocha la tête.

— C'est réciproque.

— Nous accosterons bientôt à loch Carron.

— Oui.

— Viendrez-vous à Torridon après votre visite à Glen Mothin ?

Elle acquiesça de nouveau en retenant son souffle.

— Même si je vous demande de m'y attendre quelque temps ?

— Je ne comprends pas. Où comptez-vous aller ?

— J'ai un problème à régler, mais je vous promets de rentrer rapidement. Alors, viendrez-vous ?

— Je vous trouve bien mystérieux.

— Il faut juste que je discute avec certaines personnes. Je vous expliquerai tout ensuite. Viendrez-vous à Torridon, Eileen ?

— Oui.

Elle attendit, mais il n'ajouta rien.

— Merci de l'invitation.

Il hocha la tête d'un air embarrassé et sortit. Elle contempla la porte un instant, puis éclata en sanglots. Elle avait espéré une déclaration d'amour, l'assurance que le sentiment qui les unissait serait bientôt consolidé, pas une simple invitation à visiter sa forteresse. Où était passé l'homme qui l'avait embrassée avec tant de passion quelques heures plus tôt ? S'était-elle montrée trop empressée, trop démonstrative ?

À qui devait-il parler de façon si urgente ? Avait-il besoin d'une quelconque permission pour lui déclarer sa flamme ? Il n'était pas marié, avait-il assuré, et il était comte, chef de son clan. À qui d'autre qu'elle avait-il besoin de demander la permission ?

Elle ne comprenait rien à cette histoire.

Loch Carron, songea Neil tandis que l'*Isabel* s'engageait dans les eaux plus tranquilles du bras de mer. Ils étaient presque arrivés. Ce voyage qu'il aurait voulu sans fin touchait à son terme. Une fois sur la terre ferme, ils retrouveraient le monde tel qu'il était et, avec lui, tous les soucis mis en suspens.

Il avait eu beaucoup de temps pour réfléchir la nuit dernière pendant qu'il surveillait Desmond en alternance avec Calum. Non qu'ils aient craint de le voir s'échapper, mais ils savaient que, sans leur présence, certains membres de l'équipage n'auraient pas hésité à s'en prendre à lui. Certes, ils n'avaient rien trouvé de compromettant dans ses affaires. Cependant, il se dégageait de lui une sournoiserie, une aura malsaine qui le rendait antipathique à tous, y compris lui. Le fait qu'il soit un MacLeod, ce que quelques-uns n'avaient pas manqué de mentionner, n'y était pour rien. Calum n'était-il pas également un MacLeod ? Pourtant, Neil avait une confiance totale en lui.

Quoi qu'il en soit, ce n'était pas à Desmond que Neil avait pensé durant les longues heures de la nuit, mais à Eileen. Il la désirait et comptait bien la faire sienne dès qu'il serait libre de le lui demander. En lui proposant de venir à Torridon, il avait pensé lui faire plaisir. Or, de manière étrange, elle avait réagi avec une certaine réserve et se montrait un peu plus distante à son égard depuis.

Attendait-elle autre chose de sa part ? Mais quoi ? Rien qu'il soit en mesure de lui offrir pour le moment, en tout cas, se rappela-t-il avec regret. Car, à moins de se mépriser lui-même, il ne pouvait exprimer la profondeur de ses sentiments en se sachant engagé à une autre. Il avait déjà perdu son sang-froid l'autre jour dans la cabine de Duncan. S'ils n'avaient pas été interrompus, nul doute qu'ils auraient fait l'amour à l'heure qu'il était.

Il n'avait jamais rien ressenti de tel auparavant, jamais désiré une femme aussi intensément ni éprouvé autant de plaisir à sa compagnie. Il admirait le courage d'Eileen, appréciait son intelligence et son humour. Dès qu'elle serait en sécurité à Torridon, il irait parler à Seaforth et à Fiona.

Affronter Seaforth ne serait pas facile. Depuis sa prison, le comte verrait sûrement son revirement comme une trahison. À l'instar de beaucoup, il le soupçonnerait de rompre ses liens avec lui pour se rallier à Guillaume. Et Phelan. Annoncer la nouvelle à Fiona ne serait pas plus aisé. L'abandonner ainsi après toutes ces années lui donnait l'impression d'être un moins que rien.

Certes, leur relation manquait de chaleur et il était possible que cette rupture la soulage, mais il en doutait. En tout cas, si elle agissait avec lui comme avec tous ceux qui avaient le malheur de la contrarier, elle ferait tout ce qui était en son pouvoir pour lui nuire.

Ce dont il ne la blâmait pas.

Si, au moins, il avait été certain des sentiments d'Eileen à son égard ! Mais autant ses baisers lui étaient doux, autant il souffrait de son manque de confiance. Jamais elle ne lui avait révélé que son père était peut-être le fils légitime du roi Charles ni pourquoi, selon elle, ses cousins la faisaient suivre. Elle n'avait même pas répondu à ses questions concernant sa visite à Howard Templeton. Elle devait pourtant savoir, ou du moins se douter, que quelques-uns voyaient en elle l'héritière naturelle du trône.

Désirait-elle le pouvoir ? Le sang des Stuart dans ses veines était-il assez puissant pour la pousser à devenir reine ? Il s'était dit qu'elle quittait Londres pour toujours, mais n'envisageait-elle pas plutôt de se constituer une base en Écosse afin de réclamer la couronne d'Angleterre ? Il n'avait aucune envie de se lancer dans une telle aventure ; il était las de ces luttes incessantes, las des complots et des intrigues.

Ce qu'il voulait, avait-il compris au cours de ces derniers mois et plus encore ces derniers jours, c'était rentrer chez lui, épouser une femme qu'il aimait et fonder une famille. Il ne désirait rien de plus que ce qu'avait son frère, se sentir aussi heureux et comblé que lui.

Si Eileen était d'accord, ils se marieraient et s'établiraient à Torridon. Là, il serait en mesure de la protéger, même si le monde entier venait frapper à leur porte pour la chercher. Il imaginait leur vie au château, les jours partagés, leurs corps l'un près de l'autre chaque nuit, la sensation de ses seins sous ses caresses, de ses longues jambes enroulées autour de sa taille…

Si elle était d'accord… Ce qui n'avait rien de certain. Un moment, il avait été sûr de lui plaire, puis elle s'était brusquement éloignée sans raison apparente. En fait, il ne la connaissait pas. Il ne pouvait que la conduire à Glen Mothin comme promis et attendre de voir ce qui se passerait ensuite.

Glen Mothin. Comment réagirait Phelan devant l'arrivée inattendue de la fille de Catriona ? La rejetterait-il comme il avait rejeté sa mère ou lui réserverait-il un accueil mitigé qui se réchaufferait lorsqu'il découvrirait l'avantage qu'il pouvait en tirer ?

Car, même si son père n'était pas légitime, Eileen n'en restait pas moins l'aînée des petits-enfants de Charles II. Si Anne et Guillaume mouraient sans héritier, certains se rappelleraient sûrement qu'elle avait du sang royal, et Phelan ne manquerait pas d'essayer d'en tirer profit pour accroître son pouvoir en Écosse sinon en Angleterre. S'il obtenait la preuve de la légitimité d'Adam, peut-être même la pousserait-il à réclamer la couronne. Y compris par la force et la guerre ?

Et lui, comment réagirait-il si Eileen acceptait de l'épouser et désirait devenir reine ? Serait-il prêt à risquer l'opprobre de tous pour la satisfaire ? Probablement, s'avoua-t-il, effrayé par la puissance de ses sentiments.

Oui, si Eileen acceptait de devenir sa femme, il braverait tout pour elle. Et si elle refusait, il rentrerait chez lui, édifierait la nouvelle aile et trouverait une épouse pour s'y installer avec lui. Pas Fiona, de cela il était maintenant certain. Avec le temps, sa passion pour Eileen s'affaiblirait; elle deviendrait un souvenir.

Il offrit son visage au vent et inspira l'air froid empli de senteurs de pin. Il serait bientôt fixé.

Eileen rejoignit Neil à la proue du navire pour regarder la rive se rapprocher. Un jour de marche à travers la montagne les séparait de Glen Mothin. Ce soir, elle se retrouverait face à son grand-père, à son avenir.

Elle tourna la tête vers Neil. Il lui adressa un petit sourire, avant de reporter son attention sur la côte. Il se montrait étonnamment distant depuis le réveil. Avec un soupir, elle contempla à son tour les collines sombres qui longeaient le bras de mer.

Malgré l'heure matinale, l'*Isabel* n'était pas seul dans le loch, où évoluaient déjà une dizaine d'embarcations de pêche. Duncan se pencha par-dessus le bastingage pour parler aux hommes à leur bord. Lorsqu'il se redressa, il paraissait soucieux.

— Nous devrions peut-être modifier nos plans, dit-il en rejoignant Neil. La frégate anglaise de l'autre jour a été vue plusieurs fois dans le port et des soldats ont débarqué. Les pêcheurs ignorent où ils sont allés.

— Nous nous arrêterons au village le plus proche pour interroger les paysans, répondit Neil.

— Si tu veux, mais je refuse de laisser mon navire ici. C'est trop dangereux.

Neil hocha la tête.

— Nous trouverons un endroit sûr ou nous resterons à bord.

Les informations qu'ils obtinrent au village étaient mitigées. D'après les agriculteurs, la frégate avait accosté de nombreuses fois au cours des semaines passées. On racontait que l'un des officiers anglais avait une aventure avec une villageoise à l'intérieur des terres. Bien qu'il n'y ait encore eu aucun incident, tout le monde estimait que l'*Isabel* ferait mieux de ne pas s'attarder trop longtemps.

Il y avait un autre problème : il ne restait que deux chevaux dans le secteur, les Anglais ayant acheté tous les autres. Quant à ces oubliés, il suffisait de les voir pour comprendre pourquoi ils les avaient laissés. Il s'agissait de deux pauvres haridelles de si petite taille que Duncan et Neil eurent les pieds qui traînaient par terre une fois juchés sur leur dos. Finalement, il fut décidé que Neil et Eileen partiraient en avant avec elles tandis que Duncan et Calum les rattraperaient dès qu'ils auraient trouvé des montures plus fraîches dans les environs.

En entendant cela, Eileen sentit son cœur s'accélérer. Neil et elle voyageraient seuls. Peut-être pourraient-ils enfin parler sans être interrompus. En arrivant à Glen Mothin, elle connaîtrait les sentiments de Neil à son égard.

13

Les arbres – sorbiers des oiseleurs, hêtres, sapins et pins, mêlés à d'autres essences inconnues d'Eileen – formaient une arche dense et luxuriante au-dessus de leurs têtes. De hautes fougères s'élevaient de chaque côté du chemin couvert de mousse. Laissée à elle-même, la forêt ne tarderait pas à recouvrir le passage ouvert par la main de l'homme, songea Eileen.

Neil en avait parlé comme d'une route, mais il s'agissait d'un sentier. Aucun attelage ne pouvait espérer y passer, juste des chevaux, à deux de front au maximum. Une manière de garder les Anglais à l'écart, lui avait confié Neil en souriant. Cela avait été son seul sourire de la journée. Car s'il s'était montré courtois, il n'avait eu aucun geste, aucun regard susceptible de rappeler le moment qu'ils avaient partagé quelques jours plus tôt. Elle s'était totalement trompée sur ses sentiments, en conclut-elle, le cœur serré.

Bien qu'ils n'aient pas croisé âme qui vive depuis le début de la matinée, Eileen eut soudain la désagréable sensation d'être suivie. Quelqu'un les observait. Neil chevauchait devant elle, tournant régulièrement la tête pour scruter les arbres autour d'eux. D'un coup de talon, elle le rejoignit.

— J'ai l'impression qu'on nous épie, murmura-t-elle.

— Oui, acquiesça-t-il avec calme. Vous avez sûrement raison.

— Que comptez-vous faire ?

— Verser du vin sur le sol au déjeuner.

— Pardon ?

Il lâcha un rire.

— Ne me regardez pas ainsi, Eileen. Nous vous avons prévenue sur le bateau, vous devez oublier vos manières de penser londoniennes.

— Ce qui signifie ?

— Que vous avez raison. Nous ne sommes pas seuls, on nous observe.

— Qui ?

— Bonne question. Les gens leur donnent toutes sortes de noms, mais j'ignore qui ils sont vraiment. Esprits des bois, fantômes ou simplement des êtres assez habiles pour n'être pas repérés... Je sens aussi leur présence.

— Des esprits ou des fantômes ? Vous ne croyez tout de même pas à ces sottises !

— À Londres, certainement pas. Là-bas, c'est le domaine des humains. Ici, tout est si différent. Nous sommes sur une terre très ancienne, Eileen, où beaucoup d'autres ont vécu avant nous. Entendez-vous le vent dans les feuillages ?

— Oui.

— Moi aussi. Ce n'est pas le cas de tout le monde, vous savez. Sentez-vous la brise sur votre visage ?

— Non.

— Alors de quoi s'agit-il ? Le souffle passe-t-il au-dessus de nos têtes ?

— C'est possible.

— En effet, mais pourquoi les feuilles ne frémissent-elles pas ? Les voyez-vous bouger ?

Eileen leva les yeux. Tout était immobile, pas une feuille ne tremblait.

— Non.

— Comment expliquez-vous ce murmure alors ?

— Des gens ? Qui se cacheraient ?

— Ce serait surprenant. Il y a bien quelques villages devant nous, mais pas avant plusieurs lieues. Vous remarquerez tout de suite la différence quand nous nous rapprocherons des hommes.

— Ce phénomène se produit-il seulement ici ?

— Mon Dieu, non. On le ressent plutôt moins ici qu'en beaucoup d'autres endroits. Certains lieux sont comme habités ; ils ont une âme, un caractère propre.

— Est-ce le cas de Torridon ?

Il réfléchit à la question avant de répondre :

— La terre de Torridon possède une puissance particulière, une force qui vous fait comprendre que vous ne pourrez jamais la dominer. À cause des montagnes tout autour, j'imagine.

— Ou des hommes qui y vivent, suggéra-t-elle en souriant.

— Peut-être. Mon grand-père et mon père étaient assez impressionnants.

— Vous aussi.

Il lui rendit son sourire, et elle se rendit compte qu'elle n'avait plus peur. Au-dessus d'elle, les arbres soupirèrent – un son qui, cette fois, lui parut presque réconfortant. Londres était si loin…

Ils s'arrêtèrent au bord d'un torrent pour déjeuner. La végétation était toujours aussi fournie, mais moins haute, composée de buissons et de plantes sur lesquels fleurissaient quelques bourgeons. Eileen remarqua également, mêlées à des fleurs violettes dont elle ignorait le nom, quelques roses sauvages. Et partout, des fougères par milliers. Le temps qu'elle dresse une table de fortune sur un plaid, Neil avait attaché les chevaux et la rejoignait, un bouquet à la main.

— Pour la plus belle fille du royaume.

Dissimulant sa surprise, elle accepta le cadeau en souriant. Adossé à un rocher, Neil parla de tout et de rien. De la cascade en aval, du lièvre qui les épiait dans un buisson proche, des nuages filant dans le ciel... Il but une rasade de whisky, puis déboucha le vin et en versa trois gouttes sur le sol.

— Pour les dieux d'ici, expliqua-t-il avec un petit rire. Au cas où ce qu'on nous enseigne à l'église serait faux.

Elle s'esclaffa avec lui, se rendant compte combien une telle scène lui aurait paru inconcevable un mois plus tôt. Elle était assise sur un rocher au milieu de la forêt, les cheveux emmêlés, vêtue d'habits poussiéreux et élimés et de chaussures boueuses. Si seulement Mme Landers avait pu la voir en ce moment !

Neil coupa le pain et le fromage. Ses cheveux brillaient d'un noir bleuté, ses longues mains maniaient habilement le couteau. Eileen se détourna, essayant de chasser les images qui lui venaient à l'esprit en imaginant leurs caresses sur son corps. Il lui tendit un morceau de pain en souriant, prolongeant le contact de leurs doigts un peu plus que nécessaire. Il était l'homme le plus séduisant qu'elle ait jamais rencontré. L'effleurement le plus innocent de sa part faisait naître en elle des pensées indécentes, lui donnait envie de se jeter sur lui et de découvrir où cela les mènerait.

Soudain, elle n'avait plus envie de penser à l'avenir ni de se poser de questions. Elle voulait juste profiter de l'instant, s'abandonner à la douce intimité de ce déjeuner qui, lorsqu'ils seraient à Glen Mothin, deviendrait un simple souvenir.

— Parlez-moi de votre famille, proposa-t-elle pour tenter de recouvrer son sang-froid.

— Ma famille ? Eh bien, vous connaissez Duncan ; mon frère Jamie est un autre moi-même. Et il y a aussi Ellen, sa femme. Nous ne nous aimions guère, au début.

— Et à présent ?

— C'est tout le contraire. J'ai beaucoup d'estime pour Ellen. Jamie et elle ont un fils, John, encore un bébé, mais il grandit vite. Ma mère Anne et ma grand-mère Mairi vivent également avec nous.

— Et votre père ?

— Il est mort il y a plusieurs années. C'était un homme bon, un chef hors pair.

— Il vous manque ?

— Beaucoup. Heureusement, il me rend visite de temps à autre.

— Vraiment ?

Neil hocha la tête.

— Je sais que c'est difficile à comprendre, Eileen, mais je sens son esprit à Torridon. Quand je pars, je lui demande toujours de veiller sur le clan et la famille.

— Il vous écoute ?

— Jusqu'ici, toujours. J'ignore s'il est vraiment présent ou si je suis victime de toutes ces légendes ou de mes souvenirs. En tout cas, j'essaie d'agir comme lui-même l'aurait fait.

— Croyait-il à la prophétie ?

— Non. Jusqu'à cette nuit où la foudre a fendu le chêne en deux. Après, il a changé d'avis.

Avec un petit rire, il ajouta :

— Comme tout le monde, d'ailleurs.

— Donc, vous entameriez cinquante années de paix.

Neil haussa les épaules.

— Je ne sais pas. Je peux juste parler du passé, pas de l'avenir.

— Vous êtes encore sceptique, alors ?

— J'aimerais me dire que je vais rentrer chez moi et vivre tranquillement auprès des miens, répondit-il en plongeant les yeux dans les siens. Penser que les MacCurrie traverseront un demi-siècle sans guerre et que ce sera en partie grâce à moi. Mais comment en être certain ?

— Envisagez-vous de retourner vous battre un jour ?

— Il faudrait une sacrée bonne raison pour m'y contraindre.

Ces derniers mots la laissèrent songeuse ; elle sentit la présence de la lettre de sa grand-mère sous son corsage.

— À vous maintenant, proposa Neil. Parlez-moi de votre mère. Ressemblait-elle à Duncan ?

— D'une certaine manière. Elle était grande et ses cheveux avaient la même nuance de roux. Il a également son sourire, et il rit beaucoup, comme elle lorsque nous étions petites.

— Sa mort a dû être une épreuve terrible pour vous.

— Oui. Même si elle n'était plus vraiment là-même depuis la mort de ma sœur. Ce drame a marqué le début de tous nos problèmes.

— De quoi est morte votre sœur ?

— La variole. Ma mère a toujours pensé que ça ne serait pas arrivé si nous n'avions pas été à Londres. Malheureusement, le fléau sévissait partout. Ma sœur avait douze ans et moi quatorze. Nous avons été atteintes toutes les deux, mais j'ai survécu… Pas elle.

Le regard perdu dans la frondaison, elle poursuivit.

— Je l'aimais énormément. J'ai toujours pensé que j'aurais dû la protéger que, d'une certaine façon, j'étais responsable.

— Comment cela ? Vous n'étiez vous-même qu'une enfant.

— Je sais, répondit-elle avec un pauvre sourire. Mais je n'ai toujours pas compris pourquoi je m'en étais sortie. C'est comme si j'avais été sauvée pour une raison particulière, comme si j'avais une mission à accomplir, à...

Elle n'acheva pas sa phrase. Changeant brusquement de sujet, elle demanda :

— Phelan a-t-il d'autres petits-enfants, outre Duncan et moi ?

Neil hocha la tête.

— Duncan est son seul petit-fils, mais il a cinq, peut-être six petites-filles à part vous.

— Donc, j'ai plusieurs cousines. Comment s'appellent-elles ?

— Je n'ai gardé d'elles qu'un vague souvenir, avoua Neil en lui tendant un morceau de fromage. La seule dont je me souvienne vraiment est Adara.

Elle lui lança un regard acéré.

— Pourquoi ?

Il but une gorgée de whisky.

— Pourquoi je me souviens d'Adara ?

— Oui.

— Probablement parce que c'était la plus proche de moi en âge.

— Et ?

Il sourit.

— C'était une compagne de jeux très enthousiaste, toujours partante.

— Pour aller où ?

Il plongea son regard dans le sien. Une lueur amusée brillait dans ses prunelles.

— Assez loin.

— Je vois...

— J'imagine qu'elle est mariée et mère d'une grande famille, aujourd'hui.

— Sans doute.

— Et qu'elle a oublié jusqu'à mon existence.
— Bien sûr, vous êtes si ordinaire !
— Réellement ?
— Non.
Elle le considéra, la tête penchée sur le côté.
— Adara, hein ? reprit-elle au bout d'un instant.
— Que se passe-t-il ? Seriez-vous jalouse par hasard ? plaisanta-t-il.
— J'en ai bien l'impression.
Il rit et lui saisit sa nuque pour l'embrasser. Il avait le goût délicat du whisky ; elle se laissa aller avec l'envie qu'il oublie Adara pour ne plus penser qu'à elle. Derrière eux, les feuilles bruissèrent ; des aiguilles de pin tombèrent sur le sol. Une bénédiction, songea-t-elle en s'abandonnant au baiser de Neil.
— Eileen, murmura-t-il en l'aidant à se lever pour la serrer contre lui. Eileen, vous êtes si douce.
Lorsqu'il l'étreignit, elle sentit la force de son désir contre son ventre. Lentement, il délaça le cordon de son décolleté, le regard verrouillé au sien tandis qu'il glissait les doigts entre l'étoffe et la peau et repoussait le fin tissu. La tête renversée, elle lui offrit son cou, sur lequel il déposa un collier de baisers avant de descendre plus bas.
Elle lui caressa le dos, laissant ses mains s'égarer sur sa taille, ses fesses. C'était la première fois qu'elle touchait ainsi un homme. Les muscles étaient durs sous le tissu de laine et elle se demanda quel effet cela ferait de sentir sa peau contre la sienne.
Quand il referma les lèvres sur la pointe de son sein, elle poussa un petit gémissement.
— Oh ! Eileen, Eileen…
Dans une sorte de brume, elle entendit le flacon de vin se renverser sur les rochers près d'eux et tomber avec un bruit mat dans les fougères. Elle sentit l'ombre des nuages glisser un instant sur eux avant de laisser de nouveau la place à la chaleur du

soleil sur leurs corps. Ou s'agissait-il de sa propre chaleur ?

Gagnée par une audace nouvelle, elle remonta la tunique de Neil et passa ses mains dessous. Elle voulait sentir le contact de sa peau, se griser de son odeur virile.

Neil ôta une à une les pinces de ses cheveux et enfouit son visage dans les longues boucles soulevées par la brise. Avec un soupir rauque, Eileen se laissa tomber sur le sol, l'entraînant avec elle.

James MacCurrie redressa la tête et se leva du bureau où il travaillait pour gagner la fenêtre dominant loch Torridon. En contrebas, les hommes s'agitaient autour des embarcations de pêche et des navires de guerre. Pourtant, ce n'étaient pas les sons familiers du port qui résonnaient à ses oreilles, mais le bruissement du vent dans les arbres.

Et un soupir de femme.

Neil. La cassure dans le lien les unissant était presque palpable. Neil l'avait exclu, il avait fermé le portail à travers lequel ils communiquaient.

Un tel phénomène s'était déjà produit mais alors, c'était lui qui avait rejeté Neil hors de ses pensées. Il posa les mains sur la pierre tiède de la fenêtre.

Eileen Ronley.

Il avait toujours su que son frère était parti la rejoindre et, apparemment, il avait réussi. Neil n'avait aucune raison de se presser de rentrer. Tout allait bien à Torridon malgré les événements de Glencoe et la présence des frégates anglaises le long des côtes.

James entendit un nouveau soupir, puis la voix de son frère murmurant des mots d'amour en gaélique. Eileen comprenait-elle ce qu'il lui disait ?

Il souhaitait à Neil le même bonheur que celui qu'il connaissait avec Ellen, même s'il savait que son jumeau devrait surmonter beaucoup d'embûches avant d'y parvenir.

Au début de l'été, Neil rentrerait diriger Torridon et le clan tandis que lui-même accompagnerait Ellen chez sa mère à Netherby. Pour le moment, malgré quelques troubles sporadiques dans les Highlands, le domaine des MacCurrie était calme, mais combien de temps cela durerait-il ? Les cinquante années de paix annoncées seraient-elles au rendez-vous ou cette prophétie, à l'instar de toutes les autres, se réaliserait-elle sous une forme inattendue ?

Il envoya à son frère un message rassurant et approbateur.

Duncan jeta un coup d'œil au ciel et poussa un juron. Il pleuvrait avant le coucher du soleil. Comme s'ils avaient eu besoin de ça après tout ce temps perdu ! Après avoir amarré l'*Isabel* dans une petite crique, il s'était dirigé vers le village le plus proche dans l'espoir d'y dénicher une monture digne de ce nom. Mais, là comme ailleurs, il n'avait trouvé que des gens affables et prodigues de conseils. Durant des heures, il avait serré les dents en s'efforçant à la patience, se répétant que les villageois voulaient juste l'aider et qu'il devrait leur en être reconnaissant.

Enfin, au cœur de l'après-midi, il avait mis la main sur un robuste poney des Highlands bâti pour les montagnes. Puis il était retourné prendre son baluchon, avait confié le navire à Calum et s'était remis en route vers la vallée.

Neil et Eileen avançaient quelque part devant lui. Plus le temps passait, plus il regrettait d'avoir accepté de les laisser partir seuls. Si au moins ils avaient pris cinq ou six hommes avec eux ! Phelan était imprévisible, et il y avait cet officier anglais en visite chez sa maîtresse quelque part. Que se passerait-il s'ils croisaient des Anglais en chemin ?

L'air se rafraîchit d'un coup quand il pénétra dans le sous-bois. Sourcils froncés, il contempla le sentier devant lui. Au bout se trouvait son grand-père. Rien ne garantissait que Phelan serait heureux de sa visite ou de celle d'Eileen. Ce voyage était peut-être une énorme erreur. Trop tard, estima-t-il. Il irait à Glen Mothin, et tant pis si son ombrageux aïeul s'en offusquait !

Neil leva les yeux vers les ramures. Le vent s'était levé et agitait les branches.

— Vous avez entendu ? demanda-t-il.

— Quoi ?

— Comme un craquement de brindilles.

Eileen émit un petit rire cristallin.

— Des fantômes, Neil, des esprits. Rien de plus.

Se redressant sur un coude, il suivit du doigt le contour de ses lèvres et l'embrassa. Il avait envie d'elle, aurait aimé lui faire l'amour là, sur-le-champ, baigné par le soleil et bercé par la brise.

Hélas ! il n'en avait pas le droit. À son corps défendant, il mit fin à leur étreinte. Il se haïssait déjà pour la peine qu'il s'apprêtait à lui faire. Pourquoi ne lui avait-il pas parlé plus tôt ? Comment avait-il pu laisser les choses en arriver là ?

— Eileen, je dois vous avouer quelque chose.

Elle se rembrunit. Son sourire laissa place à cette expression méfiante qu'il détestait tant.

— De quoi s'agit-il ? s'enquit-elle en ramenant son corselet sur ses seins.

— Je vous désire, Eileen, mais je ne peux pas vous faire l'amour.

— Pourquoi ?

— Je ne suis pas marié, mais je ne suis pas non plus totalement libre.

Elle le dévisagea.

— Que voulez-vous dire ?

Il s'assit et, incapable de soutenir son regard, détourna les yeux.

— Il y a plusieurs années de cela, Seaforth et moi sommes convenus que j'épouserai sa cousine Fiona. Nous n'avons signé aucun contrat, mais… c'est entendu ainsi.

Il tourna la tête vers elle, espérant qu'elle lui sourirait, lui dirait qu'elle comprenait.

Elle s'assit à son tour.

— C'est entendu ainsi, répéta-t-elle d'une voix blanche.

— Oui. Rien n'est signé, mais…

— Depuis des années. Vous savez cela depuis des années.

— Oui.

— Et vous ne m'en avez rien dit, même quand je vous ai demandé si vous étiez marié.

Il secoua la tête.

— Vous m'avez embrassée tout en sachant que vous épouserez Fiona.

— Non…

— Si !

Elle croisa les bras ; son regard était aussi glacial que sa voix.

— Comment avez-vous pu me laisser croire que je comptais pour vous ?

— C'est vrai, Eileen. Vous comptez énor…

— Je m'en rends compte, en effet, riposta-t-elle en se levant. Manifestement, une promesse n'a pas la même valeur pour vous et pour moi.

— Je n'ai rien promis.

— Ah non ? N'êtes-vous pas promis à Fiona ?

— Rien n'est signé.

— Mais vous avez un accord avec Seaforth. Merci d'avoir eu la courtoisie de m'en avertir avant qu'il ne soit trop tard. Ainsi je n'aurai que quelques baisers à regretter, pas un enfant.

Il bondit sur ses pieds pour lui faire face.

— Je suis désolé de n'avoir rien dit. J'ai essayé de vous parler, Eileen, franchement, plusieurs fois. Mais ça ne semblait jamais être le bon moment.

— Avant que vous m'embrassiez, Neil, voilà quel aurait été le bon moment. Avant que vous m'interpelliez par mon prénom au beau milieu de la salle d'audience et que tout Londres pense que j'étais votre maîtresse. Avant de me proposer de m'emmener en Écosse et que j'accepte de voyager avec vous sans chaperon ! Avant tout cela, vous auriez dû m'avertir que vous n'étiez pas libre de…

Elle prit une longue inspiration, et reprit plus calmement :

— Je croyais que vous aviez des sentiments pour moi, que nous partagions quelque chose de spécial. Tous vos discours sur la destinée, notre lien si particulier… Dites-vous cela à toutes les femmes ?

— Non. Vous êtes la seule, Eileen. Je n'ai jamais dit ça à aucune autre.

— Je me suis conduite comme une idiote ! On m'avait pourtant mise en garde, mais je n'ai rien écouté. Je suppose que tout le monde sait que vous êtes engagé avec une autre.

— Je ne suis pas engagé.

— Comment avez-vous pu passer tout ce temps avec moi, parler, rire, m'embrasser et me laisser vous aimer avec ce secret au fond du cœur ? Comment avez-vous réussi à le garder pour vous ?

— De la même manière que vous avez gardé les vôtres.

— De quoi parlez-vous ?

— De la raison pour laquelle Guillaume et Mary vous surveillaient et voulaient vous marier à un étranger. De la légitimité possible de votre père et de tout ce que cela implique. Pas une fois vous n'y avez fait allusion. Vous étiez prête à me donner votre bouche, votre corps même, mais ni votre esprit ni votre cœur.

Elle recula d'un pas.

— Pourquoi vous êtes-vous tue, Eileen ? Vous aviez peur que je vous trahisse, que je vous utilise ? Vous vouliez bien m'accueillir dans votre lit, mais pas dans votre vie ? Pour cela, vous préfériez un Anglais fortuné susceptible de vous mener jusqu'au trône. À moins que vous n'espériez un prince ou un roi ? Est-ce la raison, Eileen ? Je ne suis pas assez bien pour votre sang royal ? Peut-être cette histoire est-elle une erreur depuis le départ.

— Peut-être, acquiesça-t-elle, livide.

Fou de rage, Neil se détourna et s'éloigna en direction des chevaux. Eileen s'assit sur une pierre, la tête dans les mains.

Le soleil approchait de l'horizon quand elle se réveilla. Après avoir pleuré un long moment, elle s'était finalement endormie, enveloppée dans le plaid. Elle était seule à présent, mais le flacon de vin posé bien droit à côté du pain et du fromage prouvait que Neil était passé.

Elle se tourna vers les chevaux qui étaient toujours attachés au même endroit. Elle repéra Neil non loin d'eux, qui la regardait. Il s'approcha, l'air inquiet, un doigt sur les lèvres.

— Pas de bruit, murmura-t-il. Il y a des soldats sur la route.

— Neil, dit-elle. Je ne voulais pas vous blesser.

— Moi non plus, Eileen. Jamais.

— Qu'allons-nous faire, maintenant ?

— Nous rendre à Glen Mothin.

— Vous savez ce que je veux dire.

Il s'assit près d'elle en soupirant.

— Je l'ignore, Eileen.

— Voulez-vous…

Le cri effrayé d'un oiseau au-dessus d'eux l'arrêta net.

Neil tira son épée et s'écarta pour faire face aux arbres. Il demeura immobile un moment, puis lui tendit un de ses pistolets avant de se diriger à pas de loup vers la forêt.

Il y avait une vingtaine d'hommes devant eux, lui annonça-t-il à son retour. Des soldats anglais armés jusqu'aux dents qui suivaient la direction de Glen Mothin.

— Est-il possible qu'ils aillent ailleurs que chez Phelan ? demanda Eileen.

— Il n'y a que des montagnes tout autour.

— Mon grand-père a soutenu Guillaume ; il ne serait pas surprenant qu'il cantonne une partie de son armée chez lui.

— En effet.

— Nous devrions rebrousser chemin. Trouver Duncan et partir.

— Je ne crois pas que vous couriez de danger particulier, Eileen.

— Mais vous, si.

Il secoua la tête.

— Phelan ne s'en prendra pas à moi. Il sait que cela viendrait rapidement aux oreilles de Jamie et que la moitié des Highlands serait avec lui quand il viendrait me venger.

— Seaforth est en prison, il ne peut pas vous aider.

— Il y a d'autres clans. Je nc me fais pas de souci pour moi.

— Attendons au moins qu'ils s'éloignent. Il ne faudrait pas les rattraper.

Neil jeta un coup d'œil à leurs montures et ricana.

— Avec ces haridelles ? Ce serait surprenant.

Neil ne s'était pas trompé ; ils progressaient à un rythme de tortue. Le jour touchait à sa fin et ils n'avaient pas parcouru plus de cinq lieues, mais Eileen s'en moquait. Elle n'était pas pressée d'atteindre Glen Mothin ni de rencontrer son grand-père. Ce qu'elle voulait, c'était surmonter sa colère et retrouver la joie des jours précédents. Sa méfiance envers Neil lui semblait tellement ridicule, à présent ! Même si…

Certes, elle aurait dû lui parler de la lettre de sa grand-mère, mais comment être certaine qu'il ne la trahirait pas ? Ses compliments, ses baisers ardents, que valaient-ils ? Il ne lui avait même jamais déclaré son amour. Attendait-il de voir si un futur était possible avec elle avant de mettre fin à sa relation avec Fiona ?

Mais que pouvait-on savoir à l'avance ? Elle avait vu tant de couples bancals autour d'elle, tant de femmes, y compris sa propre mère, brisées par les infidélités de leur mari, tant d'hommes – son grand-père, son père et beaucoup d'autres – affirmer haut et fort qu'ils adoraient leur épouse tout en se préparant pour en retrouver une autre.

Jack. Le souvenir du fidèle serviteur de Ronley Hall s'imposa soudain à elle. Jack adorait son Emmy, et celle-ci le lui rendait bien. Un amour véritable et durable était donc possible, puisque Jack l'avait trouvé.

Quels sentiments animaient Neil ? Était-il vraiment furieux parce qu'elle s'était méfiée de lui ou plutôt parce qu'elle ne l'avait pas prié d'être son prince consort ? L'aimait-il ou voyait-il simplement en elle la femme qui lui permettrait de devenir roi ?

Elle le regarda chevaucher devant elle, le dos droit. C'était un guerrier, un chef. Un homme fier. Non, elle ne parvenait pas l'imaginer mentir et feindre par ambition. Son sourire était trop franc, son regard trop direct. Tant pis si elle se trompait ; elle aimait cet homme et n'avait aucune envie de combattre ce sentiment.

« Il n'est pas d'amours éternelles », disait le proverbe. Devait-elle le croire ?

Un martèlement de sabots derrière eux la tira de ses pensées. Cette fois, il ne s'agissait pas d'esprits ou de fantômes : le bruit était de plus en plus distinct et se rapprochait dangereusement. Des chevaux, nombreux à en juger par le bruit, arrivaient dans leur direction.

Elle vit Neil regarder à droite et à gauche à la recherche d'une cachette. Hélas ! un talus rocheux impraticable à cheval d'un côté et les eaux tumultueuses du torrent de l'autre rendaient toute fuite impossible. Il tira son épée.

— Passez devant Eileen. Voyez si vous pouvez convaincre cette carne de galoper.

Eileen talonna sa monture, mais rien n'y fit. Neil n'eut pas plus de succès avec la sienne. Alors, poussant un juron, il sauta à terre, lui tendit la main pour l'aider à descendre et jeta en hâte leurs sacs dans les buissons.

— Grimpez ! ordonna-t-il en l'aidant à monter sur les rochers.

Elle obéit, Neil sur les talons. Ils venaient à peine de s'accroupir dans l'ombre d'un arbre quand le premier cavalier apparut. Cinq soldats anglais passèrent en trombe, suivis de cinq autres, puis d'un autre groupe trop important pour être dénombré. Ils disparurent en un éclair, mais Eileen les entendit bientôt s'arrêter avec des cris de surprise tandis que s'élevait un hennissement effrayé.

Les Anglais discutaient à présent, probablement intrigués par les deux haridelles abandonnées au milieu du chemin. Neil se redressa prudemment puis, lui faisant signe de ne pas bouger, entreprit d'escalader les rochers au-dessus d'eux.

Eileen le suivit des yeux, de plus en plus inquiète. Quand il fut hors de sa vue, elle se rendit compte qu'elle tremblait de peur. Mon Dieu ! Pourquoi l'avait-elle laissé partir ? Que pouvait-il espérer faire seul contre tant de soldats armés ?

À l'entour, la forêt silencieuse semblait attendre avec elle. Soudain, des feuilles mortes craquèrent derrière elle. Le cœur battant, elle fit volte-face. Personne. Ses cheveux se hérissèrent sur sa nuque. Quelqu'un l'observait, elle en était certaine. Elle se mit à prier silencieusement.

À plat ventre sur une roche dominant la route, Neil regarda les soldats s'attrouper autour de son cheval et de celui d'Eileen. Tout à coup, l'un d'eux rebroussa chemin et revint peu après en brandissant l'un des sacs d'Eileen comme s'il avait trouvé un trésor. Il en vida le contenu au sol, puis sauta de sa selle pour l'examiner. Plusieurs de ses compagnons se joignirent à lui.

Les chaussures d'Eileen finirent dans les buissons, sa brosse à cheveux en argent fichée dans la ceinture d'un soldat, et sa lingerie jetée dans la boue avec moult rires gras et commentaires obscènes. Pourtant, malgré leur comportement grossier, Neil ignora ces soudards. Il était beaucoup plus intéressé par les deux officiers restés à l'écart en compagnie d'un troisième homme. Un Écossais, à en juger par son pantalon de tartan.

Quand celui-ci s'avança d'un pas et sortit de l'ombre, Neil étouffa un juron. Que diable faisait Desmond MacLeod avec ces Anglais ?

Juste avant de quitter le navire, Neil avait entendu Duncan lui refuser l'autorisation de débarquer, estimant qu'il serait plus en sécurité à bord en attendant leur retour. Était-il possible qu'il ait changé d'avis ? Ou Desmond avait-il débarqué malgré l'interdiction ?

Quoi qu'il en soit, Desmond avait de toute évidence averti les Anglais de leurs intentions. Sans doute chevauchait-il avec eux dans le but d'annoncer leur visite à Phelan. Il y avait un traître parmi eux, un Judas prêt à se vendre au plus offrant. Sans même s'en rendre compte, Neil porta la main à son pistolet. Lorsqu'il voulut s'en emparer, une poigne de fer se referma sur son épaule.

— Pas un geste ! ordonna un homme en gaélique.

14

Neil se raidit en sentant le contact froid d'un pistolet contre sa tempe.

— Descendez de ce rocher !

Neil s'exécuta et se retourna lentement vers son interlocuteur. Bien qu'ayant dépassé la cinquantaine, il semblait encore en forme ; son visage buriné arborait une expression tranquille, mais une vigilance inquiète animait son regard. Derrière lui, quatre hommes attendaient, tous plus jeunes et avec un air de ressemblance. Ses fils probablement.

— Qui êtes-vous ? murmura Neil.

— J'allais vous poser la même question. Nous habitons le village un peu plus haut sur la route. Je n'ai pas besoin d'une tête brûlée provoquant les Anglais à proximité de ma maison. Nous vous avons vu passer avec la jeune dame et vous cacher. Qui êtes-vous, monsieur ?

— Neil MacCurrie. Comte de Torridon.

— Torridon. Vous vous êtes battu du côté du roi James.

Incertain de ce qu'il se passerait s'il répondait par l'affirmative, Neil resta silencieux. L'homme lâcha un petit rire.

— Ce n'était pas une question, Torridon. Nous sommes du même bord.

— Les gens de Phelan n'ont pas soutenu James Stuart.

— Exact. Mais nous ne faisons pas partie du clan de Phelan, même si nous nous nommons MacKenzie et habitons la même vallée.

— Que me voulez-vous ?

— Pour l'instant, j'aimerais avoir l'assurance que vous n'attaquerez pas les soldats tant qu'ils se borneront à fouiller dans les affaires de la dame.

— D'accord.

— Parfait. Maintenant, éloignons-nous d'ici pour parler tranquilles.

MacKenzie lui fit signe de suivre l'un de ses fils avant de leur emboîter le pas. Deux autres garçons grimpèrent sur la roche où il se trouvait tout à l'heure, tandis que le quatrième s'en allait vers le nord sur un sentier parallèle.

— Qu'êtes-vous venu faire à Glen Mothin ? demanda MacKenzie après quelques minutes de marche.

— Rendre visite à Phelan. Est-ce habituel, tous ces Anglais sur les routes ?

— Non. Ils vont au mariage.

— Quel mariage ?

— La dernière petite-fille de Phelan épouse un soldat anglais. Ils sont invités.

Plissant les yeux, MacKenzie ajouta :

— Apparemment, vous avez changé de camp, depuis Killiecrankie.

— Non.

— Torridon, vous vous rendez chez Phelan avec votre dame. Vous ne l'auriez pas emmenée sans escorte si vous n'étiez pas certain de ne courir aucun danger. À mon avis, vous êtes invités à la cérémonie.

— Nous n'étions même pas au courant de ce mariage. Nous tombons juste à un mauvais moment.

MacKenzie se frotta le menton.

— Ça c'est sûr. Maintenant, répondez-moi : pourquoi un chef de clan de l'ouest du pays rend-il visite à Phelan MacKenzie ?

— Mon cousin est son petit-fils.

— Phelan n'a qu'un petit-fils, et nous ne l'avons pas vu depuis des années.

— En effet. Il vit à Torridon.

— Son nom ?

— Duncan MacKenzie.

— Pourquoi n'est-il pas avec vous ?

— Il est quelque part en arrière. Nous avons eu quelques difficultés à trouver des chevaux.

— C'est un long voyage, depuis Torridon.

— Oui, et nous avons mal choisi notre moment. Baissez votre arme, MacKenzie. Je ne constitue une menace pour aucun de vous. Le temps de rassembler nos affaires, et nous reprendrons notre route.

— Vous pouvez dormir chez moi. Nous vous accompagnerons chez Phelan demain.

— Je croyais que vous aviez peur que les soldats viennent dans votre village en nous cherchant ?

— Voilà des mois qu'ils le traversent. Si personne ne les importune, ils continueront leur chemin comme d'habitude.

— Ils ont découvert nos chevaux, ils savent que nous devons être quelque part.

— Ils penseront qu'il s'agit d'invités se rendant au mariage. En tout cas, c'est ce que répondront mes garçons si on leur pose des questions.

— Combien d'hommes avez-vous ?

MacKenzie sourit.

— Plus que vous, Torridon. Allez, mon garçon, vous n'avez guère le choix. Acceptez-vous mon hospitalité ou dois-je vous abattre ici ?

— Si vous tirez, les soldats vous entendront.

— Ils doivent être loin, à l'heure qu'il est. Il n'y a personne d'autre que vous, moi et mes hommes.

Suivez-nous et nous attendrons ensemble Duncan MacKenzie. Plusieurs personnes au village le connaissent. S'il vient et confirme vos dires, nous vous escorterons chez Phelan demain matin.

Il agita le canon de son pistolet en direction de la vallée.

— Je vous en prie, passez le premier. Nous récupérerons votre dame sur le chemin.

Eileen s'avança à croupetons et s'arrêta, l'oreille tendue. Elle avait vu l'un des soldats revenir au galop et ramasser son sac avant de faire demi-tour pour rejoindre ses compagnons. Cela n'avait pas d'importance. De toute manière, ils n'y trouveraient rien, hormis des vêtements. La lettre de sa grand-mère était toujours dans sa chemise et ses rares bijoux dans sa poche. Tout ce qu'ils apprendraient, c'était qu'il y avait une femme dans les environs.

Les cris et les rires s'étaient tus. Étaient-ils partis ou avaient-ils découvert Neil ? L'avaient-ils tué ? Emmené ? Elle s'avança encore, s'attendant déjà à entendre des craquements de brindilles dans son dos. Bien que certaine d'être épiée, elle n'était toujours pas parvenue à apercevoir son poursuivant. Il se contentait de l'observer tandis qu'elle se rapprochait de l'endroit où elle espérait trouver Neil.

Enfin, elle repéra la route en contrebas. Il n'y avait plus personne, juste son sac grand ouvert jeté sur le bas-côté. Elle dévala le talus, moitié glissant moitié courant, et se dissimula derrière un arbre. Là, elle attendit que son cœur se calme avant de s'avancer. La terre était piétinée là où les soldats s'étaient arrêtés. Elle ne vit aucune trace de leurs chevaux ni de Neil.

Soudain, elle se figea en avisant un jeune homme qui venait vers elle en tenant son second sac et celui de Neil. Un Highlander, nota-t-elle, vêtu d'un kilt et d'une veste de cuir. Il tira un pistolet de sa ceinture et le pointa sur elle.

Il lui dit quelque chose en gaélique et attendit sa réponse tandis qu'elle le fixait sans comprendre. Soudain, une voix s'éleva au-dessus d'eux, puis un homme un peu plus âgé apparut. Il fit signe à son compagnon d'abaisser son arme et s'inclina devant elle en souriant.

Légèrement rassurée par son attitude, elle demanda :

— À qui ai-je l'honneur, monsieur ?

Son interlocuteur écarta les mains en signe d'incompréhension.

— Neil MacCurrie ? Torridon ? Vous l'avez vu ?

Le plus jeune des deux tendit le doigt vers Glen Mothin, lui faisant comprendre qu'elle devait les suivre dans cette direction. Elle secoua la tête et voulut reprendre son sac, mais il refusa de le lui rendre. Quand elle se tourna vers l'autre dans l'espoir de lui faire comprendre qu'elle ne bougerait pas avant d'avoir retrouvé Neil, ce dernier s'était déjà détourné pour ramasser les vêtements éparpillés sur la route et les fourrer dans le second sac.

Ils la virent arriver sur la route de Glen-Mothin, escortée par deux Écossais qui portaient ses bagages. La tête haute, elle marchait comme une reine malgré sa robe couverte de boue et ses cheveux à moitié défaits.

— Eileen ! l'appela Neil.

— Neil ! Oh ! Dieu merci, vous êtes sain et sauf ! En entendant tous ces cris, j'ai cru…

— Les Anglais ont trouvé nos chevaux et vos sacs.

— Je sais. J'ai vu un soldat en ramasser un.

Neil la rejoignit et lui prit la main.

— Ça va ? Vous n'avez pas eu trop peur ?

Elle secoua la tête en souriant.

— Non, mais je crois que nous sommes prisonniers, dit-elle en français.

— En quelque sorte, répondit-il dans la même langue. Il paraît qu'ils connaissent Duncan. Ils veulent que nous allions chez eux en attendant que votre cousin leur confirme mes dires.

— Qui sont-ils ?

— Des MacKenzie. D'un autre clan que celui de votre grand-père. Ils auraient soutenu le roi James.

— Vous les croyez ?

— Je ne sais pas. Nous verrons bien. Il y a un mariage à Glen Mothin. L'une des petites-filles de Phelan épouse un soldat anglais, ce qui explique pourquoi il y en a tant ici.

— Et Duncan ?

— Ne vous inquiétez pas pour lui, il sait se débrouiller.

Levant les yeux vers le ciel orageux, il ajouta :

— Finalement, ce ne sera pas plus mal de dormir sous un toit cette nuit, n'est-ce pas ?

Duncan mit son plaid sur sa tête pour s'abriter de la pluie. Il avait rejoint la route de Glen Mothin et progressé sans encombre, excepté au moment où il avait dû se cacher dans les fourrés pour laisser passer les soldats anglais. Dieu merci, ils faisaient assez de bruit pour avertir de leur approche. Neil aurait également le temps de se dissimuler en les entendant.

Il avait espéré rejoindre son cousin et Eileen avant qu'il fasse nuit, mais la pluie risquait de modifier ses plans. Si elle continuait à s'intensifier, il devrait bientôt s'abriter pour la nuit. Mais où ? Il releva le plaid et commença à regarder autour de lui en demandant où Neil avait pu trouver refuge.

Un martèlement de sabots s'éleva derrière lui. Encore des soldats ? Où diable allaient-ils tous comme ça ? Il guida son cheval hors du chemin.

La route traversait le village au fond de la vallée avant de remonter en direction de Glen Mothin. À hauteur des premières habitations, deux sentinelles s'avancèrent. MacKenzie leur adressa quelques mots en gaéliques, auxquels ils répondirent aimablement avant de s'écarter pour les laisser passer. Après avoir emprunté un sentier sur la droite, ils débouchèrent devant une grande bâtisse entourée de champs. Leur hôte était un homme prospère, sans doute un métayer, se dit Neil en contemplant la maison et les terres.

— Bienvenue chez moi, déclara ce dernier à Eileen en anglais.

Souriant, il montra une femme qui se tenait sur le pas de la porte.

— Mon épouse, précisa-t-il. Entrez, madame. Torridon, venez à l'intérieur. Mes hommes nous préviendront dès qu'ils apercevront votre cousin.

Une heure plus tard, Neil se sentait rassuré. Les MacKenzie les avaient reçus avec beaucoup d'égards, les traitant comme des invités de marque. Ils leur avaient offert à manger et à boire, et la femme avait même insisté après le repas pour laver les vêtements boueux d'Eileen.

À présent, Eileen était assise avec elle et ses filles, avec qui elle communiquait tant bien que mal malgré la barrière de la langue. Quant à lui, il dégustait un savoureux whisky devant la cheminée en compagnie de son hôte.

— Depuis combien de temps nous observiez-vous ? s'enquit-il.

— Peu de temps. Depuis Glencoe, nous préférons surveiller la route et ceux qui l'empruntent.

Plongeant les yeux dans les siens, MacKenzie enchaîna :

— J'ai connu votre père ; je l'ai rencontré lors d'un rassemblement.

— Vraiment ?

— Oui, j'étais avec Phelan, à l'époque, je croyais encore qu'il serait un bon chef. Je me trompais. Mais votre père était un brave homme.

— C'est vrai.

— J'ai entendu dire qu'il était mort juste avant que Dundee soulève les clans en faveur de James Stuart.

— En effet.

— Nous avons perdu un autre homme de valeur avec Dundee. J'étais à Killiecrankie, vous savez. Je ne me souviens pas vous y avoir vu, mais j'ai su que votre frère y avait été blessé. J'ai été heureux d'apprendre qu'il avait survécu. Il a épousé la cousine de Dundee.

— C'est exact.

MacKenzie leva son verre.

— À Dundee. À votre père, et au bonheur de votre frère. Au roi James !

Neil porta un toast avec lui et avala d'un coup son whisky.

— À présent, si vous me donniez des nouvelles de Londres ?

Neil fronça les sourcils sans comprendre. Son hôte désigna Eileen du menton.

— Allons, vous ne comptiez pas me faire croire que votre dame vient des Highlands ? Elle a beau avoir le physique du pays, elle ne parle pas un mot de gaélique et ignore nos coutumes.

— Elle est à moitié écossaise.

— De quelle famille ?

— C'est important ?

— Ça pourrait l'être. En outre, j'aime bien savoir qui je reçois sous mon toit.

— Vous savez qui je suis.

— Uniquement qui vous affirmez être. Et même si j'ai tendance à vous croire, je suis certain que vous ne me dites pas tout. Par exemple, je me demande pourquoi vous emmenez une Anglaise avec vous chez Phelan.

Neil sourit.

— Vraiment ? Eh bien, moi, je me demande pourquoi vous soufflez le chaud et le froid, répliqua-t-il. Que diriez-vous de reparler de tout ça quand mon cousin sera là ?

— Ça me semble honnête, répondit MacKenzie en riant.

À l'approche du village, Duncan ralentit l'allure, découvrit sa tête et laissa sa main droite pendre à hauteur de son pistolet. Les hommes qui l'observaient vinrent à sa rencontre ; trois sur la gauche, deux sur la droite.

— Bonsoir, monsieur. Où allez-vous ?

— À Glen Mothin.

— Voulez-vous bien attendre un instant ?

Duncan regarda l'un d'eux s'élancer en courant dans un sentier proche.

— Où va-t-il ? demanda-t-il.

— Chercher le métayer.

— J'espère qu'il ne sera pas long, grommela Duncan. Je suis pressé.

— Ne vous inquiétez pas, monsieur. Il sera de retour dans quelques minutes.

Duncan attendit sur son cheval, dissimulant mal son agacement. Les sentinelles s'étaient montrées polies, presque amicales, mais il se sentait néanmoins inquiet. Si ces gens étaient de mèche avec les Anglais, sa vie ne vaudrait pas cher, et celle de Neil encore moins. Était-il possible qu'Eileen et Neil soient déjà tombés entre leurs griffes ?

— Avez-vous vu d'autres voyageurs aujourd'hui ? s'enquit-il.

— Quelques-uns.

L'homme se retourna en en entendant d'autres approcher.

— Duncan MacKenzie !

Duncan se pencha en avant, essayant de reconnaître dans l'obscurité celui qui l'interpellait ainsi.

— Monsieur ?

Un homme d'une quarantaine d'années au visage rougeaud s'approchait en souriant, la main tendue.

— Cela fait des années, mais je t'aurais reconnu n'importe où, mon garçon. Viens vite. Il y a un homme là qui se prétend ton cousin.

— Beathan MacKenzie ! s'exclama Duncan, le cœur soudain plus léger.

Il avait rencontré Beathan des années auparavant, lorsque celui-ci vivait à Glen Mothin. Tandis qu'il bondissait à terre pour lui serrer la main, il vit Neil sortir de l'ombre derrière lui.

— Lui ? s'esclaffa-t-il en le désignant. Jamais vu ce type-là de ma vie !

Ils burent et discutèrent jusqu'au cœur de la nuit, bien après que les femmes se furent retirées. Beathan leur raconta comment il avait quitté le château de Glen Mothin quelques années plus tôt, quand Phelan avait décidé de soutenir Guillaume alors que lui-même, fidèle au roi James, rejoignait les troupes de Dundee. Après la mort de ce dernier, il était rentré à Glen Mothin en espérant que Phelan, déjà âgé, mourrait bientôt.

— On ne peut pas dire que ce soit facile, expliqua-t-il. Avec ces hivers qui n'en finissent pas, il n'y a pas eu une seule bonne récolte depuis Killiecrankie. Mais bon an, mal an, on survit, même avec tous ces soldats qui traversent nos terres. Malgré mes craintes, ils ne nous ont jamais causé d'ennuis, mais vous vous doutez qu'après Glencoe on reste sur nos gardes.

Lançant un regard inquisiteur à Duncan, il enchaîna :

— J'ai entendu dire que tu étais allé à Torridon après la mort de ton père. Et maintenant te revoilà en compagnie de MacCurrie et d'une jeune femme anglaise, juste au moment du mariage…

Duncan jeta un coup d'œil à Neil, qui acquiesça d'un signe de tête.

— Ce n'est pas juste une jeune femme anglaise, Beathan, déclara-t-il alors. C'est la fille de Catriona.

Beathan en resta bouche bée.

Un bon nombre d'heures et de whiskies plus tard, Neil proposa à Duncan de faire un tour dehors avant de se coucher. Duncan bondit aussitôt sur ses pieds. Il connaissait ce ton. Son cousin avait quelque chose d'important à lui dire. Ils marchèrent donc sous la pluie avant de s'arrêter sous un sapin. Bien que le visage de Neil soit dans l'ombre, Duncan perçut sa tension.

— Alors ? le pressa-t-il.

— Deux choses, dit Neil. D'abord, j'ai parlé de Fiona à Eileen.

— Et ?

— Ça ne s'est pas très bien passé. Elle m'en veut beaucoup.

— Je la comprends. Et la deuxième ?

— J'ai vu Desmond sur la route ; il était avec les Anglais. Il parlait aux officiers pendant que les soldats fouillaient dans les affaires d'Eileen. Il n'avait pas l'air d'un prisonnier.

— La dernière fois que je l'ai vu… Non. En y repensant, je ne l'ai pas recroisé après ton départ. Il a dû quitter l'*Isabel* en douce pendant que nous cherchions des chevaux. Crois-tu que les Anglais l'ont payé pour…

— Nous espionner ? Nous allons devoir tirer ça au clair. Si c'est le cas, nous le paierons nous aussi à notre façon.

Les poneys de Beathan se révélèrent autrement plus vifs que les chevaux que Neil et Eileen avaient montés la veille. À peine une heure après leur départ, ils atteignirent la première prairie, puis quittèrent la montagne pour pénétrer dans une vallée en forme de croissant traversée par un ruisseau aux reflets d'argent. Sur un monticule dominant la rivière s'élevait la forteresse de Glen Mothin.

Rectangulaire et sans grâce, elle mesurait plus de dix mètres de haut et écrasait le paysage de sa masse grise percée de meurtrières. Deux tours carrées se dressaient à chaque coin des remparts, derrière lesquels dépassaient deux tourelles surmontées d'une bannière flottant au vent.

Le village qui s'étendait au pied des contreforts contrastait avec l'austérité du château par l'animation et l'ambiance de fête qui y régnait. Les tartans colorés se mêlaient aux uniformes rouges des soldats anglais dans les rues grouillantes de monde, où Eileen et ses compagnons se frayèrent un chemin jusqu'au pied de l'escalier montant au fort.

Là ils descendirent de leurs montures, et attendirent en entendant se rapprocher la musique et les chants des convives derrière eux. Les tambours apparurent les premiers, suivis de femmes qui chantaient en tapant dans leurs mains.

La foule s'écarta lorsqu'elles s'arrêtèrent pour danser, évoluant suivant une série de pas élaborés qui faisaient voler leurs jupons autour d'elles. La jeune fille en tête du groupe devait avoir quelques années de plus qu'Eileen. Charmante, elle avait une magnifique chevelure rousse et des yeux verts qui s'écarquillèrent en découvrant Duncan et se mirent à briller en se posant sur Neil. Elle se jeta dans les bras du premier.

— Duncan ! Neil ! s'écria-t-elle, visiblement ravie de les voir, avant de débiter un flot de paroles ininterrompu en gaélique.

Duncan la serra contre lui en riant, et ne résista pas quand elle l'entraîna avec elle. Elle le conduisit parmi ses compagnes qui l'entourèrent joyeusement, puis revint en virevoltant vers Neil, une lueur séductrice dans le regard. Comme il ne répondait pas à son invite, elle lui mit d'office les mains sur les hanches pour l'obliger à la suivre dans la danse.

— Je vous présente votre cousine Adara, dit Beathan à Eileen tandis qu'ils regardaient la jeune femme caresser la joue de Neil. Elle a toujours eu un faible pour les bruns.

Eileen sentit soudain Neil lui prendre la main pour la tirer à son tour dans la farandole.

— Venez ! cria-t-il par-dessus la musique.

La moitié du village dans leur sillage, ils montèrent jusqu'au pont-levis en tournoyant et en riant. Leurs pas résonnèrent sur les planches puis sous la grande arche conduisant à la cour, qu'ils traversèrent sans s'arrêter avant de poursuivre leur périple endiablé jusqu'à une vaste salle aux murs blanchis à la chaux percée de hautes fenêtres. Installé dans un grand fauteuil en bois sculpté tel un roi sur son trône, un vieil homme les attendait. Il regarda la joyeuse troupe s'avancer avec un sourire suffisant.

Phelan MacKenzie, devina Eileen. Son grand-père.

Malgré un âge avancé, il possédait une épaisse chevelure couleur d'argent autour d'un visage aux traits puissants qui avait dû autrefois être beau. Il haussa un sourcil en voyant Adara prendre la main de Neil puis celle de Duncan et les conduire devant lui.

Les musiciens cessèrent alors de jouer et tous les regards convergèrent vers les deux nouveaux venus. Lâchant ses compagnons, Adara prononça quelques mots en gaélique d'une voix enjouée.

— Que dit-elle ? s'enquit Eileen auprès de Beathan.

— Elle a réclamé le silence, puis a annoncé à son grand-père qu'elle avait trouvé deux polissons sur la route et le priait de bien vouloir les accueillir dans son château.

Adara désigna Duncan en prononçant son nom, puis se tourna vers Neil.

— Neil MacCurrie, le présenta-t-elle. Comte de Torridon.

Sans changer d'expression, Phelan hocha la tête et déclara quelque chose en gaélique qui ressemblait à une formule de bienvenue. Puis il se leva et désigna Eileen du doigt.

Toutes les têtes se tournèrent vers elle.

— Et vous, qui êtes-vous ? demanda-t-il en anglais.

15

Eileen avait-elle peur ? s'interrogea Neil en la voyant s'avancer entre Duncan et lui pour affronter Phelan. Quoi qu'il en soit, c'est d'une voix ferme qu'elle répondit.

— Eileen Ronley, la fille de Catriona. Votre petite-fille.

Un murmure dans l'assistance suivit la traduction de ses paroles. Adara fit volte-face pour l'examiner. Seul Phelan ne réagit pas, se contentant de la dévisager d'un air hautain. Neil réprima un juron en réalisant qu'il ne s'était pas trompé : Desmond avait bien prévenu le vieux renard de leur arrivée. Dommage, il aurait aimé voir la réaction spontanée de Phelan en découvrant sa petite-fille.

Eileen faisait toujours face à son grand-père, impassible et majestueuse sous son regard incisif. Finalement, comprenant sans doute qu'elle ne baisserait pas les yeux, Phelan soupira et dit lentement :

— Ainsi, après des années d'indifférence, ma petite-fille me fait la grâce de sa visite. Et elle amène avec elle le comte de Torridon. Et vous, ajouta-t-il avec un bref coup d'œil en direction de Duncan.

Reportant son attention sur Eileen, il poursuivit :

— Vous arrivez à Glen Mothin en pleine célébration. Le château est rempli de convives, et je vous invite à participer à la fête. Une fois le mariage célébré, vous et moi prendrons le temps de faire connaissance. Et nous de nous retrouver, ajouta-t-il pour Duncan.

Eileen hocha la tête.

— Merci.

Duncan le remercia à son tour. Neil se contenta d'un bref salut de crainte de laisser éclater sa colère s'il ouvrait la bouche. Peut-être Eileen était-elle dupe de cet accueil affable, mais pas lui. Il avait remarqué les regards que Phelan jetait régulièrement aux officiers anglais. De toute évidence, cette amabilité était destinée à les satisfaire.

Neil balaya la salle des yeux. La frégate anglaise qui les avait poursuivis avait débarqué tous ses soldats à Glen Mothin, constata-t-il sans surprise. Parmi eux se trouvait le capitaine Asher. Ce dernier le gratifia d'un hochement de tête guindé lorsqu'il croisa son regard.

Puis Phelan claqua des mains, annonçant le début des festivités. Les musiciens entamèrent une gigue. Ils n'avaient pas joué deux notes qu'Adara se tournait vers Neil pour l'inviter.

Les cousines d'Eileen, les autres petites-filles de Phelan, l'accueillirent avec chaleur. La mariée était trop excitée pour la remarquer, mais toutes les autres, y compris Adara, s'empressèrent autour d'elle, s'amusant à trouver des ressemblances dans la couleur de leurs cheveux, leurs allures et leurs physionomies.

Eileen se montra souriante et essaya de discuter avec elles. Malheureusement, la plupart ne parlaient pas anglais, et il y eut des moments déconcertants où elles restèrent à se dévisager en silence en attendant qu'un traducteur vole à leur rescousse. Beathan, qui connaissait tout le monde, s'attela de bonne grâce à cette tâche, demeurant près d'elles une grande partie du temps au lieu d'aller danser. Duncan quittait parfois la piste pour les rejoindre, mais il se retrouvait très rapidement happé pour une nouvelle danse. De toute évidence, son cousin plaisait beaucoup à ces dames, remarqua Eileen. À l'instar de Neil.

Elle pivota pour observer ce dernier. Il était en grande conversation avec un Highlander de haute taille. Tout en parlant, il jeta un coup d'œil au groupe de soldats anglais un peu plus loin, puis reporta son attention sur son interlocuteur, une expression circonspecte sur les traits. Manifestement, il se tenait sur ses gardes. Était-il possible qu'il soit en danger ? s'interrogea-t-elle. Phelan oserait-il attenter aux règles de l'hospitalité écossaise en faisant arrêter – ou pire, assassiner – l'un de ses invités ? Elle en doutait, mais les MacDonald de Glencoe ne s'étaient-ils pas crus protégés par ces mêmes règles ?

Au dîner, elle se retrouva assise au milieu des femmes à une extrémité de la table tandis que Neil et Duncan mangeaient avec le clan de Phelan à l'autre bout. Après le dessert, elle les vit se lever l'un après l'autre pour quitter la pièce, puis revenir peu après, la mine sombre.

Tout au long du repas, Adara se montra particulièrement attentionnée à son égard. Après avoir insisté pour qu'elle partage la chambre réservée aux femmes, elle lui présenta son mari.

Cette nuit-là, Eileen dormit sur une paillasse en compagnie de onze autres femmes. Neil et Duncan discutaient encore lorsqu'elle avait quitté la salle pour monter se coucher. Aucun d'eux n'avait paru remarquer son départ.

La cérémonie devant avoir lieu au milieu de la matinée, les préparatifs commencèrent juste après le lever du soleil. Grâce à la gentillesse de l'épouse de Beathan, Eileen avait pu mettre des vêtements propres – ce qui malheureusement ne les empêchait pas d'être élimés et rapiécés. Elle soupira en contemplant son reflet dans le miroir, se répétant sans trop y croire que les gens seraient trop occupés par le mariage pour faire attention à elle. Elle achevait de s'apprêter quand la plus jeune de ses cousines vint lui annoncer une visite.

— Torridon, gloussa-t-elle en lui désignant le couloir.

Eileen y jeta un coup d'œil et retint son souffle en découvrant Neil, l'air grave. Vêtu d'une chemise blanche sous un gilet de soie bleue doublé de blanc, il resplendissait. Un gros saphir ornait la broche qui retenait son long plaid de tartan bleu et vert rejeté sur l'épaule. C'était la première fois qu'elle le voyait ainsi, comte jusqu'au bout des doigts, seigneur puissant et prospère.

Il se tourna vers elle, l'enveloppa d'un regard profond.

— Bonjour, Eileen. Voulez-vous m'accorder un instant ?

— Pourquoi, Neil ?

— Il faut que nous parlions. Je vous en prie, venez avec moi.

Avec un soupir, elle le suivit à travers le château jusqu'au parapet surmontant le mur d'enceinte. Ignorant les regards curieux des gardes, il contempla la vue en contrebas tandis qu'elle attendait près de lui en silence.

De là où ils se trouvaient, ils embrassaient la vallée de Glen Mothin, vaste étendue de terres fertiles cernée de montagnes arides. Au centre se dressait la forteresse de Phelan sur son promontoire de pierre. Pas étonnant que sa mère ait préféré rester en Angleterre, songea Eileen. Il fallait être une créature du froid pour se sentir bien dans un paysage aussi rude.

Neil s'éclaircit la voix.

— Merci d'être venue.

— Qu'avez-vous à me dire ?

— De rester sur vos gardes. Évitez les confidences et ne faites confiance à personne.

— Voilà un avis précieux, seigneur Torridon, répliqua-t-elle avec froideur. Comptez sur moi pour le suivre. Accorder sa confiance trop facilement peut en effet entraîner des déboires.

Il s'empourpra.

— Je sais que vous m'en voulez toujours et que nous nous sommes blessés mutuellement, mais ce n'est pas une raison pour demeurer fâchés, Eileen. Tout ce que nous avons partagé ne signifie donc rien pour vous ?

Elle plongea son regard dans le sien. Il semblait réellement inquiet pour elle. Elle perçut au fond de ses prunelles une chaleur qui lui fit baisser les yeux sur sa bouche, se rappeler ses baisers et la sensation de ses lèvres sur son sein.

— Si, admit-elle dans un souffle. Beaucoup.

— Vous comptez énormément pour moi, Eileen, je vous le jure.

— Et vous pour moi.

Elle leva la main pour l'empêcher de renchérir.

— Mais ne parlons plus de cela, d'accord ? Nous ne ferions que nous disputer. Or, nous n'en avons envie ni l'un ni l'autre, n'est-ce pas ? Les choses sont comme elles sont, Neil.

— Les choses peuvent changer.

— Que voulez-vous dire ?

— Je parlerai à Seaforth et à Fiona. Je leur demanderai d'annuler notre accord.

Réprimant ses larmes, elle se mordit la lèvre tandis qu'il la dévisageait d'un air anxieux.

— N'avez-vous rien à répondre, Eileen ?

— Quand ce sera fait, nous parlerons. Jusque-là, je préfère ne pas...

D'un geste vif, elle essuya une larme. Se ressaisissant rapidement, elle reprit d'un ton posé :

— Nous aviserons à ce moment-là, Neil.

— Comme vous voulez.

Après s'être assuré que les gardes ne pouvaient pas les entendre, il ajouta à voix basse :

— Vous vous rappelez Desmond MacLeod, le marin soupçonné de vol sur l'*Isabel* ?

— Oui, bien sûr.

— Je l'ai vu sur la route hier en compagnie des Anglais.

— Que faisait-il avec eux ?

— À mon avis, Guillaume l'a contacté à Londres et lui a offert de l'argent en échange d'informations à mon sujet. Une chance que Desmond n'ait pas entendu parler de votre départ avant que vous ne montiez à bord. Sinon, vous n'auriez jamais quitté Londres.

— Ils connaissent sûrement votre identité, à présent.

— Oui. Et ils savent que vous êtes avec moi. C'est une bonne chose que vous ayez accepté de nous suivre. Vous couriez un grand danger, là-bas.

Eileen contempla l'horizon. Il était temps d'affronter une vérité qu'elle avait toujours refusé d'accepter et encore moins de confier à quiconque.

— Mes parents ont été assassinés. Au fond de moi, j'en ai la conviction.

— Vous avez sûrement raison, même si rien ne prouve que Guillaume soit l'instigateur du crime. Il pourrait avoir bénéficié de l'action d'un autre. Savez-vous qui a tiré profit de la mort de votre père ?

— Sa disparition a ôté une épine du pied de Guillaume.

— Ce qui n'est pas à négliger. D'autant que Guillaume avait beaucoup d'épines dans le pied, à l'époque ; il n'avait pas besoin en sus d'un cousin se prétendant le fils légitime de Charles II. Cependant, votre père n'a jamais rien entrepris contre lui, il me semble. Pensez-vous qu'il aurait réclamé le trône s'il avait vécu plus longtemps ?

— J'ose espérer qu'il n'était pas fou à ce point. Il devait bien savoir qu'il n'obtiendrait jamais le soutien nécessaire pour affronter Guillaume.

— Voyez-vous d'autres personnes susceptibles d'avoir tiré parti de sa mort ? Quelqu'un dont la situation financière se serait considérablement améliorée depuis ?

— Milford a obtenu Ronley Hall, et Templeton possède une très belle maison.

— En effet, et ce n'est pas tout…

Il lui fit part des propos de l'ancienne propriétaire de la taverne que fréquentaient autrefois son père et Templeton.

Eileen l'écouta attentivement. Une part d'elle-même avait toujours soupçonné un lien entre Howard et la noyade de ses parents, mais elle avait toujours refoulé cette idée.

Voyant l'un des gardes se rapprocher d'eux le long du parapet, elle adressa un petit signe à Neil. Après avoir jeté un coup d'œil par-dessus son épaule, il chuchota :

— Eileen, ces hommes ne plaisantent pas. Il faut vous montrer très prudente.

Puis, désignant la vallée, il ajouta à voix haute :

— Là, c'est la rivière Mothin. Elle naît dans ces montagnes juste au-dessus de nous et se jette dans le loch Carron.

— C'est très joli, commenta-t-elle en saluant le garde qui arrivait à leur hauteur. Merci pour toutes ces indications, lord Torridon.

— C'est un plaisir, mademoiselle Ronley.

Une fois le garde hors de portée de voix, Eileen s'enquit :

— Que comptez-vous faire à propos de Desmond ?

Le visage de Neil se durcit.

— D'abord le trouver.

— Ensuite ?

— J'aviserai. Ne vous inquiétez pas, Desmond ne nous créera plus de problèmes. À présent, je ferais mieux de vous raccompagner, ajouta-t-il avec un soupir.

Elle le suivit dans l'escalier et tressaillit quand il fit volte-face, l'air si grave qu'elle s'attendit presque à ce qu'il lui annonce une mauvaise nouvelle.

— Eileen, dit-il, solennel, je parlerai à Seaforth et à Fiona.

Elle hocha la tête, la gorge nouée. Il lui effleura les lèvres.

— Faites-moi confiance, je vous en supplie. Juste cette fois. Dites-moi que vous me croyez.

Rivant son regard au sien, elle acquiesça.

— Je vous crois.

— Merci.

Après une brève hésitation, il reprit en souriant :

— Je vous aime, Eileen Ronley.

— Moi aussi, Neil, parvint-elle à répondre, la bouche sèche.

Ce qui lui valut un petit rire joyeux.

— Je le savais ! Il est temps que nous arrêtions de nous dissimuler la vérité, Eileen. Je vous aime et le proclamerai bientôt au monde entier. Mais pour l'instant, je n'en ai pas le droit. Pas avant d'avoir vu Seaforth et Fiona. Bientôt, promit-il.

— Bientôt, répéta-t-elle dans un murmure.

Quand il l'enlaça, elle referma les bras autour de son cou. Ils échangèrent un long baiser passionné, qui les laissa tremblants d'émotion.

— Oh ! Neil...

— Chut, mon amour, fit-il en s'emparant de nouveau de ses lèvres.

Neil s'écarta d'elle avec un sourire contrit en entendant des voix approcher.

— J'aimerais pouvoir vous embrasser juste une fois sans être interrompu ! soupira-t-il.

— Répétez-le-moi, dit-elle.

Comprenant aussitôt ce qu'elle demandait, il déclara de nouveau :

— Je vous aime, Eileen Ronley.

— Je sais, répondit Eileen en riant. Moi aussi je vous aime.

Le temps de déposer un dernier baiser sur sa bouche, et il se détournait pour descendre.

La cérémonie se déroulait dans la chapelle du château. Eileen s'efforça de se concentrer sur les mariés, mais son regard déviait sans cesse vers l'autre côté de l'allée centrale, où Neil était installé près de Duncan. Plusieurs rangs devant lui, juste en face de l'autel, se trouvait son grand-père. Phelan ne manquait pas une miette du spectacle. Ses yeux perçants glissaient sur chaque personne et chaque objet avec une mobilité déconcertante, évoquant un aigle cherchant une proie. Il se levait et s'agenouillait aux moments opportuns, sourit même quand le prêtre déclara les époux mari et femme, mais à un aucun moment son visage n'exprima de réelle chaleur.

La fête qui suivit fut gaie et animée. Attirés par le festin et la musique, les villageois des environs étaient venus nombreux. Ils se mêlèrent aux soldats et aux membres du clan sur la piste de danse tandis que les plats se succédaient sur les tables. Assise entre Neil et Duncan, Eileen se laissa gagner par l'ambiance joyeuse, oubliant presque pourquoi elle était là.

Phelan avait pris place sous un dais, d'où il observa les festivités sans y participer. À la fin du repas, pourtant, il quitta son trône et vint la chercher en annonçant qu'il était temps de la présenter à ses invités. En se levant pour le suivre, Eileen vit le regard glacial qu'il échangea avec Neil.

Son grand-père la conduisit à un groupe de Highlanders auxquels il la présenta comme « sa petite Eileen. » Il s'agissait de représentants du clan Munro avec qui, précisa-t-il, ils avaient « beaucoup en commun. » Elle leur sourit, et comprit aisément ce qui les rapprochait de Phelan : leur soutien à Guillaume lors de son combat pour la couronne. Le plus âgé, un petit homme au regard étincelant et au sourire furtif, regarda Neil derrière elle.

— Je ne m'attendais pas à voir Torridon ici, fit-il observer.

Phelan lui sourit.

— Il a accompagné ma petite-fille. On ne peut pas choisir les amis de ses petits-enfants, mais on peut espérer les influencer.

— Vous n'avez aucune chance d'influencer Torridon, répliqua Munro en ricanant.

— Vous avez raison, admit Phelan. Mais ma petite-fille va rester près de moi, désormais. Je ne l'ai pas vue depuis des années.

« Jamais » aurait été plus exact, songea Eileen. Elle n'émit cependant aucune remarque, se contentant de sourire tandis que Phelan et Munro poursuivaient leur discussion. Elle n'était pas dupe : ces présentations avaient un objectif. Sans doute Munro cherchait-il une épouse pour élever ses six enfants, et Phelan espérait-il en tirer profit en lui proposant sa petite-fille. Il affichait ce même entrain forcé que Milford à l'époque où il essayait désespérément de la marier. Elle réprima un soupir las. De toute évidence, elle avait perdu son temps et celui de Neil et Duncan en venant à Glen Mothin.

Peu après, profitant d'une pause des musiciens, Neil traversa la salle pour les rejoindre. Il échangea quelques mots en gaélique avec Phelan et Munro puis, estimant sans doute s'être suffisamment plié aux convenances, s'inclina devant elle pour l'inviter à danser.

Reconnaissante, elle se laissa guider jusqu'au centre de la pièce. Là, Neil interpella en gaélique les musiciens, qui hochèrent la tête en riant. Elle lui demanda ce qu'il avait dit, mais il ne répondit pas et profita des premières notes de musique pour lui apprendre les pas.

Les mains de Neil autour de la taille, elle s'abandonna au rythme entraînant, ignorant le regard contrarié de son grand-père et ceux, mi-intrigués mi-amusés, de l'assistance. Elle aimait cet homme et était aimée de lui. Pour l'instant, cela seul comptait. Sur les dernières mesures, Neil leva le bras pour la faire virevolter, puis il termina en la serrant contre lui et en l'embrassant.

Ce fut un baiser si furtif qu'elle crut presque l'avoir imaginé, mais un bref coup d'œil à Phelan suffit à lui assurer que ce n'était pas le cas. Blême de colère, le vieil homme les fixait d'un air outragé.

— Torridon, lança-t-il entre ses dents serrées. Que diable faites-vous ? Vous êtes engagé à l'une des filles de Seaforth !

— Je n'ai rien signé, Phelan.

— Je vois. Maintenant que Seaforth est en prison, cette union ne vous intéresse plus. C'est cela ?

— Peut-être.

— Si vous changez de bord, les possibilités ne manqueront pas, mais ma petite-fille n'en fera jamais partie. Suis-je clair ?

— Oui.

— Je vous conseille de vous en souvenir.

Neil eut un sourire froid.

— Phelan, vous êtes toujours aussi charmant.
— Et vous, Torridon, toujours aussi arrogant.
— C'est pourquoi nous nous comprenons si bien.
Phelan le toisa, menaçant.
— N'essayez plus jamais de la toucher.
— Ce n'est pas à vous d'en décider, Phelan. Pas une fois, depuis sa naissance vous n'avez cherché à la voir. Alors, de grâce, ne jouez pas au grand-père outragé aujourd'hui. Vous ne tromperez personne.
Eileen s'interposa entre eux.
— C'était juste une danse, dit-elle.
— Une danse ? explosa Phelan. Vous ne savez pas de quoi vous parlez, pauvre idiote. !
— Dans ce cas, expliquez-moi.
— À la fin de la danse, il vous attirée contre lui et a levé le bras pour montrer sa bague.
— Et alors ?
— Ce geste signifie que vous lui appartenez. Il est destiné à prévenir tous les hommes présents qu'ils doivent garder leurs distances. Il n'en a pas le droit.
— Ce n'est pas à vous d'en décider, Phelan, lui rappela Neil.
— Au contraire, protesta le vieil homme en saisissant Eileen par le bras pour l'entraîner avec lui.
Elle jeta un coup d'œil à Neil par-dessus son épaule, puis à l'assemblée qui les observait. Ce n'était ni le lieu ni le moment de s'opposer à Phelan, estima-t-elle. Elle le laissa donc l'emmener sur le côté tandis que Neil rejoignait Duncan.

Il était presque minuit quand Eileen put enfin quitter la grande salle pour aller respirer à l'extérieur. Phelan l'avait gardée près de lui durant des heures et elle n'en pouvait plus. Tout au long de la soirée, il avait continué à la présenter à d'autres personnes, des membres du clan Munro ou Fraser, et même à des soldats, jouant chaque fois le rôle du grand-père protecteur.

Pourtant, ce n'était ni lui ni ses invités qui avaient occupé son esprit durant tout ce temps, mais Neil. Qu'avait-il voulu signifier avec cette danse ? Désirait-il vraiment prévenir d'éventuels soupirants qu'elle lui appartenait ou son geste était-il juste destiné à Phelan ? Pensait-il qu'elle en connaissait la signification ? Une fois de plus, les motivations de Neil lui échappaient mais, au lieu de s'en inquiéter, elle ne pensait qu'à sa déclaration d'amour et à la douce brûlure de ses baisers.

Cette journée interminable et chargée d'émotions l'avait épuisée. Malgré cela, elle s'attarda encore un peu, consciente qu'elle aurait du mal à trouver le sommeil dans la grande chambre commune. Comme elle regrettait l'intimité de sa petite cabine sur l'*Isabel* ! Finalement, elle se décida à gravir l'escalier menant à la chambrée, trop lasse pour presser le pas malgré les soldats ivres qui risquaient de croiser son chemin.

Sur le palier, elle s'arrêta en se rendant compte qu'on la suivait. Le corridor devant elle était désert et plongé dans la pénombre. Elle resta un instant immobile, puis pivota pour voir de qui il s'agissait.

Neil !

Il lui sourit.

— J'ai cru que vous ne sortiriez jamais de cette salle !

— Vous m'attendiez ?

— Oui.

— Je ne vous ai pas vu. Vous auriez dû me rejoindre.

— Je n'étais pas dans la salle, répondit-il en franchissant les quelques marches qui les séparaient.

Après avoir vérifié que personne d'autre n'arrivait, il lui sourit de nouveau en précisant :

— J'espérais vous voir seule, Eileen.

— Pourquoi ?

— J'ai une chambre.

Elle sentit son cœur s'emballer.

— Elle est pour Duncan et moi, mais Duncan est… occupé ailleurs. Il ne rentrera pas avant le matin.

— Oh !

— Ce n'est pas ainsi que j'avais prévu les choses, mais…

— Vous aviez prévu quelles choses, Neil ?

Il lui prit la main avec un petit rire.

— Venez avec moi, vous verrez.

Comme elle ne répondait pas, il redevint soudain grave.

— Vous voulez bien, Eileen ? Au moins un petit moment ? Est-ce que…

Il n'acheva pas sa phrase.

Il fallait qu'elle refuse, se raisonna-t-elle. Plus tard, quand il aurait parlé à Fiona, elle pourrait le suivre.

Mais ne lui avait-il pas dit qu'il l'aimait ?

À ce souvenir, toutes ses peurs, tous ses doutes lui parurent mesquins et ridicules. Il s'agissait de Neil. Neil à qui elle s'était inexplicablement sentie liée dès le premier regard. Tout à coup, elle se moquait de ce qu'elle aurait dû faire ou ne pas faire. Elle avait confiance en lui, cela seul comptait. Le suivre dans cette chambre lui apparaissait comme l'acte le plus sensé de toute sa vie. Elle sourit.

— Oui.

Un seul mot, songea-t-elle. Un mot, et sa vie en serait changée pour toujours.

Neil rit et la prit par les épaules pour l'entraîner à l'étage supérieur. Il lui fit signe de se taire quand ils passèrent devant les autres chambres et ouvrit une porte avant de s'effacer pour la laisser entrer. Il referma derrière eux.

Eileen resta immobile dans l'obscurité, consciente des battements sourds de son cœur, de sa respiration hachée, tandis que Neil allumait une chandelle.

La pièce était petite, meublée d'un grand lit à baldaquin fermé de tentures jaunes, d'un coffre à tiroirs, d'une table et d'une chaise. De lourdes draperies dissimulaient l'unique fenêtre.

— Vous méritez mieux, Eileen, mais c'est là tout ce que je peux vous offrir pour l'instant.

Il posa le chandelier sur le coffre et alla jusqu'à la cheminée pour ranimer les braises. Puis il se redressa et se tourna vers elle, le visage dans l'ombre.

— Désirez-vous partir ? Si c'est le cas, je vous raccompagne à votre chambre.

— Non, murmura-t-elle.

À peine avait-elle prononcé ce mot qu'il la rejoignait et l'enlaçait.

— Je ne ferai rien qui vous déplaise, Eileen. Juste ce que vous voulez.

Avec un petit rire, elle le prit par la nuque.

— Alors, embrassez-moi, Neil MacCurrie. Et cette fois sans interruption !

Il s'empressa d'obéir puis il déposa un collier de baisers sur ses joues, son cou, le long de ses épaules. Seigneur, comme elle avait désiré cet instant ! Combien d'heures, de semaines, de mois en avait-elle rêvé ? *J'ai attendu cet homme toute ma vie !* Quand Neil s'empara de nouveau de sa bouche, elle lui répondit avec une fougue qui redoubla leur désir mutuel.

— Neil, dit-elle dans un souffle, dites-moi que vous m'aimez.

— Je vous aime, Eileen. Depuis le premier instant. Vous et vous seule. Et vous ? J'ai tellement envie de vous entendre me le dire !

— Je vous aime, Neil. Vous et personne d'autre.

— Personne d'autre, Eileen. Je n'ai jamais aimé d'autre femme que vous, et n'en aimerai jamais.

Soudain, il redressa la tête, l'air surpris, comme s'il venait de prendre conscience de ses propres paroles. Il parcourut un instant la pièce des yeux, puis alla fouiller dans le sac de cuir contenant ses affaires. Brandissant une longue écharpe de tartan, il revint vers elle avec un sourire triomphant et lui prit les mains.

— Eileen, commença-t-il, solennel, si vous êtes d'accord, j'aimerais que nous nous unissions par les mains. Vous connaissez la signification de ce geste ?

— Non, murmura-t-elle.

— Il s'agit d'un pacte par lequel nous nous engageons à vivre comme mari et femme. Normalement, il est valable une année. Après ce délai, si l'un des deux veut reprendre sa liberté, rien ne le retient. Mais je ne vous donne pas ce choix. Si nous faisons ce pacte, je nous considérerai comme mariés, rien de moins.

— Est-ce une manière de me demander de vous épouser ?

Il hocha la tête.

— Oui. Alors, que répondez-vous ?

Elle sourit, soudain prise de vertige.

— Répétez-moi que vous m'aimez, Neil.

— Je vous aime, Eileen Ronley. Je vous aime depuis la naissance des océans, depuis que les hommes et les femmes se désirent, depuis le début des temps. Nous étions destinés l'un à l'autre. Moi à vous, et vous à moi. Pour l'éternité.

— Oui.

— Jurez-le-moi.

— Pour l'éternité, Neil, je vous le jure

— Engageons-nous, Eileen.

Il enroula l'écharpe autour de leurs mains jointes.

— Moi, Neil MacCurrie, je te donne mon corps et mon cœur, et fais le serment de t'aimer et de te rester fidèle, Eileen Ronley, maintenant et pour l'éternité.

— Et moi, Eileen Ronley, je te donne mon corps et mon cœur, et fais le serment de t'aimer et de te rester fidèle, Neil MacCurrie, maintenant et pour l'éternité.

Dès qu'elle eut prononcé ces paroles, il la souleva de terre et la fit tournoyer dans ses bras.

— Ça y est ! Tu es ma femme, Eileen ! Nous sommes mari et femme !

Elle s'accrocha à lui, son rire heureux se joignant à celui de Neil, avant de mourir sous ses lèvres quand il l'embrassa avec une passion qui la laissa haletante. Il l'entraîna devant la cheminée, où il ôta une à une les épingles retenant son chignon.

Quand il la serra de nouveau contre lui, elle sentit son ventre dur contre le sien, la force de son désir pour elle. Ils échangèrent un long baiser, et elle glissa la main sous la chemise de Neil, bouleversée par la sensation de sa peau et les battements de plus en plus rapides de son cœur sous sa paume. Du bout des doigts, il dessina des arabesques juste au-dessus de son corsage, à la naissance de ses seins, et se faufila sous le tissu.

Elle se cambra pour recevoir ses caresses et poussa un soupir quand il referma les doigts sur un sein.

Comme il essayait de lui délacer son vêtement, elle le repoussa doucement.

— Laisse-moi faire, suggéra-t-elle en souriant.

Il la regarda dénouer les rubans et elle vit une lueur s'allumer dans son regard quand elle fit glisser les bretelles du corsage sur ses épaules.

— Eileen, tu es si belle, murmura-t-il. D'une beauté à couper le souffle.

Il repoussa le corsage et se pencha pour lui embrasser longuement les seins, l'un puis l'autre, avant d'en saisir une pointe entre ses dents. Elle poussa un petit cri et ferma les yeux pour mieux s'abandonner au délice de la sensation.

— Je n'imaginais pas…

Il émit un petit rire.

— Attends, c'est loin d'être tout.

— Vraiment ? Je ne suis pas sûre de pouvoir en supporter plus, répondit-elle en s'esclaffant.

Elle libéra son épaisse crinière retenue par un lien de cuir et y glissa les doigts.

Encouragé par son audace, Neil entreprit de lui délacer ses jupons, qui formèrent bientôt un petit tas à leurs pieds.

— Oh ! Eileen, j'ai tellement envie de toi ! s'exclama-t-il en baissant les yeux sur son corps dénudé.

— Je te désire aussi, Neil.

Alors, il la souleva dans ses bras et l'emporta jusqu'au lit. La courtepointe de brocart était moelleuse sous son dos, l'air frais sur ses seins. Penché au-dessus d'elle, Neil demanda :

— Es-tu toujours prête à aller plus loin ou préfères-tu que nous nous arrêtions ?

Elle lui ouvrit les bras.

— Viens.

Sans se faire prier, il ouvrit la broche retenant son plaid, puis enleva prestement son gilet de soie bleu. Une fois débarrassé de sa chemise, il lui sourit, les doigts sur la boucle de sa ceinture.

— C'est ta dernière chance de changer d'avis, Eileen.

Feignant d'hésiter, elle fit la moue. Les ombres de la chandelle jouaient sur les muscles fermes de Neil, la flamme faisait briller la toison brune sur son torse qui s'amenuisait en une ligne plus sombre avant de disparaître vers son bas-ventre.

— Je t'attends, Neil, dit-elle enfin.

Une minute plus tard, il était debout devant elle, entièrement nu, et la laissa l'examiner. Il était magnifique, songea Eileen. Son corps puissant et ferme était tendu de désir.

Avec un demi-sourire, il s'allongea doucement près d'elle.

— Tu es si beau ! Autant que je l'imaginais.

Il rit à cette remarque, et poussa un long soupir quand elle referma ses bras autour de lui et laissa courir ses mains dans son dos, de plus en plus audacieuse à mesure qu'elle accentuait ses caresses. Elle entendit son souffle devenir plus rauque lorsqu'elle glissa les doigts entre eux et les referma sur son pénis.

Doucement, il lui écarta une jambe et dessina du bout des doigts des motifs sur sa cuisse. Peu à peu son geste se fit plus ample, plus voluptueux, lui frôlant l'aine à chaque passage et provoquant en elle de délicieux frissons. Au moment où il effleura son sexe, une décharge de plaisir la foudroya. Elle poussa un petit cri, mais déjà il avait ôté sa main.

Redressant la tête, il plongea les yeux dans les siens.

— Je t'aime, Eileen, répéta-t-il avec une passion grave. Dès que je t'ai vue, j'ai su que nos destinées étaient unies. J'ai senti ce lien comme si nous nous connaissions depuis toujours, comme si je t'avais toujours aimée.

— Moi aussi, avoua-t-elle.

— Je t'aime, Eileen.

— Je t'aime, Neil.

Elle poussa un autre cri quand il reprit sa caresse et s'insinua au cœur de sa féminité. Une sensation enivrante envahit tout son corps, se déversant dans ses veines comme un miel brûlant.

— Cela te plaît ? demanda-t-il.

— Oui, parvint-elle à articuler. Je t'en prie, n'arrête pas.

Il rit, d'un rire profond, et lui obéit. Des vagues de plaisir de plus en plus puissantes la secouèrent. Elle se croyait au sommet de la volupté, quand Neil retira ses doigts et se hissa au-dessus d'elle pour la pénétrer.

Une plainte rauque emplit la chambre. Eileen mit un instant avant de reconnaître sa propre voix dans ce long cri animal.

— Ça va, Eileen ? s'inquiéta Neil.

— Oh oui, mon amour. Ne t'arrête pas, le supplia-t-elle en le serrant plus fort pour qu'il accélère son étreinte.

— Cela ne risque pas, répondit-il d'une voix enrouée. Mais doucement, nous avons l'éternité devant nous.

Ils firent l'amour encore et encore, s'endormant épuisés pour se réveiller quelques minutes plus tard, impatients de se fondre de nouveau l'un en l'autre. Quelque part, une pendule rythmait leurs ébats : deux heures, trois, quatre... Peu à peu, la musique et les rires diminuèrent, les convives quittant la grande salle par petits groupes pour rentrer chez eux.

Peu à peu le château s'enfonça dans le silence. Apparemment, constata Eileen avec soulagement, son absence était passée inaperçue parmi les femmes de sa chambrée.

Cependant, elle ne se faisait pas d'illusions. Son grand-père finirait sûrement par apprendre la vérité. Mais quelle importance ? De sa vie, elle n'avait jamais rien fait qui lui semblât plus juste ; elle ne regrettait rien de ce qui s'était passé. Avec un soupir d'aise, elle caressa le torse de Neil, cet homme sublime qui l'aimait.

— Eileen ?

Sa voix était calme.

— Tu es réveillée ?

— Oui.

— Eileen, il faut que nous parlions. Nous devons nous mettre d'accord sur la suite.

Elle s'assit et tira la courtepointe sur ses seins. Elle savait que ce moment arriverait, mais elle ne se sentait pas encore prête à affronter le monde extérieur.

— Oui, acquiesça-t-elle.

— J'aimerais que tu m'attendes à Torridon pendant que j'irai voir Seaforth et Fiona. Es-tu d'accord ?

Elle songea à la mère et à la grand-mère de Neil, à son frère James et à sa belle-sœur Ellen. Comment l'accueilleraient-ils ?

— Que va dire ta famille ? Que vont-ils penser de moi ?

— Ils t'adoreront, comme moi. Et même si ce n'était pas le cas, qu'importe ? C'est toi et moi qui passerons notre vie ensemble, pas eux. As-tu une meilleure idée ?

— Peut-être devrais-tu parler à Fiona avant de m'emmener là-bas.

— Où vivras-tu pendant ce temps ?

— Ici, je suppose.

— Avec Phelan ? C'est ce que tu souhaites ?

— Non. Mais, Neil, qu'arrivera-t-il si Fiona refuse de te rendre ta liberté ?

— Elle n'est pas la seule à décider, tu sais. Je ne l'épouserai pas, c'est aussi simple que cela.

Elle baissa les yeux.

— Je… J'aimerais beaucoup rencontrer ta famille et je n'ai absolument aucune envie de rester ici. Mais je…

— Tu as peur qu'ils te considèrent comme une fille légère ?

— Un peu, oui.

— Tu raisonnes comme une londonienne, Eileen. Là-bas, personne ne pensera une chose pareille.

— Combien de temps te faudra-t-il pour parler à Fiona ?

— Une heure. C'est Seaforth qui pose le plus de problème. Il est en prison à Inverness ; je devrai soudoyer quelqu'un pour arriver jusqu'à lui.

— Une heure pour Fiona ? Pas plus ? s'étonna-t-elle.

— Non. Le plus long sera de me rendre en France ; une fois sur place, une heure suffira. En tout, cela ne dépassera pas un mois.

— Un mois…

— Sauf si le mauvais temps nous immobilise. Disons, six semaines pour être sûrs.

— Je tiendrai six semaines ici.

Neil soupira.

— J'imagine que je tiendrai six semaines sans toi. Cela dit, je reste persuadé que tu as tort de t'inquiéter de l'opinion de ma famille.

— Le jour où tu m'épouseras, Neil, je veux que le monde entier sache que tu es libre de le faire. Va voir Fiona, et reviens me chercher après.

Il déposa un baiser sur son épaule.

— Ne défais pas tes bagages, Eileen. Je serai plus rapide que le vent.

16

Neil se rencogna dans l'ombre en soupirant. Ce n'était pas ainsi qu'il avait rêvé de passer les premières heures du jour, mais sous prétexte que ni Phelan ni Duncan n'apprécieraient de la trouver là, Eileen avait insisté pour regagner la chambre des femmes, le laissant seul dans la sienne.

Il la comprenait, mais maintenant qu'il s'était donné à elle corps et âme, il ne supportait plus de garder leur relation secrète. Surtout, il n'avait aucune envie qu'elle demeure à Glen Mothin pendant qu'il irait parler à Fiona et à Seaforth. Hélas ! là non plus elle n'avait rien voulu savoir, et il avait dû s'incliner devant son choix.

Bientôt, ils seraient mariés. Alors, une autre partie de la prophétie se vérifierait. À l'instar de son frère James, il épouserait une femme venue de l'Est, comme le devin l'avait prédit. Ensuite, il ne lui resterait plus qu'à apporter les cinquante années de paix promises à son peuple. Cela s'annonçait plutôt mal, songea-t-il en levant les yeux vers la maison d'en face.

Incapable de dormir après le départ d'Eileen, il avait en effet décidé de se mettre en quête de Desmond. Il lui avait suffi de quelques pièces pour retrouver sa trace, et il attendait à présent que Desmond MacLeod sorte de la demeure où il était supposé se trouver en agréable compagnie. Neil n'avait aucune envie que la confrontation dégénère, mais il ne se faisait pas d'illusions : même une simple altercation aurait des répercussions sur ses relations avec les MacLeod.

Les MacCurrie étaient en conflit plus ou moins ouvert avec les MacLeod de Gairloch depuis des décennies. Aujourd'hui, il était sur le point de punir Desmond et ne voyait aucun moyen de le faire sans provoquer de nouvelles dissensions.

Il n'avait aucun désir d'être là ; il aurait voulu être encore auprès d'Eileen dans la chambre du château ou, puisque c'était impossible, déjà en route pour parler à Seaforth et à Fiona. Il était fatigué, et las de devoir se préoccuper d'hommes tels que Desmond MacLeod ou Phelan.

Quelques instants plus tard, la porte de la maison d'en face s'ouvrit sur Desmond. Après un regard furtif à gauche et à droite, il avança prudemment en rasant les murs. *Comme le voleur qu'il est,* songea Neil en sortant de l'ombre.

— Desmond ! Desmond MacLeod !

Desmond fit volte-face et tressaillit en le découvrant. Il porta la main à son épée.

— Torridon !

— En effet. Je t'ai vu avec les Anglais, sur la route.

— Je... Je ne fais plus partie de l'équipage de l'*Isabel*.

— Qui paye tes services, Desmond ?

— Vous m'espionnez !

— Ne serait-ce pas plutôt l'inverse ? Combien t'ont-ils offert pour me trahir ?

Desmond tira son épée.

— Plus que vous ou Duncan, en tout cas. Et assez pour que je n'aie pas à retourner à Torridon. Je ne travaillerai plus pour vous.

— Ce ne sera pas une grosse perte, commenta Neil. Le voleur sur l'*Isabel*, c'était toi, pas vrai ?

— Même si c'est le cas, qu'est-ce que ça change ?

— Pensais-tu vraiment que je ne découvrirais pas la vérité ? Qui te paye, Desmond ?

— Pourquoi vous le dirais-je ?

Essayant de maîtriser sa colère, Neil tira son arme à son tour. L'un de ses hommes l'avait trahi. Pour de l'argent.

— Parce que si tu ne le fais pas, je te coupe en morceaux.

— Vous croyiez les avoir roulés à Londres, Torridon ? Un huguenot ! Vous imaginiez vraiment qu'ils allaient se laisser berner aussi facilement ? Je leur ai dit qui vous étiez.

— À qui ?

— Vous aimeriez bien le savoir, hein ?

Au-dessus de Neil une fenêtre s'ouvrit.

— Vous allez la fermer ? s'exclama un homme en gaélique. Vous réveilleriez un mort !

Ignorant l'interruption, Neil fit un pas vers Desmond.

— Qui te paye ?

— Vous êtes un homme mort, Torridon. Ils savent que c'était vous, à Londres. Vous pensiez vraiment qu'ils allaient vous laisser enlever la cousine du roi sans rien faire ?

— C'est toi, MacLeod ? lança une voix en anglais à l'angle de la rue. T'es encore saoul ?

— Ici ! hurla Desmond. On m'attaque !

— Encore une bagarre ! râla une deuxième voix. T'es pénible, Desmond.

Neil jeta un coup d'œil par-dessus son épaule. Quatre soldats anglais avançaient vers lui à pas lents, l'épée à la main.

— C'est Torridon ! Il veut me tuer !

— Ça se comprend, railla l'un des soldats.

Plusieurs volets s'ouvrirent. La lueur vacillante des chandelles éclaira la pénombre et des voix ensommeillées demandèrent ce qui se passait. Soudain, quelqu'un s'écria :

— Une bagarre ! Une bagarre !

Des hommes surgirent des maisons et entourèrent Neil et Desmond en braillant des encouragements. Quelqu'un traita Desmond de lâche ; ce dernier répliqua par une insulte, le visage cramoisi. Neil crut reconnaître les voix de Duncan et Beathan dans le brouhaha, mais il se concentra sur son adversaire.

Il perçut l'instant précis où Desmond décida d'attaquer, fonçant sur lui en hurlant, l'épée levée. D'un geste vif, Neil para le coup. Un murmure d'approbation s'éleva. Desmond plongea de nouveau.

Les curieux les suivirent, beuglant et pariant sur le meilleur, tandis qu'ils croisaient le fer à travers les ruelles obscures. Sur une place, ils débouchèrent au milieu d'un groupe de fêtards qui s'égailla avec des cris d'effroi.

Neil entendit Duncan l'aiguillonner. Plusieurs soldats anglais soutenaient son adversaire mais, contre toute attente, quelques-uns l'encourageaient lui. Leurs forces à tous deux commençaient à faiblir, constata-t-il. Ils avaient atteint l'escalier montant à la forteresse quand, enfin, son adversaire commit une faute.

Avec un sentiment de fatalité, Neil plongea son épée dans la poitrine de Desmond. Puis, reculant, il le regarda s'effondrer à terre, mort. Exactement ce qu'il espérait éviter. Le prix à payer serait élevé.

Le vacarme dans la cour réveilla toute la chambrée. Eileen se redressa sur sa paillasse et courut rejoindre les autres femmes massées à la fenêtre. On avait allumé les torches dans la cour et des gardes se précipitaient vers les portes en hurlant. L'une des femmes les interpella en gaélique et l'un d'eux lui répondit. À peine avait-il fini de parler que tous les regards se tournaient vers Eileen.

— Qu'est-ce qu'il y a ? s'écria-t-elle, effrayée. Que se passe-t-il ?

— C'est Torridon, répondit une jeune fille en anglais. Il a tué quelqu'un.

À l'arrivée d'Eileen, la cour était presque déserte. Il ne restait que quelques groupes d'hommes qui discutaient avec animation tandis que le gros de la foule se pressait près des portes. Le pont-levis, sur lequel elle avait dansé avec Neil quelques heures plus tôt, était noir de monde. Ignorant les remarques en gaélique sur son passage, elle se fraya un chemin parmi les gens.

Des murmures s'élevèrent dans son dos quand Phelan, flanqué de ses gardes et suivi par des soldats anglais, fit son apparition. Il s'arrêta à sa hauteur et alla avec elle jusqu'à l'escalier. De là, elle pouvait voir ce que tout le monde regardait.

Debout au centre du cercle de curieux, son épée à la main, Neil contemplait d'un air féroce l'homme baignant dans une flaque de sang à ses pieds. Duncan, qu'elle n'avait pas remarqué jusque-là, sortit soudain de la masse pour venir se placer près de lui.

Sur un signe de Phelan, le capitaine Asher dévala les marches. Il se pencha sur l'homme à terre et se redressa en annonçant :

— Il est mort.

— J'attends vos explications, Torridon ! lança Phelan.

Neil leva la tête. Son regard passa d'Eileen au vieillard.

— Cette affaire ne vous concerne pas, Phelan. Cet homme vient de Torridon.

— Vous tuez les vôtres, à présent ?

— Je vous l'ai dit, cela ne vous regarde pas.

— Je vous rappelle que vous êtes chez moi, Torridon. Tout ce qui se passe ici me concerne.

— Cet homme était notre traducteur, intervint Asher d'une voix courroucée. Vous avez assassiné un innocent !

— Ce n'était pas un meurtre ! protesta Duncan. Et cet homme n'était pas votre traducteur, mais un de mes marins. Le combat était loyal, grand-père : Desmond était armé, il a attaqué en premier. Si vous ne me croyez pas, interrogez les témoins. Ils ont tout vu.

Plusieurs hommes acquiescèrent d'un hochement de tête en émettant des commentaires.

Phelan leva la main pour réclamer le silence.

— Vous n'avez jamais su vous dominer, Torridon. Aujourd'hui, votre manque de sang-froid a coûté la vie à un homme. Qu'avez-vous à dire pour vous justifier ?

— Je n'ai pas à me justifier, Phelan, rétorqua Neil. Il m'a attaqué. Il est mort.

— Il dit vrai, renchérit Beathan. MacLeod a frappé le premier. Torridon n'a fait que se défendre.

— Pour l'amour de Dieu, Torridon ! intervint Asher. Vous ne comptez quand même pas tuer tous les hommes qui vous quittent pour travailler pour d'autres. Il ne faisait que traduire !

Neil secoua la tête.

— C'est faux, vous le savez. Vous le payiez pour nous espionner.

Les hommes d'Asher firent un pas en avant, la main sur leurs armes. Ceux de Beathan les imitèrent. Duncan s'interposa entre Neil et Asher.

— Suffit ! s'exclama Phelan. Ce qui s'est passé n'est pas difficile à comprendre. Vous vous êtes disputé avec cet homme et vous l'avez supprimé. Torridon, je vous ordonne de quitter mon domaine.

Un murmure choqué traversa la foule. Phelan la balaya des yeux en s'empressant de dissimuler sa surprise.

— Partez, Torridon ! reprit-il d'un ton sans appel. Je ne laisserai personne abuser de mon hospitalité. Ici ce n'est pas Glencoe.

Neil le considéra avec mépris.

— Je n'ai tué personne dans son lit.

— Vous devrez avoir quitté mes terres avant le lever du soleil. Ce délai expiré, je vous traiterai comme un hors-la-loi.

— C'est injuste ! s'écria Eileen. Il n'a fait que se défendre !

Phelan lui fit signe de se taire.

— Vous m'avez entendu, Torridon ? Beathan, que l'un de vos hommes s'occupe de ses affaires et de son cheval. Je refuse qu'il entre de nouveau chez moi.

— Je partirai, et avec grand plaisir ! répliqua Neil. Mais pas sans Eileen.

— Regardez autour de vous, Torridon. Au mieux, vous disposez d'une poignée d'hommes avec vous. J'ai tous ceux de mon clan plus mes soldats. Si vous tenez à la vie, je vous conseille de filer sur-le-champ.

— Eileen, appela Neil. Voulez-vous venir avec moi ?

— Elle reste là ! aboya Phelan.

— C'est à elle d'en décider, pas à vous, riposta Neil. Eileen ?

Phelan se pencha vers elle pour chuchoter :

— Si vous le suivez, je le poursuivrai et le tuerai avant qu'il n'ait eu le temps de quitter mes terres. S'il part seul, il vivra.

— Pourquoi faites-vous ça ? murmura-t-elle.

— Dites-lui de partir ou je jure de vous apporter sa tête avant l'aube.

Eileen dévisagea Phelan, se rappelant ce qui était arrivé à l'homme qui avait eu le malheur de blesser sa mère. « Notre grand-père est un homme cruel » l'avait avertie Duncan. Elle ne doutait pas que Phelan mettrait sa menace à exécution.

— Il te fera exécuter si je pars avec toi ! prévint-elle Neil en français.

— Je serai ravi de courir le risque, répondit-il dans la même langue.

— Pas moi. Que Dieu t'accompagne, mon amour ! Fais ce que nous nous sommes promis. Je resterai ici en attendant ton retour.

— Viens avec moi maintenant, Eileen.

— Je ne peux pas. Je t'en prie, pars !

Duncan s'avança.

— Je resterai avec vous, Eileen.

— Non ! s'écria-t-elle. Partez avec Neil, protégez-le.

— Oui, mon petit-fils, approuva Phelan en français. Partez. Vous n'êtes plus le bienvenu chez moi, Duncan. Vous avez choisi votre camp il y a longtemps en restant à Torridon.

Horrifiée, Eileen contempla son grand-père. Il avait compris chacune de ses paroles. Comment avait-elle pu être assez bête pour penser qu'il ignorait le français ?

— Beathan, poursuivit-il en revenant à l'anglais, vous les accompagnerez. Vous avez jusqu'au lever du soleil, messieurs. Après, mes hommes et ceux d'Asher s'occuperont de vous.

— Faites attention, Phelan MacKenzie ! l'avertit Neil. En me menaçant cette nuit, c'est Torridon tout entier que vous défiez ! Ni moi ni mon clan ne pardonnerons facilement un tel affront. Êtes-vous certain que c'est ce que vous voulez ?

— Fichez le camp de mes terres, Torridon ! rugit Phelan. Immédiatement !

— Très bien. Mais sachez que je reviendrai chercher Eileen. Et vous me recevrez, Phelan, ou vous et tout Glen Mothin paierez le prix de votre entêtement.

— Vous avez jusqu'à l'aube, Torridon !

— Eileen ? insista Neil.

— Pars, mon amour ! Toi et toi seul, Neil, ajouta-t-elle en français.

Neil hocha la tête.

— Toi et toi seule, Eileen. Je reviendrai pour toi !

Sur ces mots, il se détourna et disparut dans la foule.

Elle tressaillit en sentant Phelan lui agripper le bras.

— Torridon n'est pas pour vous, Eileen. Ne me défiez plus jamais ou vous le regretterez.

— Je l'aime, répondit-elle. Ni vous ni personne n'y pourrez rien changer.

— C'est ce qu'on verra, ma chère petite-fille. C'est ce qu'on verra.

Accoudé au bastingage de l'*Isabel*, Neil fixait les eaux bleutées du loch Carron sans les voir. Il n'arrivait pas à se pardonner d'avoir laissé Eileen à Glen Mothin. Pourquoi l'avait-il écoutée ? Il aurait dû la prendre par la main et la forcer à la suivre. Certes, il aurait fallu affronter les hommes de Phelan mais, au moins, il serait avec elle au lieu de se demander ce que Phelan allait faire d'elle.

Car ce vieux roublard comptait se servir d'elle, c'était évident. Il avait tout de suite compris l'avantage qu'il pouvait tirer de la situation, et profité de la mort de Desmond pour se débarrasser de la seule personne susceptible de contrer ses plans, c'est-à-dire lui. Sans doute Phelan espérait-il obtenir des terres ou de l'argent en la mariant à un allié à la recherche d'une épouse de bonne lignée, jeune et belle de surcroît. À moins qu'il n'ait eu vent des revendications d'Adam Ronley et ne cherche un moyen d'utiliser sa petite-fille pour se rapprocher du trône d'Angleterre...

En quittant Glen Mothin, Neil avait prévu de rentrer rassembler ses hommes à Torridon et de revenir sur-le-champ chercher Eileen. Puis, en réfléchissant, il avait compris qu'une telle précipitation ne ferait que compliquer les choses. Quelle que soit son envie de se venger, il devait d'abord tenir sa promesse. Il parlerait à Seaforth et à Fiona, après quoi il pourrait s'occuper de Phelan et emmener Eileen loin de Glen Mothin pour toujours.

Debout sur la plage, James regarda l'*Isabel* approcher de la côte. Sur le pont, les cheveux de Duncan flamboyaient dans la lumière du crépuscule. Neil en revanche n'était pas discernable du reste de l'équipage. James n'avait cependant pas besoin de voir son jumeau pour connaître la teneur de ses pensées. S'il ignorait les détails, il savait déjà qu'il avait laissé Eileen derrière lui, et n'avait pas agi ainsi de son plein gré. Neil était en colère.

Eileen l'avait-elle évincé ? Était-ce possible ? Que s'était-il passé entre eux depuis le jour où il avait entendu un soupir de femme dans le vent et perçu un sentiment d'exaltation et de chagrin mêlés chez son frère ? Il agita les bras pour saluer le navire. Quel que soit le problème, ils trouveraient une solution, se promit-il. Neil, Duncan et lui, comme toujours.

James observait Neil qui jouait avec son verre en hochant la tête aux propos de leur grand-mère. Mairi parlait dans le vide ; Neil ne l'écoutait pas. Tandis qu'elle lui racontait par le menu la naissance du nouveau poulain à l'écurie, il jetait sans cesse des coups d'œil vers la fenêtre, dans l'espoir sans doute de voir la tempête s'apaiser. Cela faisait trois jours qu'elle durait. Trois jours qu'il avait passés à piétiner d'impatience en attendant de pouvoir prendre la mer en direction d'Inverness.

Dès son retour, il leur avait annoncé qu'il n'épouserait pas Fiona. Bien qu'ils soient tous concernés par les implications de sa décision, personne n'avait émis de commentaire. Neil leur avait d'ailleurs bien fait comprendre qu'il ne demandait pas leur avis ; il se contentait simplement de les informer. James sourit. Lui-même avait agi de cette façon le jour où il avait averti les siens de son intention d'épouser Ellen.

Toutefois, son Ellen à lui ne prétendait pas au trône d'Angleterre. Eileen non plus, à vrai dire, du moins pas de manière certaine. Voilà peut-être ce qui le troublait le plus, se rendit-il compte : que Neil, d'habitude si carré, ne l'ait pas questionnée plus clairement sur ses projets. Le pire, c'était qu'il le soupçonnait d'être prêt à conquérir le trône si elle l'exigeait.

Une fois Neil et Duncan repartis, il préparerait les hommes pour le combat. S'il fallait attaquer Glen Mothin pour récupérer Eileen, Beathan avait promis de se joindre à eux. D'autres clans de l'Ouest les suivraient, il en était certain. Mais s'ils devaient défier Guillaume et Mary, il faudrait trouver de nouveaux alliés.

Inverness, enfin ! songea Neil en regardant la côte se rapprocher. Cette traversée lui avait paru interminable. Après plusieurs jours de tempête, le vent était tombé d'un coup, ralentissant considérablement leur navigation vers le nord. Résultat, il avait encore pris du retard par rapport à ses prévisions. Heureusement, il avait compté large, et si tout se passait bien à partir de là, il avait encore une chance de retrouver Eileen avant six semaines.

Janet MacKinnon les accueillit dans son auberge avec sa gentillesse habituelle. Durant le dîner, elle s'assit à leur table afin de leur donner des nouvelles du nord. Le massacre de Glencoe avait provoqué une vague d'indignation et, sur le moment, on avait même parlé de révolte, leur apprit-elle. Mais le temps avait passé, et finalement l'agitation était retombée. Tout le monde savait que, sans souverain ni chef militaire à leur tête, les Écossais n'avaient aucune chance.

Une fois ces nouvelles transmises, Janet se tourna vers Neil.

— C'est vrai ce qu'on raconte à propos de cette Anglaise que vous auriez ramenée de Londres, Neil ? Vous êtes bien Neil, n'est-ce pas ? James étant marié, je préfère croire qu'il ne se promène pas à travers le pays avec une Anglaise.

Neil hocha la tête.

— C'est bien moi, Janet.

— Il paraît que vous avez dû fuir les terres de Phelan MacKenzie avec trois cents hommes à vos trousses. C'est vrai ?

— Non.

— Vous n'avez pas tué un MacLeod là-bas, alors ?

— Si.

— Et vous ne connaîtriez pas une Anglaise nommée Eileen Ronley par hasard ?

Neil considéra son interlocutrice avec attention.

— Pourquoi ?

— Des hommes du roi Guillaume sont passés dans tout Inverness en demandant si quelqu'un l'avait vue. Ils pensent qu'elle voyage en compagnie d'un Highlander. Un homme grand et costaud aux longs cheveux bruns. Ils ignorent son nom. Je leur ai dit que je ne connaissais personne répondant à cette description, mais qu'ils devraient chercher du côté d'Aberdeen.

— Vraiment ? Vous avez bien fait.

— C'est ce qu'il m'a semblé. Faites attention à vous, mon garçon.

— Je n'en ai pas besoin, vous vous en chargez déjà. Merci.

— Nous nous connaissons depuis un sacré bout de temps, Neil MacCurrie ! Je ne suis pas du genre à oublier mes amis.

— Moi non plus, assura-t-il.

— Alors, qui est cette Eileen Ronley ?

Neil prit une bouchée de poisson, qu'il mâcha lentement en regardant Janet, hésitant à répondre.

— C'est très difficile de rencontrer Seaforth ? demanda-t-il finalement.

— Ça dépend de ce que vous êtes prêt à offrir, répondit-elle. Plusieurs personnes lui ont déjà rendu visite, mais aucune sans payer ce privilège, à ma connaissance. Pourquoi ?

— J'aimerais le voir pendant mon séjour ici.

Janet le dévisagea d'un air entendu.

— J'ai bien l'impression que c'est pour ça que vous êtes venu, dit-elle en se levant. Ce qui peut signifier deux choses : soit vous préparez un nouveau soulèvement, soit vous voulez rompre votre promesse de mariage avec sa cousine. C'est à cause de cette Eileen Ronley, pas vrai ?

— Vous êtes très en beauté, Janet.

Elle rassembla les assiettes vides.

— Je vais voir ce que je peux faire, pour Seaforth. Prenez une bière avec vos amis et ne bougez pas d'ici, d'accord ?

— Vous pouvez compter sur nous pour ça, intervint Duncan.

— J'en étais sûre ! répliqua-t-elle en riant.

Les choses s'étaient plutôt mieux passées qu'il ne l'avait craint, estima Neil en quittant la prison où était retenu Seaforth. Bien qu'il n'ait pas caché sa déception, il avait accepté sans trop de difficulté de mettre fin à leur accord. En revanche, Neil doutait d'avoir pu le convaincre que ce revirement était sans rapport avec son emprisonnement et un quelconque calcul politique. Il est vrai qu'il rejetait Fiona pour Eileen, la petite-fille du pire ennemi de Seaforth, cousine de Guillaume et Mary de surcroît. Comment, dans ces conditions, ne pas le soupçonner d'avoir changé de camp ?

Malgré tout, Seaforth et lui s'étaient quittés en assez bons termes. Neil avait donné de l'argent aux geôliers pour qu'ils prennent soin de leur prisonnier, tout en se doutant que la plus grande partie de la somme finirait dans leurs poches.

À présent, il ne lui restait plus qu'à se rendre en France pour s'entretenir avec Fiona. Nul doute que cette entrevue serait difficile. Car, même si elle ne l'aimait pas et n'avait jamais prétendu le contraire, elle serait forcément blessée dans son orgueil.

Il flânait dans les rues d'Inverness, tentant sans succès d'alléger le poids de culpabilité qui pesait sur lui, lorsqu'un orfèvre devant son échoppe l'interpella pour lui montrer l'une de ses créations : une bague portant une inscription en gaélique. Neil sourit. Une idée venait de lui traverser l'esprit. Il sortit sa bourse.

Le bijou l'attendait le lendemain matin : un anneau d'or sur lequel étaient gravés quatre mots en français : *Toi et toi seule*.

Les jours s'étiraient, interminables. Elle n'était pas prisonnière, se rappela Eileen. Sauf que Phelan l'empêchait de sortir de l'enceinte de la forteresse et qu'il n'y avait rien à faire à l'intérieur.

Pourquoi la gardait-il ici ? Uniquement parce qu'il détestait Neil ou dans l'intention de la marier à un autre ? Phelan n'avait évoqué Neil qu'une fois depuis la nuit où il l'avait chassé de chez lui. Ce soir-là, ils dînaient tous deux en silence quand, tout à coup, il lui avait tapoté la main en déclarant avec une gentillesse inhabituelle :

— Je sais que vous ne voulez pas y croire, Eileen, mais il est parti pour de bon. Torridon peut être charmant quand il le souhaite, et il s'est montré à vous sous ce jour. Mais moi, je connais l'autre aspect : dur et cruel, principalement avec les femmes. Vous êtes-vous demandé ce qui se serait passé si vous étiez partie avec lui ? Que seriez-vous devenue après son mariage avec la cousine de Seaforth ?

— Ce mariage n'aura peut-être pas lieu.

— Ben voyons ! Et le soleil ne se couchera peut-être pas aujourd'hui. Vous ne connaissez pas Torridon comme je le connais, Eileen. Vous n'êtes pas la première qu'il courtise et abandonne à Glen Mothin. Si vous ne me croyez pas, interrogez Adara. Je sais que je me suis montré brusque, et je m'en excuse, mais, en le voyant recommencer son petit jeu avec vous, mon sang n'a fait qu'un tour. C'est un homme violent et imprévisible, sujet à des passions soudaines et des revirements tout aussi rapides. Je cherchais simplement à vous protéger. Quel intérêt aurais-je à vous rendre malheureuse ?

Consciente que tout ce qu'elle dirait ne servirait à rien, elle avait résisté au désir de prendre la défense de Neil.

— J'ignore ce que vous y gagneriez, grand-père. Et je ne comprends pas comment vous avez pu ordonner à Duncan de partir et de ne plus remettre les pieds chez vous.

— Maudit caractère de chien ! s'était exclamé Phelan. Je ne me pardonnerai jamais d'avoir dit une chose pareille ! Je lui ai écrit pour lui demander de revenir, mais il ne m'a pas répondu.

— C'est un homme bien.

— Je n'aurais jamais dû laisser le père de Torridon l'enlever. Duncan a complètement changé au contact des MacCurrie. Tout ça, à cause de mon tempérament colérique ! avait-il ajouté en soupirant. Mais je ne laisserai pas Torridon me voler un autre de mes petits-enfants ! Je vous le répète, Eileen, MacCurrie n'est pas celui qu'il paraît. C'est un homme obstiné et violent qui utilise les gens et les rejette quand il n'en a plus besoin. Il ne reviendra jamais. Dans un mois maximum, il vous aura oubliée.

Une fois seule, Eileen s'était répété que Phelan mentait, qu'elle connaissait Neil et savait qu'elle pouvait lui faire confiance. Pourtant, les mots de son grand-père avaient continué à résonner dans sa tête et, à mesure que les semaines passaient, elle commençait à douter.

Quelques jours plus tard, Beathan lui rendit visite et lui proposa une promenade dans le parc, à l'abri des oreilles indiscrètes. Il l'entraîna le plus loin possible et, tout en désignant le massif à leurs pieds comme s'il parlait de jardinage, il annonça :

— Phelan a reçu une lettre du roi.

Eileen sentit un frisson la parcourir.

— De Guillaume ? Vous en êtes certain ?

— Mon propre fils la lui a apportée.

— Savez-vous ce qu'elle dit ?

— Il se trouve que ma femme l'a tenue un peu trop longtemps au-dessus de la bouilloire, plaisanta Beathan en souriant.

Se rembrunissant, il ajouta :

— Si votre grand-père apprend que je vous en ai parlé, il me le fera payer très cher.

— S'il l'apprend, ce ne sera pas par moi. Alors, que disait-elle ?

— Les soldats qui étaient au mariage sont rentrés à Londres ; ils ont informé Guillaume de votre présence ici. Le roi demande à Phelan de vous renvoyer là-bas. Votre grand-père ne vous a parlé de rien, n'est-ce pas ?

Eileen porta une main à sa gorge.

— Je ne peux pas rentrer, Beathan !

— Je crains que vous n'ayez pas le choix. Phelan va obéir, bien sûr, et le défier serait dangereux pour vous. À mon avis, il ne va pas tarder à vous prévenir, sans vous dire la vérité, évidemment. Probablement vous racontera-t-il qu'il a tout arrangé avec Guillaume et Mary et que vous pouvez regagner Londres sans souci.

— Mon propre grand-père me livrerait à eux ?

— Il attend depuis trop longtemps la récompense de son soutien à Guillaume et Mary pour la compromettre en s'opposant à eux.

— Que me conseillez-vous de faire ?

— Écoutez bien tout ce qu'il dira. S'il ne parle pas de Londres, cela signifiera peut-être qu'il veut vous garder ici. Mais s'il vous suggère de rentrer sans évoquer la lettre, alors vous saurez à quoi vous en tenir. Dans ce cas, prévenez-moi.

Eileen prit une longue inspiration.

— Beathan, pourquoi faites-vous ça ?

Il lui sourit.

— Je déteste votre grand-père, Eileen. C'est un chef déplorable. Il a commis toutes sortes de crimes pour lesquels il devra payer un jour. Pendant longtemps, je me suis dit qu'il était vieux et que sa tyrannie cesserait bientôt avec sa mort. Mais le temps passe, et il est toujours là. Un jour, il finira heureusement par disparaître, alors les MacKenzie de Glen Mothin retrouveront leur fierté. Vous prévenir de ce qui se trame dans votre dos est une façon de me venger de lui.

Un sourire nostalgique glissa sur les lèvres de Beathan quand il poursuivit :

— Je connaissais votre mère, nous étions amis. En vous voyant danser avec Torridon, j'ai eu l'impression de la revoir. Vous rayonniez, Eileen, comme elle autrefois. J'aimerais savoir la fille de Catriona heureuse. Or, cela n'arrivera pas si vous restez ici avec Phelan.

Neil eut connaissance du rassemblement de Kilgannon au retour de sa dernière visite aux MacLeod. La réunion, précisa le messager, n'était pas un conseil de guerre ; femmes et enfants y étaient les bienvenus. Si l'invitation était arrivée plus tôt, Neil aurait dû la décliner. Depuis sa visite à Seaforth, il s'employait en effet à rétablir la paix entre les MacCurrie et les MacLeod. Des années d'efforts avaient été balayées par la mort de Desmond, et il n'était pas sûr de pouvoir revenir au *statu quo* auquel étaient parvenus les deux clans.

Que Desmond l'ait trahi ou ait attaqué le premier ne faisait aucune différence pour les MacLeod. Tout ce qu'ils voyaient, c'était qu'une fois encore, un MacCurrie avait tué un des leurs.

Calum avait eu beau le défendre, expliquant à qui voulait l'entendre comment s'était passé le combat, rien n'y faisait. La colère montait de plus en plus chez les MacLeod de Torridon et d'ailleurs, obligeant Neil à redoubler d'énergie pour calmer les esprits, et retardant d'autant son départ pour la France. Et voilà que Kilgannon appelait à un grand rassemblement !

Neil se sentait incapable d'attendre encore. Eileen lui manquait atrocement, à tel point qu'il avait parfois l'impression d'entendre sa voix dans le vent ou de sentir son parfum. La nuit, il rêvait d'elle, de ses caresses, de ses baisers. Il s'éveillait alors le corps douloureux et arpentait les remparts jusqu'au matin dans l'espoir de calmer son tourment. Il lui avait envoyé plusieurs lettres dans lesquelles il lui expliquait les raisons de son retard, mais n'avait jamais reçu de réponse. Sans doute Phelan les avait-il interceptées.

Qu'est-ce que MacGannon pouvait avoir de si important à leur dire pour réunir les clans maintenant au lieu d'attendre les rencontres sportives qui se tenaient chaque année sur ses terres au mois d'août ? Avait-il eu vent d'une nouvelle requérant une action immédiate des chefs highlanders ? Dans ce cas, Neil se devait d'être présent.

Il pria Duncan et Jamie de le rejoindre dans son bureau afin de prendre une décision. Dès qu'ils furent assis, il annonça :

— Je dois me rendre à la fois à Kilgannon et en France.

— J'étais sûr qu'il s'agissait de ça ! s'exclama Jamie en riant. Dis à Duncan ce que tu as en tête.

Neil se tourna vers leur cousin.

— J'aimerais que Jamie participe au rassemblement à ma place. Il a fait du tellement bon travail à Dunfallandy que je m'adresse de nouveau à lui. À moins que tu ne préfères aller parler à Fiona ? ajouta-t-il à l'intention de Jamie.

— Non, merci. Mais tu vas devoir expliquer tout ça à Ellen. Elle risque de voir mon départ d'un mauvais œil.

— Emmène-la avec toi.

— Alors que je me ferai passer pour toi ? Bien sûr, Neil. Tous n'y verront que du feu.

Neil sourit.

— Évite juste de l'embrasser en public.

17

Une série de tempêtes s'abattit sur Glen Mothin au début du printemps, empêchant les paysans de travailler aux champs et les bateaux de sortir en mer. Quand Neil arriverait-il enfin ? se demandait Eileen chaque matin en levant les yeux vers le ciel. S'il revenait un jour…

Elle avait beau se répéter que Phelan avait menti, qu'il cherchait à la déstabiliser et que le retard de Neil était dû au mauvais temps, elle n'arrivait pas à oublier ses paroles. Était-il possible que Neil l'ait séduite et oubliée ? Qu'il ne revienne jamais ?

S'il s'efforçait visiblement d'être aimable avec elle, son grand-père n'en était pas moins odieux avec tout son entourage. Intransigeant et autoritaire, il ne tolérait aucune discussion et infligeait à ses hommes des châtiments injustes et cruels. Tout le monde le craignait et lui obéissait au doigt et à l'œil, ce qu'il prenait pour du respect.

Si elle dirigeait Glen Mothin… Si elle était reine…

Elle se ressaisit. Ce genre de pensée lui venait de plus en plus fréquemment ces derniers temps. Souvent, elle se demandait ce qui se passait à Londres, pourquoi Guillaume et Mary désiraient son retour. Regrettaient-ils son départ ou étaient-ils furieux contre elle ? Avaient-ils l'intention de l'assassiner ?

Phelan évoquerait-il la lettre qu'il avait reçue du roi ? Il avait une idée derrière la tête, elle en était certaine. Elle le connaissait depuis assez longtemps maintenant pour savoir qu'il complotait toujours quelque chose.

Ils parlaient peu ensemble, et toujours de sujets sans importance. Si, par hasard, elle prononçait le nom de Neil, il s'empressait de dévier la conversation. Et si elle mentionnait Duncan, il se plaignait immanquablement de la trahison de son petit-fils et de son impardonnable manque de reconnaissance. La liste de ceux qui l'avaient contrarié semblait interminable et sa rancœur éternelle. Eileen comprenait pourquoi sa mère avait bondi sur la première occasion pour s'échapper d'ici.

Vers la fin du printemps, les tempêtes cessèrent enfin et les rivières rentrèrent dans leur lit. Avec la reprise de la navigation dans le loch, des nouvelles du monde extérieur parvinrent de nouveau à Glen Mothin. À Londres, Guillaume et Mary avaient chargé l'architecte Christopher Wren de travaux considérables à Hampton Court. Une fois ceux-ci terminés, Guillaume s'installerait là-bas, loin du centre qu'il avait toujours détesté.

Que construirais-tu si tu étais reine ?

Après une longue semaine de brouillard, le soleil brilla enfin sur Glen Mothin. Ce fut ce jour-là que Phelan choisit pour lui parler. Elle profitait de la douce chaleur dans la cour du château quand il s'approcha d'elle, donnant au passage des ordres aux domestiques en riant. Elle le regarda, surprise. Quel miracle avait bien pu le mettre d'aussi bonne humeur ?

— J'ai des nouvelles pour vous, annonça-t-il d'un ton enjoué. Venez faire un tour avec moi.

Eileen le suivit jusqu'à l'escalier descendant au village de l'autre côté du pont-levis. L'endroit exact où elle avait vu Neil pour la dernière fois.

Phelan contempla les maisons au-dessous, les mains derrière le dos.

— J'ai envoyé un courrier à Guillaume et Mary pour plaider votre cause.

— Vraiment ?

— Oui. Ils m'ont répondu qu'ils m'étaient reconnaissants de ma loyauté. Rares sont ceux qui se sont montrés loyaux envers eux dans les Highlands, et il m'a semblé juste de leur rappeler que j'en faisais partie. Je leur ai dit qu'ils n'avaient pas le droit de vous forcer à épouser un homme dont vous ne vouliez pas.

— Comment étiez-vous au courant de cette histoire ?

Une lueur de contrariété étincela dans le regard de Phelan.

— Tout le monde l'est. Duncan me l'a dit, mais j'aurais aussi bien pu l'apprendre de n'importe qui. Vous vous êtes réfugiée dans votre famille, et je suis heureux d'avoir été en mesure de vous protéger jusqu'à ce que le danger soit écarté.

Elle ne répondit pas.

— C'est terminé, à présent. Ils m'ont assuré qu'ils ne vous obligeraient à rien. Vous pourrez me remercier de mon hospitalité en me servant d'émissaire à Londres, ajouta-t-il en plissant les yeux. J'ai besoin que vous retourniez là-bas et me teniez au courant de ce qui s'y passe.

— Et Neil ?

Il la considéra longuement.

— Ne me dites pas que vous croyez encore qu'il reviendra vous chercher ? Vous n'êtes pas stupide à ce point !

Elle prit une inspiration.

— Je vois, commenta-t-il en soupirant. Alors, raison de plus pour vous rendre à Londres. Vous me le devez, Eileen.

— J'ai besoin de temps pour y réfléchir. Je ne suis pas certaine de vouloir retourner là-bas.

— Je vous donne trois jours.

Elle envoya un message à Beathan le soir même. Après une nuit de réflexion intense, elle avait pris sa décision. Beathan accepterait-il de l'aider ? Lorsqu'il arriva dans la matinée, elle l'entraîna hors de portée de voix des gardes et lui raconta la scène avec son grand-père. Il l'écouta en fronçant les sourcils.

— J'avais vu juste à son sujet, malheureusement, remarqua-t-il.

— Moi aussi. Beathan, accepteriez-vous de m'emmener à Kilgannon ? J'ai un peu d'argent et je peux vendre mes perles…

— Je serais honoré de vous aider à fuir Glen Mothin, Eileen, mais je refuse de prendre votre argent. Ce sera un plaisir pour moi de vous conduire jusqu'au comte de Torridon.

— Je ne suis pas sûre qu'il sera ravi de me voir.

— Je suis prêt à parier que si. Son retard s'explique certainement. Il ne vous a pas oubliée. J'ai plusieurs fils, vous savez, j'ai appris à reconnaître les signes.

— Quels signes ?

— Ceux d'un homme amoureux. Je parie tout ce que je possède qu'il vous accueillera les bras ouverts.

Elle lui sourit, le cœur soudain plus léger. *Un homme amoureux.*

— Quand pourrons-nous partir ?

— De combien de temps avez-vous besoin pour vous préparer ?

Neil monta l'escalier du palais, le cœur lourd. Ils étaient à la cour du roi James à Saint-Germain depuis deux jours, et il n'avait toujours pas vu Fiona. Par deux fois, il lui avait envoyé un message lui demandant de le recevoir, mais elle n'avait pas répondu. Las d'attendre, il en avait expédié un troisième le matin même, annonçant qu'il lui rendrait visite dans la journée.

Fiona avait-elle eu vent de ses intentions ? Même si Seaforth en avait averti quelqu'un de son camp, comment la nouvelle aurait-elle pu se transmettre aussi rapidement ? À moins que ce silence ne soit une expression supplémentaire de son manque d'enthousiasme à son égard… De quelle humeur la trouverait-il ? Maussade ? Triste ? Furieuse ? Il serait bientôt fixé, se dit-il avec une pointe d'anxiété.

Il songea à son frère. Jamie avait déjà dû prendre la route pour Kilgannon où il découvrirait les intentions des autres chefs highlanders. Quant à lui, depuis son arrivée à Saint-Germain, il s'était encore raffermi dans sa décision de ne participer à aucune nouvelle révolte. Ce qu'il avait vu de la cour du roi James avait fini de le persuader que toute nouvelle rébellion serait vouée à l'échec. Le roi James était toujours aussi inactif et ses responsables militaires incompétents.

Neil s'arrêta devant la porte des appartements de Fiona.

Eileen, pensa-t-il, *je serai bientôt libre*.

Une servante lui ouvrit en annonçant que sa maîtresse serait prête dans quelques instants. Elle l'invita à s'asseoir dans une antichambre tendue de soie bleue où régnait une forte odeur de muguet.

Au bout d'une heure, sa culpabilité avait presque disparu. Fiona le faisait-elle attendre pour le punir ou essayait-elle de se calmer afin de lui cacher ses larmes ? Il ne savait que penser.

Il s'était presque résolu à l'idée de ne pas la voir aujourd'hui lorsqu'elle arriva enfin. Elle s'arrêta sur le seuil et le considéra longuement en silence. Comme toujours, elle était vêtue à la dernière mode, d'une robe à panier en soie lavande surmontant de multiples couches de jupons. De son chignon ridiculement haut s'échappaient des rubans de dentelle et des anglaises qui retombaient sur ses épaules nues.

Elle agita un éventail devant son visage couvert de poudre blanche. Il remarqua au coin de sa bouche une mouche noire qu'il ne connaissait pas. Elle faisait la moue.

Il pensa à Eileen telle qu'elle lui était apparue pour la dernière fois, à sa longue chevelure qui flottait dans le vent, à sa peau translucide. Il n'avait aucun souvenir de ce qu'elle portait ce matin-là, mais il l'avait trouvée magnifique.

Il fit une petite révérence.

— Fiona.

Elle s'avança vers lui d'un pas majestueux et lui tendit ses doigts pour qu'il les baise.

— Neil, le salua-t-elle. Vous auriez dû me prévenir plus tôt. J'ai à peine eu le temps de m'apprêter pour vous recevoir.

— J'en suis désolé, s'excusa-t-il tout en se demandant depuis quand elle avait perdu son accent écossais.

— Je l'espère. C'est un manque d'égards impardonnable.

— Comment vous portez-vous, Fiona ?

— Aussi bien qu'on peut l'espérer, je suppose, dans cette cour en exil.

— Vous resplendissez.

Elle se rengorgea.

— Vraiment ?

— Votre robe est spectaculaire.

— Je l'aime beaucoup, reconnut-elle en faisant gonfler ses jupons. J'ai si rarement de nouvelles toilettes !

Les yeux plissés, elle le dévisagea avant de reprendre :

— Pourquoi êtes-vous ici, Neil ? Une nouvelle guerre se prépare ? Êtes-vous venu repousser la date du mariage pour partir au combat ? Je croyais que la dernière tentative avait été un échec.

— En effet, mais ce n'est pas la raison de ma visite.

Il prit une grande inspiration.

— Fiona, je suis venu résilier l'accord concernant notre mariage. J'ai vu Seaforth...

— Résilier l'accord concernant notre mariage ! s'exclama-t-elle, l'air horrifié. Vous me rejetez ?

— Ce n'est pas ainsi que je vois les choses...

— Vraiment ? Alors, comment les voyez-vous, Neil ? Refusez-vous de m'épouser, oui ou non ?

— Oui. J'ai rencontré...

— Je me fiche de savoir qui vous avez rencontré ! Vos maîtresses, monsieur, ne m'intéressent pas.

Elle lui tourna brusquement le dos. En voyant ses épaules tressauter, Neil se maudit intérieurement. Jamais il n'avait imaginé qu'elle pleurerait.

— Je suis désolé, s'excusa-t-il de nouveau.

— Désolé de me déranger ! Désolé de me rejeter ! Vous n'avez que ce mot à la bouche ! s'écria-t-elle en faisant volte-face, le visage écarlate. Pendant tout ce temps vous avez fait croire à tout le monde que vous alliez m'épouser, et maintenant vous revenez sur votre promesse ? Je vous conseille de bien réfléchir avant de m'humilier devant toute la cour, Neil MacCurrie !

Neil hocha la tête, honteux. Certes, ce n'était pas sur lui que Fiona pleurait, mais elle avait néanmoins des raisons de se lamenter. La cour était cruelle ; les moqueries iraient bon train dès qu'on apprendrait que son prétendant l'avait repoussée.

— Goujat ! reprit-elle d'une voix étranglée avant de le gifler.

Une première fois avec la main, une seconde avec son éventail.

— Espèce de mufle !

— Je regrette Fiona. Je vais partir…

— Vous regrettez, c'est tout ? Non, monsieur, vous ne partirez pas ! Lâchez cette porte.

— Que voulez-vous que je fasse ?

— Expliquez-moi !

— Je… J'ai rencontré une femme.

— Qui est-ce ?

— Elle s'appelle Eileen Ronley.

— Jamais entendu parler d'elle.

— Sa mère était Catriona MacKenzie. C'est la petite-fille de Phelan.

À cette nouvelle, Fiona plissa les yeux.

— Phelan MacKenzie ? Vous vous êtes rallié à Guillaume, alors ?

— Non. J'ignorais cette parenté la première fois que je l'ai vue. Je l'ai connue en Angleterre. Je n'avais jamais envisagé que les choses se passeraient ainsi, Fiona, poursuivit-il en écartant les bras.

Cela lui valut un ricanement méprisant.

— Son père était l'un des bâtards de Charles II. Elle est cousine du roi Guillaume et de Mary et Anne.

— Vous vous êtes rallié à Guillaume !

— Non. Mais je l'aime et je compte l'épouser, si elle veut bien de moi.

— Vraiment, Neil ? demanda Fiona, le menton levé.

— Oui. Je regrette, Fiona. Je ne voulais pas vous blesser.

— Me blesser ? Je ne suis pas blessée, pauvre crétin ! Je suis folle de rage ! Savez-vous combien de prétendants j'ai évincés à cause de vous ? Si vous ne vouliez pas m'épouser, pourquoi avoir attendu aussi longtemps pour me le dire ?

Neil resta bouche bée.

— Je…

Elle lui fit signe de se taire.

— Très bien. Nous ne nous marierons pas.

Elle s'éloigna de quelques pas en réfléchissant, puis revint vers lui, l'air décidé.

— Votre joue est rouge là où je vous ai giflé.

— Ah bon ?

— Frottez-la, que la marque disparaisse.

Il obéit en se demandant ce qu'elle avait en tête. Son accent écossais s'était de nouveau évanoui. Manifestement, elle avait recouvré son sang-froid.

— Ça m'est égal de ne pas devenir votre femme, dit-elle sans émotion. De toute façon, je n'avais aucune envie de passer ma vie dans un château sinistre à élever vos héritiers pendant que vous vous seriez distrait avec vos maîtresses. Je suis plus heureuse ici. Mais il est hors de question que vous sortiez de cette pièce en racontant à toute la cour que vous n'avez pas voulu de moi.

— Je n'en parlerai à personne.

Elle secoua la tête.

— Si, vous en parlerez. Mais en précisant que c'est moi qui ai rompu notre engagement, et que vous en avez le cœur brisé.

Il acquiesça.

— Pas de problème.

— Je veux également un cadeau d'adieu. Un bijou.

Un doigt sur les lèvres, elle réfléchit avant d'ajouter :

— Votre Eileen Ronley possède-t-elle des perles ?

— Oui, mais je ne peux pas vous les donner.

— Je ne veux pas des siennes ! Achetez-moi un collier de perles, Neil. Avec des pendants d'oreilles assortis. Et racontez à tout le monde que je vous ai fendu le cœur.

— D'accord. Merci, Fiona.

— Idiot ! Pourquoi ne m'en avez-vous pas parlé plus tôt ?

— J'avais peur de vous blesser. Ou de vous mettre en colère.

— Vous vous surestimez, monsieur. Vous n'êtes pas aussi exceptionnel que vous le croyez.

— Nous sommes d'accord sur ce point.

— Apportez-moi le cadeau avant d'annoncer la nouvelle autour de vous.

Il lui embrassa la joue.

— Merci, Fiona.

Elle le repoussa, mais lui posa une main sur le bras.

— C'est tout de même dommage. Avec quelques efforts, ce mariage aurait pu fonctionner, Neil. En étant sincères l'un avec l'autre, nous y serions arrivés malgré tout.

Touché par la soudaine émotion qu'il perçut dans son regard, il hocha la tête.

Elle lui adressa un sourire en coin.

— Je compte sur vous pour choisir de belles perles, Neil.

Il quitta le palais, perplexe, pour aller rejoindre Duncan.

— C'est réglé, lui annonça-t-il.

— Ça s'est mal passé ?

— Pas vraiment. En fait, elle m'a surpris. Je crois que je l'ai plus appréciée pendant ces dix minutes que durant les dix dernières années.

— Mais tu n'as pas changé d'avis, rassure-moi ?

— Mon Dieu, non !

— Donc, nous partons.

Neil secoua la tête.

— J'ai quelques emplettes à faire avant de quitter la France.

Comme Duncan haussait un sourcil interrogateur, Neil se mit rire.

— Un cadeau de rupture. Ou deux.

Neil regarda la côte française disparaître au loin. Il avait offert à Fiona la plus belle parure de perles qu'il ait pu trouver sans se préoccuper du prix. Elle avait refusé de le voir lorsqu'il la lui avait portée, laissant le soin de le recevoir à son père qui n'avait dissimulé ni sa déception ni sa colère.

Je brûle les ponts derrière moi, songea-t-il. Cependant, il n'avait aucun regret.

Il leva la tête vers les voiles que la brise gonflait à peine. Si le vent ne se levait pas, le voyage allait s'éterniser. Lorsqu'ils atteindraient Torridon, Jamie serait sûrement de retour de Kilgannon avec des nouvelles fraîches. Mais peu importait. Même si tous les autres clans avaient voté une nouvelle rébellion, il ne se joindrait pas à eux.

En revanche, il allait armer ses hommes pour Glen Mothin. Il n'était pas certain que Phelan l'empêcherait d'emmener Eileen, mais il préférait se préparer au pire. À présent qu'il était libre de l'épouser, il ne laisserait personne l'en empêcher.

Luttant contre la nausée, Eileen s'emmitoufla dans sa cape. Si la mer se calmait, elle pourrait au moins profiter de la traversée jusqu'à Kilgannon.

Elle se concentra sur le paysage, les montagnes enneigées creusées de vallées étonnamment vertes.

Elle n'avait pas souffert du mal de mer jusqu'à Skye, mais une fois la protection naturelle de l'île franchie, les vents s'étaient déchaînés. Les mains crispées sur le bastingage, elle adressa un pâle sourire à Beathan qui venait de la rejoindre.

Après l'avoir retrouvée à l'heure convenue, ce dernier l'avait emmenée chez les MacRae, chargés de les conduire au rassemblement de Kilgannon. Ceux-ci n'avaient pas posé de question concernant la présence d'une femme à ses côtés, et Beathan ne leur avait fourni aucune explication, les laissant libres de tirer leurs propres conclusions. Probablement la considéraient-ils comme sa maîtresse, mais peu importait. La seule opinion qui comptait pour elle était celle de Neil.

Neil qui n'était pas venu la chercher à Glen Mothin. Comment l'accueillerait-il à Kilgannon ? s'inquiéta-t-elle encore une fois. Lui ouvrirait-il les bras en grand en lui expliquant les raisons de son retard ou la repousserait-il ? Aller là-bas était peut-être la pire folie qu'elle ait jamais commise.

Oh ! Neil ! supplia-t-elle en son for intérieur. *Je t'en prie, sois là pour moi. J'ai tellement peur.*

Ils furent accueillis par la femme du comte de Kilgannon en personne. La belle et très élégante comtesse Diane MacGannon salua Eileen en l'appelant « mademoiselle MacRae, » avant de se tourner vers la personne suivante de la longue file des visiteurs. Eileen n'essaya pas de la corriger.

Dans la grande salle, les domestiques dressaient les tables en vue du prochain repas. Certains chefs de clan se trouvaient encore au château, d'autres étaient dans la cour ou sur le port. Eileen resta seule un moment à observer les lieux tandis que la comtesse donnait ses ordres à la maisonnée.

Le château de Torridon ressemblait-il à celui-ci ? s'interrogea-t-elle en détaillant la vaste salle blanchie à la chaux au plafond orné de poutres. Ou était-il aussi froid et sans grâce que celui de Glen Mothin ? Peu importait, décida-t-elle. Torridon était la demeure de Neil, cela suffisait pour qu'elle l'aime.

Elle sortit dans la cour où des Highlanders devisaient par petits groupes. Ni Neil ni Beathan n'étant pas parmi eux, elle descendit se promener le long du rivage.

James reprit place dans la petite salle à l'arrière du château pour la énième réunion de la journée. Depuis le matin ils parlaient de Glencoe, de Guillaume et Mary et du roi James, et les discussions se poursuivraient tard dans la nuit alors qu'il en avait déjà par-dessus la tête.

Bien qu'ils soient presque tous des guerriers chevronnés, les hommes autour de lui se faisaient peu d'illusions sur l'avenir et encore moins sur le roi James. D'où leur manque d'enthousiasme à l'idée d'une nouvelle révolte contre Guillaume et leurs tentatives pour calmer la colère des quelques va-t-en-guerre de l'assistance.

Malheureusement, les problèmes étaient nombreux : depuis trois ans, les récoltes étaient catastrophiques, Seaforth croupissait toujours en prison, et il leur était interdit de vendre leurs produits sur le marché anglais. S'ils ne trouvaient pas une solution, la famine s'abattrait bientôt sur l'Écosse. À ce moment-là, rien ne pourrait plus empêcher un soulèvement dans le pays.

Pour une fois, les MacCurrie étaient d'accord avec les MacLeod. Une chance, songea James avec soulagement, que la paix entre leurs deux clans ait été restaurée à Gairloch, sinon leur querelle serait devenue l'autre grand sujet du rassemblement.

Un rire général le tira de ses pensées. Glengarry, le jeune chef des MacDonnell, décrivait avec une énergie pleine d'humour comment il avait réussi à déjouer la surveillance des soldats anglais. James se rappela alors leur dernière rencontre et la jalousie qui s'était emparée de lui en remarquant la manière dont Glengarry lorgnait Ellen. Glengarry ne représentait pas une menace, il le savait, ce qui ne l'empêchait pas de garder Ellen à bonne distance du bouillonnant jeune homme depuis leur arrivée.

Celle-ci s'en était aperçue et se moquait de lui, lui faisant de petits signes discrets tout en continuant à jouer le rôle de la belle-sœur de Neil qui avait profité de ce voyage pour rendre visite à Diana, la femme de Kilgannon.

Finalement, cette nouvelle session s'avéra productive. Les clans décidèrent qu'ils ignoreraient l'injonction de Guillaume de donner leurs armes et ne laisseraient le roi s'emparer d'aucune nouvelle terre clanique. James était satisfait : ni guerre ni abdication, cela reflétait exactement sa position.

Lorsqu'ils se levèrent pour gagner la grande salle où était servi le dîner, James attendit Kilgannon afin de le remercier de son hospitalité.

Celui-ci lui posa une main sur le bras.

— Content que tu sois venu, mon garçon. Où est Neil ?

James lâcha un rire. Il s'était demandé s'il arriverait à tromper MacGannon.

— Devant vous.

— Vous avez déjà essayé ça à Dunfallandy. J'étais là, souviens-toi. Je ne me sens pas insulté, mon garçon, ajouta-t-il avec un clin d'œil. Je me posais juste la question.

James haussa les épaules. À quoi bon mentir ? Kilgannon garderait le secret.

— Il est en France, pour voir Fiona. Mais comment vous êtes-vous rendu compte de la différence ?

Kilgannon lui prit la main gauche et montra la cicatrice sur le dessus.

— Tu as rapporté ça de Dunfallandy. Neil n'en a pas, sauf si le MacLeod qu'il a tué à Glen Mothin lui a laissé un souvenir.

— Vous êtes au courant de tout.

— Pas tout. Que faisait Neil à Glen Mothin, par exemple ? Je l'imagine mal ayant envie de rendre visite à Phelan. Aurait-il changé de camp ?

— Ce n'est pas la politique qui l'a conduit là-bas, mais une femme. La petite-fille de Phelan, la fille de Catriona.

— Je vois, commenta Kilgannon en se frottant le menton. Et à présent, il est en France. Intéressant...

— Vous avez raison, ces derniers mois ont été passionnants.

— Lorsque je l'ai croisé en France, il m'a posé des questions à son sujet. Ou plutôt au sujet de son père. C'est la petite-fille du roi Charles, n'est-ce pas ?

— Oui, acquiesça James. Vous comprenez pourquoi c'est un peu compliqué.

Kilgannon éclata de rire.

— Dès qu'on fait intervenir une femme dans l'histoire, ça devient compliqué, mon garçon !

Eileen aperçut enfin Neil. Debout sous la grande arche à l'arrière de la salle, il discutait avec un homme d'un certain âge. Kilgannon, lui précisa Beathan en suivant son regard. Neil rit et suivit son compagnon jusqu'à la table à l'avant de la salle. En passant près d'elle, il ne perçut ni son sourire ni le petit signe qu'elle lui adressa en guise de salut. Il ne l'avait même pas remarquée. Elle refoula ses larmes. Après tout, son inattention s'expliquait ; il ne s'attendait pas à la voir là, tenta-t-elle de se rassurer.

Toi et toi seule.

Neil s'installa avec Kilgannon et son épouse, trois autres femmes et un homme que Beathan identifia comme Glengarry. Il paraissait tranquille, parfaitement à l'aise ; il parlait et riait beaucoup, en particulier avec la beauté brune assise face à lui. C'était la première fois qu'Eileen le voyait ainsi, léger, détendu. Il ne ressemblait pas à un homme pressé de retrouver sa bien-aimée restée au loin.

Il ne m'a pas remarquée, c'est tout, essaya-t-elle une fois encore de se réconforter. Peut-être aurait-elle dû simplement se lever et le rejoindre, mais elle ne parvenait pas à se décider. Elle craignait trop qu'il la rejette. Elle voulait lui parler seule à seul, pas dans cette salle remplie d'étrangers, devant une femme qui semblait monopoliser toute son attention. Le dîner terminé, Neil continua à discuter avec les Highlanders et sa compagne. Quand les musiciens arrivèrent et commencèrent à jouer, il ne bougea pas. Eileen non plus.

Finalement, la beauté brune quitta la table. Neil, quant à lui, poursuivit sa conversation avec les hommes. Il ne se leva qu'une fois les musiciens partis, bien après minuit, et traversa la salle pour se diriger vers l'escalier avec deux autres Highlanders. Eileen lui emboîta aussitôt le pas. Sur le palier du premier étage, elle le rattrapa.

— Neil ! Attends !

Il s'arrêta et se tourna vers elle, sourcils froncés.

— Je suis là, ajouta-t-elle, le souffle court.

— Je vois ça, répondit-il d'un ton poli empreint de surprise.

Il jeta un coup d'œil à ses deux compagnons qui s'étaient eux aussi arrêtés et les regardaient avec intérêt.

Elle déglutit.

— Qu'est-ce qui a changé ?

— Je ne comprends pas, dit-il doucement.

— Et la destinée ?

— La destinée ?

— Oui, le destin ! L'évidence de notre rencontre ! Ce n'étaient que des mots ?

— Je ne comprends pas, mademoiselle. Vous devez vous tromper de personne.

Elle le contempla, abasourdie.

Sans rien ajouter, il s'inclina et se remit en marche. L'un des hommes lui donna une tape dans le dos.

— Tu as toujours su y faire avec les femmes, Torridon ! plaisanta-t-il.

Neil le gratifia d'un sourire crispé, et se tourna une dernière fois vers elle avant de disparaître à l'angle du couloir.

18

Eileen se rinça le visage et examina son reflet. Ses yeux étaient encore rouges, son visage gonflé. Elle avait pleuré pendant des heures, avant de commencer à réfléchir. Non, elle n'avait pas imaginé tout ce qui s'était passé entre Neil et elle. Beathan lui-même l'avait remarqué. N'avait-il pas parlé de Neil comme d'un homme amoureux ?

Et cette dernière nuit à Glen Mothin, elle ne l'avait pas rêvée non plus. Neil l'aimait, alors ; il n'avait pas craint de l'affirmer devant tout le monde. Qu'est-ce qui avait changé depuis ? Était-il possible que les choses soient aussi simples que Phelan avait voulu le lui faire croire ? Que Neil soit un bourreau des cœurs cruel et éhonté ? Il devait forcément y avoir une autre explication. Or, elle n'en trouvait qu'une.

Ce n'était pas Neil qui était là aujourd'hui, mais James, son jumeau.

Se pouvait-il qu'ils se ressemblent tant que même elle s'y soit trompée ? Certes, Duncan lui avait affirmé n'avoir aucun mal à les différencier, mais il les connaissait depuis longtemps. Pourquoi James jouerait-il le rôle de Neil ? Et si Neil n'était pas à Kilgannon, où était-il ? En France avec Fiona ?

Elle n'avait qu'un moyen d'obtenir des réponses, décida-t-elle, et elle s'y attellerait dès demain matin. Un instant, elle imagina la surprise de James lorsqu'il découvrirait à qui il avait affaire. Sans doute l'accueillerait-il les bras ouverts et lui fournirait-il les explications qu'elle attendait. Il ne pouvait en être autrement. Sauf si elle se trompait… Que se passerait-il s'il s'agissait vraiment de Neil ? Les femmes dont il se lassait disparaissaient-elles généralement de sa vie sans faire de bruit ? Avait-il été surpris de la découvrir ici ? Se moquait-il d'elle en ce moment même en compagnie de la jeune femme brune ?

S'il s'agissait de Neil, elle ferait face, décréta-t-elle. Ses rêves s'écrouleraient en un instant et, avec eux, ses sentiments pour lui. Elle rentrerait à Glen Mothin et regagnerait Londres comme le voulait Phelan. Guillaume et Mary essaieraient peut-être encore de la marier, mais elle ne les imaginait pas en vouloir à sa vie. D'ailleurs, Anne ne les laisserait pas lui faire de mal.

De toute façon, elle ne voyait pas d'autre possibilité. Elle ne pouvait pas retourner à Ronley Hall et ne supporterait pas de rester à Glen Mothin.

Dans quelques heures, elle saurait.

En entrant dans la grande salle pour prendre son petit déjeuner, Neil avisa immédiatement la jeune femme qui l'avait abordé la veille. Il s'empressa de ressortir avant qu'elle l'aperçoive. Qui était donc cette fille ? se demanda-t-il une fois encore. Une MacRae, manifestement, puisqu'elle était assise à la table du clan. Pourquoi connaissait-elle Neil ? Et, surtout, quelle était la nature de leur relation ? S'il en jugeait par la familiarité avec laquelle elle l'avait abordé, ils devaient être très intimes. De toute évidence, elle s'attendait à être accueillie les bras ouverts.

Comment Neil avait-il pu batifoler avec une MacRae en se prétendant fou amoureux d'Eileen Ronley ? L'avait-il connue avant de rencontrer cette dernière ? En tout cas, la pauvre fille semblait très attachée à lui. James maudit son frère intérieurement. Il aurait tout de même pu l'avertir avant de l'envoyer dans ce traquenard ! Une femme amoureuse était bien la dernière chose dont il avait besoin avec Ellen ici.

Il était vraiment temps que ce rassemblement se termine. Tout le monde avait exprimé son avis une bonne dizaine de fois, et il ne restait rien à ajouter. Ce soir, les chefs prendraient un dernier repas ensemble et, demain, chacun serait libre de rentrer chez lui. Alors, il pourrait cesser ce petit jeu et dormir auprès de son épouse au lieu de se contenter de quelques baisers volés.

Eileen prenait le petit déjeuner en compagnie des MacRae et de Beathan quand elle s'aperçut soudain que la salle s'était presque vidée. Les chefs étaient déjà partis pour leur première réunion de la journée. Elle avait manqué Neil et allait devoir attendre l'heure du déjeuner pour lui parler.

Sur la vaste pelouse du parc, Kilgannon avait organisé une série de jeux afin de distraire les hommes et les épouses des chefs. Eileen les observa un moment puis, désœuvrée, reprit le chemin du château. Plus les heures passaient, plus ses doutes grandissaient. N'était-elle pas en train de s'entêter inutilement, de refuser l'évidence ?

Quand Beathan la rejoignit et lui demanda d'un air désolé si elle comptait rentrer à Glen Mothin avec lui, elle fondit en larmes. Il lui tapota gentiment l'épaule en lui indiquant qu'ils appareilleraient dans la soirée et qu'elle était bienvenue à bord. Elle avait réussi à bredouiller un vague remerciement avant de se réfugier dans la grande salle pour attendre.

Elle entendit les chefs de clan rire et parler fort dans le couloir avant de les voir. Neil se trouvait parmi eux. Rassemblant son courage, elle se leva pour aller à sa rencontre. En la voyant, Neil tressaillit et poursuivit son chemin comme si de rien n'était.

— Neil, l'interpella-t-elle alors en ignorant les regards amusés des autres hommes. J'aimerais vous parler un instant.

Il secoua la tête sans s'arrêter.

— J'insiste, monsieur, dit-elle, une pointe de colère dans la voix.

Cette fois, il s'immobilisa.

— Vraiment ? demanda-t-il en haussant un sourcil, ce qui fit rire ses compagnons.

Comme ceux-ci s'éloignaient, elle demanda à voix basse :

— Êtes-vous Neil ou James MacCurrie ?

— Je suis Neil, mademoiselle.

— Vraiment ?

— Vraiment.

— Dans ce cas, pourquoi faites-vous mine de ne pas me connaître ?

— Parce que je vous connais ?

— Arrêtez ce jeu stupide ! Et tous vos discours sur le destin, la providence, ce n'était que du vent ? Comment pouvez-vous me faire ça ?

Une expression peinée apparut sur les traits de Neil.

— Mademoiselle, j'ignore ce que vous vous êtes imaginé, mais quoi que ce soit, vous vous trompez. Suis-je clair ?

Sur ces mots, il se détourna, traversa la salle à grandes enjambées et sortit de l'autre côté.

Incrédule, elle resta un instant pétrifiée avant de s'élancer derrière lui. Lorsqu'elle déboucha dans la cour, il avait disparu. Elle se hâta vers le pont-levis, bien décidée à ne pas la laisser s'en tirer aussi facilement. En passant devant les écuries, elle entendit une voix.

— Viens là…

C'était la voix de Neil, rauque et joyeuse.

Eileen se figea. Trouvait-il ce jeu amusant ?

— Ne fais pas la timide, ma douce. Approche.

Comment pouvait-il la voir ? Elle se dirigea vers la porte. Les écuries étaient profondes, divisées en stalles occupées par des poneys des Highlands. Il n'y avait personne en vue. Neil chuchota quelques mots, trop bas pour qu'elle en saisisse le sens. Où se cachait-il ?

Il n'était pas seul. Une voix féminine lui répondit, rapidement étouffée. Eileen avança doucement entre les stalles. Une fenêtre ouverte un peu en hauteur, celle par laquelle elle avait entendu Neil, laissait filtrer un rayon de soleil.

Dans le dernier box, un homme de haute taille lui tournait le dos. Il embrassait une femme brune qu'il enlaçait d'un bras tout en lui caressant la cuisse de l'autre main. Un lacet de cuir retenait ses longs cheveux sombres et il portait un gilet de soie bleu doublé de blanc.

Stupéfaite, Eileen porta une main à sa bouche et s'enfuit en courant.

Sur le coup, elle ne pleura pas, trop choquée et furieuse pour percevoir l'intensité de sa douleur. Elle fila loin des écuries, loin du château, et marcha durant près de deux heures le long du rivage jusqu'à un chemin s'enfonçant dans une forêt de conifères. Là, à l'ombre des grands sapins, elle se laissa finalement tomber à terre et éclata en sanglots.

Ce n'est qu'après un long moment, quand ses larmes se furent taries, qu'elle se tourna sur le dos, le regard perdu dans le ciel.

Cette fois, elle devait affronter la vérité. Quoi qu'il ait eu entre Neil et elle, cela n'existait plus. Il ne serait jamais venu la chercher à Glen Mothin. Elle aurait passé sa vie à se demander ce qui s'était passé, s'il lui avait écrit sans qu'elle le sache, si son grand-père avait réussi à le tenir à l'écart.

« Dans un mois au maximum, il vous aura oubliée », avait affirmé Phelan. Il ne s'était pas trompé.

Elle regagna le château et traversa la grande salle d'un pas rapide en priant pour ne pas croiser Neil. Une fois dans sa chambre, elle entreprit de rassembler ses affaires. Elle ne pleurerait plus, se promit-elle. Elle n'était ni la première ni la dernière femme qu'on abandonnait. La prochaine fois, elle ne donnerait pas son cœur si facilement, ni si totalement.

Sauf qu'il n'y aurait pas de prochaine fois. Son grand-père Charles multipliait les aventures, son père trompait sans cesse sa mère, Phelan était un menteur, et Neil l'avait trahie. Combien de preuves lui fallait-il pour comprendre qui étaient vraiment les hommes ?

Ses sacs de voyage à ses pieds, elle attendit les MacRae sur le port. En la découvrant, Beathan ne fit aucun commentaire ; il se contenta de prendre ses bagages et de les monter à bord en silence. Elle vérifia que la pochette de cuir se trouvait toujours dans sa ceinture.

Elle avait du sang royal, se rappela-t-elle. Elle trouverait la force de traverser cette épreuve ; elle rentrerait affronter son grand-père à Glen Mothin, puis Guillaume et Mary à Londres. Elle toucha de nouveau la lettre. Il y avait encore une carte dans son jeu. Restait maintenant à voir ce qu'elle valait.

Elle avait parlé de destin, de providence, se souvint James. Étrange d'avoir choisi justement ces mots. Il baissa les yeux sur ses mains, sur sa chevalière arborant l'emblème des MacCurrie : un chêne fendu en deux devant un paysage d'eau et de montagne. Elle avait un accent anglais. Bizarre, pour une MacRae, non ? Elle était grande avec de longs cheveux dorés...

Se maudissant de son aveuglement, James jura intérieurement. Était-il possible qu'Eileen Ronley ait quitté Glen Mothin et, malgré l'animosité entre Phelan et les MacRae, soit venue avec ces derniers à Kilgannon ? Il se leva d'un bond sans se soucier des regards curieux des autres chefs de clan.

Il trouverait cette fille et parlerait avec elle. S'il s'agissait d'Eileen Ronley, il la ramènerait à Torridon. Sinon, il tirerait au moins cette histoire au clair.

— Comment ça, les MacRae sont partis ? s'exclama James. J'ai croisé leur chef ce matin.

Kilgannon haussa les épaules.

— Je ne peux rien te dire de plus, mon garçon. Tout ce que je sais, c'est qu'ils ont embarqué il y a au moins trois heures. Je les ai même accompagnés au port

— Elle était avec eux ?

— Étant donné qu'elle est venue avec eux et qu'on ne la trouve nulle part, je suppose que oui.

— Vous l'avez vue ?

— Je n'ai pas fait attention, James. Peut-être qu'elle y était, peut-être pas. Je n'ai pas regardé qui se trouvait sur le pont.

— Bien sûr, dit James en tentant de se calmer. Vous n'y êtes pour rien, c'est moi le fautif. Pourquoi ne lui ai-je pas demandé hier soir qui elle était ?

Il traversa la bibliothèque de Kilgannon d'un pas nerveux.

— Je crois que j'ai laissé Eileen Ronley me filer entre les doigts.

— C'était elle, l'Anglaise dont Neil est tombé amoureux ?

— J'en ai bien peur. Maintenant, elle croit qu'il n'a que faire d'elle.

— Tu pourrais essayer de les rattraper.

James se passa une main dans les cheveux. Ellen le traiterait d'idiot, et il préférait ne pas imaginer ce que lui dirait Neil. Comment avait-il pu laisser filer Eileen Ronley ?

— Après ce qui s'est passé, je doute qu'elle accepte encore de me parler, déclara-t-il avec un soupir.

— Je suppose qu'après cela, Neil et toi n'échangerez plus vos rôles de sitôt.

— C'est certain.

— Remarque, la dernière fois, ce petit stratagème t'a valu une épouse, lui rappela Kilgannon en plaisantant.

Surpris des émotions qui lui parvenaient, Neil fronça les sourcils. Du regret, du remords, de la culpabilité... Pourquoi James éprouvait-il tout cela ? Que s'était-il passé à Kilgannon ? Son frère avait-il décidé de participer à un nouveau soulèvement en dépit des consignes données ? Neil avait du mal à l'imaginer. À moins qu'il ne s'agisse d'une nouvelle bagarre avec un MacLeod ? Si c'était le cas, il comprenait le trouble de James car, cette fois, ils auraient du mal à éviter la guerre entre les deux clans. Cependant, Neil n'avait pas l'impression que les MacLeod étaient en cause.

De manière inexplicable, la tonalité des émotions de James lui évoquait plutôt Eileen. Il agrippa le bastingage. Il passerait à Kilgannon, décida-t-il. Si le vent leur était favorable, ils y seraient demain.

Alors, il saurait.

Quand Neil arriva à Torridon, Jamie l'attendait sur le quai. Un regard lui suffit pour percevoir son embarras et ses regrets.

Il ne se calma pas pour autant. Jamais encore il n'avait été aussi furieux contre son frère. Comment diable Jamie avait-il pu se montrer à ce point stupide ?

En entendant son juron, Duncan et les autres se tournèrent vers lui. Il s'en fichait. Ils pouvaient penser ce qu'ils voulaient ! A Kilgannon, il avait rencontré MacGannon qui lui avait raconté ce qui s'était passé : qu'Eileen, d'une manière ou d'une autre, s'y était rendue et que, à cause de Jamie ! en était repartie persuadée que tout était fini entre eux.

Neil débarqua et s'arrêta au souvenir de ses propres émotions à l'époque où il avait aidé l'Ellen de Jamie à quitter Torridon. Malgré sa colère en apprenant la nouvelle, son frère lui avait pardonné. Serait-il capable de se montrer aussi magnanime aujourd'hui ? Il n'en était pas certain. Il avait beau se répéter que Jamie avait agi de manière totalement involontaire, le résultat n'en était pas moins là.

Jamie lui envoya une nouvelle pensée désolée tandis qu'il s'approchait de lui.

— Nous discuterons de cela plus tard, lança Neil. Prépare les hommes, nous appareillons pour Glen Mothin.

Jamie hocha la tête.

Eileen trouva Phelan dans la grande salle du château. Quelqu'un avait dû le prévenir de son arrivée, car il était assis tel un roi sur son trône et la considéra sans surprise, le regard froid.

— Je suis revenue, grand-père, dit-elle en se plaçant face à lui.

À ces mots, il devint presque violet de colère.

— Tu m'as menti !

— Oui.

— Tu as osé me mentir, à *moi* ! vociféra-t-il. *À moi* ! Tu t'es enfuie pour rejoindre ton amant et, maintenant, tu rentres la tête basse en me suppliant de te pardonner.

— Non. Je viens vous annoncer que j'irai à Londres.

Il resta silencieux un instant, pianotant sur les accoudoirs de son siège.

— Une gourgandine ! lança-t-il finalement.

— Non, c'est faux !

Il eut un reniflement de mépris et se leva.

— Il n'a pas voulu de toi, pas vrai ? Ou plutôt si, il en a bien voulu, mais il s'est lassé. Te rends-tu compte de ce que tu as failli me coûter ? tonna-t-il, les yeux étincelants. Te rends-tu compte de ce qui a failli se passer par ta faute ?

La secouant par les épaules, il s'écria :

— Espèce d'idiote ! J'en ai assez de toi ! Je ne t'ai jamais demandé de venir, c'est toi qui es arrivée ici en me suppliant de t'accueillir. « Grand-père, protégez-moi ! » Et je l'ai fait, je t'ai offert un toit ! Et comment me remercies-tu ? Par des mensonges !

— Vous aussi, vous m'avez menti, répliqua-t-elle. Vous m'avez raconté que vous aviez écrit à Guillaume et Mary pour plaider ma cause, que tout était arrangé, alors que c'est Guillaume qui vous a vous demandé de me renvoyer là-bas.

— Qui es-tu pour oser mettre mes paroles en doute !

— La petite-fille du roi Charles, Phelan.

Sans crier gare, il la gifla à toute volée. Malgré la douleur, Eileen resta de marbre.

— Que vous a promis Guillaume, Phelan ? De l'argent ? Un titre ?

Fou de rage, Phelan la repoussa brutalement et lança en haletant :

— Je ne comprends pas pourquoi, mais il exige ton retour. Et je te conduirai là-bas moi-même.

Quand ils arrivèrent en Angleterre, Eileen avait décrété qu'elle ne pleurerait plus. Pendant le voyage, Phelan lui avait à peine adressé la parole ; il s'était contenté de chevaucher devant elle, l'air sombre et revêche. Il avait également interdit à la dizaine de soldats qui les accompagnaient d'adresser la parole à sa petite-fille.

Le trajet s'était déroulé sans incident particulier. Les jours se succédaient, monotones et entrecoupés de nuits presque sans sommeil dans des auberges aux matelas infestés de vermine, Phelan préférant les endroits douteux où personne ne risquait de poser de questions.

Eileen refusait de penser à Neil ; elle avait déjà versé trop de larmes sur lui durant son retour à Glen Mothin. Il était temps maintenant de décider ce qu'elle ferait une fois à Londres. Au mieux, Guillaume la forcerait à épouser Henrick. Au pire… Peut-être une autre Ronley finirait-elle noyée dans la Tamise, songea-t-elle avec amertume. Ironie du sort, c'était son propre grand-père qui la conduisait vers son destin !

Elle jeta un coup d'œil à Phelan. Que lui avait promis Guillaume pour le convaincre de quitter son domaine et la conduire lui-même à Londres ? Quoi que ce soit, elle n'avait sûrement pas mieux à offrir, estima-t-elle en touchant ses perles. À moins que...

Elle talonna son cheval pour le rejoindre.

— Grand-père.

Il la regarda avec froideur.

— J'ai une proposition à vous faire.

Il la dévisagea un moment, puis se détourna. Elle attendit en silence. Au fil du temps, elle avait appris à le connaître. Cela prendrait quelques minutes, mais sa rapacité finirait par gagner. Affichant une expression tranquille, elle contempla le paysage à l'entour.

Ils étaient presque à York. En déviant un peu vers l'est, ils pourraient atteindre Whitby et les terres dont elle aurait hérité si Guillaume et Mary n'avaient pas refusé de les lui rendre. Un refus que Phelan ignorait probablement... Elle continua à attendre.

— Je vous écoute, dit-il enfin.

Elle soutint son regard et parla d'une voix aussi dénuée d'émotion que la sienne.

— Mon père m'a laissé des terres autour de Whitby, sur la côte du Yorkshire. Il y a un très joli port, là-bas.

— Et ?

— Depuis trois ans, les récoltes sont mauvaises en Écosse. Cette année, les inondations ont noyé tous les champs de Glen Mothin.

— Quel rapport avec Whitby ?

— Que l'année soit bonne ou mauvaise, un port rapporte toujours de l'argent. Des terres sur la côte, cela signifie également de la pêche. Le propriétaire d'un tel domaine ne se préoccupe pas de ce qui se passe en Écosse. D'autant que la loi empêchant les Écossais d'exporter leurs produits en Angleterre ne leur interdit pas de commercer *à l'intérieur* de l'Angleterre...

Phelan était intéressé, elle le vit à l'intensité de son regard.

— Quelle est votre proposition ? demanda-t-il.

— Je vous cède mes terres de Whitby si vous me libérez.

— Qu'est-ce qui me prouve que ces terres sont bien à vous ?

— J'ai un titre de propriété. Je signerai l'acte de donation devant le notaire de mon père.

— Où est ce titre ?

— À Ronley Hall.

Il réfléchit un long moment puis conclut :

— Allons à Ronley Hall.

Elle acquiesça, se détournant rapidement de peur qu'il ne surprenne la lueur de triomphe dans ses yeux.

Neil contempla Beathan MacKenzie.

— Que voulez-vous dire, elle n'est pas ici ?

— Le roi Guillaume a demandé à Phelan de la renvoyer à Londres. Celui-ci a décidé de l'y conduire en personne.

— Chez le roi ?

— Oui. Nous n'avons rien pu faire, Neil.

À sa droite, Duncan poussa un juron et se tourna vers l'armée qu'ils avaient emmenée avec eux. Deux navires, deux équipages et cinquante soldats supplémentaires au cas où il faudrait attaquer la forteresse de Glen Mothin. Ils avaient envisagé toutes les éventualités, sauf l'absence d'Eileen.

Comment aurait-il pu se douter que ce serpent de Phelan irait remettre en personne sa petite-fille entre les griffes de Guillaume ? Après ce qui était arrivé à sa fille, le vieux renard devait pourtant savoir que Guillaume et Mary ne reculeraient devant aucune extrémité ! Pourquoi avait-il accepté de faire courir un tel risque à Eileen ?

Neil sauta en selle.

Eileen avait beau essayer de garder la tête froide, elle ne pouvait s'empêcher d'échafauder des plans à mesure qu'ils approchaient de Ronley Hall. Elle connaissait encore des gens sur place. Avec un peu de chance, elle parviendrait à échapper à la vigilance de Phelan et pourrait se réfugier chez l'un d'eux en attendant qu'il parte.

Surtout, elle irait voir le père Jessop. Cette idée lui était venue sur la route, et elle ne comprenait toujours pas comment elle n'y avait pas pensé plus tôt. Car s'il existait un acte de mariage prouvant que Charles avait bien épousé sa grand-mère, il y avait de grandes chances que le prêtre de Ronley Hall sache où le trouver.

À leur arrivée, Milford les accueillit sans enthousiasme. Jack, en revanche, ne dissimula pas sa joie. Eileen leur présenta Phelan en expliquant qu'il était son grand-père, sans préciser la raison de leur venue. Elle préférait en dire le moins possible à Milford qui, au mieux, avait profité de la mort de ses parents ou, au pire, y avait joué un rôle actif.

De toute manière, il aurait été stupide de compter sur lui pour l'aider, elle en était consciente. Si elle parvenait à fausser compagnie à son grand-père, ce serait toute seule ou avec la complicité de Jack. Elle n'avait aucun autre allié au manoir, mais elle possédait un avantage : elle connaissait le tunnel reliant la cachette des prêtres à l'abri de jardin. Il fallait juste qu'elle ait l'occasion de se trouver seule dans le bureau de Milford.

En attendant cette occasion, elle se débrouillerait pour rencontrer le père Jessop. Elle annonça donc à Phelan et Milford qu'elle voulait se recueillir sur la tombe de ses parents. Aucun d'eux ne s'y opposa, mais son grand-père chargea deux de ses hommes de l'accompagner. En l'entendant leur ordonner de ne pas la quitter des yeux. Milford fronça les sourcils, visiblement intrigué.

Consciente du regard vigilant des gardes dans son dos, elle alla tranquillement jusqu'à la petite chapelle romane bâtie plusieurs siècles auparavant, qui s'élevait désormais dans l'ombre de l'église de Ronley Hall. Toutes les générations de Ronley du Warwickshire qui l'avaient précédée étaient enterrées à l'intérieur; elle serait la prochaine. Après avoir prié sur la tombe de ses parents, elle déclara aux gardes qu'elle souhaitait rencontrer le prêtre. Malgré leur manque d'enthousiasme, ils acquiescèrent d'un air las.

Le père Jessop se tenait dans la sacristie. Assis à une table, il lisait à haute voix des documents étalés devant lui. Eileen l'observa un petit moment avant de se racler la gorge.

— Mon père ?

Le prêtre tourna la tête, surpris, et lui adressa un large sourire.

— Seigneur Dieu, Eileen ! Quelle joie que vous soyez revenue !

— Je ne suis que de passage, mon père. Je repars tout à l'heure.

— Déjà ? Comment se fait-il que vous ne restiez pas plus longtemps ? Attendez que je range ça. J'essayais de peaufiner mon prochain sermon. Remarquez, ce ne serait pas très grave si je me répétais un peu. De toute façon, personne n'écoute…

Elle patienta en silence tandis qu'il remettait les pages dans l'ordre.

— Pourquoi êtes-vous ici, Eileen ? s'enquit-il avec douceur lorsque ce fut fait. Vous avez un problème ?

— Oui, mon père. Londres étant devenue trop dangereux pour moi, je me suis enfuie en Écosse. Mais aujourd'hui, mon grand-père me reconduit chez Guillaume. J'ignore le sort qui m'attend là-bas. Il y a deux hommes dehors qui me surveillent. Je ne dispose que de quelques minutes. Mon père, j'ai besoin de connaître la vérité.

Le prêtre la dévisagea un moment, comme s'il réfléchissait, puis hocha la tête.

— Très bien, dit-il. Je vais faire appeler Jack. Nous vous raconterons tout ensemble.

— C'était un très beau jour de juin, commença Jack. Votre grand-mère portait une robe jaune. Votre grand-père lui a dit qu'elle était plus belle que toutes les fleurs du monde.

Jack était venu sur-le-champ. Après avoir vérifié que les gardes devant la chapelle ne les surveillaient pas, il s'approcha de la dalle au pied de l'autel et essaya de la soulever.

— Nous étions jeunes, en ce temps-là, rappela le père Jessop en se penchant pour l'aider. Cette pierre nous paraissait moins lourde.

Eileen les regarda déposer la dalle sur le sol avec un bruit sourd. Elle était éberluée de découvrir que ce document dont elle avait si souvent rêvé non seulement existait, mais qu'il se trouvait là depuis toutes ces années, dans cette chapelle qu'elle aimait tant.

Elle vit Jack enfouir la main dans la cachette et en sortir une petite pochette de cuir en tout point semblable à celle contenant la lettre de sa grand-mère. Il la tendit au père Jessop.

— Mon Emmy et moi étions les témoins, précisa-t-il. Il n'y avait personne d'autre. Juste nous cinq.

— Le père de votre grand-mère se serait opposé au mariage, s'il avait été au courant, enchaîna le prêtre. Charles était une tête brûlée, à l'époque, et les temps étaient troublés. J'ai pensé agir au mieux en acceptant de les marier.

— Aucun de nous ne savait qu'elle était déjà enceinte, ajouta Jack. Du moins, ni Emmy ni moi. Emmy a pleuré, je m'en souviens. Elle trouvait ça merveilleux qu'ils soient amoureux fous comme nous l'étions. Ils n'étaient encore que des enfants...

Le prêtre sortit délicatement une feuille pliée en quatre de la pochette et la lui tendit. Eileen la prit en tremblant.

— J'aurais tellement voulu qu'ils soient heureux ensemble, reprit Jack, comme Emmy et moi l'avons été. Elle et moi avons passé notre vie ensemble.

— Hélas ! ils n'ont eu qu'une semaine avant le départ de votre grand-père, reprit le prêtre. Ils ne se sont jamais revus. Votre grand-mère a donné naissance à votre père et, trois jours plus tard, elle mourait d'une fièvre.

— C'est la douleur qui l'a tuée, corrigea Jack. La fièvre a juste précipité les choses.

— Charles se trouvait à Jersey quand votre père est né, poursuivit le père Jessop. Mais il avait laissé des instructions pour qu'on le prénomme Adam, parce qu'il était le premier.

Il se tut et plongea son regard dans le sien.

— Ouvrez-la, mon enfant.

La feuille craqua quand Eileen la déplia. Il s'agissait bien d'un acte de mariage, constata-t-elle en parcourant l'écriture en pattes de mouche qui la couvrait. Daté du 5 juin 1646, il attestait que Charles Stuart, prince de Galles, fils du roi Charles 1er d'Angleterre, d'Écosse et d'Irlande, avait pris pour épouse Mlle Jane Ronley dans la chapelle de Ronley Hall.

Charles avait apposé sa signature en bas, à côté de celle de Jane. Suivait la signature du prêtre et, en dessous, deux « X » attestant que Jack et Emmy Hanford de Ronley Hall avaient assisté à la cérémonie.

Son père était né six mois plus tard, calcula Eileen. Il n'était pas un bâtard.

Trois actes avaient été établis ce jour-là, l'informa le père Jessop, tous identiques. Charles et Jane en avaient gardé chacun un, et le troisième avait été scellé sous la dalle après la mort de Jane. Personne ne savait ce qu'il était advenu des deux autres. Eileen replia avec soin le document et le contempla.

Son père le lui avait dit, il l'avait affirmé à tout le monde, mais Charles avait toujours nié. Oh ! bien sûr, il avait reconnu Adam, mais jamais en tant que fils légitime ! Eileen sentit une vague de colère monter en elle, rapidement remplacée par une profonde tristesse. La vie de son père aurait été tellement différente si Charles avait dit la vérité. *Leur* vie aurait été différente. Elle s'assit sur le banc de bois, essayant de calmer les battements de son cœur tandis qu'elle prenait conscience de la portée de la révélation. Son père était le premier-né mâle d'un roi.

Elle était la véritable reine d'Angleterre.

Que Dieu lui vienne en aide ! Plus rien ne serait pareil, désormais. Était-il possible que d'autres sachent la vérité ? Où étaient passés les deux actes de mariage supplémentaires ? Celui de sa grand-mère devait encore se trouver à Ronley Hall, et celui de son grand-père à Londres.

Soudain, tout s'expliquait : son exil à Ronley Hall, son mariage forcé avec Henrick... Elle essuya ses larmes. Elle n'avait aucune raison de pleurer. Ne détenait-elle pas enfin la preuve que son père n'était pas fou ? C'est elle qui aurait dû être assise sur le trône d'Angleterre, ses cousins le savaient. Ils la détestaient et la craignaient pour cela.

— Vous devriez garder ce document, mon enfant, conseilla doucement le père Jessop.

Eileen hocha la tête et glissa la feuille dans la pochette de cuir tandis que les deux hommes remettaient la dalle en place. Le prêtre sauta dessus pour bien l'enfoncer, puis releva la tête et blêmit. Eileen se retourna, s'attendant déjà à découvrir Milford ou Phelan, mais elle ne vit que la porte de la chapelle qui se refermait lentement.

— Fuyez, Eileen ! Vite ! s'exclama le père Jessop. Ils sont partis chercher Milford.

— Allez à Warwick, mademoiselle, dit Jack. Nous vous retrouverons là-bas.

Elle acquiesça, glissa la pochette dans son corsage et s'élança vers la sortie. Sous le porche, elle se retourna.

— Merci à tous les deux. Merci.

— Que Dieu vous protège ! répondit le prêtre. Maintenant, courez, mon enfant !

Dehors, les gardes avaient disparu. Elle fila en direction des arbres, espérant se dissimuler dans les sous-bois. Elle y était presque arrivée lorsque les hommes de Phelan la rattrapèrent.

19

Sur le seuil du grand salon, les gardes la lâchèrent. Après s'être assurée qu'elle avait toujours les deux pochettes sur elle, Eileen prit une profonde inspiration et s'avança dans la pièce. Son grand-père et Milford étaient installés devant la cheminée. Ils cessèrent leur discussion dès qu'ils la virent. Elle regarda l'un des gardes se diriger vers Phelan et lui murmurer quelque chose à l'oreille. Ce dernier écouta l'homme d'un air attentif et la considéra en hochant la tête. Elle se raidit, s'attendant déjà à ce qu'il lui demande ce que Jack, le père Jessop et elle avaient déterré dans la chapelle.

Au lieu de cela, il remarqua d'un ton tranquille :

— Vous avez été longue.

— J'ai discuté avec le père Jessop.

— C'est ce qu'on vient de me dire. Allons chercher ce titre de propriété, ajouta-t-il en se levant.

— Vous ne le trouverez pas, intervint Milford.

— Pourquoi ? Vous l'avez cherché ?

— Oui, partout. Il n'est nulle part.

Phelan se tourna vers elle, les yeux étincelant de colère.

— Si vous m'avez menti, Eileen…

— Suivez-moi, je vais vous montrer, le coupa-t-elle.

Après les avoir conduits dans le bureau de Milford, elle prit une clé cachée derrière un tiroir et la tendit à son grand-père.

— Elle ouvre le coffre derrière vous.

— C'est inutile, commenta Milford. J'ai forcé le verrou. Il n'y a rien là-dedans à part de vieux bouquins de votre père.

— Le titre de propriété se trouve dans l'un des livres. Il est creux et les couvertures sont collées entre elles.

— Lequel est-ce ? demanda Phelan.

— Un exemplaire de la bible du roi James, indiqua-t-elle.

Milford lui lança un regard noir. Avec un ricanement amusé, Phelan ouvrit le coffre. Il fouilla parmi les différents ouvrages, jetant à terre ceux qui ne l'intéressaient pas, jusqu'à ce qu'il trouve la bible. Il en brisa la couverture et sortit une liasse de feuilles qu'il étala sur le bureau pour les lire, Milford penché par-dessus son épaule.

Finalement, il se redressa, l'air satisfait.

— Ces documents sont légaux, signés par Charles II lui-même, grasseya-t-il.

Eileen hocha la tête.

— Il a donné les terres de Whitby à mon père en cadeau de mariage en même temps que le titre. J'en suis l'héritière.

Phelan poussa les feuilles vers elle.

— Signez.

Elle apposa sa signature au bas de chaque page et écrivit sur la dernière qu'elle cédait ses terres et tous les droits afférents à Phelan MacKenzie.

— J'ai respecté ma part du marché, conclut-elle en faisant glisser l'acte de propriété vers lui.

— C'est exact, acquiesça-t-il.

Milford fronça les sourcils.

— Quel marché ?

— Un simple échange, répondit Phelan. Je suis censé lui rendre sa liberté contre ces documents.

— C'est hors de question ! protesta Milford.

En deux enjambées, il gagna la porte et la claqua.

— Vous n'êtes pas le seul que le roi a chargé de la reconduire à Londres. Je ne la laisserai pas partir.

— Ce n'est pas à vous d'en décider, mon garçon, décréta Phelan.

— Vous êtes chez moi, Phelan. Votre poignée de gardes ne ferait pas le poids contre mes hommes. Je ne vous laisserai pas la relâcher.

Phelan éclata de rire.

— Qui vous a parlé de la relâcher ? Je n'ai jamais eu l'intention de lui rendre sa liberté.

Eileen poussa un cri horrifié. Phelan pivota vers elle.

— Allons, Eileen, m'avez-vous vraiment cru assez fou pour défier le roi ?

— Mais vous m'aviez promis !

— Parce que je voulais ces terres, c'est tout, dit-il en glissant les feuilles sous sa chemise. J'aurais été idiot de ne pas les prendre alors que vous me les offriez sur un plateau. Elles s'ajouteront à ce que me donnera Guillaume pour me remercier de vous avoir ramenée à Londres. Et vous, Milford, enchaîna-t-il en se tournant vers ce dernier, que vous a-t-il promis ? Ce manoir ?

— Ce manoir m'appartient déjà.

— Comment est-ce possible ? s'étonna Phelan.

— Il a participé à l'assassinat de mes parents, intervint Eileen. Votre propre fille, Phelan. Il l'a tuée.

Milford détourna brièvement les yeux, avant de les ramener sur elle. Il n'y avait aucune trace de remords dans son regard, juste de l'agacement.

— Assez discuté ! s'exclama-t-il. Où est l'acte de mariage ?

Effarée, Eileen le dévisagea. Elle ouvrit la bouche pour répondre, mais aucun son n'en sortit.

— Pardon ? insista Phelan. Je n'ai rien entendu.

— Quel acte de mariage ? demanda-t-elle d'une voix étranglée.

Cela lui valut une gifle cinglante.

— Mes hommes ont vu le curé sortir un document de sous une pierre et l'ont entendu parler de mariage et de fils premier-né, lança Phelan. Je ne vois qu'un seul mariage susceptible de vous intéresser à ce point. Où avez-vous caché ce papier, Eileen ?

Elle recula d'un pas, estimant la distance qui la séparait de la sortie. Phelan mit fin à ses espoirs en se plaçant entre elle et la porte.

— Où est-il ? répéta-t-il, prêt à frapper de nouveau.

— Elle ne vous dira rien de cette façon, fit valoir Milford. J'ai un autre moyen.

Se mettant devant Eileen, il lui leva le menton pour l'obliger à le regarder.

— Dire que vous êtes restée sous mon toit, que je vous ai logée et nourrie à mes frais sur ordre du roi pour vous empêcher d'aller à Londres ! Et pendant tout ce temps, cet acte de mariage était caché là, dans la chapelle.

Soudain, il pivota vers Phelan.

— Allons voir le père Jessop.

— Bonne idée, approuva Phelan. Venez, Eileen.

— Non, laissons-la ici, objecta Milford. Il parlera plus facilement s'il croit que nous l'avons frappée. Enfermez-la et placez vos hommes devant la porte.

Une fois seule, Eileen s'efforça de recouvrer son sang-froid. Elle avait réussi à se retrouver seule dans le bureau, mais ils allaient s'en prendre au père Jessop. Il fallait les arrêter. Elle prit la chandelle sur la cheminée et ouvrit la cachette des prêtres.

Elle avait pris soin de remettre la tapisserie bien en place avant de refermer la porte, même si elle se doutait que Milford et Phelan devineraient qu'elle avait fui par un passage secret. Découvriraient-ils le tunnel ?

Elle n'avait pas vraiment de plan, mais espérait trouver de l'aide et envoyer quelqu'un chercher le shérif au village. Pourvu que le père Jessop ne résiste pas et avoue tout avant qu'ils le frappent ! espéra-t-elle. Car ni l'âge ni le statut de l'homme de Dieu n'empêcheraient Phelan et Milford de recourir à la violence pour obtenir ce qu'ils voulaient.

Avec beaucoup de chance, le prêtre aurait déjà tout dit et serait seul dans la chapelle. Elle l'emmènerait dans le tunnel en attendant l'arrivée du shérif. Quant à la suite, elle n'en avait aucune idée. Elle préférait ne pas imaginer ce que Milford raconterait à ce dernier, quelle histoire il inventerait pour justifier sa détermination à la ramener à Londres.

Une fois là-bas, elle ne doutait pas de se retrouver rapidement en prison… ou au fond de la Tamise. Guillaume et Mary connaissaient la vérité. C'est pour cela qu'ils avaient ordonné à Milford de la garder ici, voire de la marier à un gentilhomme des environs afin qu'elle ne retourne jamais à Londres. Milford avait cherché le troisième acte de mariage, et leur avait sûrement remis celui de sa grand-mère Jane. Quant à la copie de Charles, elle devait déjà être en leur possession.

Anne était-elle au courant ? Son invitation à venir habiter chez elle était-elle une provocation envers Guillaume et Mary ? Était-elle sincère en affirmant vouloir la protéger ou l'aurait-elle abandonnée au premier signe de réconciliation avec sa sœur ?

Eileen contempla le tunnel obscur qui s'ouvrait devant elle, imaginant les rats et les araignées qui l'y attendaient. Elle pensa à la dernière fois qu'elle l'avait parcouru, revit Neil attaché au lit et Milford brandissant son épée au-dessus de lui, Neil se penchant pour l'embrasser... Secouant la tête, elle essuya d'un revers de main une larme sur sa joue. Ce n'était pas le moment de penser à Neil.

Pour l'instant, elle n'avait pas de temps à perdre si elle voulait aider le père Jessop. Elle prit une profonde inspiration et s'enfonça dans le noir aussi vite que possible.

Rassemblant toute son énergie, elle poussa la trappe à deux mains. Le panneau de bois se souleva en craquant et se rabattit contre le mur dans un nuage de poussière.

Inquiète, Eileen se précipita vers la fenêtre crasseuse pour voir si le bruit avait attiré l'attention. N'apercevant personne, elle tira les pochettes de son corsage, les posa sur l'escalier puis referma la trappe et la recouvrit avec les morceaux de pots brisés éparpillés tout autour.

Elle arrivait à la hauteur des écuries quand elle entendit crier. Craignant d'avoir été repérée, elle s'immobilisa à l'abri du bâtiment.

— Parlez ! Vous le lui avez donné ? aboya un homme.

C'était Milford. Il ne s'adressait pas à elle, mais au père Jessop, devant la chapelle.

— Que Dieu ait pitié de votre âme ! répondit le prêtre.

— Je vous donne une dernière chance. Où sont les papiers ?

— Vous avez déjà tué une fois, Milford. Je sais que vous n'hésiterez pas à recommencer aujourd'hui.

— Comme tu voudras, le curé, répliqua Milford d'un ton déterminé.

— Seigneur, pria le père Jessop, je remets mon âme entre Vos mains.

— Non !

Le hurlement d'Eileen se mêla au claquement de la décharge. Un nuage de poudre se dissipa dans l'air tandis qu'elle courait vers le groupe sur la pelouse. Le père Jessop était étendu sur le dos. Milford se tenait au-dessus de lui, un pistolet à la main. Sans se soucier de lui ni de Phelan, elle tomba à genoux près du prêtre. Trop tard : il était mort.

Elle pivota vers les hommes de Milford.

— Comment avez-vous pu le laisser faire ça à un vieil homme désarmé ? À un prêtre ! Quel genre d'hommes êtes-vous donc ?

Ils la dévisagèrent, impassibles.

— Où l'avez-vous caché, Eileen ? demanda Phelan.

— Vous ne l'en avez pas empêché ! l'accusa-t-elle.

En guise de réponse, Phelan ordonna :

— Amenez l'autre !

Eileen eut un hoquet de terreur en voyant les gardes de son grand-père tirer Jack hors de la chapelle et le jeter sans ménagement aux pieds de Phelan. Elle se plaça entre Jack et Milford.

— Vous ne ferez pas ça !

Milford prit le pistolet que lui tendait l'un de ses hommes, vérifia qu'il était chargé et le pointa sur la tête de Jack.

— Où est l'acte de mariage ? Répondez-moi ou Jack mourra aussi.

Elle regarda tour à tour Milford et Jack.

— Dans l'abri de jardin, sous la trappe. Il est sur l'escalier avec une lettre de ma grand-mère au roi Charles.

— Vous avez également découvert ça ? s'étonna Phelan.

— Elle était en ma possession depuis des années.

Milford glissa le pistolet dans sa ceinture et s'éloigna, suivi de Phelan. Eileen s'effondra sur l'herbe en pleurant. Jack s'agenouilla près d'elle et lui caressa les cheveux.

Malgré le rideau de cuir qui fermait la fenêtre du carrosse de louage, elle sut qu'ils étaient arrivés. Elle reconnaissait Londres à son odeur de poussière de charbon, d'égout et de cheval. Ils longeaient le fleuve, car elle sentait l'humidité et entendait les cris des passeurs qui s'interpellaient. Il devait y avoir du brouillard.

Bien qu'elle ait toujours les mains liées, Phelan lui avait ôté quelques minutes plus tôt le bâillon qui lui recouvrait la bouche. Assis en face d'elle, il la regardait.

Elle entendit Milford demander son chemin jusqu'au palais royal.

C'est fini, songea-t-elle. Elle était arrivée au bout du voyage, du désastre qu'avait été sa vie. Guillaume et Mary l'assassineraient discrètement sans même un simulacre de procès. Condamner officiellement à mort la fille d'Adam Ronley risquerait de soulever trop de questions, de rappeler à tous le massacre de Glencoe.

Comme elle avait été naïve ! Elle avait fait confiance à Milford, pensant qu'il la gardait à Ronley Hall en souvenir de ses parents. Elle lui en était même reconnaissante ! Que recevrait-il en remerciement de ses services, cette fois ? Ses terres autour de Whitby ? Ou celles-ci échoiraient-elles finalement à Phelan ? Avec son grand-père aussi, elle s'était trompée. Certes, elle s'était toujours méfiée de lui et n'avait pas cru à ses mensonges, mais elle l'avait sous-estimé. Elle n'avait pas imaginé jusqu'où il serait prêt à aller pour satisfaire sa soif d'argent et de pouvoir. Et le père Jessop avait payé cet aveuglement de sa vie.

Cependant, sa plus grande erreur avait peut-être été Neil MacCurrie. Elle avait cru en lui, s'était donnée à lui de toute son âme, certaine qu'il l'aimait comme elle l'aimait. Le seul sur qui elle ne s'était pas trompée, c'était son cousin Duncan. Penserait-il à elle parfois ? Et Neil ?

Seigneur ! Il fallait qu'elle le chasse de ses pensées, qu'elle efface de sa mémoire la sensation de ses lèvres sur les siennes, de sa peau sous ses doigts. Elle l'aimait. Dieu du Ciel ! Après tout ce qui était arrivé, elle l'aimait encore ! Les larmes roulèrent sur ses joues sans qu'elle puisse les dissimuler. Phelan lui tendit un mouchoir.

— Essuyez vos larmes, dit-il. Nous sommes presque arrivés.

— Comment pouvez-vous faire ça ?

— Quoi ? Vous conduire chez vos cousins ?

Il eut un rire mauvais.

— Il n'y a aucun lien entre nous, Eileen. Nous avons beau être du même sang, vous n'êtes rien pour moi. Même votre mère n'était rien, juste une donzelle insupportable qui m'a désobéi. C'est vous qui êtes venue me trouver, rappelez-vous. Je savais que vous existiez, si j'avais voulu vous connaître, je vous aurais retrouvée depuis longtemps.

— Vous n'avez pas de cœur.

Il haussa les épaules.

— Ce n'est pas une question de cœur. La vie est cruelle, il faut se débrouiller pour survivre. Dans quelques années, vous comprendrez et me remercierez.

— Vous remercier ? Ne dites pas n'importe quoi, je vous en prie ! Ils vont me tuer. Vous aurez bientôt un autre crime sur la conscience. Dans une semaine au maximum, je serai morte.

— Pas si mon plan fonctionne.

La portière de la voiture s'ouvrit et Milford passa la tête à l'intérieur.

— Nous y sommes.

James n'avait reçu aucune nouvelle de Neil depuis des jours. Son frère ne lui avait pas adressé de reproches à son retour de Kilgannon, mais c'était peut-être pire que s'ils s'étaient disputés. James avait senti la rage qui bouillonnait en lui, l'avait lue dans son regard sans qu'il soit jamais possible d'en parler. Les jours suivants, Neil avait paru possédé, obsédé par une seule chose : ramener Eileen au château.

À son départ, il lui avait demandé de rester ici. Ni pour se venger ni pour le punir, avait-il expliqué, mais comme un signe de confiance. Il avait besoin de lui à Torridon pour protéger leur famille.

— Tu dois pouvoir me remplacer si nécessaire, avait-il déclaré. S'il m'arrivait quelque chose à Glen Mothin, tu seras là pour guider le clan MacCurrie vers les cinquante ans de paix prédits.

Un peu plus tard, Neil lui avait envoyé une lettre dans laquelle il lui répétait la même chose, avec encore plus de force. Il lui disait combien il l'aimait et était fier de l'avoir pour frère. S'il avait été profondément touché par ces mots, James n'en avait pas moins eu peur. Cela ressemblait tellement à un adieu… Neil avait-il l'impression qu'il ne reviendrait pas ?

Depuis, rien. Les journées qui suivirent s'étaient étirées, interminables. Et maintenant, enfin, un message : des ondes d'émotions, de plus en plus puissantes. Le fracas de sabots de chevaux sur la route, des vagues sur une plage de galets.

La fureur.

Eileen descendit de la calèche, surprise de découvrir la maison de sa cousine Anne. Que faisaient-ils là ? Et pourquoi des hommes de Milford et de Phelan étaient-ils postés sur les marches du perron ?

— On se dépêche, la pressa Phelan.

Elle commença à gravir l'escalier et s'arrêta en avisant des soldats de Guillaume mêlés aux autres gardes.

— Que font-ils ici ?

— Guillaume nous a donné l'ordre de vous conduire chez votre cousine Anne, répondit Milford en la saisissant par le bras pour la tirer à l'intérieur.

Le visage blême, Anne les attendait dans le petit salon.

— Je ne comprends pas ! s'exclama-t-elle. Que faites-vous ici, Eileen ? Et pourquoi vous traitent-ils de cette manière ? Que se passe-t-il ?

Eileen trébucha presque quand Milford la poussa brutalement vers sa cousine.

— Rassemblez tous les domestiques ici, ordonna-t-il à ses hommes.

— Nous attendons l'arrivée du roi et de la reine, annonça Phelan en pénétrant dans la pièce.

— Ici ? s'écria Anne. Vous perdez votre temps, ils ne viendront jamais. Ma sœur et moi sommes fâchées depuis des mois. On vous aura mal informés.

Phelan vint se camper devant elle, si près qu'elle recula d'un pas.

— Vous voyez votre cousine, là, près de vous ?

Anne acquiesça.

— C'est elle qu'ils viennent voir, pas vous.

— Ils vous ordonneront de venir au palais, ils ne se déplaceront pas, répliqua Anne en secouant la tête.

— Regardez dehors, princesse Anne. Ce sont les soldats de Guillaume. Croyez-vous qu'ils seraient là sans un ordre du roi ?

Anne jeta un coup d'œil dans la rue et se retourna, l'air abasourdi.

— Faites ce qu'ils disent, lui conseilla Eileen en croisant son regard.

— Eileen, dit sa cousine d'une voix blanche. Que se passe-t-il ?

— Faites ce qu'ils disent, répéta Eileen.

Ils étaient tous réunis – Eileen, Anne, son fils et tout le personnel de maison – dans le salon, sous la garde vigilante des hommes de Phelan et de Milford.

— Je vous conseille de rester tranquilles, les avertit ce dernier. Les hommes à l'extérieur ont ordre de tirer sur les fuyards. On vous libérera après le départ du roi et de la reine. Vous avez des questions ?

Aucun domestique ne broncha.

— Que viennent faire Mary et Guillaume ici ? demanda Anne.

— Pas vous voir, en tout cas, répliqua Milford avec mépris, avant de sortir.

Anne se tourna alors vers Eileen.

— Je ne comprends pas.

Elles eurent tout le temps de parler tandis que l'après-midi s'éternisait, rythmé par les cloches des églises de Londres. Deux heures, trois, quatre… Eileen raconta à sa cousine tout ce qui lui était arrivé depuis son départ de Londres. Elle le fit avec un détachement qui l'étonna elle-même, sauf aux moments où elle évoqua Neil et la mort du père Jessop. Alors, les émotions la submergèrent, et elle laissa Anne la prendre dans les bras pour la consoler.

— Que pouvons-nous faire ? demanda finalement sa cousine.

— Rien, répondit-elle. Votre mari est au Danemark, Sarah en voyage… Personne ne peut nous venir en aide. Attendons. Quand Guillaume et Mary seront là, nous leur parlerons.

— Je n'arrive pas à y croire, murmura Anne.

Eileen lui adressa un pauvre sourire. D'une certaine façon, cette fin était en accord avec le reste de sa vie. Charles et Jane avaient commencé l'histoire, ses parents l'avaient poursuivie involontairement, et elle l'achèverait bientôt. Au bout de trois cents ans, la lignée des Ronley s'éteindrait avec elle.

Les fils de Milford hériteraient de Ronley Hall tandis que ceux de Guillaume et Mary régneraient ou, s'ils n'en avaient pas, celui d'Anne. Mais ni elle ni les siens.

Si Charles avait reconnu Adam comme son fils aîné légitime…

Elle jeta un coup d'œil à Phelan, à moitié endormi près de la porte. Si tous les hommes importants de son existence avaient été différents… Mais à quoi bon spéculer ? Elle ne saurait jamais ce qui se serait passé. La vie, la mort, la cupidité, le pouvoir… tout cela existait bien avant elle, et existerait longtemps après.

Les cloches sonnèrent huit heures, puis neuf, dix. Seuls les déplacements des hommes de Phelan et de Milford troublaient le silence. Eileen ferma les yeux. Ils pouvaient la tuer, cela n'avait plus d'importance. Plus rien n'avait d'importance.

Elle devait s'être assoupie, car elle se réveilla en sursaut. Anne discutait à mi-voix avec Phelan.

— Vous êtes son grand-père ! Comment pouvez-vous agir ainsi ? s'indignait-elle.

Phelan pencha la tête sur le côté.

— Je suis un homme pragmatique. Je n'ai rien contre elle, mais elle ne sera jamais reine. Même si l'Angleterre et l'Écosse voulaient d'elle sur le trône, elle n'aurait jamais les moyens de gagner une guerre contre Guillaume et Mary. Si vous aviez le pouvoir, seriez vous prête à y renoncer sous prétexte qu'une autre, soi-disant plus légitime, le réclame ?

— Je vous préviens, ne comptez pas sur moi pour prendre votre parti.

— Je ne vous en demande pas tant. D'ailleurs, tout le monde se moque que vous le fassiez ou non.

— Que comptent-ils faire d'elle ?

— Ils ne peuvent pas courir le risque qu'elle raconte ce qui est arrivé à ses parents, et encore moins qui était son père. Maintenant qu'elle sait, ils doivent se débarrasser d'elle. Il ne lui reste qu'une seule chance.

— Laquelle ? s'enquit Anne, une note d'espoir dans la voix.

— Moi.

— Vous ! Vous n'êtes pas sérieux ?

— Au contraire, princesse. Si le peuple apprenait que le roi et la reine ont fait assassiner leur cousine – la reine légitime ! – comment réagirait-il, à votre avis ?

— Qui irait le lui dire ?

— Moi.

— Qu'est-ce qui empêcherait Guillaume et Mary de vous tuer à votre tour ?

— J'ai laissé plusieurs lettres à Glen Mothin. Si, par malheur je ne rentrais pas, ma petite-fille Adara a pour mission de les envoyer au roi James. Je pense que leur contenu l'intéressera beaucoup.

— En quoi cela pourrait-il aider Eileen ?

— J'espère les convaincre de me laisser la ramener avec moi en Écosse. Je veillerai à ce qu'elle ne quitte jamais Glen Mothin et ne raconte son histoire à personne.

— Pourquoi feriez-vous ça ? s'étonna Anne.

— Pour l'argent, princesse Anne ! répliqua Phelan avec un rire amusé. Ils paieront et je garderai le silence.

— Et Milford ?

— Milford a son propre plan. Il se moque qu'elle vive ou meure. Tout ce qui l'intéresse, c'est sa récompense. Lui aussi a un allié chargé de répandre la rumeur si jamais il disparaissait.

— Qui ? demanda Anne.

— Vous n'espérez pas vraiment que je vous le dise, n'est-ce pas ?

— Phelan ignore sûrement de qui il s'agit, intervint Eileen en se levant. Mais moi, je le sais. Il s'appelle Howard Templeton.

— Templeton ? répéta Anne en écarquillant les yeux. Il vous a rendu visite ici, n'est-ce pas ?

— Oui. Il prétendait être un ami de mon père, mais je le soupçonne d'avoir participé à son assassinat. Il a été grassement rétribué en échange. Vous le serez également, ajouta-t-elle à l'adresse de Phelan.

Tous trois se retournèrent en entendant la porte s'ouvrir.

— Ils sont là, annonça Milford. Le roi et la reine sont arrivés.

20

Milford les conduisit dans l'étroit parloir où Eileen avait reçu Neil autrefois. D'un geste impatient, il leur fit signe d'entrer, et referma la porte derrière elles. Les rideaux étaient tirés ; on avait allumé de nombreuses chandelles.

Anne alla d'un pas nerveux s'asseoir au fond de la pièce, mais Eileen se figea sur place en reconnaissant le banc sur lequel, quelques mois plus tôt, Neil lui avait expliqué la signification de l'emblème des MacCurrie. La terre, la mer et une prophétie à propos d'un chêne fendu par la foudre.

Neil…

Un bruit de bottes la ramena au présent. L'instant d'après, Milford ouvrait la porte en grand devant Guillaume et Mary, qui entrèrent dans la pièce, suivis de Phelan. Le temps de donner des ordres à ses hommes dans le couloir, et Milford les rejoignit. Il se posta devant la porte.

Eileen considéra ses cousins. Guillaume soutint son regard avec assurance, mais Mary détourna les yeux. Manifestement, c'était Guillaume qui avait pris la décision, Mary s'étant contentée d'acquiescer – ce qui n'était qu'une maigre consolation.

— Comment pouvez-vous envisager de lui faire du mal ? lança Anne entre ses dents. Comment est-ce possible ?

— Laissez-nous ! lui ordonna Guillaume.

Elle secoua la tête.

— Non. Ce que vous allez décider cette nuit me concerne aussi. Je reste.

— Je vous conseille fortement de sortir, Anne. Je vous rappelle que votre fils se trouve dans la pièce voisine.

— Vous n'oseriez quand même pas vous en prendre à lui ? s'écria Anne.

Cela lui valut un regard dur.

— Vous oubliez que je suis le roi.

— Uniquement parce que je vous ai aidé à le devenir ! Parce que j'ai accepté de vous laisser la place. Si vous touchez un cheveu de mon fils, le monde entier saura ce qui s'est passé.

— Anne, intervint Mary avec douceur. Va-t'en, je t'en prie. Nous ne ferons pas de mal à Eileen.

— Vous avez assassiné Adam ! répliqua Anne.

— Je n'ai jamais commandité ce meurtre, se défendit Guillaume.

— Mais vous avez récompensé ceux qui l'ont commis, contra Eileen. Templeton et Milford ont été grassement rétribués, non ?

Guillaume se contenta de la dévisager sans répondre.

— Vous avez voulu la marier au fils de von Hapeman, rappela Anne.

— Ce n'est ni la première ni la dernière fois qu'un souverain arrange une union entre sa cousine et un homme riche, il me semble. Cessez de vous mêler de ça, Anne. De toute façon, personne ne croira à vos histoires.

— Il a raison, Anne, renchérit Eileen. Allez rejoindre votre fils et vos domestiques. Ainsi, personne ne vous tiendra responsable de ce qui se passera ici cette nuit.

Anne secoua la tête ; sa lèvre inférieure tremblait. Eileen lui sourit, et reprit d'un ton plus doux :

— Merci, ma chère cousine, de votre gentillesse envers moi. Maintenant, partez. Je vous en supplie, pensez à vous et à votre fils !

— Dieu te jugera ! lança Anne à sa sœur Mary.

— Dieu nous jugera tous, rétorqua celle-ci.

Anne courut vers la porte. Milford l'ouvrit pour la laisser passer et referma aussitôt derrière elle. Puis il désigna Eileen du menton.

— Vous serez payé, lui assura Guillaume. Eileen, je suis sincèrement désolé.

Eileen le toisa avec ironie.

— Je n'en doute pas, Guillaume.

Guillaume soutint son regard un bref instant, avant de se tourner vers Phelan et Milford.

— Messieurs, merci de votre aide. Mlle Ronley reste avec nous. On vous remettra votre dû en bas.

— J'espère qu'il s'agit bien de la somme convenue, dit Phelan.

Guillaume le toisa avec mépris.

— Libre à vous de recompter.

— Je le ferai, assura Milford. Avant qu'elle ne sorte d'ici.

— Vraiment ? railla Guillaume.

— Que comptez-vous faire d'elle ? demanda Phelan.

— Ce n'est pas votre affaire.

— Il s'agit de ma petite-fille.

— Il est un peu tard pour vous en souvenir, non ?

— Il existe un autre moyen, Majesté, suggéra Phelan en s'avançant vers Guillaume. Laissez-moi l'emmener. Je veillerai à ce qu'elle ne parle à personne. Ainsi, on ne pourra pas vous soupçonner d'un autre meurtre.

— On ne me soupçonne de rien ! riposta Guillaume avec hauteur. N'espérez pas me faire acheter votre silence, Phelan. Prenez l'argent que je vous donne et disparaissez. Si jamais je devais apprendre que vous avez parlé de cette histoire à qui que ce soit, sachez que je n'hésiterai pas à faire brûler votre demeure et à vous condamner à mort pour votre rôle dans la disparition de ma regrettée cousine Eileen. À votre avis, qui croira-t-on ? Un Écossais ou le roi ? Pensez-vous que les Highlands se soulèveront pour vous ? Que les Anglais se préoccuperont de votre sort ? Cessez de me contrarier, sinon vous partagerez son destin.

— J'ai laissé des lettres derrière moi.

— Le délire d'un vieil homme qui a perdu sa petite-fille chérie. On ne vous croira pas.

— L'acte de mariage est en ma possession.

Guillaume eut un ricanement dédaigneux.

— J'en ai un, moi aussi. Quelle importance, puisqu'elle ne sera plus là pour régner ? Cette discussion est close.

— Dans ce cas, je vous remercie, Majesté, répondit Phelan en s'inclinant.

Avant de sortir, il regarda Eileen. Elle soutint son regard en silence. Elle n'avait rien à dire à cet homme qui les avait abandonnées tour à tour, sa mère et elle. Finalement, elle se détourna. L'instant d'après, la porte claquait.

— Êtes-vous prête ? demanda Guillaume.

Eileen se tourna vers lui. Avant qu'elle n'ait eu le temps d'ouvrir la bouche, un bruit de pas précipités résonna dans le couloir. La porte s'ouvrit à la volée, et Phelan réapparut.

— Ils sont là ! cria-t-il en se précipitant à l'intérieur.

— Qui « ils ? » s'enquit Guillaume.

Milford tira son épée et se plaça devant l'entrée. Mary s'abrita derrière Guillaume avec un petit cri tandis que Phelan se réfugiait à l'autre bout de la pièce.

— Qui, Phelan ? aboya Milford.

Les yeux écarquillés, Phelan fixait le battant. Ils entendaient tout, à présent : les cris de guerre, les hurlements dans le salon d'Anne, le fracas des armes qui s'entrechoquaient dans la rue, les tirs dans la maison. Des hommes parcouraient les couloirs en appelant à l'aide, d'autres les poursuivaient.

Un coup de feu claqua tout près, suivi d'un long cri strident. Eileen récitait une prière quand la porte s'ouvrit à la volée.

Neil s'engouffra dans la pièce, l'épée brandie. Prêt à en découdre, Milford avait déjà tiré la sienne. Manifestement, il serait le seul à résister. Guillaume était figé sur place, l'air médusé. Agrippée à la manche de son manteau, Mary le tirait en arrière avec des cris hystériques. Quant à Phelan, il s'était recroquevillé contre le mur du fond.

Sidérée, Eileen contempla Neil.

— Je suis venu te chercher, Eileen, lui lança-t-il. Tu n'as rien ?

— Neil ! parvint-elle à articuler.

— Mon amour, tu vas bien ?

— Oui, oui ! Comment m'as-tu trouvée ?

— Je sais tout, Eileen. Je suis passé à Ronley Hall et Jack m'a tout raconté. Je sais ce que tu as découvert : que c'est toi qui devrais être sur le trône à la place de Guillaume. Je vous le déconseille, Milford ! gronda-t-il en voyant son adversaire déplacer son poids sur sa jambe avant.

Il poursuivit, s'adressant à Milford :

— Au fait, vous lui manquiez tant que Jack a décidé de venir avec nous pour vous saluer. Il vous attend en bas. Et désolé de vous dire ça, Vos Majestés, mais tous vos hommes sont morts.

— C'est impossible ! s'exclama Guillaume.

— Ah bon ?

— J'en ai une centaine d'autres en chemin ! répliqua Guillaume.

— Vous mentez, pauvre fou.

— Je vous interdis de me parler ainsi ! Qui êtes-vous, monsieur ?

— Oh ! pardonnez-moi, Sire, je ne me suis pas présenté. Neil MacCurrie, duc de Torridon. Écossais, au cas où vous n'auriez pas remarqué mon accent et mes habits. Je me suis battu du côté du roi James.

— Belmond ! s'écria Mary, horrifiée. Vous êtes Belmond !

Tout en gardant un œil sur Milford, Neil fit une petite révérence moqueuse.

— En effet, Madame, acquiesça-t-il en français.

— Un espion ! Guillaume, il est venu à la cour ! C'est un espion français !

— Vous vous trompez, Madame. Ma présence à votre cour n'avait qu'un seul but : retrouver Eileen. Je t'aime, Eileen, ajouta-t-il en tournant la tête vers elle. C'était Jamie, à Kilgannon, pas moi.

— Je t'ai... Neil !

Elle poussa un cri strident en voyant Milford profiter de leur échange pour fondre sur lui.

Mais Neil le surveillait du coin de l'œil. D'un mouvement rapide, il dévia l'épée de son attaquant, le forçant à reculer.

— Cette fois, je suis armé, Milford !

L'autre plongea de nouveau ; Neil l'évita d'un bond de côté. Les deux hommes bataillèrent bientôt au centre de la pièce, repoussant l'assistance sur les côtés. Blême d'effroi, Mary poussait de petits cris apeurés tandis que Phelan se recroquevillait un peu plus, comme s'il espérait disparaître à travers le mur.

Milford donna un coup de pied dans le genou de Neil, qui grimaça de douleur mais continua à avancer, le forçant à reculer jusqu'au banc. Acculé, Milford attaqua avec un cri rauque.

Parant le coup, Neil lui transperça la poitrine. Puis, les yeux plongés dans les siens, il le repoussa en arrière d'un coup de pied et le regarda tomber à genoux, les mains crispées sur son torse.

— Vous avez conduit Eileen ici en sachant qu'elle risquait la mort ! dit-il d'une voix tranchante. Juste pour de l'argent, alors que vous aviez déjà tué ses parents ! Vous avez abattu un homme de Dieu qui ne vous avait jamais fait de mal ! Je suis venu pour les venger, Milford ! Et je suis content de l'avoir fait.

Milford ouvrit la bouche dans un spasme convulsif, avant de s'écrouler face contre terre.

Phelan choisit ce moment pour foncer vers la porte, et poussa un cri de rage en voyant Duncan s'encadrer dans l'embrasure.

— Laissez-moi sortir ! vociféra-t-il.

Duncan secoua la tête.

— Je ne me suis pas encore occupé de vous, rappela Neil.

Phelan pointa son pistolet sur Duncan.

— Non ! s'exclama Eileen en s'élançant vers lui. Non !

— Phelan ! lança Neil en sortant à son tour son arme.

Duncan considéra un moment son grand-père, puis le repoussa en arrière, le faisant tomber au sol.

Comme Phelan se redressait en levant son arme, Neil tira.

Phelan retomba en arrière.

— Il est mort, annonça Neil en se penchant sur le vieil homme. Je suis désolé, Eileen. Pardon, Duncan.

— Ne t'excuse pas de m'avoir sauvé la vie, répondit Duncan avant d'ajouter quelque chose en gaélique.

Sa remarque lui valut un sourire de Neil, qui fouilla ensuite dans les poches de Phelan à la recherche de l'acte de mariage et du titre de propriété. Il tendit l'un et l'autre à Eileen.

— Comment ça se passe dans la maison ? demanda-t-il à Duncan.

— Tout est calme. La princesse Anne est en sécurité avec toute sa maisonnée. Calum réconforte Mlle Lockwood.

Désignant Guillaume et Mary du menton, Duncan poursuivit :

— Que fait-on de ces deux-là ?

Guillaume les toisait d'un air mauvais. La tête baissée, Mary pleurait entre ses mains.

Neil se dirigea lentement vers eux puis, sans quitter Guillaume des yeux, lui plaça le fil de son épée sur la gorge.

— Eileen est la reine légitime, dit-il. Il suffirait que je continue à appuyer pour lui donner la couronne. Vous avez voulu la priver des droits que lui confère sa naissance, Guillaume, mais elle n'a qu'un mot à dire pour que je les lui restitue et venge les âmes des massacrés de Glencoe. Rien que pour eux, je devrais vous tuer.

Un silence pesant suivit ses paroles.

— Eileen, que souhaites-tu ? reprit-il finalement.

— Neil, je t'aime.

— Je t'aime aussi, Eileen. Si tu veux être reine, ordonne mon bras.

— Je ne veux rien d'autre que toi, Neil. Emmène-moi.

— Tu en es certaine ? C'est vraiment ce que tu désires ?

— Toi et toi seul, Neil MacCurrie. Emmène-moi à Torridon.

— Tu n'as pas envie de devenir reine ?

— Pas le moins du monde.

— Qu'il en soit donc ainsi, conclut Neil en abaissant son épée. Mais écoutez-moi bien, Guillaume. Vous avez commis une grave erreur en permettant le massacre de Glencoe. Beaucoup de gens aimeraient vous le faire payer, et n'hésiteraient plus s'ils savaient pouvoir mettre la fille d'un Écossais à votre place. Avec eux et les ennemis que vous vous êtes faits en déclarant la guerre à la France, je n'aurais aucun mal à lever une armée pour vous combattre si vous tentiez quoi que ce soit contre Eileen ou moi. Laissez-nous tranquilles et je garderai le secret.

— Eileen ? demanda Guillaume. Êtes-vous d'accord ?

— Oui, répondit-elle. Laissez-nous en paix, Guillaume, et personne ne saura pour mon père. Mais, au moindre problème, je vous jure de le crier au monde entier.

Guillaume opina.

— Parfait, dit Neil. Surtout, n'oubliez pas ceci : si j'aperçois un seul soldat anglais aux environs de Torridon, je soulève les Highlands et je viens vous occire ici en personne. Suis-je clair ?

Guillaume hocha de nouveau la tête.

— Dites-le ! ordonna Neil.

— Je vous laisserai vivre en paix.

— Bien. Maintenant, venez. Nous allons faire un tour en bateau.

— Vous n'êtes pas sérieux ! s'indigna Guillaume.

Neil le gratifia d'un sourire moqueur.

— Vous ne pensiez tout de même pas que j'allais partir comme ça en vous laissant tout le temps d'alerter votre garde ? Vous ne ferez pas de bêtises, Guillaume, n'est-ce pas ?

Neil donna un petit baiser à Eileen et l'entraîna vers le hall d'entrée en lui recommandant de ne pas regarder autour d'elle. Il avait dit vrai : tous les soldats de Guillaume étaient morts. En revanche, il n'avait pas précisé que ceux de Phelan et de Milford l'étaient aussi. Leurs cadavres jonchaient le sol dans toute la maison.

Avant de partir, elle avait tenu à dire au revoir à Anne. Tandis que Neil conduisait Guillaume et Mary jusqu'à la voiture de louage qui l'avait conduite ici, elle remercia sa cousine de sa gentillesse et l'embrassa en lui souhaitant bonne chance. Toutes deux pleurèrent à chaudes larmes.

— Vous pourriez être reine, murmura Anne au moment de la quitter. Vous ne voulez vraiment pas de la couronne ?

— Vraiment pas, assura Eileen en souriant. Mon destin est ailleurs.

— Vous êtes heureuse ?

— Je le serai, j'en suis sûre.

— Dans ce cas, partez sans hésiter. Vous avez ma bénédiction.

— Merci. Prenez soin de vous, Anne. Guillaume et Mary sont toujours là.

— Soyez heureuse, dit Anne en lui caressant la joue. Je crois, Eileen, que vous êtes la plus sage de nous tous.

Eileen secoua la tête.

— Pas la plus sage, Anne. La plus chanceuse.

Eileen aurait également aimé saluer Celia mais, à sa surprise, la jeune fille n'était pas en vue lorsqu'elle la chercha. Elle emboîta donc le pas à Duncan qui la pressait de rejoindre Neil sur le perron. Des hommes de Torridon étaient postés sur les marches et sur la route, silhouettes sombres dans la pénombre. Dès qu'il la vit, Jack s'élança vers elle pour l'embrasser. Neil la prit par la taille et s'apprêtait à l'aider à prendre place dans le carrosse quand Celia et Calum surgirent sur le perron. Calum portait un sac de voyage.

— Emmenez-moi avec vous, monsieur ! supplia Celia en dévalant les marches.

Calum se tourna vers Neil.

— S'il vous plaît…

Neil secoua la tête.

— C'est impossible, mon garçon. Cette jeune fille doit rester ici. Je n'ai pas envie que son père s'en prenne à moi et que Guillaume se serve de ce prétexte pour nous poursuivre.

— Mon père ne remarquera même pas mon absence, s'écria Celia. Je suis prête à partir. S'il vous plaît.

Neil interrogea Eileen du regard.

— Qu'en penses-tu ?

— Oui ! répondit-elle sans hésiter en poussant Celia devant elle pour l'aider à monter.

Quand elles furent installées dans le carrosse, Neil s'assit près d'Eileen et lui prit la main. Jack, Calum et Duncan, quant à eux, grimpèrent près du cocher. Eileen s'adossa à la banquette tandis qu'ils traversaient la ville déserte. Elle entendait les sabots des cavaliers de Torridon claquer sur les pierres derrière eux. Il semblait y en avoir des centaines ; une véritable armée dans les rues de Londres.

Assis avec Mary face à elle, Guillaume lui jeta un œil noir.

— Je n'arrive pas à croire ça de vous, Eileen, dit-il.

— De moi, Guillaume ? s'étonna-t-elle avec un petit rire. Vous êtes vraiment incroyable, cousin ! Avez-vous déjà oublié que vous comptiez m'assassiner ?

— Ce qui est exactement ce que vous laisserez Torridon faire avec nous.

Neil se pencha en avant pour le regarder droit dans les yeux.

— Non, Guillaume, je ne vous tuerai pas. Même si, je dois l'avouer, j'éprouverais un plaisir certain à venger Eileen et les victimes de Glencoe. Mais, en échange de ma miséricorde, j'attends de vous certaines promesses, ajouta-t-il en se renfonçant dans son siège.

— Lesquelles ?

— Que vous laisserez l'Écosse tranquille. Je veux cinquante années de paix. Plus d'armées dans les Highlands, plus de frégates anglaises le long de nos côtes. J'exige également que vous restituiez à Eileen ses terres de Whitby et Ronley Hall. Les documents devront être à Glen Mothin dans un mois au plus tard. Si vous refusez, je vous jette moi-même dans la Tamise et vous regarde vous y noyer. Et si vous décidez un jour de revenir sur vos engagements, attendez-vous à être réveillé une nuit par le contact froid de mon épée sur votre gorge.

— Vous ne parviendrez jamais jusqu'à moi ! répliqua Guillaume.

Neil éclata de rire.

— Apparemment, vous ne me connaissez toujours pas, Guillaume. Cette fois ne vous a pas suffi ? N'oubliez pas : aujourd'hui, je vous laisse la vie. Mais si par malheur nos chemins devaient se croiser encore, je ne ferai preuve d'aucune clémence. Et croyez-moi, je ne serai pas mécontent d'avoir votre sang sur les mains.

— Vous aurez ce que vous demandez, répondit Guillaume.

Ils n'échangèrent plus un mot avant d'arriver sur le quai et d'embarquer sur l'*Isabel*. Tandis que Guillaume et Mary étaient conduits dans le carré, Neil s'accouda au bastingage près d'Eileen. Ils regardèrent en silence la ville s'éloigner. Elle ne reverrait plus jamais cet endroit, songea-t-elle, ne sentirait plus l'odeur si particulière de Londres. Elle tourna la tête vers Neil.

— Pas de regrets, Eileen ? demanda-t-il comme s'il avait lu dans ses pensées. Si tu le désires, je peux également te laisser à Greenwich. Dis-moi ce que tu souhaites.

Elle lui mit les bras autour du cou.

— Je veux un baiser de l'homme que j'aime. Et je veux voir Torridon.

Avec un sourire, il fouilla dans l'escarcelle de cuir à sa taille.

— Je l'ai achetée pour toi à Inverness, dit-il en lui montrant la bague dans sa paume.

Elle prit le bijou et le leva dans la lumière du crépuscule.

— « Toi et toi seule », lut-elle avant de l'embrasser.

Refermant aussitôt les bras autour d'elle, Neil la serra contre lui en riant.

— Acceptes-tu de devenir ma femme, Eileen ? De passer le restant de tes jours avec moi à Torridon ?

— Dis-moi que tu m'aimes.

— Je t'aime, Eileen, de tout mon cœur. Pour l'éternité.

— Je prends déjà les cinquante prochaines années, répondit-elle en s'emparant de ses lèvres.

Eileen poussa un soupir de contentement et regarda les rayons du soleil danser sur le plafond de la cabine. Elle était dans les bras de Neil, en route pour l'Écosse. À Greenwich, ils avaient chargé quelques hommes de raccompagner Jack à Ronley Hall. Puis ils avaient débarqué Guillaume et Mary et regardé leurs silhouettes rétrécir sur le quai avant de disparaître au loin. Guillaume avait-il déjà donné l'alerte, se demanda-t-elle, ou suivrait-il les conseils de Neil et les laisserait-il en paix ?

— Je ne sais pas si nous avons eu raison de laisser vivre Guillaume, avoua-t-elle.

— Moi non plus, Eileen.

— En tout cas, je n'ai aucune envie d'être reine.

— Vraiment ?

— Vraiment.

Elle lui montra sa bague. *Toi et toi seule*.

— Voilà ce que je veux.

Neil dessina des arabesques sur son bras nu et lui embrassa l'épaule. Elle se tourna vers lui pour lui offrir sa bouche.

Tout à l'heure, ils s'étaient de nouveau engagés l'un à l'autre, mais cette fois avec Duncan, Calum, Celia et tous les hommes de Torridon pour témoins. Puis Neil l'avait conduite jusqu'à la petite cabine qui avait été la sienne lors de la précédente traversée pour lui faire l'amour.

Elle lui caressa le torse, descendit plus bas sur son ventre musclé et rit en constatant qu'il était encore prêt pour elle.

— Viens, mon amour, l'invita-t-elle.

Neil ne se fit pas prier.

— Si j'étais reine, dit-elle, je t'ordonnerais de me faire l'amour tout le temps.

Elle sentit Neil sourire contre son cou.

— Fais attention… Je pourrais lever une armée et te mettre sur le trône rien que pour ça. Ce serait un sacré destin.

— Non, murmura-t-elle. Torridon est notre destin.

Découvrez les prochaines nouveautés de nos différentes collections J'ai lu pour elle

AVENTURES
& PASSIONS

Le 2 mars

Les Hathaway —2. L'étreinte de l'aube ꟹ **Lisa Kleypas**

INÉDIT

Recueilli par les Hathaway dans son enfance, le jeune gitan Merripen a toujours caché son amour pour la seconde fille de la famille, Win. Cette dernière, fragile et invalide suite à une grave maladie, quitte la ville pour être soignée dans une clinique. Lorsqu'elle revient, tout bascule : la passion qui couvait entre les deux jeunes gens explose, menaçant leur famille, leurs destins… et jusqu'à leurs vies.

Conquise… jamais soumise ꟹ **Meredith Duran**

INÉDIT

Il y a quatre ans, Mina Masters a sauvé la vie de Phin Granville, un espion anglais, au péril de la sienne. Le jeune homme n'est pas du genre à s'attacher… mais lorsqu'il apprend que Mina a besoin de son aide, il n'hésite pas à replonger dans le monde de violence qu'il avait quitté. Pour ces deux tempéraments habitués aux mensonges et aux trahisons, l'amour et la confiance sont-ils encore possibles ?

Les frères Malory —2. Tendre rebelle ꟹ **Johanna Lindsey**

Anthony Malory est un séducteur, un libertin, un homme qu'on ne prend pas pour mari. La jeune et belle Roslynn en est bien consciente, malgré son attirance pour lui. Or, maintenant que son grand-père est décédé, c'est bien d'un époux dont elle a besoin, pas d'un amant, même si la proposition d'Anthony est très tentante…

Le 16 mars

Les MacLeods —3. La fierté du Highlander ꟹ **Monica McCarty**

INÉDIT

Écosse, XVIIe siècle. Flora MacLeod a beau être considérée comme le plus beau parti des Highlands, elle est bien décidée à ne pas devenir le pion politique de son clan. Sa résolution va toutefois être mise à rude épreuve lorsque le chef d'un clan rival l'enlève, dans le but avoué de la séduire. Mais Lachlan MacLean n'est pas vraiment habitué à charmer les femmes… surtout lorsqu'elles sont aussi exaspérantes !

INÉDIT

Les jeunes filles en fleur — 2. L'héritière
Laura Lee Guhrke

Dans l'Angleterre victorienne, Prudence Bosworth, jeune couturière rêveuse, hérite de la fortune de son père caché. Une seule condition pour jouir de son lègue : se marier dans l'année. Bien déterminée à épouser un homme qu'elle aime, la jeune femme jette son dévolu sur le cynique duc de St. Cyres. Ce qui est loin de déplaire à ce dernier : il doit absolument épouser une riche héritière…

La lune voilée **Karen Robards**

Connor d'Arcy mène une tumultueuse double vie : aristocrate le jour, il devient Robin des bois, la nuit, volant les Anglais pour nourrir les Irlandais affamés. Sa compagne, Caitlin, qu'il a sauvée de la misère, l'accompagne dans sa tâche. Du moins, jusqu'à cette nuit tragique où elle est obligée de trahir Connor pour le sauver…

2 rendez-vous mensuels
aux alentours du 1er et du 15 de chaque mois.

Et toujours la reine du roman sentimental :

Barbara Cartland

Le 16 mars :
La fleur de Cornouailles

9428

Composition
CHESTEROC LTD

Achevé d'imprimer en Italie
par GRAFICA VENETA
le 2 janvier 2011.

Dépôt légal décembre 2011.
EAN 9782290028933

ÉDITIONS J'AI LU
87, quai Panhard-et-Levassor, 75013 Paris
Diffusion France et étranger : Flammarion